한국한문소설집 번역 총서 02

세 편의 꽃다운 이야기와 한 편의 유쾌한 풍자

삼방록 三芳錄

이대형 · 이미라 · 박상석 · 유춘동

보고사

머리말

새로운 한문소설(漢文小說)을 학계에 소개하고, 이 작품들의 이본을 대조 · 교감하며, 이를 한글로 번역하는 지난한 작업은 여러 연구자들에 의하여 지속적으로 이루어져왔다. 덕분에 현재의 연구자들이 자료 수집의 어려움을 겪지 않고 곧바로 작품 연구를 할 수 있는 환경이 만들어졌고, 지난 세대와는 비교도 안 될 만큼 다양한 연구 성과가 제출되었다.

그러나 몇 가지 문제점이 있다. 한문소설은 보통 한 작품으로만 전해지는 것이 아니라 여러 작품이 한 책에 함께 묶여 유통되었다는 점이다. 예를 들어, 우리가 잘 알고 있는 『금오신화(金鰲新話)』와 『기재기이(企齋記異)』만을 보더라도 한 책에 다양한 양식의 작품들이 수록되어 있다. 이러한 경향은 후대로 갈수록 더하다. 이러한 점을 고려해본다면 한문소설 한 작품만을 다룰 것이 아니라, 한 책으로 묶여 전해지는 작품들의 맥락을 함께 살펴볼 필요가 있다.

한편, 여러 연구자들에 의하여 그동안 감추어졌던 여러 한문소설들이 새로 발굴되었다. 하지만 지금까지도 연구자의 손길이 필요한 작품들이 많다. 최근에 발굴된 〈이화실전(李花實傳)〉이나 〈충효전(忠孝傳)〉, 〈북상기(北廂記)〉와 같은 작품이 이러한 사실을 잘 보여준다. 따라서 연구자들은 새로운 작품 발굴에 끊임없는 관심을 기울여야 할 것이다.

이 한국한문소설집 번역 총서에 참여한 네 명의 연구자들은 처음에는 학계에 잘 알려진 작품을 함께 읽어보자는 취지로 모였다. 하지만 작품을 읽는 과정에서 단순히 작품 하나만 읽을 것이 아니라 함께 묶여 전하는 작품들을 아울러 보아야 한다는 생각을 했고, 이들 작품 중에는 현재까지 학계에 잘 알려져 있지 않거나 번역되지 않은 것도 있다는 점을 인식하여 같이 번역을 해보기로 했다. 그래서 그동안 차례로 읽어가며 번역을 했던 것들이 〈화몽집(花夢集)〉(김일성대 소장본), 〈요람(要覽)〉(국립중앙도서관 소장본), 〈삼방록(三芳錄)〉(국립중앙도서관 소장본), 〈수기(隨記)〉(서강대 소장본) 등이며, 개인 소장자들의 도움을 받아 학계에 소개되지 않은 작품을 읽어나가는 중이다. 〈한국한문소설집 번역 총서〉는 이런 과정에서 생겨난 것이다.

〈한국한문소설집 번역 총서〉로 기획한 작품집에는 〈화몽집〉이나 〈삼방록〉처럼 학계에 널리 알려진 것도 있고, 〈요람〉이나 〈수기〉와 같이 생소한 것도 있다. 작품집에 수록된 작품 중에는 우리에게 잘 알려져 있고 번역본이 여럿 나온 것도 있지만 이 책을 통하여 학계에 처음 소개되고 번역된 작품들도 있다. 이 과정에서 기존에 번역본이 존재하는 것은 이를 참고하면서 선본과 대조하여 이본의 위상을 보여주는 데 노력했고 새로 발굴한 작품도 이러한 과정을 거쳤다.

연구자가 자료를 발굴하고 이를 한글로 번역하는 작업은 투자한 시간과 노력에 비하여 대접을 받지 못한다는 푸념이 곳곳에서 나오고 있다. 특히 번역은 오역(誤譯)의 문제가 그림자처럼 따라다니고 있어 누구든지 번역을 해놓고서도 내놓는 데 부담감이 많다. 하지만 연구자들이 모두가 작품 해석만 할 수는 없고 누군가는 이러한 자료들을 발굴하고 소개해야 한다는 사명감, 그리고 오역은 새로운 번역과 관심의 촉발을 이룰 수 있다는 점을 생각해본다면 우리 네 사람의 생각과 작업은 나름대로 의미가 있다고 생각한다.

2012년 12월 역자 일동

차 례

『삼방록(三芳錄)』에 대하여

박상석

　『삼방록(三芳錄)』은 필사본 한문단편소설집으로 총 78장, 각 면 10행, 각 행 24자이며, 국립중앙도서관에 소장되어 있다(청구기호=한古朝 48-198). 표지의 제첨(題簽)에는 제목이 '三芳要路記'라고 되어 있지만 이 것은 근래에 인쇄된 글자이고, 1면에 있는 내제(內題)는 '三芳錄'으로 이 것을 이 작품집의 정식 제목으로 삼아야 하겠다.

　『삼방록』에는 〈王慶龍傳〉, 〈柳泳傳(=雲英傳)〉, 〈相思洞記(=英英傳)〉, 〈要路院記(=要路院夜話記)〉의 네 개 작품이 수록되어 있다. 〈왕경룡전〉에는 '一作 玉檀傳', 〈유영전〉에는 '卽 雲英傳', 〈상사동기〉에는 '一作 英英傳'이라고 부제가 표기되어 있다. '삼방록'은 〈왕경룡전〉, 〈유영전〉, 〈상사동기〉의 세 작품이 남녀 간의 아름다운 사랑 이야기이기 때문에 붙인 제목이며, 표지의 '삼방요로기'는 이 세 작품에 〈요로원기〉가 더해져 있으므로 붙인 제목이다. 〈왕경룡전〉, 〈유영전〉, 〈상사동기〉가 한 데 묶인 것은 편자의 애정소설에 대한 관심에서 비롯된 것이라 할 수 있다. 내제 아래에 '玉檀, 雲英, 英英, 附要路院記'라고 기재되어 있다. 세 편의 사랑이야기에 풍자적인 〈요로원기〉를 부록의 성격으로 붙인 것이다. 본 번역집에서는 이러한 체제를 고려해 '세 편의 꽃다운 이야기와 한 편의 유쾌한 풍자'라는 부제를 붙였다. 이 작품집의 편찬연대는 알 수 없다. 〈柳泳傳〉의 제목 아래에 '大明天啓二十一年'(1641년)이라는 글자가 부기(附記)되어 있으나 글자체가 본문의 것과 달라 이를 필사기(筆寫記)로 보기는 어렵다.

〈왕경룡전〉은 17세기 중엽에 나온 작품으로 추정된다. 그 근거는 〈왕경룡전〉이 『신독재수택본전기집(愼獨齋手澤本傳奇集)』에 실려 있다는 것이다. 『신독재수택본전기집』의 교열기(校閱記) 끝에 '愼獨齋書'라고 적혀 있는데, 17세기의 인물 김집(金集, 1574~1656)이 '愼獨齋'라는 아호(雅號)를 썼다. 그런데 신독재가 곧 김집이라고 단정할 수는 없는 만큼 〈왕경룡전〉의 출현 시기도 확정할 수는 없다. 그리고 1762년에 기록된 윤덕희(尹德熙, 1685~1766)의 〈소설경람자(小說經覽者)〉에 '王慶龍傳'이 보인다.

〈왕경룡전〉은 명(明)나라 가정(嘉靖) 연간을 배경으로 하는 왕경룡(王慶龍)과 기생 옥단(玉檀)의 사랑 이야기이다. 기생어미가 옥단을 이용해 경룡의 재산을 탈취하고 그를 버리지만, 옥단은 끝내 경룡에 대한 신의와 사랑을 지켜 그의 첩이 되기에 이른다. 〈왕경룡전〉은 중국 서사의 번안으로, 그 대본은 삼언이박(三言二拍) 중 하나인 『경세통언(警世通言)』의 24권 〈옥당춘낙난봉부(玉堂春落難逢夫)〉일 가능성이 가장 높다. 그런데 중국에는 이 이야기의 주인공인 옥당춘(玉堂春)에 관한 많은 사화(史話), 설화, 희곡이 전한다. 또 『경세통언』의 〈옥당춘낙난봉부〉는 『태평광기(太平廣記)』 484권 '잡전기류(雜傳記類)'의 제1편에 수록된 〈이와전(李娃傳)〉의 영향을 받았을 것으로 보이는데, 『태평광기』는 이미 고려 때에 이 땅에 수입되었다. 이런 정황을 고려하면 〈왕경룡전〉의 발생 문제를 〈옥당춘낙난봉부〉와 단선적으로 연결시켜 고려할 수만은 없으며, 여러 가지 관련 서사의 복잡다단한 전승 과정을 통해 이 작품이 성립되었을 가능성도 고려해야 한다.

〈왕경룡전〉은 한문필사본, 한글필사본, 한문현토필사본, 한문현토활판본, 한글활판본 등 다양한 형태로 전한다. 그리고 전북대학교 소장 〈왕경룡전〉은 목활자본일 가능성이 있다.

〈운영전〉은 17세기에 창작된 것으로 추정된다. 작품의 시간 배경이

'만력 신축(萬曆辛丑)'(1601년)으로 되어 있고, 본서의 대본인 『三芳錄』 중 〈柳泳傳〉의 표제 밑에 '大明天啓二十一年'(1641년)이라는 기록이 있어, 이를 바탕으로 작품의 창작 시기를 1601년과 1641년 사이로 보기도 한다. 또 작중 몽유자(夢遊者) 유영(柳泳, 1553~1616)이 실존인물이며 그를 작자로 볼 수 있다는 설이 있으며, 이 역시 작품의 창작 시기를 17세기 초로 보는 견해로 이어진다. 이 중 확실한 근거로 볼 수 있는 것은 없으나 〈운영전〉이 17세기의 작품으로 추정되는 〈상사동기〉, 〈주생전〉 등의 전기(傳奇)와 함께 소설집에 실려 전하고 있는 점으로 보아도 이 작품은 17세기에 산출되었을 가능성이 높다.

〈운영전〉은 안평대군(安平大君, 世宗 셋째 아들)의 궁녀 운영(雲英)과 김진사(金進士)가 우연히 만나 사랑에 빠지고 궁궐 담장을 넘나들며 금기의 사랑을 나누다가 결국에는 둘 다 자결하고 마는 비극이다. 〈운영전〉은 여러 종의 한문필사본, 한글필사본이 있으며, 1920년대에 나온 한글활판본과 일본어 번역본도 있다. 원본은 한문본일 가능성이 크다. 그런데 한글필사본인 이재수 소장본은 한문본을 번역한 것으로 보이나 한문본에 비해 대화가 부연되고 묘사가 더 자세하다. 작품의 제목은 '운영전' 외에도 '유영전(柳泳傳)', '수성궁몽유록(壽聖宮夢遊錄)', '운영향화(雲英香花)' 등으로 다양하다.

〈영영전〉은 17세기 초에 창작된 것으로 추정된다. 그 근거로 우선 권전(權佺, 153~1651)의 『석노유고(釋老遺稿)』에 '내가 병든 지 오래 되어 무료하기가 막심하매 아이들로 하여금 〈상사동기〉를 읽게 했다. (余罹病久矣, 病中無聊莫甚, 使兒輩讀想思洞記)'라는 기록이 있다. 그리고 이건(李健, 1614~1662)의 『규창유고(葵窓遺稿)』 「제소설시(題小說詩)」 〈제상사동기(題相思洞記)〉에 '길에서 만나자 곧 이별하였으나 깊고 은밀한 약속 귀신이 알까. 창두의 전별연(餞別宴) 계책이 없었다면, 견우직녀 같은 만남도 없었으리(路上相逢卽相離, 深盟密約鬼神知, 若無錢客蒼頭計, 不有天中一日期).'라 되어 있다. 또 같은 책 〈제전객기(題錢客記)〉에도 '성균관 길 인연이 첫 빌미되어, 궁문 지나매 중병 거듭 났네. 함께 급제한 친구의 의리 없었다면, 구천에서도 애끓는 혼 되었으리(一崇初緣行泮路, 沉痾重發過宮門, 不有當年同榜義, 九原猶作斷腸魂).'이라 되어 있다.

〈영영전〉은 한문필사본으로 전하며, 이본 간에 차이는 없지만 제목은 '영영전' 외에도 '상사동기(相思洞記)', '상사동전객기(相思洞錢客記)', '회산군전(檜山君傳)' 등으로 다양하다.

〈영영전〉에서 회산군(檜山君, 成宗의 다섯 째 아들)의 궁녀 영영(英英)과 김생(金生)이 우연히 길에서 만나 인연을 맺고 궁궐 안에서 몰래 사랑을 나누게 된다. 영영과 김생은 단 한 번의 사랑을 나누고 다시 만나지 못하다가 삼 년의 시간이 지나 회산군이 죽고 김생이 장원급제한 뒤에 두 사람은 결국 다시 만나 부부의 연을 이루게 된다. 〈영영전〉 역시 궁녀와 외간 남성의 애정을 다루고 있어 〈운영전〉으로부터 영향을 받아 지어졌을 것으로 보인다. 그렇지만 무엇보다 결말부에서는 큰 차이를 보이니, 〈운영전〉이 남녀 주인공이 죽음을 맞는 결말로 되어 있는 데 비해 〈영영전〉은 남녀 주인공이 결연을 맺는 행복한 결말을 이루고 있다.

〈왕경룡전〉, 〈운영전〉, 〈영영전〉은 이본 간에 글자와 표현의 차이가 있을 뿐, 내용상 큰 차이는 없다. 『삼방록』에 수록된 세 작품 역시 마찬가지이다.

본 작품집의 〈요로원기〉는 〈요로원야화기〉의 한 이본이며, 이론(異論)이 없는 것은 아니나 작자는 박두세(朴斗世, 1650~1733)일 가능성이 높다. 작품의 창작 시기는 이야기의 배경 년도인 1678년에 가까운 시기일 것으로 보고 있다.

〈요로원야화기〉는 한문본과 한글본을 포함해 지금까지 총 15편의 이본이 발굴되었다. 모두 필사본이며, 한문본이 원작인 것으로 추정된다. 오랫동안 한문본인 반계본(磻溪本)이 선본(善本)인 것으로 여겨져 왔으나, 근래에 또 다른 한문본인 바롤문고본이 그보다 더 선본에

가깝다는 의견이 제출되었다.

〈요로원야화기〉의 이본을 몇 가지 기준으로 나눠 볼 수 있다. 첫째, 분량에 따라 기본형과 확장형으로 나눌 수 있다. 말 그대로 기본형에서 내용을 부연한 확장형이 나왔을 가능성이 큰 것으로 보인다. 둘째, 표기 문자에 따라 한문본과 한글본으로 나눌 수 있다. 앞서 말한 대로 한문본이 원작이고 한글본은 이를 번역한 것으로 보인다. 한글본은 가람본과 연세대본의 2종에 불과하다. 셋째, 서술시점에 따라 1인칭 서술형과 3인칭 서술형으로 나눌 수 있다. 본래 1인칭 서술이던 것에서 3인칭 서술로 변화를 준 이본이 나온 것으로 보인다. 다수의 이본이 1인칭 서술이고, 3인칭 서술은 이마니시문고(今西龍文庫) 소장본(일명 批評新增本)과 『동야휘집(東野彙集)』 수록본 2종뿐이다. 이 중에서 『삼방록』 수록 〈요로원기〉는 기본형, 한문본, 1인칭 서술형이다. 그리고 『삼방록』 수록본에는 다른 이본에 있는 뒷부분의 이야기, 즉 '나'와 객(客)이 과거제도와 붕당(朋黨)을 비판하는 등의 내용이 생략되어 있다.

이 작품은 '내'가 1678년 과거에 실패하고 시골로 돌아가는 길에 충청도의 요로원이라는 주막에서 한 객을 만나 그와 하룻밤을 지내며 나누는 대화로 이루어져 있다. 서울 양반인 객이 자신을 어리숙한 시골 양반으로 보아 오만한 태도를 보이자 '나'는 일부러 어리숙한 언행을 보여 객이 한껏 잘난 체하도록 했다가, 나중에 자신의 학식을 드러내어 객을 당황하게 한다. 이처럼 이 작품은 수필과 소설의 성격을 함께 지니고 있으며, 그 때문에 이 작품의 장르 귀속에 대한 이견이 있어 왔다.

〈요로원야화기〉의 교주가 몇 차례 이뤄지긴 했으나 『삼방록』 수록의 〈요로원기〉에 대한 교주는 본서에서 처음 이뤄지는 것이다. 그리고 〈왕경룡전〉, 〈운영전〉, 〈영영전〉에 대해서는 이미 교주본이 적지 않게 나와 있으나 본서는 이들의 번역과 주석에 보다 충실을 기하고

자 했다. 『삼방록』 전체에 대한 교주는 여기에서 처음 이뤄지는 것으로, 이는 개별 작품의 차원을 넘어 작품집의 성격을 한 눈에 파악할 수 있도록 하며, 나아가 조선 후기 한문단편소설집의 전반적 특성을 이해하는 데에 도움을 줄 것으로 생각한다.

▎참고문헌

간호윤, 『先賢遺音』, 이회문화사, 2003.

김동욱 교주, 『단편소설선』, 민중서관, 1976.

大谷森繁, 『朝鮮後期 小說讀者 硏究』, 고려대학교 민족문화연구소, 1985.

박두세 저·한석수 역주, 『요로원야화기』, 박문사, 2010.

박희병 標點·校釋, 『韓國漢文小說 校合句解』, 소명출판, 2005.

장효현 외, 『校勘本 韓國漢文小說 一傳奇小說』, 고려대학교 민족문화연구원, 2007.

정학성, 『역주 17세기 한문소설집』, 삼경문화사, 2000.

김수영, 「〈要路院夜話記〉 硏究」, 서울대학교 석사학위논문, 2006.

박기석, 「〈雲英傳〉 再評價를 위한 豫備的 考察」, 한국국어교육연구회, 『국어교육』 37, 1980.

송정애, 「〈雲英傳〉 硏究」, 서울대학교 석사학위논문, 1977.

신경숙, 「〈운영전〉의 반성적 검토」, 한성어문학회, 『漢城語文學』 9, 1990.

정명기, 「고소설 유통사에 대한 새로운 시각 -목활자본 《王慶龍傳》의 출현을 통해서 본」, 열상고전연구회, 『洌上古典硏究』 33, 2011.

증천부, 「韓國小說의 明代話本小說 受容 硏究」, 부산대학교 박사학위논문, 1995.

일러두기

○ 작품별로 이본 중의 선본(善本)을 선정하여 대교(對校)하였으며, 의미 차이가 있는 부분만 각주에 반영하였다.

○ 각 작품별로 선정한 선본은 다음과 같다.

〈왕경룡전〉: 정학성 소장 신독재(愼獨齋) 수택본(手澤本) 〈왕경룡전(王景龍傳)〉
〈유영전〉 : 김일성대학 소장 『화몽집(花夢集)』 수록 〈운영전(雲英傳)〉
〈상사동기〉: 김일성대학 소장 『화몽집』 수록 〈영영전(英英傳)〉
〈요로원기〉: 반계본(磻溪本) 〈요로원야화(要路院夜話)〉

○ 주석에 다음 책들을 참고하였다.

〈왕경룡전〉, 〈유영전〉, 〈상사동기〉
 : 장효현 외, 『校勘本 韓國漢文小說 ―傳奇小說』, 고려대학교 민족문화연구원, 2007.

〈요로원기〉
 : 김동욱 교주, 『於于野談·雲英傳·要路院夜話·三設記』, 敎文社, 1984.
 박희병, 『한국 한문소설 교합구해』, 소명출판, 2005.
 한석수, 『요로원야화기』, 박문사, 2010.

왕경룡젼

王慶龍傳

－일명 옥단전(玉檀傳)

경룡(慶龍)은 자(字)가 시현(時見)[1]으로 절강(浙江) 소흥부(紹興府)[2] 사람이다. 어려서부터 총명했고 재주와 슬기가 남보다 뛰어났다. 아버지 위공(魏公)은 가정(嘉靖)[3] 말년에 벼슬이 각로(閣老)[4]에 이르렀다. 이 때 경룡의 나이는 열여덟 살이었다. 부지런히 공부하며 혼인에는 뜻이 없었고 문 밖으로 나가지 않으면서 종일토록 글을 읽은 지 여러 해였다.

그 즈음 위공은 정사를 의논하다가 윗사람의 뜻을 거슬러 관직을 그만 두고 고향 집으로 돌아가게 되었다. 그런데 위공은 전에 동시(東市)의 부유한 상인에게 은자 수만 냥을 빌려준 적이 있었다. 상인이 그때 마침 강남으로 장사를 나가 돌아오지 않았기 때문에, 위공은 길을 떠나려 할 때 경룡을 그곳에 머물게 하면서 일렀다.

"은자 수만 냥은 집안의 귀중한 재물이니 그 돈을 받아오는 일을 하인에게 맡길 수는 없구나. 네가 그것을 받아 가지고 돌아오너라."

---

1) 시현(時見) : '현(見)'은 다음과 같은 용법과 관련 있을 듯하다. "숨은 용이니 쓰지 말라는 것은 양(陽)이 아래에 있어서이고, 나타난 용이 밭에 있다는 것은 덕을 베푸는 것이 넓기 때문이다.[潛龍勿用, 陽在下也. 見龍在田, 德施普也.]"『주역(周易)』「건괘(乾卦)」.

2) 소흥부(紹興府) : 현재 절강성(浙江省) 소흥(紹興) 지역.

3) 가정(嘉靖) : 명나라 세종 때의 연호. 1522~1566.

4) 각로(閣老) : 재상(宰相)을 칭하는 말.

경룡이 명을 받고 뒤에 남아서 하인 한 명을 거느리고 서울에서 한 달 남짓 머물렀다. 상인이 이윽고 돌아와서 빌린 돈과 이자 돈을 모두 갚자, 경룡이 곧 행장을 꾸려 절강으로 향했다. 길이 서주(徐州)[5]에 이르자, 문득 이곳이 평소 번화한 곳으로 이름났다는 것을 떠올리고 한번 구경해 보고 싶은 생각이 들어 늙은 하인에게 말했다.

"내가 전에는 아버님의 훈계가 엄격해 책에 얽매여 나이가 이미 어른이 되었는데도 집안에만 굳게 갇혀 지냈네. 세상 사람들이 말하는 술집과 창루(倡樓)의 호사스럽고 화려함이 과연 어떠한지 알지 못하지. 이제 잠시 말을 멈추고 〈2〉 잠깐 유람을 하려네."

늙은 하인이 무릎을 꿇고 아뢰었다.

"도련님, 도련님! 부디 그리 마십시오. 술이란 미치게 하는 약으로 입에 대면 마음이 방탕해지고, 여색이란 요사스런 것으로 눈에 들어오면 혼이 어지러워집니다. 도련님은 나이 어린 서생으로 마음이 아직 안정되지 않았습니다. 만약 두 가지가 한번 마음과 눈에 들어오면 마음이 흔들리는 빌미가 되지 않는 경우가 드무니 차라리 안 보는 것이 낫습니다."

경룡은 그 말이 옳다고 여기면서도 생각하기를,

'한 번 유람한다고 어찌 뜻을 잃는 데까지 이르겠는가.'

하고는 끝내 듣지 않았다. 그리고는 서관(西館)부터 동관(東館)까지 살펴보았다. 푸른 깃발과 황금색 간판이 꽃과 버들 사이로 은은히 비치고, 울긋불긋 차려 입은 기생들이 누대와 정자 사이에서 오락가락하며, 음악이 줄곧 연주되는 가운데 술병과 안주가 어지럽게 벌여져 있었다.

경룡은 길을 따라 구경하면서 별 생각이 없어 남쪽 주루(酒樓)에 이르러 잠시 쉬려고 누각에 올라 난간에 기대어 차를 사서 마셨다. 수십

---

5) 서주(徐州) : 강소성(江蘇省) 북서부에 있는 지역.

보(步)쯤 되는 거리에 유달리 높은 누각이 있고, 누각 아래로는 갈아놓은 듯한 평평한 길과 다려놓은 듯한 잔잔한 강물이 보였다. 멀리 혹은 가까이 채색한 배들이 꽃이 만발한 물가에 정박해 있고, 비단 돛과 목란 상앗대가 물결에 따라 가벼이 흔들리고 있었다. 또 금 안장에 옥굴레를 한 두 세 마리 백마가 수양버들에 매여 히힝—거리며 서성대고 있었다. 누각 위에는 화려한 비단 옷을 입은 젊은이들이 한창 잔치를 벌이고 있는 것이 보였다. 주렴이 반쯤 걷혀 있고 비단 창문이 활짝 열려 있으며 옥 향로에서 향을 사르니 푸른 연기가 안개처럼 자욱했다. 금빛 잔에 술을 드니 맑은 술이 찰랑거렸다. 〈3〉 단장한 여인들이 모여 앉아 있기도 하고 비단 옷을 입은 여인들이 늘어서 있기도 했다. 애절한 비파 소리와 호탕한 피리 소리가 아득히 하늘에 어리었으며, 아름다운 춤과 맑은 노래 소리가 하루 종일 이어졌다.

그 가운데 젊은 여인 하나가 손에 푸른 연꽃 한 송이를 쥐고서 무리에서 벗어나 혼자 서 있는데 아름답고 빛나는 모습이 신선과도 같아 보였다. 경룡이 마음을 두고 눈길을 주면서 한번 만나 보려고 했으나 인연을 만들 방도가 없음이 한스러웠다. 마침 누각 아래를 보니 표주박을 파는 노파가 있어, 앞으로 불러다가 손으로 가리키면서 말했다.

"저 누각 가운데 이러이러한 모양을 하고 있는 사람이 누구요?"

노파가 말했다.

"동관의 기생6)으로 이름은 '조운(朝雲)'이라 하지요. 마침 유객(遊客)들이 와서 잔치를 베풀므로 나와서 기다리고 있는 것입니다."

말이 다하기도 전에 뭇 손님과 여러 기생들이 각각 흩어져 돌아갔다. 경룡이 곧 은자 이십 냥을 노파에게 주면서 말했다.

"이 돈이 비록 적으나 정으로 주는 것이니 노파는 나를 위해 저 고운

---

6) 기생 : 원문 '養漢的'. '양한(養漢)'은 본래 지아비가 있는 여자가 정부(情夫)와 사통하는 것을 가리킨다. 여기서는 '養漢的'이 '기생'의 뜻으로 쓰였음.

이를 오게 할 수 없겠소?"

노파는 그 돈을 사양하고 웃으면서 말했다.

"저 아가씨는 다른 사람을 기쁘게 하는 것이 생업이니 부르면 곧 올 것입니다. 다만 공자(公子)께서 저 아가씨를 보고자 하는 것이 미모 때문이라면, 저보다 더 예쁜이가 또 있습니다. 그이는 저 여자의 동생입니다. 이름은 옥단(玉檀)이고 나이는 지금 열 넷이며, 자색(姿色)이 다른 사람보다 빼어나 동관·서관을 다 찾아보아도 그보다 나은 사람이 없습니다. 다만 나이가 어려 이때까지 팔리지 않았으나 만약에 비싼 값을 준다면 반드시 좋은 인연이 있을 겁니다."

경룡이 말했다.

"내가 보고자 하는 이유는 〈4〉 다만 뛰어난 자색을 구경하고자 하는 것일 뿐이요, 합환(合歡)[7]에 마음이 있는 것은 아니오."

노파가 말했다.

"나와 그 아가씨는 평소에 서로 친하게 지내고 있습니다. 더구나 도련님의 은혜를 입었으니 감히 명령을 받들지 않겠습니까?"

곧 그 집으로 들어가더니 오래도록 나오지 않았다. 경룡이 속았는가 걱정하면서 반신반의하여 앉았다 일어섰다 하면서 고대하고 있을 즈음에 노파가 한 처녀 아이의 손을 이끌고 느릿느릿 걸어왔다.

용모를 단정히 하고 문으로 들어오는데 광채가 사람의 마음을 움직이고 타고난 선녀 같은 자태가 조운(朝雲)보다 백배나 나으니, 참으로 인간 세상에는 없는 국색(國色)[8]이었다. 자리에 앉아 채 말도 붙이지 않았는데 곧장 일어나니, 노파가 여러 번 만류하여 잡았으나 끝내 머무르려고 하지 않았다. 노파에게 불려서 공자의 부름에 잘못 나온 것을 부끄럽게 여긴 것이다. 경룡이 이러한 절색을 보고 마음의 정(情)을 진

---

7) 합환(合歡) : 기쁨을 같이 함. 남자와 여자가 같이 자며 즐김.
8) 국색(國色) : 나라 안에서 으뜸가는 미인. 보통 뛰어난 미인을 이름.

정시키지 못하여 곧 은자 삼천 냥을 그 집에 보내고 노파를 시켜 그녀의
어미에게 전하여 말했다.

"선물이 비록 많지는 않으나 감히 한번 만나보는 사례금으로 준비했
습니다."

그 어미가 돈을 탐내어 경룡을 맞아 그 집에 오게 했다. 잔치 자리를
성대하게 차리고 금빛 병풍을 엇갈려 둘렀으며 수놓은 장막을 높이 쳤
다. 좋은 술이 그득하고 향기로운 음식이 어지럽게 벌여졌으며 곱게
치장한 여자들이 음악을 연주하고 술잔을 올렸다. 자리를 장식한 물건
이며 즐거움을 북돋는 물건이 지극히 화려하고 사치하여 낮의 잔치보
다 갑절이나 나았다. 그리고 옥단으로 하여금 자리에 나와 앉도록 했는
데 난초 같은 자태에 부끄러움을 띠고 옥 같은 얼굴에 교태를 머금었으
며, 〈5〉 구름 같은 머리를 묶어서 단정하게 꽃비녀로 정돈했다. 비취색
깃털과 금실로 지은 옷을 입고 천축(天竺)9)의 얇은 비단 적삼을 걸쳤으
며, 붉은 깃털과 구슬 그물을 장식한 저고리에 천촉(川蜀)10)의 비단 치
마를 겹쳐 입었다. 모두 울금향(鬱金香)11)을 뿌리고 서용뇌(瑞龍腦)12)로
향기를 낸 데다 빼어난 미모가 자리를 비추고 기이한 향기가 집안을
채웠다.

경룡이 옥단의 아리따운 얼굴과 화려한 치장을 보니 이 세상 사람이
아닌 듯하여, 저도 모르게 놀라고 기뻐했다. 술이 얼큰해지자 경룡이
특별히 술 한 잔을 들어 조운과 옥단에게 청하여 말했다.

---

9) 천축(天竺) : 인도(印度).

10) 천축(川蜀) : 사천성(四川省)을 가리킴. 옛 촉국(蜀國)의 땅이라서 붙여진 이름. 좋은 비단
   의 생산지로 유명함.

11) 울금향(鬱金香) : 울금(鬱金)으로 만든 진한 향. 울금은 생강과의 다년초로 뿌리를 향료(香
   料)로 사용함.

12) 서용뇌(瑞龍腦) : 용뇌(龍腦). 인도에서 나는 용뇌수(龍腦樹) 줄기에서 덩어리로 흘러나오
   는 무색투명의 결정체로 된 귀한 향.

"멀리서 온 나그네가 이처럼 좋은 잔치를 만나 신선의 술에 취하고 신선의 음악을 두루 듣게 될 줄을 누가 알았겠소? 평생의 큰 행운이라 할 수 있겠으나 아쉬운 것은 두 낭자의 아름다운 글이 빠진 것이오."

조운이 자리에서 일어났다 앉으며 〈제천악(齊天樂)〉[13] 한 곡조를 지어 술을 권하니 노래 말은 이러했다.

華陽洞裡失仙童	화양동(華陽洞)[14]의 신선이 짝을 잃고
謫來南國幾年	남국으로 유배 온 지 몇 해던가
紅樓玉貌	붉은 누각의 옥 같은 모습과
碧窓花顔	푸른 창의 꽃 같은 얼굴들
揔作公子好緣	모두가 공자(公子)와 좋은 인연 맺으니
不樂何爲	즐기지 않고 무엇 하리
桂羞瓊液	진기한 음식과 술에
鳳管鵾絃	아름다운 음악으로
夜闌春暄	밤 깊은 따뜻한 봄날의 모임이라
會向高堂成醉眼	마침 높다란 집에서 취하여 잠이 드누나
高樓初設華筵	높은 누각에서 처음 화려한 잔치 열 때
對明樽歌	여러 동이 술과 가무(歌舞)를 대하여
舞樂而流連	노랫소리 끊임없네
風流公子	풍류스런 공자와
窈窕佳人	어여쁜 가인(佳人)이
洽似白鷺傍紅蓮	흡사 백로 곁의 붉은 연꽃 같구나

---

13) 제천악(齊天樂) : 사패(詞牌)의 이름. 청나라 때 간행된『사보(詞譜)』에서는 송나라 주방언(周邦彦)의 사(詞)를 정체(正體)로 여김. 쌍조(雙調) 102자로 이루어짐. 상편은 10구, 하편은 11구, 상하편 각각 51자 6측운(仄韻). 상편 제7구와 하편 제8구는 일자두구식(一字讀句式)이다. 일자두구식은 한 글자가 다른 글자들을 이끄는 사패의 문장 구조.

14) 화양동(華陽洞) : 화산(華山)의 남쪽 골짜기. 전설에 신선이 산다는 곳.

今夕何夕　　　　　오늘 밤이 어인 밤인가
花催銀燭燄　　　　은촛대에 촛불 아롱거리고
篆缺金爐烟　　　　금 화로에 연기 피어오르네 〈6〉
春夢欲酣　　　　　봄꿈이 달콤하니
金帽玉釵橫枕邊　　금 모자와 옥비녀가 베개 가에 흐트러졌구나

경룡이 곧 화답했다.

昔被瑤笈學神仙　　옛날 요급(瑤笈)15)을 받아 신선을 배워
燒盡金丹幾年　　　금단(金丹)을 모두 달인 지 몇 년인가16)
洞庭蘭香　　　　　동정(洞庭)의 난향(蘭香)17)과
鏡陵綵鸞　　　　　종릉(鍾陵)의 채란(綵鸞)18)이
那知月下有緣　　　월하에 인연19)이 있을지 어찌 알았으리오

─────────────

15) 요급(瑤笈) : 신선의 책.

16) 금단(金丹)을 모두 달인 지 몇 년인가 : 금단(金丹)은 신선이 만든다는 장생불사(長生不死)의 영약으로, 먹으면 신선이 된다 함. 이 구절은 당나라 배형(裵鉶)의『전기(傳奇)』중 〈배항(裵航)〉과 관련 있다. 배항이 운영(雲英)과 혼인하고자 하니 그녀의 할머니가 신선이 준 영단(靈丹)을 찧을 옥으로 만든 절구공이와 절구통을 구해오게 하였고, 그 다음에는 100일 동안 영단을 빻게 한 다음에 혼인을 승낙하였다.

17) 동정(洞庭)의 난향(蘭香) : 두난향(杜蘭香). 선녀인 두난향이 동정호(洞庭湖) 근처의 포산(包山)에 사는 장석(張碩)의 집에 찾아와 신선이 되는 방법을 가르쳐주어 장석도 신선이 되었다고 함.『수신기(搜神記)』.

18) 종릉(鍾陵)의 채란(綵鸞) : 당나라 대화(大和) 연간에 서생 문소(文簫)가 중추절을 맞아 종릉(鍾陵) 서산(西山)에 놀러 갔다가, "함께 선단에 오를 수 있다면, 응당 문소(무늬새긴 피리)를 얻어 채란(화려한 난새)을 타리니, 저고리와 휘장이 있으니, 경대의 서늘함을 걱정 마시라(若能相伴涉仙壇, 應得文簫駕彩鸞, 自有繡襦兼甲帳. 瓊台不怕雪霜寒)"라고 읊조리는 여인을 만나, 서로 사랑하게 되었다. 그러자 홀연 선동(仙童)이 와서는, "오채란이 사욕으로 천기를 누설했으므로 사람의 처로 일기(一紀, 12년)를 살게 하겠다고 선포했다. 두 사람은 그렇게 부부가 되어 살다가 후에 신선이 되어 사라졌다. 당나라 배형(裵鉶)의『전기(傳奇)』〈문소(文簫)〉.

19) 월하에 인연 : 위고(韋固)가 밝은 달 아래의 한 노인[月下老人]이 자루에 기대어 앉아 어떤 책을 뒤적이고 있는 것을 보았다. 위고가 책에 대해 묻자 노인은 그것이 세상의 혼사(婚事)에 관한 책으로 그에 적힌 남녀를 자루에 있는 빨간 끈[赤繩]으로 묶으면 반드시 맺어진다고

今夕相逢	오늘밤 서로 만나
弄白玉簫	백옥소(白玉簫)를 불고
奏綠綺絃	녹기현(綠綺絃)20)을 타네
酒酣更殘	술자리 무르익고 시간이 얼마 남지 않았으니
一枕宜向藍橋眠	한 베개에 누워 남교(藍橋)21)에서 자리라
一登瑤臺綺筵	한 번 요대(瑤臺)22)의 호화로운 연회에 올라
睹佳人美人	가인(佳人)과 미인을 보니
蘭蕙相逢	난초와 혜초가 서로 만났구나
天姿綽約	타고난 자태 아리땁고
仙態宛轉	선녀의 자태 완연하니
疑是紅蓮映白蓮	홍련이 백련을 비추는 듯하구나
詞婉調淸	노랫말은 아름답고 곡조는 맑아
珠明滄海月	구슬은 푸른 바다에 비친 달처럼 밝고
玉潤藍田煙	옥은 남전(藍田)23)의 안개처럼 윤택하네
却怕此身	두렵나니, 이 몸이
羽化徑到蓬萊邊	신선이 되어 봉래산에 이르렀는지

노래가 끝나고, 곧 옥단에게 이어 화답하게 하니 옥단이 교태를 부리

했다. 위고가 자신의 배필을 묻자 노인이 한 여인을 점지해 주었고 후에 그 말대로 이루어졌
다. 『속현괴록(續玄怪錄)』〈정혼점(定婚店)〉.

20) 녹기현(綠綺絃) : 녹기금(綠綺琴). 한나라 때 사마상여(司馬相如)가 〈옥여의부(玉如意賦)〉
를 지어 양왕(梁王)에게 바치자, 양왕이 기뻐하며 사마상여에게 하사했다는 명금(名琴). 후
대에는 일반 거문고의 뜻으로 쓰임.

21) 남교(藍橋) : 섬서성(陝西省) 남전현(藍田縣) 동남쪽의 남계(藍溪)에 있는 다리. 당나라
때 배항(裴航)이 이곳을 지나다가 선녀인 운영(雲英)을 만나서 선인들이 마시는 음료인 경
장(瓊漿)을 얻어마셨다고 함. 당나라 배형(裴鉶)의 『전기(傳奇)』〈배항(裴航)〉.

22) 요대(瑤臺) : 아름다운 누대(樓臺)의 미칭(美稱). 또는 신선이 노닌다는 누대.

23) 남전(藍田) : 섬서성(陝西省) 서안시(西安市) 동남쪽에 있는 현(縣). 그 동쪽의 남전산(藍
田山)에서 아름다운 옥이 나는 것으로 유명함.

는 듯, 부끄러워 하는 듯 얼굴을 숙이고 응하지 않았다. 그 어미와 조운
(朝雲)이 함께 힘써 권했으나 옥단은 잘하지 못한다며 사양했다. 조운이
옥단의 소매를 잡고 간절히 권했다.

"이미 성을 기울일 만한 미모를 팔았는데 사람을 놀라게 할 노래를
아끼겠느냐? 빨리 새 노래를 지어 아름다운 잔치를 즐겁게 하려무나."

옥단이 억지로 명을 따라 자리에서 일어나 옷깃을 여미고 곧 〈7〉
〈모우(暮雨)〉 한 곡조를 불렀다. 노랫말은 이러하다.

江有梅	강에는 매화가 있고
山有竹	산에는 대나무가 있으니
淸標肯同凡卉	맑고 깨끗함이 보통 풀과 같겠는가
春不開	봄엔 피지 않고
秋不落	가을엔 떨어지지 않으니
貞姿謾托莓苔	곧은 자태 그저 이끼에 맡기겠는가
疎枝霜後淸	성긴 가지는 서리 내린 후에 맑고
冷蘂雪中香	차가운 꽃술은 눈 속에서 향기로워라
寄語尋芳客	꽃을 찾는 나그네에게 말 부치노니
莫比花柳場	화류장(花柳場)에는 견주지 마시오

노래 소리가 매우 맑고 깊으며 곡조 또한 애처로웠다. 더구나 곡조에
는 은미한 뜻이 많아 경룡은 옥단과 더불어 합환하기 어려울까 마음속
에 의구심이 생겼다. 마침내 노래에 화답하여 그 뜻을 보려 했다. 노랫
말은 이러하다.

朝尋芳	아침에는 꽃을 찾고
暮尋春	저녁에는 봄을 찾아

擺盡一城花卉	한 성의 모든 화초를 살펴보았소
東問竹	동쪽에서 대나무를 묻고
西問梅	서쪽에서 매화를 물으며
踏破萬山蒼苔	모든 산의 이끼를 밟았소
棋園賞仙標	기원(淇園)24)에서 선표(仙標)25)를 감상하고
庾嶺聞國香	유령(庾嶺)26)에서 국향(國香)27)을 맡았소
旣能領略遍	이미 두루 깨달았으니
願作移一場	한 곳으로 옮기기를 원하노라

옥단이 노래를 다 듣고 비로소 청안(靑眼)28)을 열고 몰래 추파를 보냈다. 밤이 깊어 잔치가 끝나 그 집에서는 옥단으로 하여금 잠자리에서 모시게 했다. 경룡이 잠자리에 들어 희롱하려 하자 옥단이 완강히 사양하며 말했다.

"첩이 명을 어기는 것은 뜻이 있어서입니다. 강제로 희롱하려 하신다면 죽음만이 있을 뿐입니다."

경룡이 의아해하며 이유를 묻자, 옥단이 크게 한숨을 내쉬며 답했다.

"첩은 〈8〉양가의 자식으로 어려서 부모를 잃고 의지할 만한 친척도 없이 어린 여종 한 명만 데리고 이웃에 구걸하며 다녔습니다. 이 집 기생어미[媢母]가 저의 재주와 용모를 보고 취하여 자식으로 삼은 것은

---

24) 기원(淇園) : 위(衛)나라의 대나무 동산 이름. 기수(淇水)가에 대나무가 잘 자라 기원(淇園)의 대나무가 유명했음. 『시경(詩經)』「위풍(衛風)」〈기욱(淇澳)〉에 "저 淇水 벼랑을 보니, 푸른 대나무 야들야들하도다(瞻彼淇澳 綠竹猗猗)".

25) 선표(仙標) : 신선의 풍모. 여기서는 '대나무'를 비유함.

26) 유령(庾嶺) : 대유령(大庾嶺). 강서성(江西省) 대유현(大庾縣)에 있는 고개 이름. 당나라 때 장구령(張九齡)이 이곳에 매화나무를 많이 심고 매령(梅嶺)이라 이름 붙인 후 매화의 명소가 되었음.

27) 국향(國香) : 나라의 으뜸가는 향이라는 뜻으로 '매화'를 말함.

28) 청안(靑眼) : 남을 기쁜 마음으로 대하는 뜻이 드러난 눈초리.

바로 '오늘 이익을 취하련다.'라는 것이라, 첩으로 하여금 이 지경에
이르게 했습니다. 그러나 저는 여전히 여분(汝墳)29)의 정조를 흠모했고
하간(河間)30)의 음란함을 미워했습니다. 이제 공자를 한 번 사랑하게
되면 다시 다른 사람을 섬기지 않겠노라 맹세할 텐데, 공자께서 저를
노류장화(路柳墻花)31)로 여겨 한 번 꺾은 뒤 영원히 버리실까 두렵습니다.
그 때문에 감히 명을 따르지 않는 것입니다. 조금 전 연회의 노래에서도
보인 비루한 뜻을 공자께서는 이미 이해하셨을 것입니다. 공자의 풍모가
빼어나고 재주가 맑고 높은 것을 보니 건즐(巾櫛)을 받들고는32) 싶으나,
첩이 간직해 온 마음이 이 같으니 공자께서는 생각해 주십시오."

경룡이 기뻐 일어나 절하고 말했다.

"삼가 지극한 말을 들으니 기쁘고 위로가 되는 마음을 이길 수 없소.
본디 성품이 곧고 정숙하지 않다면 어찌 이럴 수 있겠소? 우리가 비록
정식 혼례33)를 치르지 않았어도 낭자는 한 지아비만을 따르는 의리를
지킬 수 있겠소? 맹세컨대, 낭자와 더불어 끝까지 해로하리다."

옥단이 웃으며 대답했다.

"만약 그 같을 수 있다면 은덕이 얕지 않을 것입니다."

경룡이 드디어 옥단과 함께 잠자리에 드니 그 기쁨을 알 만하다. 경

---

29) 여분(汝墳) : 여수(汝水)의 제방이라는 뜻으로, 『시경(詩經)』 「주남(周南)」 〈여분(汝墳)〉
을 말함. 이 시는 부인이 전쟁에 나간 남편이 돌아온 것을 기뻐하면서 그가 돌아오지 않았을
때 그리워했던 것을 노래한 것임.

30) 하간(河間) : 음부(淫婦)를 가리킴. 하간 땅에 사는 여자가 처음에는 정조를 지켰으나,
일가 계집의 꼬임에 빠져서 한 번 정조를 잃은 후에는 다시 개과하지 못하고, 점점 심하여
몸을 망쳤다는 데서 나왔음. 당 유종원(柳宗元)의 〈하간전(河間傳)〉.

31) 노류장화(路柳墻花) : 아무나 쉽게 꺾을 수 있는 길가의 버들과 담 밑의 꽃이라는 뜻으로,
창녀나 기생을 비유함.

32) 건즐(巾櫛)을 받들고는 : 건즐은 수건과 빗으로, '건즐을 받들다.'라는 것은 여자가 한
남자의 아내나 첩이 됨을 겸손하게 표현하는 말이다.

33) 정식 혼례 : 원문 '초삼(醮三)'은 혼례식 때 신랑과 신부가 술 석 잔을 마시는 풍습을
가리킴.

룡이 이후로 애정에 빠져 떠나고자 하나 떠나지 못하고 환락에 깊이 빠져 낮도 밤도 없었다. 노복이 틈을 타 나아가 〈9〉말했다.

"도련님께서는 전에 제가 도련님께 경계했던 말을 생각지 않으십니까?"

경룡이 사실대로 말했다.

"새로운 정이 아직 흡족하지 않아 끊고 떠나기 어렵다. 너는 우선 기다리거라."

노복이 다른 날 여러 번 간절히 말했다.

"전에 은을 줄 때 제가 말리고 싶지 않은 것은 아니었으나 도련님께서 마음이 기울어 뜻을 쏟는 것을 보고 간할 수 없다는 것을 알았습니다. 그래서 도련님께서 스스로 깨닫기를 바랐으나 어찌 계속 머물러 이 지경에 이르렀습니까?"

경룡이 불쾌해 하며 말했다.

"내 나이가 열다섯[志學]34)을 넘었으나 아직 아내가 없고 이 여자는 비록 창기로 불리나 일찍이 다른 사람에게 간 적이 없으며 난초 같은 마음과 혜초 같은 자질은 군자의 짝이 될 만하다. 하물며 함께 해로하기를 원하여 다른 이에게 가지 않겠다고 맹세했다. 좋은 중매쟁이에게 처를 구하더라도 어찌 이 같은 사람을 얻을 수 있겠느냐?"

노복이 말했다.

"도련님의 일은 결정이 되었으니 저는 이제 돌아가겠습니다."

경룡이 갑자기 화를 내며 말했다.

"이 놈! 어찌 돌아가지 않는 것이냐?"

명하여 쫓아내도록 했다. 노복이 탄식하며 말했다.

---

34) 나이 열다섯[志學] : 다음 구절에서 나온 말. "공자(孔子)께서 말씀하셨다. '나는 열다섯 살에 학문(學問)에 뜻을 두었고, 서른 살에 자립했으며, 마흔 살에 사리(事理)에 의혹하지 않았고, 쉰 살에 천명을 알았으며, 예순 살에 귀로 들으면 그대로 이해되었고, 일흔 살에 마음에 하고자 하는 바를 따라도 법도에 넘지 않았다.' (子曰, 吾十有五而志于學, 三十而立, 四十而不惑, 五十而知天命, 六十而耳順, 七十而從心所欲, 不踰矩.)"『논어(論語)』「위정(爲政)」.

"내가 도련님과 함께 각로의 간곡한 명을 받고 은자 수만 냥을 거두어 돌아오다가 뜻하지 않게 중도에 요물에게 걸려 이런 지경까지 이르렀구나. 은자는 아깝지 않으나 그 불의에 빠진 것은 애석하도다."

마침내 길을 떠나 절강에 못 미쳐 같은 마을에 사는 상인을 만나 울면서 말했다. 〈10〉

"당신이 돌아가 각로께 아뢰어 주시오. 내가 못나서 도련님을 모시고 뒤에 떨어졌는데 도리로 깨우쳐 이끌지 못하고 도련님으로 하여금 요물에 미혹되어 중도에서 돌아갈 것을 잊게 했소. 이제 은자를 잃어버리고 또 도련님도 잃어버렸으니 나는 죽어 마땅하오. 장차 무슨 면목으로 돌아가 각로를 뵙겠소?"

그리고는 칼을 뽑아 스스로 목을 찔렀다. 상인이 구하려 했으나 노복은 이미 죽어 버렸다. 상인이 돌아가 각로를 뵙고 갖추어 아뢰니, 각로는 분노를 이기지 못하여 몸소 찾으려 했으나 경룡이 어디에 있는지를 알지 못하여 다만 화를 내며 꾸짖었다.

각설. 경룡이 노복을 쫓아 보낸 후 이곳에 머물러 늙어 죽을 때까지 있기로 마음먹었다. 그러나 창루가 번잡하고 어지러운 것이 싫고 유객들이 시끄럽게 구는 것을 꺼려, 많은 은자를 팔아 따로 서루(書樓)를 지었다. 하루는 옥단이 그가 혼자 있는 때를 타서 아뢰었다.

"첩은 창가의 천한 몸인데, 군자께서 버리지 않고 가정을 이루려 하시니 첩이 입은 은혜가 이보다 더 큰 것이 있겠습니까? 매우 감격스럽습니다. 첩이 군자와 함께 맹세했으니, 군자와 함께 살고 싶지 않은 것이 아닙니다. 공자께서 첩 때문에 부모님께 죄를 짓고 사림(士林)에 허물을 끼치게 되었으니 어찌하겠습니까? 장부의 큰 뜻을 펼치시고 아녀자의 깊은 정을 돌아보지 마십시오. 첩도 역시 군자를 따라 몰래 가고자 하나 일이 누설될까 두렵고, 또한 우리 집 주모(主母)도 군자를 책망할 것입니다. 〈11〉 게다가 공자의 집안에는 법도가 있어 예의가 엄숙하니, 대인께서 천한 첩을 어찌 데리고 살 만하다고 하시겠습니까? 공자께서 첩과 함께 오래 머무르시면 장래가 그릇되고 대인께서 첩에게 많은 노여움을 두실까 두렵습니다. 창가(娼家)는 탐욕이 많은 곳으로 이득이 다하면 정도 소원해집니다. 주모가 공자를 대하는 것도 어찌 처음과 같을 수 있겠습니까? 공자를 위한 계책으로는, 아직 남은 값진 재물을 갈무리하고 반쯤 헤맨 잘못을 깨닫고 고향으로 돌아가 부모님을 뵙는 것 만한 것이 없습니다. 글을 읽고 부지런히 학업을 닦아 어린 나이에 속히 과거에 급제하여 일찌감치 벼슬길에 올라 임금을 섬기면 공자에게는 입신양명(立身揚名)의 명예가 있을 것이요, 첩도 단원(團圓)의 약속35)을 이룰 수 있을 것입니다. 공자께서 떠난 뒤에 첩은 마땅히 죽음으로 절개를 지켜 뒷날의 기약을 기다릴 것입니다. 첩의 어리석은 계책은 진실로 이와 같습니다. 고명(高明)한 의견으로는 어떻게 생각하십니까?"

경룡 역시 그 고견에 감복하여 훌륭한 말에 고개 숙여 고마움을 표했다. 그러나 생각해 보니, 데리고 가자니 일이 어려운 점이 많아 옥단이 말한 것과 같을 것이요, 버리고 가자니 다른 사람이 옥단의 절개를 빼앗아 그녀가 죽음에 이를까 두려웠다. 그래서 그 말을 따르지 않고 높은 누각을 크게 지어 옥단과 함께 늘 머물렀다. 누각이 집의 북쪽에 있어 사람들이 '북루(北樓)'라고 불렀다.

누각이 세워진 뒤로 기생어미는 경룡이 오래 머물 계획을 가지고 있음을 알아채고 쫓아내려는 꾀를 내었다. 그리하여 물건을 대 주는 핑계로 날마다 은전을 요구했는데 그 수를 헤아릴 수가 없었다. ⟨12⟩ 이렇게 하기 오륙년이 되자 경룡의 돈주머니는 바닥이 나서 의지할 물건이 없고, 도리어 그 집에서 밥을 얻어먹게 되었다. 기생어미가 하루는 옥

---

35) 단원(團圓)의 약속 : 다시 만날 약속. 연인이 헤어질 때 둥근 거울을 쪼개어 나눠 갖고 만날 때에 다시 합치는 것에서 나온 말.

단에게 몰래 말했다.

"왕공자의 재산은 이미 바닥이 나 더는 득볼 게 없겠다. 네가 잠시 피해 있으면 왕공자는 반드시 떠날 것이다. 네가 어찌 가난한 사내를 지키느라 비싼 몸값을 허비할 수 있겠느냐?"

옥단이 말했다.

"왕공자는 저 때문에 겨우 몇 해를 살면서 이미 만금을 바쳤는데, 재물이 바닥나자 버리고 배반하는 것은 인정상 차마 할 수 없는 일입니다. 어찌 감히 이렇게 할 수 있겠습니까?"

그 어미가 옥단을 피하도록 할 수 없음을 알고 경룡을 없애고 싶은 생각이 들어 마침내 조운과 모의하여 말했다.

"옥단을 데려다 기른 것은 다른 게 아니다. 한번 합환(合歡)하는 것을 값으로 받자면 천금도 많지 않다고 염려할 판인데, 이제 어찌 옥단으로 하여금 한갓 왕가(王家)의 물건이 되게 할 수 있겠느냐?"

서로 계교를 꾸미고 옥단과 경룡을 속여 말했다.

"모월 모일에 서관의 기생 아무개가 상복[孝服]을 벗게 되니 우리 집 노소(老少)들도 전례대로 당연히 가봐야 되겠고 옥단도 가지 않을 수 없소."

경룡이 난처해하자 기생어미가 말했다.

"공자께서 혼자 보내기가 어렵다면 함께 갈 수 있겠소?"

경룡은 기뻐하며 허락했다.

다음 날 온 집안사람들이 길을 떠나 수 십 리를 가 노림(蘆林)의 어귀에 닿자 기생어미가 거짓 놀라는 체하며 말했다.

"내가 떠나 올 때에 급하게 길 떠날 차비를 하는 바람에 재물을 저장한 광에 〈13〉 자물쇠를 잠그지 않았으니 다소 간 재물을 도둑맞지 않도록 누가 지켜 줄까."

하고는, 경룡에게 청하여 말했다.

"내가 돌아가 자물쇠를 채우고 오고 싶으나 늙은이의 근력으로는 달려갈 수가 없으니 공자께서 수고 좀 해 주시지 않겠소?"

경룡이 그 말을 의심하지 않은 채 가겠다고 하니, 기생어미가 자물쇠를 주면서 말했다.

"속히 가서 자물쇠를 잠그고 돌아오시오. 우리는 여기에 머물면서 기다릴 테니."

경룡이 마침내 홀로 말을 타고 채찍질을 하며 되돌아 달려갔다. 몇 리쯤 갔을 것이라고 생각되었을 때, 기생어미는 옥단을 윽박질러 다른 길로 도망쳐버렸다. 옥단이 울면서 그 어미에게 말했다.

"만약 왕공자를 쫓아 보내고자 했다면 스스로 떠나가도록 함이 마땅한데 여기까지 와서 속이다니 매우 어질지 못합니다."

하고는 마침내 수레에서 뛰어내리려는데, 노복들이 부둥켜안아 구해냈다. 옥단이 실성통곡하며 말했다.

"내가 평소 들으니 노림(盧林)은 도적들의 소굴이라고 하던데, 왕공자가 저녁 무렵에 돌아오면 반드시 호랑이 입에 던져지게 될 것이오. 내가 왕랑(王郞)을 죽이지는 않았으나 왕랑은 꼭 나 때문에 죽게 되는 것이오."

하인들도 그 말을 듣고 매우 슬퍼서 또한 눈물을 흘렸다.

경룡이 그 집에 도착해서 집안을 살펴보니 남은 건 네 벽 뿐, 물건이라곤 보이지가 않았다. 또 집을 지키는 하인들도 없었다. 경룡이 밖으로 나와 이웃 사람들에게 말했다.

"온 집안이 싹 비었으니 이것이 집 지키는 하인들이 한 짓이라도 이웃 분들께서 또한 모를 리가 있겠습니까?"

이웃 사람들이 모두 쳐다보고 웃으며 말했다.

"어리석구려! 공자는 당당한 장부로서 아녀자에게 〈14〉 이처럼 속임을 당한단 말이오! 저들은 먼저 재물을 다른 곳으로 몰래 옮긴 다음에 뒤따라 그곳으로 가다가, 또 공자를 중도에 공연히 되돌려 보내 종적을 찾을 수 없게 했으니, 그게 속임수였소. 공자는 어찌 알아차리지 못했소?"

경룡은 놀라서 어찌할 바를 모르다가, 재물을 몰래 옮겨 놓은 곳이 어디인지를 물었다. 이웃 사람이 말했다.

"저들이 몰래 숨어버렸는데 어찌 그 장소를 일러 주었겠소?"

경룡이 더욱 분을 누를 수 없어 다만 옥단을 뒤쫓아 가 잡아서 나무라려는 마음으로 달려서 노림으로 돌아왔으나 옥단 일행이 간 곳을 알 수 없었다. 갈림길에서 배회하다 날은 이미 어두워지고 사방에 인가의 불빛이라곤 없었으며 갈대숲[蘆林]은 하늘을 가렸다. 옥단 일행이 멀리 가지는 않았을 것이라고 생각하고 마침내 노림으로 들어가 앞으로 나아갔다.

노림은 사람이 살지 않는 강가에 있으면서 주위가 수십 리이고 마을과는 뚝 떨어져 있어서 도적들이 진을 치고 있으니 대낮이 아닐 때 지나는 사람은 약탈과 살육을 당하기 일쑤였다. 게다가 기생어미가 먼저 도적을 불러 경룡의 옷과 말을 주겠다고 약속하며 반드시 죽이고 가도록 한 터였다.

경룡이 노림을 채 반도 지나기 전에 과연 도적의 무리가 있어 경룡을 붙잡아 안장과 말을 빼앗고 옷을 벗긴 뒤 죽이려고 했다. 경룡이 손을 비비고 슬피 호소하며 한 목숨 살려줄 것을 애걸하니 도적 가운데 한 사람이 애처롭게 여겨 구해 주었다. 다만 손발을 묶고 옷을 빼앗고 입을 틀어막아서 소리를 내지 못하게 하고는 〈15〉 갈대숲 가운데 밀쳐두고 가 버렸다.

다음날 아침 마침 어떤 노인이 지나가다가 풀숲에서 '읍읍' 하는 숨소리를 듣고 소리를 따라와 그의 묶인 것을 풀어주고 틀어막은 것을 빼내 주니 한참 만에 기운을 차렸다. 노인이 그 까닭을 물어 경룡이 일의 시말을 자세히 이야기하니 노인이 말했다.

"허! 공이 스스로 그 화를 불러들였으니 누구를 탓하겠소? 그러나 인생이 이 지경까지 이르다니 가련하구려."

바로 해진 옷을 벗어 입혀 주면서 말했다.

"이곳은 흉년이 들어 입에 풀칠하기가 매우 어렵소. 수십 리쯤 떨어진 곳에 마을에서 구걸하는 무리들이 경점(更點)36) 치는 일을 하며 마을 사람들에게 음식을 얻어먹고 있소. 당신도 가면 행여 살 수가 있겠지만 그렇지 않으면 죽을 것이오."

경룡이 고생, 고생하며 걸어서 그 마을에 당도하니 걸인들이 말했다.

"너는 나중 왔으니 편안하게 끼일 수는 없다. 혼자 삼경(三更)을 치고 난 뒤에야 허락하겠다."

경룡이 그날 밤에 피곤에 지쳐 깊이 잠이 드는 바람에 경점을 잘못 치자, 걸인들이 맡은 일을 게을리 했다 하여 여럿이서 때리고 내쫓아버렸다.

경룡은 굶주림에 울며 기다시피 하여 가는 곳마다 먹을 것을 구걸하면서 양주(楊州)로 들어가서는 저자에서 구걸을 했다. 구차스럽게도 맹인 광대의 노비가 되어 한창 뜰에서 연희를 하고 있었다. 당상(堂上)의 한 관원이 의자에 기대어 앉아 있다가 목을 늘이고 자세히 바라보면서 물었다.

"너는 어느 지방 사람이며, 너의 이름은 무엇이냐?"

경룡이 이상히 여기면서 이름과 성과 출신지를 사실대로 대답하자 관원이 〈16〉 곧바로 뜰로 내려와 손을 잡고 경룡에게 말했다.

"뜻밖이군요. 도련님께서는 무슨 연유로 천대받고 욕을 당함이 이 지경에 이르렀습니까?"

울며 그 이유를 묻고서는 함께 집으로 돌아가 옷과 음식을 나누어

---

36) 경점(更點) : 경(更)과 점(點). 하루의 밤을 오경으로 나누고, 경을 다시 다섯 점으로 나누어 경에는 북을, 점에는 징을 쳤음.

주니, 살뜰한 정이 지극했다. 이 관리는 왕각로(王閣老)의 예전 서리(胥吏)로, 성은 한(韓)이고 이름은 언(鷗)인데, 지금은 조운낭중(漕運郎中)[37]으로 뽑혀 이 관아에 와 있었다.

경룡이 한언의 집에 달포 가량 머무르자 한언의 처와 자식들이 여러 번 하소연했다.

"당신이 옛 정을 잊지 않고 왕랑(王郎)을 대접하는 것은 정이 매우 두텁다 할 수 있습니다. 다만 이번 흉년으로 살림이 궁핍해지고 봉급이 줄어 처자식이 굶주리고 추위에 떠니 내 곤궁함도 살피지 못하는데, 하물며 다른 사람을 구휼할 수 있겠습니까?"

싫어하는 말이 자주 귀에 들리자, 경룡이 한언에게 이별을 고했다.

"부모님을 떠나온 지 여러 해 되어 돌아갈 생각이 날로 간절합니다. 설령 전전하며 구걸하더라도 절강(浙江)으로 돌아가 부모님을 뵙고자 합니다."

한언 또한 만류하지 못하고 약간의 노자를 주었다.

길을 떠나 먼저 관왕묘(關王廟)[38]에 가서 길흉을 점치려 했다. 가던 길에 늙은 할미를 만났는데, 예전에 표주박을 팔던 할미였다. 할미가 놀라 눈물을 흘리며 말했다.

"왕공은 귀신입니까, 사람입니까? 저는 죽었을 것으로만 생각했지 살았을 것이라고는 생각하지 못했는데 무슨 연유로 이곳에 계십니까? 첩 또한 공자의 은혜를 입음이 많습니다. 매번 생각이 미칠 때마다 저도 모르게 눈물을 흘렸는데, 오늘 아침 이곳에서 만날 것을 어찌 생각이나 했겠습니까? 괴이하고도 괴이합니다!"

이어 말했다.

"옥단 일가가 거짓으로 〈17〉서관(西館)으로 간 후 몇 달간 여관에 머

---

37) 조운낭중(漕運郎中) : 조세로 거둬들인 곡물을 배로 나르는 일을 담당한 하급관리.
38) 관왕묘(關王廟) : 관우(關羽)를 모시는 사당.

물다가 집으로 돌아와 예전처럼 살고 있습니다. 다만 옥단은 당초에 전혀 그 음모에 참여하지 않아 지금까지 원통하게 슬피 울고 있습니다. 공자께서 필시 죽었을 것이라 생각하여 절개를 훼손하지 않으리라 맹세하고 항상 북루에서 지내면서 문밖을 나서지 않은 지 오래 되었습니다. 공자께서 목숨을 보전하여 이곳에 있다는 말을 들으면 반드시 천리를 멀다 하지 않고 달려올 것입니다."

경룡은 "아, 아!" 탄식했다. 노림(蘆林)에서 겪은 재앙과 굶주림과 추위 속에 떠돌던 고초를 모두 말하자 할미가 말했다,

"저는 술을 팔러 배를 타고 이곳에 왔습니다. 이제 또 노를 돌려 갔다가 오래지 않아 다시 올 것입니다. 공자께서 행여 일정을 조정하여 조금 머물러 계시면 옥단에게 소식을 전하고 돌아오겠습니다."

또 은자 몇 냥을 경룡에게 주며 말했다.

"공자께서는 이것을 우선 머무를 비용으로 쓰십시오."

경룡 또한 돈이 있어 열흘은 버틸 수 있기에 사양하며 받지 않고, 지필묵을 찾아 옥단에게 편지를 썼다.

노림에서 살아난 몸이 떠돌다 양주(楊州)에 이르렀소. 슬피 울며 구걸하여 지금까지 모진 목숨을 보전했는데, 늘 낭자의 박정함이 매우 심함을 원망했소. 뜻밖에 이웃 사람을 길에서 만나 낭자가 북루에 살면서 다른 이에게 아양 떨지 않는다는 말을 들었는데, 그러하오? 그렇다면 나를 죽인 사람은 낭자가 아님을 알겠소. 천리를 떨어져 서로 생각하나 만날 길이 없으니 스스로 생각건대 일생에 〈18〉 어느 날에 다시 만나겠소? 돌아가는 배가 떠나려 하여 편지를 부치기 몹시 바쁘니 눈물로 먹을 갈고 떨리는 손으로 편지를 봉하오. 마음속 가득 찬 슬픔을 말로 다할 수 없구료.

모년 모월일 경룡 올림.

다 쓰고서 할미에게 주었다. 할미가 편지를 받아 경룡과 이별하고서
드디어 배에 올라 서주(徐州)로 돌아갔다. 몰래 옥단을 만나 왕랑의 일
을 이야기하고 편지를 전하며 아울러 다시 갈 뜻을 말했다.

각설. 경룡과 옥단이 노림에서 헤어진 후 옥단은 슬피 울면서 죽음으
로 절개를 지켰다. 집으로 돌아온 날 곧바로 북루에 올라가 왕랑과 먹
고 자던 곳을 생각하고 왕랑이 입고 사용하던 물건을 어루만지며 통곡
하니 시간이 지날수록 더욱 간절했다. 한 번도 누각에서 내려오지 않고
슬픈 날들을 지내며 단장하는 것을 모두 그만두니 용모가 초췌해졌다.
이웃 사람들이 와서 보고 눈물을 흘리지 않은 이가 없었으며 지나가는
유객들은 감히 묻지 못했다.

이때에 이르러 왕랑의 편지를 받고 왕랑이 죽지 않았다는 소식을 알
고서 슬픔을 이기지 못해 머리를 흩뜨리며 오열했다. 할미에게 감사하
며 말했다.

"할미의 신의가 아니었다면 천상의 소식을 어찌 지하의 사람에게 전
할 수 있겠어요? 내일 저녁 시비로 하여금 답신을 전하게 할 터이니
할미가 왕랑에게 돌아가 전해주세요. 혹시 할미로 인해 다시 왕랑을
만나게 되면 〈19〉 이는 할미의 두터운 은혜이니, 갚을 수 있다면 뼈를
가루로 만들어서라도 하겠어요. 또 사사로이 출입하면 남이 의심할까
두려우니 다시 오지 마세요."

때마침 기생어미가 어떤 사람이 북루에 간 것을 알고 창밖에서 엿보
고 있었다. 옥단이 이를 알고 할미에게 눈짓하며 꾸짖는 척했다.

"처음에 할미가 왕랑과 나를 중매했는데 불행하게도 왕랑이 노림에
서 속임을 당하여 까마귀와 솔개의 뱃속에 장사를 지내게 되었습니다.
나는 절개를 지킬 것을 깊이 맹세하고 죽음으로 약속했으니, 할미도
불쌍히 여겨 슬퍼해야 함이 마땅한데, 도리어 공교로운 말로 다시 어떤
놈을 중매하려 합니까? 할미의 불량함이 이 지경에까지 이를 줄 어찌

알았겠습니까?"

할미 또한 거짓으로 답했다.

"낭자가 홍안으로 헛되이 늙는 것을 가엾게 여겨 다시 단장하게 하고 새로운 기쁨을 보게 하려는 것인데 낭자는 어찌 이리 심하게 욕하는가?"

기생어미가 이를 듣고 창을 밀치고 들어와 말했다.

"할미의 말이 옳다. 너는 어찌 생각하지도 않고 되레 욕하느냐?"

말의 꼬리를 이어 반복하여 설득했으나 옥단은 대답하지 않고 쓰러져 누웠다. 잠시 후 할미와 기생어미가 누각에서 내려갔다.

다음날 정오에 옥단이 홀연 누각에서 내려와 기생어미에게 가서 말했다.

"밤새 자지 못하고 누워서 생각해보니 어제 할미가 한 말이 매우 일리가 있는 것 같습니다. 창가(娼家)에서 길러진 여자가 어찌 열부(烈夫)의 정조를 생각하겠습니까? 장대(章臺)의 버들39)은 수많은 사람들이 다투어 꺾는 것을 분수로 여깁니다. 현도(玄都)의 꽃40)이 〈20〉수많은 말들에 의해 길이 만들어지는 것을 어찌 싫어하겠습니까? 화려한 안장을 얹은 준마라도 부르는 것에 답하여 가고, 비단 이불과 구슬 자리라도 당기는 것에 따라 머뭅니다. 비록 한 번 웃음으로 천금을 얻지는 못해도 또한 오릉(五陵)의 전두(纏頭)41)는 바랄 만합니다. 한편으로는

---

39) 장대(章臺) : 한나라 때 장안에 있던 거리 이름으로 가기(歌妓)들이 모여 있던 곳이다. 당나라 안사(安史)의 난 때 한익(韓翊)이 출정한 사이에 아내 유씨(柳氏)는 번장(蕃將)인 사타리(沙吒利)에게 납치되었다가 허준(許俊)의 계교 덕분으로 한익에게 되돌아오게 되었다. 한익이 헤어진 유씨에게 "장대의 버들이여, 장대의 버들이여, 옛날의 푸르름을 지금도 지녔는지. 휘늘어진 긴 가지 옛날과 똑같다면, 다른 사람 손에 행여나 꺾일지도.(章臺柳, 章臺柳, 昔日靑靑今在否, 縱使長條似舊垂, 亦應攀折他人手.)"라는 시를 지어 보내었다. 당나라 허요좌(許堯佐)의 전기(傳奇) 〈유씨전(柳氏傳)〉.

40) 현도(玄都)의 꽃 : 현도(玄都)는 장안에 있던 도관(道觀) 이름. "거리의 먼지 얼굴을 스치니, 꽃을 보고 온다 말하지 않는 사람이 없네. 현도관에 있는 복숭아 천 그루는, 모두 유랑이 간 후에 심은 것이지(紫陌紅塵拂面來, 無人不道看花回. 玄都觀裏桃千樹, 盡是劉郎去後栽.)" 당나라 유우석(劉禹錫)의 시 〈유현도관(遊玄都觀)〉.

내 몸을 영화롭게 하고 한편으로는 내 집안을 부유하게 할 수 있으니, 이것이 부모가 기뻐하는 바입니다. 불행하게도 지난 번 왕랑을 만나 여러 해 정을 두었기에 하루아침에 헤어지는 것은 정리(情理)에 매우 괴로워 혹 살아 돌아와 옛 인연을 이어가기를 바랐습니다만, 이제 시간이 지나고 세월이 흘러 소식도 영영 끊어졌으니 왕랑이 죽은 것이 확실합니다. 세월은 흐르는 물과 같아서 곧 늙게 될 것이고 아름다운 얼굴은 머물지 않습니다. 훗날 백발이 되면 후회막급일 것입니다. 설령 왕랑이 다시 살아온다 해도 어찌 다시 저를 사랑하겠습니까? 청춘이 아직 저물기 전에 홍안의 비싼 값어치를 하고 싶습니다."

기생어미가 매우 기뻐하며 말하기를,

"네가 미혹되었다가 스스로 돌아왔으니 우리 집안의 복이다."

하며 기뻐해 마지않았다. 옥단이 북루로 돌아가 몰래 편지를 써서 감추어둔 은자 백 냥을 꺼내 시비를 시켜 밤을 틈타 할미에게 주며 말했다.

"할미가 힘을 써서 이 만금을 전해 주세요. 지금 은자(銀子)를 보내니 할미가 반을 갖고 반은 왕랑에게 주세요."

며칠이 지나 이웃 할미가 물건을 간수하고 돌아갈 배를 사서 경룡이 머무는 양주에 이르렀다. 경룡이 굶주림을 참아가며 기다린 지가 이미 보름이 넘었다. 할미가 편지와 물건을 전하자 〈21〉 손수 쓴 글씨를 보고 울음을 삼키면서 편지 봉투를 뜯었다. 그 편지는 이러했다.

남편을 배반한 옥단이 거듭 절하고 왕랑께 편지 올립니다. 저는 애초 천한 신분의 연약한 몸으로 창루(娼樓)에서 공자를

---

41) 오릉(五陵)의 전두(纏頭) : 오릉(五陵)은 장안 북쪽에 있는, 한나라 고조(高祖)부터 오대(五大)까지의 임금의 능. 부귀한 집안이 모여 살던 곳으로 번화한 거리를 의미함. 전두(纏頭)는 광대, 기생, 악공 등에게 사례로 주는 돈이나 물건. 백거이(白居易) 〈비파행(琵琶行)〉에 "오릉의 젊은이들 전두를 다투어 주니, 한 곡조에 붉은 비단 그 수를 헤아리기 어렵네(五陵年少爭纏頭, 一曲紅綃不知數.)"라고 했다.

그르치고 후에는 교묘한 계략으로 노림(蘆林)에서 공자를 속였습니다. 제가 비록 그 사이에서 실제 행한 일은 없지만 그 사이의 일은 실로 첩이 다리를 놓은 것입니다. 스스로 화의 근원을 생각해 보건대, 누가 이 화를 낳은 것이겠습니까? 마땅히 한 번 죽음으로써 거듭된 허물을 갚아야 할 것이나 다만 일편단심을 간직하고 있음은 해에게 물을 수 있습니다. 만일 공자께서 화에서 벗어날 수 있으시다면 아마도 제가 뒷날에 실정을 말씀 드릴 수 있지 않을까 생각했기에 자결하지 못하고 이제껏 욕되게 살아 온 것입니다. 이웃 할미가 이 편지를 전하여 공자께서 노림에서 죽임을 당하지 않으시고 창루에서의 일을 후회하시게 되리란 걸 알게 될 줄 어찌 생각했겠습니까? 한편으로는 기쁘고 한편으로는 슬퍼서 한층 더 눈물만을 삼킵니다.

제게 어리석으나마 옛 은혜를 갚을 수 있는 계책이 있습니다. 아무 달 이무 날에 몰래 서주(徐州)에 가서 관왕묘(關王廟)에 들어가 탁자 아래 숨어 첩을 기다리십시오. 한 마디 말이 천리를 가는 법이라, 일의 기회를 잃을까 두려우니 비밀, 또 비밀로 하시어 일이 어긋나 잘못되지 않게 하십시오. 공자의 처지가 몹시 급하다는 소식을 듣고 우선 임시변통할 돈을 보내드립니다.

모월 모일, 옥단 재배(再拜).

〈22〉 경룡은 그 편지를 보고서 은을 팔아 짐을 꾸리고 날짜를 헤아려 길에 올라 몰래 서주(徐州)에 이르렀다. 약속한 날짜가 되자 몰래 관왕묘에 들어가 옥단이 한 말과 같이 했다.

각설. 옥단은 노파를 보낸 뒤로부터 화장을 하고 몸단장을 하며 태연 자약하게 이야기하고 웃으며 혹 이웃 마을에 놀러 나가기도 하여 북루(北樓)에는 잘 붙어 있지 않았다. 같은 마을에 큰 장사치 조가(趙家)가 있었는데, 나이는 이미 늙었으나 일찍부터 옥단의 자색(姿色)을 사모했다. 이제 옥단이 절개를 버렸다는 소문을 듣고 한번 합환(合歡)해 보고 싶은 욕심에 천금(千金)을 기생어미에게 주었다. 기생어미가 돈을 받고 옥단에게 권유하니 옥단이 마침내 응낙하고 그와 기약을 정했다. 그러나 기약을 보름 뒤로 하자, 기생어미가 까닭을 물었다. 옥단이 웃으며 대답했다.

"내가 지난날에 왕공자와 정의(情意)가 깊고 간절해 함께 맹세하고 신명(神明)께 고했는데, 이제 맹약을 깨지 않은 채 다른 사람에게 간다면 마음에 부끄러움이 있게 됩니다. 관왕묘(關王廟)에 가서 길일을 점쳐 맹약을 깨고자 해서 이와 같이 기일을 늦추었을 뿐이에요."

기생어미도 그 말을 흔쾌히 따랐다. 옥단이 드디어 목욕재계하고 약속한 날에 관왕묘에 가면서 금은 수백 냥을 몰래 품고 갔다. 관왕묘 밖에 이르자 종자(從者)에게 말했다.

"맹약을 깨는 말을 고할 때 숨겨야 할 일이 많으므로 너희들에게 듣게 해서는 안 되겠다. 너희는 여기 남아 기다리면서 다른 사람도 막아라."

그리고 곧 관왕묘에 들어가 관왕(關王)에게 절을 하고 탁자로 다가가 경룡을 불렀다. 경룡이 탁자 아래에서 나오니 〈23〉 옥단이 벌써 탁자 앞에 와 있었다. 죽다 살아난 감회를 어떻게 금할 수 있겠는가. 자기도 모르게 부여안고 통곡을 하니, 옥단이 다급히 말리면서 말했다.

"나를 따라온 종자에게 들리게 한다면 오늘의 재앙은 노림에서 겪은 것보다 심할 것이니 조심, 조심하십시오!"

그리고 지난날의 원통했던 마음을 털어 놓았다.

"그때 서관(西館)으로 가는 길에 저와 공자가 함께 간사한 꾀에 빠졌지만 첩도 또한 공자를 속인 것이 있으니 그게 무엇이겠습니까? 몇 달 전에 주인 어미가 저를 잠시 피해 있게 하여 공자를 쫓아내려 했습니다. 제가 매우 완고하게 거절했습니다만 그때에 공자께 알리지 않은 것은 다만 공자의 마음이 번뇌에 빠질까 두려웠기 때문입니다. 그래서 저는 혼자 알고 있으면서 금석(金石) 같은 뜻을 굳게 하려고만 했을 뿐이지, 흉악한 꾀가 노림에서처럼 심한 지경에 이를 것이라고 어찌 생각이나 했겠습니까? 공자께 알리지 않고 먼저 처리한 것이 바로 공자를 속인 죄입니다. 만 번 죽은들 어찌 속죄할 수 있겠습니까? 그러나 일은 이미 지나갔으니 말한들 아무 이로움이 없습니다. 기묘한 계책으로 앞길을 여시기를 바랍니다."

그리고 즉시 금은을 건네고 비밀스런 계책을 일러주면서 '이리이리 하라'고 말하고, 곧 경룡으로 하여금 도로 탁자 밑에 숨게 했다. 그리고 종을 불러 관왕묘에 나란히 절을 하고 함께 나갔다.

경룡은 곧 이웃 고을의 시장으로 가서 금은을 팔아 비단 옷을 사서 입고 준마를 사서 탔다. 또 빈 가죽 상자 이백 개를 사서 돌과 흙으로 채우고 〈24〉 황동 자물쇠로 잠가 금은보화가 들어 있는 것처럼 꾸몄다. 그리고 마부와 말 백 필을 세내어 짐을 싣고 앞서 가게 하고 경룡은 뒤에서 서주(徐州)로 들어가 옥단의 집 쪽으로 향했다. 마을의 이웃 사람들이 경룡을 보고는 모두 놀라고 이상히 여겨 길에 둘러서서 인사하며 말했다.

"공자께서 한번 가시고는 소식이 뚝 끊겼었는데, 오늘 행차는 어디로부터 오신 것인지 모르겠습니다. 여전히 수많은 재물을 누리시는군요!"

경룡이 웃으며 말했다.

"그대들은 이백(李白)의 시[42]를 듣지 못했소? '하늘이 나에게 재주를 주심에 반드시 쓰임이 있으리니, 천금은 흩어 없애도 다시 돌아온다네.' 했잖소. 이제 마침 북경(北京)에 정혼하러 가느라 방금 절강(浙江)으로부터 오는 길이요."

---

42) 이백(李白)의 시 : 이백의 〈장진주(將進酒)〉를 이름.

　사람들이 모두 감탄했다. 창가(娼家)의 종들도 다투어 보고는 집으로 달려가서 이를 알렸다. 옥단이 그 말을 듣고 거짓으로 놀라는 체하며 말했다.

"아! 왕공자가 죽지 않았으니 어찌 맹세를 깨트리고 다른 사람에게 다시 시집갈 수 있으리오?"

　마침내 북루로 달려가 스스로 목을 매니 시비들이 기생어미를 불러 목숨을 구하고 그만두게 했다. 경룡이 옥단의 집을 지나면서 돌아보지도 않고 가버렸다. 기생어미와 조운은 갖옷과 말, 재물의 성대함을 엿보고서 서로 몰래 의논하여 말했다.

"옥단은 왕랑이 죽지 않은 것을 알고 맹세를 깨트린 것을 후회하여 자결하려고까지 했으니 이후로는 결코 재가(再嫁)하지 않을 거야. 이 재물을 놓치면 다시는 득볼 일이 없을 테니, 저 속없는 공자를 따뜻한 말로 잘 구슬리면 반드시 잊지 않고 돌아올 거야. 〈25〉 이걸 이용해서 그 재물을 차지하는 것이 낫겠다."

　그리고 쫓아가 말고삐를 당기며 말했다.

"공자님! 어쩜 이렇게 무정하십니까? 노림에서 한번 헤어진 후로 공자가 어디에 계신지 알지 못하여 날마다 돌아오시기를 바랐는데 끝내 소식이 없어 온 집안의 모든 이가 울부짖으면서 날을 보냈습니다. 생각지도 않게 오늘 낭군을 다시 보게 되었으나 문 앞을 지나면서도 들어오지 않으니 어찌 된 일입니까?"

　경룡이 고삐를 잡고 대답했다.

"이것이 참으로 무슨 말인가? 처음에 내가 창가(娼家)에 미혹되어 재물을 다 없애고도 집으로 돌아가지 않자 자네들이 노림에서 나를 속여 없애 버리려고 했네. 하지만 재수가 다하지 않은지라 하늘의 보살피심으로 도적을 만나고도 죽지 않았네. 고향으로 돌아가 재산을 늘려 좋은 아내를 구하려 했는데 마침 마땅한 곳이 있어서 고향으로부터 길을 나선 것이라, 이를 놓칠 순 없네. 불행히도 자네 집을 지나게 된 것을 한탄하는 판에 어찌 자네 딸을 찾아가 다시 욕을 당하겠나?"

기생어미가 소리를 내어 거짓으로 웃으며 말했다.

"지난번 노림 입구에서 방 자물쇠를 잠그지 않은 걸 비로소 깨닫고 공자께 청하여 보내고 나서 저희들은 여러 시간을 기다리고 있었지요. 날이 이미 저물어 공자께서 틀림없이 돌아오지 않으실 거라 생각했어요. 여염집은 멀리 떨어져 있고 사방에 인가(人家)라고는 없어 부득이 노림을 버리고 가까운 객점에 투숙하여 공자께서 다음 날 오시기를 기다렸습니다. 공자께서 밤을 무릅쓰고 말을 달려 돌아오다가 곧바로 노림으로 들어가서 도적의 수중에 떨어졌다는 걸 어찌 알았겠어요? 그 다음 날에도 공자를 기다렸는데 오시지 않는지라 〈26〉 공자를 찾으러 다니면서 살펴보지 않은 곳이 없었지요. 몇 달을 배회하다가 어찌할 도리가 없어 슬퍼하며 집으로 돌아왔는데, 집에 두었던 것들을 모두 잃어 남아 있는 것이 없었습니다. 필시 이웃 사람들과 집 지키던 노비들이 한 짓일 텐데, 재물을 도둑맞은 것은 한탄하지 않고 오직 공자가 살았는지 죽었는지를 걱정했어요. 비록 어질지 못한 늙은 몸으로도 울부짖으며 공자를 그리워했으니, 더욱이 옥단은 죽음을 맹세하고 절개를 지켰습니다. 밤낮 북루에서 지내면서 내려오지 않은 지 삼년이 되었어요. 이웃에 물어보면 증명할 수 있습니다. 우리 집안이 공자를 그리워한 것은 매우 간절했다고 할 수 있는데, 공자께서는 어찌 이처럼 거절하시나요? 만약 옥단과 정을 쌓은 인연이 이미 다해서 다시 돌아볼 것이 없다고 하신다면 그러하겠지만, 어찌 고대하던 사람에게 생각지도 못한 말을 할 수 있습니까?"

경룡이 거짓으로 승낙하며 말했다.

"어미 말이 이와 같다면 옥단을 만나 다시 따져보겠네."

그리고는 말을 돌려 그 집으로 갔다. 기생어미와 조운은 계획대로 되었다 여겼고, 마을 사람들은 모두 경룡의 어리석음을 비웃었다. 기생 어미가 대청을 돌아가서 옥단을 불러, 나와 만나라고 했다. 옥단은 나오려 하지 않으며 말했다.

"누가 공자를 오시라고 불렀습니까? 저 분이 비록 억지로 왔으나 어찌 노림(蘆林)에서의 한을 잊고 예전에 즐거워했던 것과 똑같이 하겠습니까? 만나지 않고 보내는 것만 못합니다."

기생어미가 직접 와서 나갈 것을 권하자 〈27〉 옥단이 말했다.

"저 분은 각로의 아들로 창가(娼家)에 잘못 떨어져 겨우 몇 해 살면서 만금을 모두 주었으니 후하다고 할 수 있습니다. 그런데 그 은혜가 작지 않음을 생각지 않고 도리어 사지에 빠지게 했는데, 저 공자께서 다행히 살아나 다시 큰 복을 누리고 있습니다. 비록 말씀하시지는 않으나 제가 어찌 뻔뻔하게 대할 수 있겠습니까?"

기생어미가 말했다.

"내가 좋은 말로 이해시키자 그 또한 풀어져서 여기에 올 수 있었다. 어찌 이처럼 지나치게 생각하느냐?"

옥단이 말했다.

"사람이 목석(木石)이 아니니 모두 이러한 마음을 가지고 있을 것입니다. 노림에서 속아 죽을 뻔했는데 어찌 벌써 그 원한을 잊었겠습니까?"

경룡도 옥단이 오래도록 나오지 않자 나가려 했다. 기생어미가 더욱 간절히 옥단에게 권하자 옥단이 말했다.

"나를 억지로 나가게 하려면 한 가지 계책을 써서 공자를 속인 후에야 나갈 수 있습니다."

기생어미가

"무슨 계책이냐?"

고 물으니 옥단이 말했다.

"전에 공자께서 주었던 은과 공자께서 갖추어준 기물들을 모두 앞에 벌여 놓고 큰 연회를 베풀어 축수(祝壽)하면서, '집안의 재물은 전에 모두 잃어버렸으나 오직 공자께서 준 금은과 사용하던 기물들은 마침 옥단이 북루 아래 땅에 감추어두어 남았으니 공자께서 내려주신 복43)이 아닐 수 없습니다. 집안이 망한 후에도 여전히 이 물건들을 가지고서 차마 팔지 않은 것은 훗날 공자께서 오실 것을 기다렸을 따름이니 〈28〉 지극했다 할 수 있습니다. 헌데 공자께서는 도리어 노림에서의 뜻하지 않은 일로 의심하십니까? 이것들로 축수하겠습니다.'라고 하면 저 분도 반드시 감정을 풀고 도리어 재물을 줄 것입니다. 그렇게 되면 옛날의 재물이 새로운 재물을 낳는 향기로운 미끼가 될 것입니다."

기생어미가 매우 그럴 듯하게 여겨 곧 연회를 베풀고 재물을 늘어놓아 옥단의 말대로 했다. 이에 옥단이 나와 공자에게 절했으나 등을 돌리고 앉아 감히 바로 대하지 못했다. 경룡이 그 이유를 묻자 옥단이 말했다.

"공자께서는 노림에서의 실정을 알지 못하고 제가 속였다고 의심하여 문을 지나면서도 돌아보지 않으셨으니, 첩이 무슨 면목으로 공자를 대하겠습니까?"

경룡이 잔을 들고 웃으며 말했다.

"지난 번 재앙을 당했을 때는 의심하고 한스러워하지 않을 수 없었소. 지금 주모의 정성이 매우 지극한 것을 보니 나도 모르게 묵은 한이 모두 사라졌소."

이에 기생어미와 조운에게 축수하며 간절히 권했다. 기생어미 모녀는 그가 속아 넘어가는 것을 기뻐하며 저녁이 다하도록 연회에 참석하여 즐기며 술을 마셨다. 이전에 옥단이 몰래 시비에게 명하여 경룡에게 술을 따를 때는 물을 섞어 올리게 했으며, 게다가 경룡의 주량은 한이 없어서 취하지 않았다. 기생어미와 조운은 마음을 놓고 술에 매우 취해

---

43) 공자께서 내려주신 복 : 원문에는 '公子之賜福'으로 되어 있음. 단국대본에는 '公子之賜'로 되어 있으며 그 외 이본은 '公子之福'으로 되어 있음.

부축을 받아 안으로 들어갔다. 경룡과 옥단은 재물과 기물을 모두 거두어 북루의 침소로 돌아갔다. 기쁜 정과 막혔던 회포는 하룻밤에 다 풀수 없는 것이라 끝없이 〈29〉 사랑을 나누어 밤새 잠들지 못하니, 황홀하기가 마치 꿈을 꾸는 것 같았다. 때마침 병풍 사이를 보니 옥단이 손수 절구 한 수를 지은 것이 있었다.

北樓春日又黃昏	북루의 봄날은 또 황혼녘이로구나
濕盡紅巾拭淚痕	붉은 수건 다 젖도록 눈물 자국 닦네
回首蘆林烏鵲亂	고개 돌려 노림을 보니 까막까치 어지러워
不知何處可招魂	모를레라, 어디에서 혼을 부를 수 있을까

경룡이 그 시에 담긴 말뜻이 슬프고 원망스러운 것을 보고 자신도 모르게 눈물을 흘렸다. 곧 붓을 잡아 화답했다.

舊客登樓日已昏	옛 손이 누각에 오르니 날은 황혼이라
點燈相對拭啼痕	등불 켜고 마주 앉아 눈물 자국 닦네
蘆林風雨今何許	노림의 비바람이여 지금은 어떠한가
悒悵應存未返魂	쓸쓸하니, 아직 돌아오지 못한 혼 있으리

시간은 한밤중이 되어 사방을 둘러보아도 아무도 없었다. 옥단이 크게 한숨을 쉬며 경룡에게 말했다.

"공자께서는 재상 집안의 천금 같은 자식으로 마땅히 조상의 업을 이어야 하는데 한 기녀를 보고서는 돌아가지 않고 여러 해를 머물러 만금을 다 써버렸고, 끝내 귀중한 몸으로 예상치 못한 재앙에 떨어졌습니다. 비록 죽지 않았다고는 하나 그 재앙은 매우 참혹합니다. 기회를 타 저 재물을 거두어 집으로 돌아가 부모님을 뵙는다면 부모님의 노여

움도 풀 수 있을 것이며 경박한 행동을 했다는 〈30〉 이름도 면할 수
있을 것입니다."

　그리고 부축해 일으켜 눈물을 흘리며 마주대했다. 이윽고 슬픈 노래
를 지어 이별했다. 그 곡조는 〈만정방(滿庭芳)〉44)이었다.

深情未攄	깊은 정 아직 펴지도 못했는데
淸夜將曉	청아한 밤은 새벽이 되려 하니
紛紛此心悲懽	어지러운 이 마음은 슬프고도 기쁩니다.
蘆林孔邇	노림이 몹시 가까우니
安可失機關	어찌 기회를 잃을 수 있으리오
嗚呼良人一去	아, 그대가 한 번 가시고 나면
對明鏡將作孤鸞	거울 대하는 외로운 난새45) 되리니
好歸寧	좋이 돌아가시어
專心黃卷	오로지 서책에 마음을 두시고
愼勿憶紅顔	부디 홍안46)은 생각지 마십시오
佳期在何時	아름다운 기약은 어느 때 있으리오
萬里風塵	만 리 풍진에
一去難還	한 번 가면 돌아오기 어려우리
怊悵相看	서글피 서로 바라보며
白髮共誓心丹	백발이 되어도 한결같기를 맹세하네
自此北樓無人	이제부터 북루에 사람이 없을 테니
日之夕孤倚欄干	날 저물도록 외로이 난간에 기대리

---

44) 만정방(滿庭芳) : 사곡(詞曲)의 명칭. '뜰에 가득한 꽃'이란 의미.

45) 거울 대하는 외로운 난새 : 난새는 혼자 살지 못하므로 주인이 거울을 새장에 넣어두면
　거울을 보고 짝인 줄 안다고 함.

46) 홍안(紅顔) : 붉고 혈색이 좋은 얼굴이라는 뜻. 젊은이의 얼굴, 여자의 아름다운 얼굴,
　아름다운 여자 등등의 의미로 쓰임.

迫江南消息誰傳　강남의 소식은 누가 전하리오
望望多靑山　　　보고 보아도 청산뿐이구나

곧 경룡이 화답했다.

千里相逢　　　　천릿길에 서로 만났다가
半夜將離　　　　한밤중에 이별하려 하니
此生何日重懽　　이 생 어느 날에 다시 기쁨을 나누리
紆鞍欲動　　　　안장 얹어 떠나려 하니
白雲迷楚關　　　흰 구름에 남쪽이 흐릿하네
虛負雙玉簫　　　그저 옥통소 한 쌍 짊어지고
望秦臺幾時乘鸞　진대(秦臺)47)를 바라보니, 언제나 난새 탈까
摻子裾不忍相別　그대 옷자락 잡고 차마 이별하지 못하니
壯士感紅顏　　　장사는 홍안에게 감동하네

有約雖金石　　　약속한 것이 금석 같으나
無路重逢　　　　다시 만날 길 없으니
何日得還　　　　어느 날 돌아오리오
怕石腸燒成灰　　돌 같은 마음은 재가 되고
玉貌銷丹　　　　옥 같은 용모는 시들어가네 〈31〉
駒隙流連幾許　　짧은 만남에 긴 이별은 얼마나 되려나
慘相視涕淚欄干　애처로이 서로 바라보며 난간에 눈물 흘리네
倘未死再續舊緣　혹 죽지 않고 옛 인연 다시 이으려면
轉海更移山　　　바다를 돌리고 산을 옮겨야 하리

---

47) 진대(秦臺) : 진 목공(秦穆公)은 딸인 농옥(弄玉)이 생황을 잘 불자 봉황대(鳳凰臺)를 지어
　　주었다. 농옥은 퉁소를 잘 부는 소사(蕭史)를 만나 후에 용과 봉황을 타고 하늘로 날아갔다.
　　『열선전(列仙傳)』.

  문득 이웃에서 닭소리가 들리고 밝은 등불이 희미해졌다. 옥단은 급히 시비를 시켜 공자의 종자(從子)를 몰래 불렀다. 가죽 상자를 모두 가져오게 하여 그 안의 돌을 쏟아내고 기생어미가 축수한 금은과 기물, 아울러 자신이 감추었던 보물을 그 상자에 채워 넣고 말했다.

  "다행히 강남에서 팔기만 한다면 허비한 금액을 충당할 수 있을 것입니다."

  급히 짐을 싣고 도망가게 했다. 경룡은 헤어짐을 슬퍼하여 애처롭게 [慘慘] 울며불며 옥단을 부둥켜안고 차마 버리고 가지 못했다. 옥단이 경룡을 부축하고 문을 나섰다. 경룡이 억지로 이별하면서 말했다.

  "언제 다시 만나기를 기약하리오?"

  옥단이 답했다.

  "공자께서 집으로 돌아가서 글 읽기에 온 힘을 다하여 후일 과거에 급제하시고 이 고을의 자사가 되신다면 이때가 곧 첩과 서로 만나는 날입니다. 그렇지 않으면 첩을 보기가 어려울 것입니다. 첩은 마땅히 죽음으로써 낭군을 향한 절개를 지킬 것이며, 맹세코 다시는 다른 사람에게 마음을 주지 않을 것입니다."

  경룡이 생각해보니 기생어미는 필시 옥단의 지조를 빼앗을 것이고 옥단은 필시 정절을 지킬 것이니, 그런즉 평생 다시는 만날 수 없음을 걱정하여 옥단을 끌어안고 울며 고했다.

  "낭자가 맹세코 다시는 다른 사람에게 마음을 주지 않을 것이라고 맹세한 것은 지극하다 할 수 있으나, 주모(主母)가 〈32〉 강제로 위협하면 어찌하리오?"

  옥단이 말하기를,

  "그렇다면 죽고 말 뿐입니다."

  경룡이 말하기를,

  "사람이 한 번 죽으면 어찌 다시 볼 수 있겠소? 지조를 굽혀 타일

다시 만날 약속을 이루는 것만 같지 못하오. 낭자는 내 말을 소홀히
여기지 말고 반드시 나의 소원을 따라 주시오."

옥단이 말했다.

"충신은 두 임금을 섬기지 않는다 했거늘 절개가 어찌 다르겠습니
까? 만약 권도(權道)를 쓴다면 헛되이 죽지 않을 수는 있으나, 몸을 더
럽히는 지경에 이른다면 죽음만 있을 뿐이지 따르지 않을 것입니다."

경룡은 마침내 울며 이별하고 몰래 길에 올라 멀리 절강(浙江)48)으로
향했다.

옥단은 경룡을 보내고 울음을 그치고 침실로 돌아와 시비와 짜고서
각자 옷의 솜으로 입을 막고 동아줄로 손과 발을 묶어 침상 아래에 함께
넘어져 있었다.

다음날 아침 창가(娼家)의 노복들이 경룡 일행의 마부와 말이 간 곳이
없는 것을 보고 급히 기생어미에게 고했다. 기생어미가 곧바로 술로
어지러운 머리를 붙들고 놀라 옥단의 침소로 가서 보니, 옥단의 시비와
옥단이 모두 욱욱― 하며 기절하는 소리를 내고 있었다. 기생어미가
놀라서 부르며 구하니 한참 후에야 소생하는 척하면서 말했다.

"내가 어제 왕랑(王郞)을 보려하지 않은 것은 이런 연고에서였습니다.
어미가 스스로 불러 맞이했으니 누구를 책망하겠습니까? 왕랑이 비록
마음에 두지 않는다고 했으나 어찌 노림(蘆林)에서의 원한을 잊고 흙인
형[土偶]과 같겠습니까? 저녁 때 잠자리에 들어서도 합환(合歡)하지 않
아 괴이하게 여겼는데, 한밤중에 몰래 종자를 불러 〈33〉 앞세우고 그
뒤에 숨어 재물을 모두 챙기고서는 저와 시비를 죽이려 했습니다. 공자
가 그만두게 하여 죽이지 않고 다만 이와 같이 되었습니다. 제가 욕을
본 것은 한스러울 것이 없으나, 다만 재물을 모두 잃고도 쫓아가 잡지

---

48) 절강(浙江): 절강성(浙江省) 소흥부(紹興府). 작품 시작부분을 보면 경룡의 집이 있는
    곳이라 했다.

못한 것이 한스러울 뿐입니다. 제가 결박당할 때에 약속하는 말을 가만 들으니 우리가 뒤쫓을 것을 두려워하여 본부(本府)에 머물다가 도망가 자 했으니 속히 잡으세요.”

기생어미가 그제야 이웃사람들을 불러 온 집안 사람들이 말을 타고 급히 쫓아갔다. 서주(徐州)의 공문(公門) 밖에 이르자 옥단이 갑자기 말 에서 내려 기생어미를 잡아 내려치고 관청의 서리(胥吏)와 이웃사람들 을 크게 불러 고했다.

“나는 본디 양가집 자식으로 일찍 부모님을 잃어 의탁할 곳이 없었습 니다. 이 할미가 나의 자색(姿色)을 보고 데려다 기르면서 사람들을 기 쁘게 하고 이득을 얻어 자기 집을 이롭게 하려고만 했으니 어찌 모자의 의(義)가 있겠습니까? 지난 날 절강(浙江) 왕각로(王閣老)의 아들 경룡이 때마침 저의 집을 지나다가 저를 보고 기뻐하여 수만금을 뇌물로 주고 (저를) 취하여 아내로 맞고 별실을 지어 장차 해로하려 했습니다. 이 할미가 간교한 속임수로 노림(蘆林)에서 죽이려 했으나 왕랑이 다행이 벗어나 빈털터리로 고향에 돌아갔지만, 첩에 대한 그리움이 더욱 심해 보물을 싣고 다시 왔습니다. 어제 저녁 이 할미가 다시 죽이고 약탈하 려했으나 (왕공자가) 낌새를 알고 급히 도망갔기에 이 할미가 재물을 얻 지 못한 것을 한하여 이제 〈34〉 이웃사람들을 거느리고 추격해서 장차 죽이고 약탈하려 했습니다. 첩 또한 부러 함께 모의를 하고 왔으나 실 은 관아에 고하려는 것이었습니다. 이 일의 수말(首末)을 이웃사람들이 모두 아는 것이니 숨기기 어렵습니다.”

그리고 통곡하면서 그 어미를 끌고 송사에 나가려 했다. 이웃사람들 은 본디 이 일을 아는 터이고 또한 밤사이의 음모를 믿는 터라 모두 옥단이 옳고 할미가 그르다며 말했다.

“왕공이 재물을 모두 훔쳐 도망갔다고 거짓말을 하여 우리들도 그 청을 믿고 쫓아가서 빼앗아 돌아가려 했지만, 만약에 죽이고 빼앗으려는 사정을 알았다면 어찌 감히 따랐겠습니까?"

서리들도 노림(盧林)에서의 이야기를 들었기에 모두 할미를 꾸짖어 사나운 도적이라고 했다. 할미는 비록 변명하려 했으나 사람들이 믿지 않고 모두 옥단에게 송사하라고 권했다. 기생어미가 두려워하며 애걸하니 옥단이 말했다.

"할미가 비록 남편을 죽이려는 음모를 꾸몄으나 일찍이 나를 길러준 은혜가 있으니 일단 관가에 고하지 않겠어요. 할미가 나를 수절하게 하고 끝내 협박하지 않겠지요?"

할미가 그러겠다고 하자 옥단이 서리에게 청해 맹세의 글귀를 만들어 적게 하고 이웃사람들에게 돌려서 모두 서명하게 한 후에 그 서권(書卷)을 품고 집에 돌아왔다. 북루(北樓)에 올라 다만 한 시비로 하여금 쌀을 구걸해 아침저녁으로 바치게 하고 기생어미에게는 구하지 않았다. 그 시비도 고생하며 구걸해 주인을 모셨으나 조금도 싫거나 괴롭게 여기지 않았다. 이 시비의 이름은 난향(蘭香)으로 〈35〉 또한 자색(姿色)이 있으나 성품이 다른 사람과 더불어 즐기는 것을 좋아하지 않았다. 간혹 놀아 보고자 하는 이가 있으나 응하는 일이 드물고, 단지 옥단을 모시고 곁을 떠나지 않았으니, 옥단이 양가집에서 데리고 온 이였다. 어미가 옥단을 심히 미워하여 항상 죽이려 했으나 이웃사람들이 알까 두려워하여 실행하지 못했다.

전날 조씨 상인이 옥단을 구할 수 없음을 알고 기생어미에게 준 뇌물을 급히 받으려 했다. 기생어미는 그 재물이 아까워 몰래 약속하여 말했다.

"이리이리 하시오."

수일이 지나고 어미가 옥단을 꾸짖어 말했다.

"너는 왕랑(王郎) 때문에 내가 길러준 은혜를 배신하고 끝내 나를 어미로 여기지 않았다. 비록 내 집에 있으나 다시는 이익이 없으니 북루를 비우고 조운에게 가서 살아라."

드디어 구박하여 내쳤다.

이에 앞서 기생어미가 몰래 마을 장사치할미에게 많은 돈을 주고 비밀리에 약속을 했다. 옥단이 쫓겨나 한 노비를 거느리고 마을에서 걸식하며 다니다가 돌아갈 곳이 없어 길가에서 통곡하자 장사치할미가 길에서 만나 그 까닭을 묻고는 거짓으로 울며 말했다.

"내가 매번 낭자가 정절을 지키려 고생스럽게 쌀을 구걸하여 입에 풀칠하는 것을 가엽게 여겼는데, 이제 다시 쫓겨났으니 어느 곳에 의지하려오? 만약 돌아갈 곳이 없다면 잠시 누추한 곳으로 가는 게 어떠오?"

옥단이 머물 곳을 얻은 게 기뻐 할미에게 감사히 절을 하며 말했다.

"외로운 몸에 그림자뿐[單形隻影], 홀몸으로 의지할 곳이 없어, 거리를 방황하다 다행히 의지할 곳을 만났으니 이는 보잘 곳 없는 목숨이 다시 의지할 곳을 때입니다. 감히 〈36〉 죽음을 무릅쓰고서라도 은혜를 갚지 않을 수 있겠습니까?"

마침내 따라나섰다. 장사치할미가 한 달 남짓 함께 살더니, 말했다.

"내가 낭자를 보니 남편을 배반하지 않고 오래도록 돈독한 것이 마음에 실로 안쓰러워, 낭자를 위하여 재물을 써서 마부와 말을 빌렸소. 함께 절강(浙江)으로 돌아가 낭자가 왕공자로 하여금 후히 보답하여 돌려보내도록 해 줄 수 있지 않겠소?"

옥단이 그 말을 진정 다행으로 여기고 무척이나 고마워하며 말했다.

"혹여 이처럼 될 수만 있다면 감히 힘을 다해 덕에 보답하지 않을 수 있겠습니까?"

노파가 허락하고는 마부와 말을 빌리고 행장을 꾸려 날을 정해 길을 떠났다. 서주(徐州)의 경계를 벗어나기도 전에 갑자기 사람들이 몰려들어 길을 막아서더니 옥단을 에워싸고 으르면서 데리고 갔다. 옥단이 돌아보면서 할미를 불렀으나 할미는 이미 간 곳이 없었다. 이에 무리에게 말했다.

"너희 도적놈들은 무슨 연유로 나를 위협하여 데리고 가는 게냐?"

무리들이 대꾸했다.

"우리는 조씨 상인이 시키는 대로 낭자를 맞이하여 데려가는 것이오. 무슨 위협이 있겠소?"

옥단이 몹시 통곡하며 말했다.

"내가 두 노파에게 속았구나!"

그리고 말에서 뛰어내리려 하자 무리들이 부둥켜안아 말에다 태웠다. 옥단이 슬피 울며 애걸하여 말했다.

"잠시만 쉬게 해주시오."

무리들이 불쌍히 여겨 잠시 느슨하게 풀어주었다. 옥단은 자결하고 싶었으나 그럴 수 없어, 가만히 속으로 생각했다.

'내가 그저 죽으면 전날의 약속을 어기게 될 테니 일단 가서 기회를 살피느니만 못하겠다.'

그리고 소매의 비단자락을 찢고 손가락을 깨물어서 피를 내어 비단에다 글을 썼다. 몰래 난향(蘭香)[49]을 시켜 〈37〉 길 왼쪽 나무에다 걸어놓아 혹시라도 지나가는 사람 중에 호사가가 있으면 걸어 놓은 것을 남쪽에 전하여 머지않아 경룡이 있는 곳에 전달되도록 했다.

옥단이 어쩔 수 없이 조씨 집에 갔다. 조씨는 문 밖에 나와 발돋움을 하며 기다리다가 옥단이 오는 걸 보고 부축하여 말에서 내리고는 기뻐서 위로하며 말했다.

"낭자가 이 늙은이에게 역시 인연이 있는가 보오. 이것은 실로 하늘이 주신 것이지 어찌 사람이 도모한 일이겠소?"

옥단이 거짓으로 웃으며 대답했다.

"중도에서 길을 바꿨으니 또한 아름다운 기약을 이룰 것입니다."

---

49) 난향(蘭香) : 이후에는 '난영(蘭英)'으로 나온다. 이본에는 모두 앞에서부터 '난영(蘭英)'으로 되어 있다.

조씨 상인은 옥단이 죽음으로 수절(守節)할 것이라 의심하다가 아양 떠는 말을 듣게 되자 절로 기뻤다. 옥단은 조씨와 한 방에서 함께 지내며 담소하고 즐거워하면서 지극히 친근히 굴었다. 다만 합환하려고 하면 매우 완강히 사양하며 말했다.

"왕랑이 떠날 때에 첩과 서로 약조하기를, 올해에 반드시 찾아올 것이며 만약 이 기한이 지나면 다른 데로 시집가는 것을 들어 주겠다 했어요. 첩도 역시 허락하여 맹세가 이루어졌는데, 이제 벌써 세모(歲暮)가 되었는데 왕공자는 오지 않는군요. 손을 꼽아 헤아려 보니 남은 날이 얼마 되지 않네요. 설령 왕공자가 다시 온다 해도 제가 이미 다른 집안에 들어왔으니 어찌 감히 다시 나갈 수 있겠어요? 명을 따르지 않는 것은 그 약속을 마쳐서 제 마음을 속이지 않으려는 것입니다. 새해에 새로이 합환한다면 어찌 즐겁지 않겠어요?"

조씨는 뜻을 거스르는 것이 두려워 감히 억지로 친압(親狎)하지 못했다. 다만 조씨가 본처에게 가서 자려 하면 거짓으로 투기를 부리며 만류하니 사람들은 옥단이 합환하기 꺼려한다는 것을 알지 못했다. 그러나 조씨가 때때로 친한 이들에게 말하여서 혹 아는 사람도 있었다.

마침 절강(浙江) 사람이 와서 〈38〉 그 이웃에 묵으면서 향기로운 비단을 팔았다. 옥단이 난영(蘭英)으로 하여금 한 필을 후한 값으로 사오게 하여 사운(四韻) 시 한 수를 수놓았다. 조씨 상인은 봐도 글을 알지 못하여 아름답다고 칭찬만 할 뿐이었다. 수놓기를 마치자 몰래 그 상인에게 주며 말했다.

"당신이 돌아가 소흥(紹興)의 왕각로(王閣老) 댁에 판다면 반드시 어떤 청년이 두 배 값을 치르고 살 것이오."

그 상인이 그 말대로 돌아가 각로 집으로 팔러 갔다.

옥단은 수개월을 살면서, 본처가 비록 자색은 있으나 평소 정조가 없음을 알았다. 또 이웃의 무당 부부가 이 집안과 교유가 있는데, 그 무부(巫夫) 역시 행실에 절제가 없이 오직 주색만 탐하는 줄을 알게 되었다. 이에 옥단이 본처가 만나자는 편지를 필적을 모방해 위조하여 그 무부에게 보냈고, 또 무부의 편지를 모방하여 그와 같이 했다.[50] 두 사람이 저마다 믿고서 서로 만나 사통(私通)하면서도 둘 다 깨닫지를 못했다. 이후로는 새벽에 가고 저녁에 오는 일이 일상이 되었다.

옥단이 하루는 그들이 와서 만나는 기회를 틈타 창 밖에서 살피다가 손으로 창문을 닫으며 엿보고 있다는 형상을 드러내 보였다. 두 사람은 필시 그 남편에게 알릴 것을 두려워하여 함께 계교를 꾸며 그 흔적을 없애버리려 했다. 때마침 그 남편이 출타해 이웃집에서 자고 다음날 아침에 돌아왔다. 본처는 맛있는 음식을 차리고 죽을 쑤어 그 속에 독을 타서 남편과 옥단에게 주었다. 옥단이 〈39〉 머리를 빗고 있다가 죽이 매우 맛있어 보이는 것을 보고 교태를 부리며 말했다.

"제가 많은 쪽을 먹을 게요."[51]

그리고 내온 것을 바꾸어 앞에다 두고는 화장하는 체하면서 꾸물거리며 먹지 않았다. 조씨 상인이 다 먹은 후에 손을 대는 척하면서 엎질러 버렸다. 이윽고 조씨 상인은 땅에 엎드러져 피를 토하고 죽어버렸다. 옥단이 밖으로 뛰어나가 동네 사람들을 불러 알렸다.

"본처와 무부가 모략을 꾸며 남편을 독살했어요!"

동네 사람들이 황급히 모여들어 본처와 무부, 옥단을 붙들어 포박했

---

50) 이에 옥단이 ~ 같이 했다 : 이처럼 여기서는 옥단이 적극적으로 본처와 무부의 사통을 유도한 것으로 했다. 다른 이본도 이와 같이 되어 있다. 그러나 〈왕경룡전〉의 원작 계열로 여겨지는 중국의 〈옥당춘낙난봉부(玉堂春落難逢夫)〉(『경세통언(警世通言)』 권24)에서는 피씨(皮氏, 본처에 해당)와 조앙(趙昂, 무부에 해당)이 저희끼리 눈이 맞아 사통을 하다가 심홍(沈洪, 조씨에 해당)과 옥당춘(玉堂春, 옥단에 해당)을 없애기로 한다. 조선의 〈왕경룡전〉에서 옥단이 본처와 무부의 사통을 유도하도록 한 것은 절개를 지키려는 옥단의 적극성을 더욱 강조해 그녀의 정절을 한층 부각시키려는 의도로 해석된다.

51) "제가 많은 쪽을 먹을 게요." : 정학성본 등 다른 이본에는 옥단이 자기 죽에 독이 들었을 것을 의심한다는 내용이 들어 있어 이러한 행위의 이유를 설명하고 있다.

다. 옥단은 두 사람이 사통한 일이며 구멍으로 엿본 일을 두루 말했다.
또 남은 죽을 개에게 먹이니 개가 곧 죽어 버렸다. 본처의 말로는 옥단
이 정조를 **빼앗김**을 원망해 죽에 독을 넣었다 했다. 동네 사람들이 이
세 사람과 노복, 이웃 등을 붙잡아 관아에 고발했다. 본처와 옥단이
서로 변론했으나 모두 명백히 증명할 수 없었다. 마을 사람들 가운데
혹자는 본처와 무부가 평소에 간통한 일을 아뢰고, 혹자는 조씨 상인과
옥단이 아직 합환하지 않았다는 말을 아뢰니, 마침내 의옥(疑獄)[52]이
되어 관아에서 판결할 수 없었다.

각설. 경룡은 서주(徐州)에서 한밤중에 옥단과 이별한 뒤에 그 재물
을 거두어 절강(浙江)[53]을 건너 소흥으로 돌아왔다. 각로는 그가 왔다
는 소리를 듣고 크게 노하여 잡아들여 곤장을 치면서 말했다.

"네가 아비를 배반하고 돌아오기를 잊었으니 첫 번째 〈40〉 죽일 일이
요, 색(色)에 빠져 몸을 망쳤으니 두 번째 죽일 일이며, 재물을 없애고
가업(家業)을 엎어 버렸으니 세 번째 죽일 일이다."

경룡이 울면서 대답했다.

"돌아오기를 잊고 몸을 망친 것은 참으로 변명하기가 어렵습니다.
그러나 재물을 없앤 것에 대해서는 그렇지가 않습니다. 조금도 잃어버
리지 않고 지금 싣고 왔습니다."

각로의 성품이 준엄한지라 오히려 여전히 매질하라고 명했다. 마침
각로의 사위 이부원외랑(吏部員外郎) 조지고(趙志皐)가 일 때문에 이곳에
와 있었다. 이 사람은 각로가 매우 경애(敬愛)하는 자였고, 경룡과도 서
로 친애하는 사람이었다. 마침 각로를 모시고 앉았다가 황급히 일어나
뜰로 내려와 손수 경룡을 부축하면서 각로에게 아뢰었다.

---

52) 의옥(疑獄) : 의심스러워 판결하기 어려운 사건.
53) 절강(浙江) : 전당강(錢塘江). 절강성(浙江省)을 북동으로 흘러 항주만(杭州灣)으로 흐
　　르는 강.

"이 아이가 나이가 어려 여색에 빠져 돌아올 생각을 못했으나 어찌 어버이를 사랑하는 마음이 없었겠습니까? 오늘 돌아왔으니 선량한 마음을 알 수 있으며, 더욱이 재물을 이제 모두 가져왔으니 여색으로 몸을 망치지 않은 것도 분명합니다."

각로가 이에 매질을 그치게 하고 뜰 가운데서 재보(財寶)를 헤아려 맞추어 보니 그 수가 줄지 않고 남음이 있어 속으로 괴이하게 여겼다. 경룡이 안으로 들어가 어머니께 절을 하자 어머니가 경룡의 등을 어루만지며 울면서 그 연유를 물었다. 경룡이 사실대로 대답하고 옥단의 일을 모두 말하니, 어머니는 감탄하며 말했다.

"그렇다고 한다면 그 옥단이란 아이가 양가(良家)에서 길러지지 않은 것이 한스럽구나. 며느리로 삼고는 싶으나 어찌 될 일이겠느냐?"

며칠이 지나자 각로가 〈41〉 경룡을 문책(問責)하여 말했다.

"너는 여러 해 동안 창피하게 학업을 폐했으니 다시 공명(功名)을 바랄 수 없다. 너는 무슨 일을 하기를 원하느냐? 농사를 지을 것이냐, 장사를 할 것이냐?"

경룡이 오직 책을 읽기를 원하자 각로가 좌우에 있는 책을 빼 가르칠 만한지를 시험해보았다. 경룡이 서주에 오륙 년 있는 동안 옥단과 더불어 문묵(文墨)54)에 몰두했기에 시험한 글의 뜻을 닿는 곳마다 모두 풀었다. 각로는 평소에 읽은 것인가 생각하여 여러 책을 돌려 가며 뽑아 시험했으나 시험하는 대로 통하지 않는 곳이 없었다. 각로는 비록 인정하지 않았지만 내심 기뻐하고 기특하게 여겼다. 또 제술(製述)55)을 시험하고자 문제를 내려 하는데 마침 기러기가 울며 날아왔다. 이에 그것으로 지으라 하니, 경룡이 즉시 사운율시(四韻律詩)를 지었다.

---

54) 문묵(文墨) : 시문을 짓거나 서화(書畫)를 그리는 일.
55) 제술(製述) : 시나 글을 지음.

昨夜西風動鴈群　　　지난 밤 서풍이 기러기 떼 움직여

散空千點亂紛紛　　　공중에 점점이 흩어져 어지러이 나니

影過靑塚三更月　　　그림자는 삼경 달 아래 청총(靑塚)56)을 지나고

聲落蒼梧萬里雲　　　소리는 만 리 구름 밖 창오산(蒼梧山)57)에 떨어
　　　　　　　　　　　지네

碁罷零陵啼白首　　　바둑 끝난 영릉(零陵)58)에선 백발노인이 울고

燈殘長信泣紅裙　　　등불 꺼진 장신궁(長信宮)59)에선 궁녀가 흐느
　　　　　　　　　　　끼네

冥冥誰寄南來札　　　아득히 남쪽으로 오는 편지 누가 부쳤나

唯促寒衣送北軍　　　겨울옷을 북쪽 군사에게 보내라 재촉할 뿐

각로가 이를 보고 매우 기뻐하며 말했다.

"네가 이를 지었으니 돌아오는 것을 잊은 죄는 면할 수 있겠다."

들어가 부인에게 말했다.

"부인의 ⟨42⟩ 아들이 오래도록 돌아오지 않은 것은 필시 도중에 책읽기에 빠졌기 때문이지 실로 호색에 빠진 것이 아니오."

드디어 서루(書樓)를 지어 경룡을 거처하게 했다. 경룡이 서루에서 지내면서 옥단이 경계한 대로 독서를 일삼아 밤낮을 이어갔다.

마침 마을 사람이 나그네가 전해준 옥단의 비단 편지를 받아 보내주

---

56) 청총(靑塚) : 왕소군(王昭君)의 무덤. 왕소군이 흉노족에게 잡혀가 살다가 죽었는데, 그 지역의 풀은 모두 흰 색이나 왕소군의 무덤에만은 푸른 풀이 돋았다고 함.

57) 창오산(蒼梧山) : 순(舜)임금이 죽었다는 산. 순임금의 두 비인 아황(娥皇)과 여영(女英)은 순임금이 죽은 후 그 뒤를 따라 소상강(瀟湘江)에 빠져 죽었다고 함.

58) 영릉(零陵) : 호남성(湖南省)에 있는 지명으로, 이곳에서 순임금을 장사지냈다고 함. 창오산(蒼梧山)과 소상강(瀟湘江)이 있음.

59) 장신궁(長信宮) : 한(漢)나라 때 장락궁(長樂宮) 안에 있던 궁전으로, 주로 태황태후(太皇太后)가 살았음. 반첩여(班婕妤)는 한(漢)나라 효성제(孝成帝)가 아끼던 후궁이었다. 후에 황제의 총애가 조비연(趙飛燕)에게 옮겨가자 반첩여는 장신궁에 머물면서 자신을 가을에 버려진 부채[秋扇]에 비유한 ⟨원가행(怨歌行)⟩을 지었다.

었다. 경룡이 그 편지를 보니, 이러했다.

서주(徐州)의 옥단이 소흥(紹興)의 왕수재(王秀才)께 올립니다. 첩이 낭군을 보낸 후 항상 북루에서 지내더니, 주인 어미가 구박하여 쫓아낼 줄을 어찌 생각이나 했겠습니까? 우연히 이웃 할미로 인하여 한 달여 동안 머물 수 있었습니다. 또 이웃 할미의 말을 믿어 마침내 남쪽 길로 향했는데, 뜻하지 않게 중도에서 사람들에게 위협을 당했습니다. 이 역시 첩이 일찍이 자결하지 못하고 다만 전의 약속을 지키려다 두 할미의 간사한 꾀에 떨어진 것이니 어찌 보잘것없는 목숨을 아끼겠습니까? 스스로 도랑에 빠지려[60] 했으나 헤어질 때 하시던 말씀이 귀에 쟁쟁했으니, 만약 사소한 신의를 지키려다 전날의 약속을 저버릴까 두려웠습니다. 이제 잠깐 조씨의 집에 가서 기미를 보아 형세가 달랠 수 있을 것 같으면 헛되이 죽지 않을 것이고, 더럽히려 한다면 죽음만 있을 뿐이니 어찌 감히 구차하게 살겠습니까? 부족하나마 절구 한 수 지어 작은 정성을 부칩니다. 〈43〉

離鸞千里向南飛　　천 리 남쪽으로 날아가던 난새
雲外寧知暗設機　　구름 밖에 덫 놓았을 줄 어찌 알았으리
出入雕籠還有意　　조롱에 들어간 것은 도리어 뜻이 있으니
會將新翮製絛歸　　장차 새 깃으로 날개 만들어 돌아가리라

경룡이 그 편지를 보고 옥단이 남의 차지가 되어 반드시 죽을 것이라고 말하는 것으로 여기고 저도 모르게 통곡하며 침식을 모두 폐한 지

---

60) 스스로 도랑에 빠지려 : 경어구독(經於溝瀆). 사소한 신의와 절개를 비유함. 『논어(論語)』「헌문(憲問)」에 "어찌 범부들처럼 사소한 신의를 지켜 스스로 개천에서 목을 매 죽어 아무도 알아주지 않는 사람이 되겠는가?(豈若匹夫匹婦之爲諒也, 自經於溝瀆而莫之知也)"라고 했음.

여러 날이 되었다. 이에 그 운에 화답하여 스스로 슬픔을 달랬다.

鏡裡孤鸞對影飛 　거울 속 외로운 난새 그림자를 대하여 날다가
無端啼血落寒機 　무단히 피울음 울며 차가운 덫에 떨어졌네
綺紋自作相思曲 　아름다운 비단에 스스로 상사곡 지어
曲到江南身未歸 　노래는 강남에 이르렀으나 몸은 가지 못하네

失侶鴛鴦一隻飛 　짝 잃은 원앙 한 마리 날다가
逐梭誤上錦人機 　북 따라 잘못하여 비단 짜는 베틀에 오르니
懷寃化作西州魄 　원한을 품고 서주의 혼백이 되어
血洒殘花歸未歸 　지는 꽃에 피 뿌리며 돌아가려 해도 가지 못하
　　　　　　　　네[61]

이후 한 해가 저물었는데, 소식이 끊어져 생사를 알지 못했다. 때마침 상인이 수놓은 비단을 그 집에 팔았는데 집안사람이 보았으나 귀한 것을 알지 못하고, 단지 수놓은 글자가 있어 경룡에게 가지고 가 보여주었다. 경룡이 그 시어와 〈44〉 글자의 뜻을 자세히 살펴보고 옥단이 지은 것인가 의심했다. 직접 상인에게 물어보니 상인이 사실대로 대답하기를,
"이러이러합니다."
라고 했다. 그 후 경룡은 과연 옥단이 부친 것임을 알고 많은 돈을 주어 샀다. 그 시에 차운하여 다시 보내려 했으나 상인이 돌아가지 않는다며 거절하여 결국 그리 하지 못했다. 옥단이 글자를 수놓아 쓴 것은 이러했다.

---

61) 원한을 품고 ~ 가지 못하네 : 촉(蜀)나라 망제(望帝)가 나라를 빼앗기고 객사한 후 그 혼이 두견새가 되었는데 고국으로 돌아가지 못한 슬픔에 피를 토하고 그 피를 삼키며 울었다 함.

雲羅千里打孤鸞　천 리 구름 그물에 외로운 난새 몰아넣으니
一落塵寰歲已闌　한 번 세상에 떨어진 후 세월이 가로막혔구나
翠羽雖令仙鶴伴　푸른 깃은 비록 선학의 짝이 될지언정
金毛寧與野鳧歡　황금 깃털이 어찌 들오리와 즐기겠는가
誰從烟渚朝遊併　누가 안개 낀 물가에서 아침에 함께하랴
却向風枝夜宿單　바람 부는 가지에서 밤에 홀로 잠드네
潛識鎣條歸翮日　그윽히 알겠노라, 돌아갈 깃털 다는 날에
應將惡鳥打金丸　응당 못된 새는 쇠 탄환에 맞으리라

경룡이 화답하여 지은 시는 이러했다.

金柵爲籠鎖彩鸞　철책이 새장 되어 빛나는 난새를 가두니
秦臺歸夢幾時闌　진대(秦臺)로 돌아가는 꿈 몇 번이나 막혔던가
高枝穴巢思連理　높은 가지 둥지에서 연리지(連理枝)62) 생각하고
團扇丹靑憶合歡　둥근 부채의 단청에 합환초(合歡草)63) 그립네
千里靑音天外遠　천 리의 푸른 소리 하늘 밖 아득하여
三秋寒影月中單　늦가을의 찬 그림자 달 가운데 혼자일세
何年塞鴻能傳信　어느 때 기러기는 소식을 전할는지
欲寄茅山藥一丸　모산(茅山)64)의 약 하나 부치고 싶구나

〈45〉경룡이 수놓은 글을 본 후 옥단이 조씨 집에 머물고 있음을 알고서 기생어미의 간사한 꾀를 분히 여기고, 또 옥단의 원통함을 알게 되어 더욱 근심스럽고 괴로워 마음에 병이 들려 했다. 혹 글을 읽는 중에

---

62) 연리지(連理枝) : 뿌리는 다른데 가지가 서로 이어진 나무.
63) 합환초(合歡草) : 낮에는 가지들이 떨어져 있다가 밤에는 한 줄기로 합해지는 풀.
64) 모산(茅山) : 강소성(江蘇省)에 있는 산으로, 한(漢)나라 때 모영(茅盈)·모충(茅衷)·모고(茅固) 형제가 이 산에서 도를 닦았음.

도 어렴풋하게 옥단이 보이면, 그 이름을 미친 듯 불렀다. 그러다 곧 스스로 뉘우쳐 말했다.

"내가 병이 나면 필시 죽을 것이니 어찌 옥단을 다시 볼 수 있겠는가?"

드디어 칼을 뽑아 마음을 바로잡고 단정히 앉아 글을 읽었다. 혹 눈앞에 어른거리면 이내 칼을 휘둘러 꾸짖었다.

"네가 열심히 공부하여 급제하라는 말로 경계하며 애절하게 나와 이별하고 또 훗날 다시 만날 기약으로 나를 보내고서 정녕 어찌 이같이 나를 어지럽게 하느냐?"

여러 달이 지나 병이 나았다. 경룡이 학업에 힘쓴 지 삼 년 만에 향시(鄕試)[65]에서 장원으로 뽑히고 회시(會試)[66]에서도 1등이 되어, 마침내 장원급제하여 한림수찬(翰林修撰)[67]이 되었다. 이때 조정에서는 서주에서 남편을 살해한 송사가 의옥(疑獄)이 되고 오래도록 판결나지 않자 어사를 파견하여 엄중히 탐문하여 처리할 것을 임금께 요청했다. 임금이 윤허하자, 경룡이 임무를 맡겠다고 하여 드디어 서주에 이르렀다.

옥단은 어사가 왕공일 것이라는 말을 듣고 즉시 난향에게 하여금 어사의 고향과 집안에 대해 자세히 알아오도록 하여, 과연 경룡임을 알게 되었다. 그 후 마음속으로 기뻐하며 몰래 편지를 써 기쁜 뜻과 원통한 사정을 자세히 말하고 〈46〉 편지 봉투에는 경룡의 옛 친구가 쓴 것인 양 꾸몄다. 그리고 난향을 장사꾼 여자로 꾸미고 어사의 집안 일꾼을 통해 어사에게 전달하게 했다. 어사는 그것을 알고 처음에 옥안(獄案)을 살피기 위하여 공사(供辭)를 열람하고 죄인들을 불러 두루 훈계했다.

"옥단은 납치되어 온 이후로 일찍이 교합(交合)한 적이 없지만 독을

---

65) 향시(鄕試) : 지방에서 실시하던 1차 과거. 여기에서 합격해야 서울에서 복시(覆試)를 치를 수 있음.

66) 회시(會試) : 초시(初試) 급제자가 서울에 모여 치르던 2차 과거.

67) 한림수찬(翰林修撰) : 사서(史書)를 편찬하거나 조서의 초안을 작성하는 업무를 맡았던 한림원의 관직. 과거에서·장원을 하면 한림원 수찬을 제수 받았음.

넣었다는 말은 피할 수가 없으니, 비록 명백한 증거는 없지만 죄를 벗어나기가 어렵다."

하고는 별옥(別獄)에 엄히 가두라는 명을 내렸다. 그리고 본처와 무부 등 여러 사람들을 가리키며 말했다.

"옥단은 먼저 죽일 것이니 굳이 물을 필요가 없다. 이 무리들은 또한 형벌이 느슨해서 그 실정을 얻지 못했다. 오늘은 반드시 엄하게 국문(鞠問)하여 이 자들을 모두 죽이고 내일은 곧바로 서울로 돌아갈 것이다."

하고는 급히 공부에 명하여 고문하는 형구를 잔뜩 갖추고 극히 엄숙하게 대령하도록 했다. 또 짐과 여러 물건들을 방에서 밖으로 꺼내서 뜰에 놓게 하고 말했다.

"먼 길에 의복과 여러 물건들이 비와 이슬에 젖었을 테니 정오가 되기를 기다려 말리거라."

하고는 뜰에 나열한 서리와 군졸들을 문밖으로 물리고 문을 닫아서 뜰에는 다만 죄인들만 남게 했다. 어사는 방에 들어가 점심을 먹느라 오래도록 나오지 않았다. 죄인들은 뜰아래에 있으면서 사람이 없는 것을 알고서는 서로 의논하며 말했다.

"옥단이 죄가 있건 없건 간에 죽이기로 이미 판결이 났으니 따질 필요가 없게 되었다. 〈47〉 다만 우리들을 전보다 엄하게 국문하겠다니 어찌하면 살아날 수 있겠나? 본처와 무부의 모의를 이실직고하여 우리들이 풀려나는 것이 좋겠다."

본처와 무부는 애걸하면서 말했다.

"우리들이 살아난다면 마땅히 후히 보답하겠소."

사람들이 혹은 승낙하고 혹은 거절했다. 오랜 후에야 어사가 나와 앉아 국문을 명하며 말했다.

"너희들은 사실을 감추지 마라. 내가 이미 뭐라 뭐라[某也, 某也] 의논한 것을 알고 있다."

여러 사람들이 서로 돌아보며 놀라고 의아해할 사이에, 어사가 하리 (下吏)에게 명하여 짐에서 옷상자 두 개의 자물쇠를 열게 했다. 홀연 두 사람이 상자 속에서 일어나 앉으니 한 사람은 본부(本府)의 주부(主 簿)였고, 한 사람은 어사의 집안 일꾼이었다. 두 사람이 죄인들을 향하 여 모의했던 바를 모두 말했다.

"너희들의 말이 이러이러하렷다."

죄인들이 두려움에 말이 막혀 각자 그 죄를 자복했다. 마침내 본처와 무부를 목 베고 옥단과 사람들을 풀어주며 말했다.

"죄인을 잡았으니 무고한 이들은 풀어주어야 한다."

부중(府中)의 사람들이 모두 그 지혜에 놀라고 탄복했다. 옥사 처리를 마치고 서울로 돌아오는 길에 몰래 하인에게 명하여 말을 주고 돌아가 는 길에 태우게 했다. 이때 옥단의 나이는 25세였고 경룡의 나이는 28 세였다. 서울에 도착한 날 복명(復命)68)하고 집으로 돌아와 중당(中堂) 에 잔치를 베풀고 술을 들어 서로 위로하다가, 이야기가 이별하던 대목 에 이르자 슬픔과 기쁨을 감당할 수가 없었다. 이에 경룡이 먼저 율시 한 수를 지었다. 〈48〉

海轉山移德有神	바다가 뒤집히고 산이 옮겨짐은 신의 덕이니
釰還鏡合豈無因	칼이 돌아오고69) 거울이 합쳐짐에 어찌 인연이

---

68) 복명(復命) : 명령을 받고 일을 처리한 사람이 그 결과를 보고함.
69) 칼이 돌아오고 : 묻혀 있던 것이 다시 드러남을 가리킴. 오(吳)나라의 무고(武庫) 안에 두 마리의 토끼가 있어서 쇠를 모두 먹어치웠는데, 이를 잡아 배를 가르니 쇠로 된 쓸개가 나왔다. 오왕이 검공(劍工)에게 명해서 이 쓸개로 검 두 개를 만들게 하니, 하나는 간장(干 將)으로 수컷이고 다른 하나는 막야(鏌鋣)로 암컷이었다. 오왕은 이를 돌 상자에 넣어서 깊숙이 감추어 두었다. 그 뒤 진(晉)나라 때 이르러서 오 땅에 자색 기운이 하늘의 우수(牛 宿)와 두수(斗宿) 사이로 뻗침에 장화(張華)가 보물이 있는 것을 알고, 천문(天文)과 술수(術 數)에 정통한 뇌환(雷煥)을 풍성현(豐城縣)의 현령으로 보내 두 검을 얻었다. 『습유기(拾遺 記)』 권10, 『태평어람(太平御覽)』 권344.

없으리오

蘆林殘骨騎驄馬   노림에서 살아난 목숨은 말을 타고

楚獄餘魂上錦茵   초옥[70]의 남은 혼은 비단 자리에 올랐네

黃卷尙能迣[71]白髮 황정경(黃庭經)[72]은 능히 백발을 물리치고

紅鉛猶得帶靑春   홍연(紅鉛)[73]은 여전히 청춘을 띨 수 있게 하네

相逢却是尋盟日   서로 만나는 날이 곧 약속한 날이라

把酒那禁淚滿巾   술잔을 잡으니 수건에 눈물이 가득하네

옥단은 눈물을 닦고 붓을 적셔 즉시 화답하는 율시를 지었다.

芳魂元不托梅神   아름다운 혼은 원래 매신(梅神)에게 의탁치
　　　　　　　　　않으니

宿約寧知踐水因   오랜 약속이 옛 인연의 결과인지 어이 알리

舊日悲呼嬰木索   지난 날 슬픈 외침 목색[74]에 걸렸더니

今朝淸宴醉瓊茵   오늘 아침 잔치의 구슬자리에서 취하네

誰憐荊璧完歸國   보옥(寶玉) 온전히 돌아옴[75]을 그 뉘가 어여뻐

---

70) 초옥(楚獄) : 후한(後漢) 명제(明帝) 때의 옥사. 초왕(楚王) 영(英)이 역적으로 몰려
　　일어난 옥사인데, 수시어사(守侍御史) 한랑(寒朗)이 초옥(楚獄)을 다스렸음. 이때 억울한
　　연루자가 수천 인에 이르렀으나 감히 아무도 말하지 못하였는데, 한랑이 그들의 무고함을
　　알고 명제의 진노를 무릅쓰고 상주하여 1천여 인이 풀려나게 됨.

71) 迣 : '逃'의 오자. 정학성본에는 '逃'.

72) 황정경(黃庭經): 도가의 경전.

73) 홍언(紅鉛) : 홍연단(紅鉛丹). 납을 제련하여 만든 붉은 금단(金丹).

74) 목색(木索) : 죄인을 얽어 묶는 형구.

75) 보옥(寶玉) 온전히 돌아옴 : 완벽귀조(完璧歸趙). 전국시대 조(趙)나라 혜문왕(惠文王)이
　　화씨지벽(和氏之璧)이라는 진귀한 벽옥(璧玉)을 얻었는데; 진(秦)나라 소왕(昭王)이 이를
　　빼앗을 속셈으로 15개의 성과 벽옥을 바꾸자고 제안했다. 조나라 인상여(藺相如)가 '벽옥을
　　온전히 하여 조나라로 돌아오겠다(完璧歸趙)'고 말하고, 진나라로 가서 소왕에게 벽옥을
　　주었으나 소왕은 성을 내줄 생각이 없어 보였다. 이에 인상여는 벽옥을 던져 부서뜨리겠다
　　고 소리쳤다. 소왕은 벽옥이 손상될까 두려워하여 임시변통으로 성을 내주겠다고 약속했
　　다. 소왕의 진의를 간파한 인상여는 5일 내로 약속을 지키면 벽옥을 돌려주겠다고 말하고는

하나

自笑薔花老占春　　하찮은 꽃 늙어서야 봄 차지한 일 스스로 웃네
堪曳綠衣隨井白　　푸른 옷76) 끌며 우물과 절구 따르리니
莫聽金縷漫沾巾　　금루곡77)은 듣지 마소, 수건 흠뻑 젖으니

경룡은 등과(登科)한 후에 각로(閣老)의 명을 급하게 좇아 개씨(蓋氏)의 딸을 아내로 삼았으나 옥단을 생각했기에 일찍이 한 번도 동침(同寢)한 적이 없었고 타인처럼 끊었다. 이때에 이르러 그 아내를 보내고 옥단을 부인으로 삼으려 하자, 옥단이 옷깃을 여미고 일어나 절하고 말했다.

"창가(娼家)의 천질(賤質)로 돈을 받고 군자를 유혹했으니 몸은 이미 비루하고, 교언영색(巧言令色)으로 사람을 속여 절개를 지켰으니 〈49〉 약속은 이미 끝났습니다. 살아 돌아오고자 하여 계략으로 사람을 죽였으니 어찌 선(善)하다 할 수 있겠습니까? 오래도록 죄인의 몸으로 있어 세상에서 더럽게 여기니 어찌 길(吉)하다 할 수 있겠습니까? 첩이 수치를 받고도 죽지 않고 오늘에 이른 것은 다만 군자를 다시 모시고 옷과 수건을 받들며 평생의 약속을 지키려 했을 뿐입니다. 이것은 천첩(賤妾)에게는 행운이요 공자께는 즐거움입니다. 어찌 봉비(葑菲)78)의 미천한 몸으로 갑자기 빈번(蘋蘩)79)을 받들 수 있겠습니까? 하물며 부인을 보니 정절이

몰래 벽옥을 조나라로 돌려보냈다. 『사기(史記)』〈인상여열전(藺相如列傳)〉.

76) 푸른 옷[綠衣] : 첩을 가리킴. 『시경(詩經)』「패풍(邶風)」〈녹의(綠衣)〉는 위 장공(衛莊公)이 첩에게 미혹되어, 부인 장강(莊姜)이 어질면서도 불행하게 된 것을 비유한 노래. 푸른색은 간색(間色)이므로 천한 사람을 가리킨다.

77) 금루곡(金縷曲) : 노래의 한 곡조. 청춘이 흘러감을 애석히 여기는 내용이 담긴 노래.

78) 봉비(葑菲) : 『시경(詩經)』「패풍(邶風)」〈곡풍(谷風)〉의 "순무나 무를 캐는 것은 뿌리만을 위한 것이 아니다(采葑采菲, 無以下體)"라는 말에서 나온 것. 여기서는 신분이 미천한 자신을 일컫는 말.

79) 빈번(蘋蘩) : 『시경(詩經)』「소남(召南)」〈채번(采蘩)〉에 "새발쑥[繁]을 캐어 공후(公侯)의 제사에 쓴다(于以采蘩 …… 公侯之事)"라는 말에서 나온 것. 별 볼 일 없는 풀이지만 정성만 있으면 제사에 쓸 수 있다는 말. 여기서 빈번이 제사라는 뜻으로 쓰였음.

있고 자태가 아름다워 집안의 어머니로 매우 합당하니, 공자께서 만약 다시 이별하고 내치신다면 조정에 필히 말하는 사람이 있어 장차 이롭지 못할 것이고 의리상 못할 일입니다. 또한 저 집안의 부모들은 그 뜻을 빼앗으려 할 것입니다. 그렇다면 부인께서 다른 사람을 섬기려 하지 않을 것이니, 이것은 옥단이 조씨 상인에게 아양 떨고 싶어 하지 않은 것과 같은 것입니다. 나로써 다른 사람을 비추어보면 진실로 심히 측은합니다. 만약 부인과 헤어진다면 첩 또한 마땅히 물러날 것입니다.”

경룡은 그 말에 감격하여 부인을 쫓아내지 않았고, 그 부인도 또한 옥단의 은혜에 감격하여 자매처럼 대했다. 그러나 경룡이 부인을 멀리하고 옥단에게 안방을 독차지하게 하니, 옥단이 또 이치로써 깨우쳐서 멀리하지 못하게 하여 마침내 두 아들을 낳게 했다. 옥단은 세 아들을 낳았다. 부인의 두 아들 중 하나와 옥단의 세 아들 중 둘이 모두 문과에 급제하여 청현(淸顯)[80]을 〈50〉 두루 거쳤다. 옥단의 첫째아들 아무개는 안찰사(按察使)가 되어 만력(萬曆) 기해(己亥) 연간[81]에 조선의 감동정역(監東征役)이 되었다. 부인의 첫째아들 아무개는 하동후(河東侯) 좌포정(左布政)이 되었다. 옥단의 둘째 아들은 국자감(國子監) 사업(司業)[82]이 되었고, 급제하지 못한 막내는 무과(武科) 진사(進士)에 합격하여 금의위(錦衣衛)[83]가 되었으며, 부인의 급제하지 못한 막내는 용력(勇力)으로 돌격장군(突擊將軍)이 되어 많은 군공(軍功)이 있으니 임금께서 이를 갸륵하게 여겼다. 경룡과 옥단의 일이 대략 이와 같다.

---

80) 청현(淸顯) : 청환(淸宦)과 현직(顯職). 청환은 지위와 봉록은 높지 않으나 뒷날에 높이 될 자리를, 현직은 높고 중요한 직위를 이름.
81) 만력(萬曆) 기해(己亥) 연간 : 1599년.
82) 사업(司業) : 유학의 강의를 맡아 보던 벼슬.
83) 금의위(錦衣衛) : 명조(明朝)의 금위군(禁衛軍)의 하나. 1382년에 설치되어 황제가 행차할 때에 행렬을 보살피며 황제의 측근에서 비밀을 조사하고 체포, 심문하였다.

王慶龍傳

一作 玉檀傳

慶龍字時見, 浙江紹興府人也. 少小聰警, 才慧過人. 父魏公嘉靖末, 位閣老. 是時龍年十八, 以勤學, 無意娶聘, 足不出門, 終夜讀書者累年. 會魏公以論事忤旨, 罷歸田里, 而曾有貸銀數萬兩於東市富商人, 商人適興販江南而不返, 故將行, 魏公留慶龍語曰:

"銀兩數萬, 家之重貨, 不可使一蒼頭責其徵還, 汝其取來."

龍受命落後, 率一奴僕, 留京師月餘. 商人乃歸, 盡還其息銀. 龍卽治行李, 向浙江, 路次徐州, 忽念此地素稱繁華, 思欲一見, 乃語老僕曰:

"我曩時家訓刻嚴, 局束於書籍, 年齒已長年, 牢閉門欄, 世之所謂酒肆·倡樓, 豪侈佳麗者, 未知果何也. 今欲小停征驂, ⟨2⟩暫得遊覽."

老僕跪進曰:

"郎君, 郎君! 愼勿爲也. 酒是狂藥, 着口心蕩, 色是妖物, 入眼魂迷. 郎年少書生, 志慮未定, 若使兩物一寓心目, 而不爲彼祟所動者幾希, 不如不見之爲逾也."

龍雖然其語而自謂:

'一者遊覽, 豈至於喪志也?'

遂不聽. 乃自西館便閱東館, 青旗金榜, 隱暎於花柳中, 綠衣紅裳, 來往于臺榭間, 歌管迭奏, 樽俎交錯.

龍循道從觀, 曾不介意, 至南酒樓, 將欲少憩, 登樓倚欄, 買茶而啜之. 適於數十步許, 有特高樓, 樓下見周道如研, 平江如練. 乃有遠近綵舫, 泊於芳洲, 錦帆欄[1]檣, 蕩樣飄拂. 兩三白馬, 繫於垂楊,

金鞍玉勒, 嘶鳴躑躅. 樓上見, 紈綺少年輩, 方張宴樂. 珠簾半捲, 紗
窓敞開, 玉爐焚香, 碧篆成霧. 金罍擧酒, 翠蟻生波. 〈3〉紅粉擁坐,
羅綺成列, 哀絲豪竹, 縹渺凝宵, 妙舞淸歌, 繽紛競[2]日.

其中有一少娥, 手把碧芙蓉一朶, 超班獨立, 精華耀矚, 望若神仙
焉. 龍留神注目, 謀欲一見, 但恨無以爲緣. 適見樓下, 有買瓢子老
嫗, 招前而指之曰:

"那樓中某樣者誰與?"

嫗曰:

"東館養漢的, 名朝雲. 適爲遊子之來宴, 故出待耳."

言未已, 衆賓群妓, 各自散去. 龍卽以二十兩銀子, 贈嫗曰:

"此物雖小, 聊以致情, 嫗能爲我招此佳兒否?"

嫗謝其賜而笑曰,

"彼以悅人爲業, 招之則來. 但公子之欲見彼娥者, 以其美貌之故, 則
美於斯者亦存焉. 乃彼娥之少妹也. 其名玉檀[1], 年今十四, 姿色絶人,
討盡兩館, 無出其右者. 但以年小時, 未售價, 若賂重貸, 必有好緣."

龍曰:

"我之所以欲〈4〉見者, 只欲觀絶色而已, 非有意於合歡也."

嫗曰:

"我與其娥素相善, 而況感君之恩, 敢不唯命?"

卽投其家, 久而不出. 龍恐爲所賣, 將信將疑, 或坐或立, 苦待之
際, 嫗携一丫鬟, 緩緩而來. 斂容入門, 光彩動人, 天姿仙態, 百勝朝
雲, 眞世間所未有之國色也. 坐未接語, 旋自起身, 累爲嫗挽執, 而
竟不肯留. 盖羞彼[3]嫗之詒[4], 而誤赴公子之召也. 龍見此絶艶, 心不

---

1) 檀 : '蘭'의 오자. 정학성본에는 '蘭'.

2) 競 : '竟'의 오자. 정학성본에는 '竟'.

3) 彼 : '被'의 오자. 정학성본에는 '被'.

定情, 卽銓[5]銀三千兩送其家, 使老嫗致辭於其女之母曰:

"物雖不厚, 敢備一見之資."

其母利之, 邀龍至家, 盛設筵席, 金屛交回, 繡幕高搴, 玉醞瀲灩, 香羞錯落, 紅莊執樂, 翠粉[6]黛捧盃. 潤席之物, 助歡之具, 窮極華侈, 又倍於日午之宴矣. 又令玉檀就坐, 蘭姿帶羞, 玉貌含態, 掠削雲〈5〉鬢, 整頓花鈿, 服翠羽金縷衣, 表以天竺鈿[7]彩衫, 着紅毛珠網襦, 覆以川蜀貝錦裙. 皆用鬱金香着之, 瑞龍腦薰之, 奇艶照席, 異香滿堂.

龍見檀容華衣餙, 似非世上人, 尤不覺驚悅. 酒酣, 龍特擧一酌, 請朝雲・玉檀曰:

"誰意遠客逢此勝宴, 得醉瓊液, 備聞仙樂? 可謂平生一大幸, 而所欠者, 兩娘子綺語雲章耳."

朝雲乃離席而坐, 遂製〈齊天樂〉一闋, 以侑其酒, 詞曰:

華陽洞裡失仙童[8]
謫來南國幾年
紅樓玉貌
碧窓花顔
摠作公子好緣
不樂何爲
桂羞瓊液

---

4) 詒 : '紿'의 오자. 정학성본에는 '紿'.

5) 銓 : 임형택본에는 '以'. '以'가 자연스러움.

6) 粉 : 정학성본에는 이 글자 없음. 없는 쪽이 자연스러움.

7) 鈿 : '細'의 오자. 정학성본에는 '細'.

8) 仙童 : 정학성본에는 '侶仙'. '侶仙'이 의미나 운자('仙'과 다음 시 같은 자리에 있는 '筵') 면에서 더 적합.

鳳管鋲9)絃
夜闌春暄
會向高堂成醉眼10)

高樓初設華筵
對明11)樽歌
舞樂而流連
風流公子
窈窕佳人
洽12)似白鷺傍紅蓮
今夕何夕
花催13)銀燭燄
篆缺金〈6〉爐烟
春夢欲酣
金帽玉釵橫枕邊

慶龍卽和曰:

昔被瑤笈學神仙
燒盡金丹幾年
洞庭蘭香
鏡14)陵綵鸞

_____

 9) 鋲 : 정학성본에는 '鷗'.
10) 眼 : 정학성본에는 '眠'.
11) 明 : 이본(단국대본, 정경주본)에는 '朋'.
12) 洽 : '恰'의 오자. 단국대본 등에는 '恰'.
13) 催 : 정학성본에는 '摧.'
14) 鏡 : '鍾'의 오자. 정학성본에는 '鍾'.

那知月下有緣
今夕相逢
弄白玉簫
奏綠綺絃
酒酣更殘
一枕宜向藍橋眠

一登瑤臺綺筵
睹佳人美人
蘭蕙相逢
天姿綽約
仙態宛轉
疑是紅蓮映白蓮
詞婉調清
珠明滄海月
玉潤藍田煙
却怕此身
羽化徑到蓬萊邊

歌罷, 乃令玉檀繼和, 檀乍嬌乍恥, 低顏不應. 其母及朝雲, 并力勸之, 檀辭以未能. 朝雲攬玉檀袂, 而切勸曰:
"旣售傾城之貌, 可吝驚人之詞? 速做新詞, 以娛佳筵."
檀勉强從命, 避坐斂衽, 卽製〈7〉〈暮雨〉一闋, 謌之. 詞曰:

江有梅
山有竹
清標肯同凡卉

春不開
秋不落
貞姿謾托莓苔
踈枝霜後淸
冷蘂雪中香
寄語尋芳客
莫比花柳場

聲甚淸遠, 調又悽惋, 其調中況多微旨[15], 龍恐檀難與爲歡, 心自
疑懼. 遂和其曲, 以觀其意. 其詞曰:

朝尋芳
暮尋春
擺盡一城花卉
東問竹
西問梅
踏破萬山蒼苔
棋[16]圍賞仙標
庾嶺聞國香
旣能領略遍
願作移一場

檀聽其歌畢, 始開靑眼, 暗注秋波. 夜將闌, 盡歡而罷, 其家便令
玉檀薦枕, 慶龍就寢, 將欲相押. 玉檀辭之甚緊曰:
"妾之違命, 有意存焉. 若欲强押, 則有死而已."

---

15) 其調中況多微旨 : 국도관본에는 '況其調中多微旨'.
16) 棋 : '淇'의 오자. 정학성본에는 '淇'.

龍疑問其故, 檀太息而答曰:

"妾〈8〉以良家子, 早失怙恃, 無親戚可依者. 率一少婢, 行乞於隣.
此家娼母, 察我才貌, 取爲子, 正謂今日取直之利耳, 故使妾得至於
此. 然尙慕汝墳之貞操, 每惡河間之淫節. 今若一媚公子, 矢不再事
他人, 恐公子以我爲路柳墻花, 而一折永棄, 故不敢從命焉. 向者,
席間之詞, 亦寓陋意, 公子想已理會. 見公子風裁神秀, 才調淸高,
非不欲奉事巾櫛, 而妾之所蘊若是, 公子其思之."

龍驚喜起拜曰:

"恭聞至言, 不勝欣慰, 若非素性貞靜, 何以至此? 僕雖無醮三之
禮, 娘可守從一之義耶? 誓與娘子, 終得偕老."

檀笑而應曰:

"若能如此, 爲賜不淺."

龍遂與檀就寢, 喜可知矣. 龍自此之後, 墮情溺愛, 欲去不去, 耽
歡就樂, 靡日靡夜. 老僕乘間進〈9〉曰:

"郞君不念前日老漢之所戒於郞君者乎?"

龍以實告之曰:

"新情未洽, 自難決去. 汝姑遲之."

老僕他日切諫者再三曰:

"疇昔賂銀之際, 老僕非不欲止之, 而見郞君傾心注意, 知不可諫,
故只冀郞君自悟, 而一何留連之, 至於此歟?"

龍不悅曰:

"我年踰志學, 未有室家, 而此女, 名雖爲娼, 曾不適人, 蘭心蕙質,
可配君子. 況願與偕老, 矢靡他適, 縱使良媒求妻, 安得如此者乎?"

老僕曰:

"郞君之事, 決矣. 老僕請今辭歸."

龍遽怒曰:

"這漢! 胡不往歸?"

使令驅逐. 老僕歎曰:

"吾與君, 俱受閣老丁寧之命, 收銀子數萬而還, 不意中路, 爲妖物
所祟, 遽至於此極也. 銀子不足惜, 惜渠之陷於不義也."

遂引去行, 未至浙江, 適逢同里人商販者, 泣而告之曰:

〈10〉"汝歸告于閣老, 老僕無狀, 陪郎君落後, 不能以道引喩, 終使
郎君, 惑於妖物, 中道忘返. 今旣失銀子, 又失郎君, 僕之當誅, 將何
面目, 歸見閣老乎?"

遂拔釖自刎, 商人救之, 而僕已死矣. 商人歸見於閣老, 具告, 閣
老憤恨不已, 至欲躬尋, 但不知慶龍所在何地, 怒罵而已.

却說. 龍逐奴之後, 專意留着, 若將終老. 而厭娼樓之煩擾, 忌遊客
之喧塡[17], 多賣銀兩, 別構書樓. 玉檀乃一日, 乘其獨處, 以告之曰:

"妾以娼家賤質, 蒙君子不棄, 欲治一室, 妾之所恩, 孰大焉? 感則
深矣. 妾旣與君成誓, 非不欲甘與子同處, 其奈公子以妾之故, 得罪
於親庭, 貽咎於士林何? 須展丈夫之壯志, 勿顧兒女之深情. 妾欲君
偕[18]去, 則或恐事泄, 而吾家主母致責□[19]〈11〉君, 而況公子家有法,
禮義嚴肅, 大人[20]賤妾豈謂之可畜哉? 公若與妾久留, 則又恐計謬,
而公家大人積怒於妾, 而況娼家多慾, 利盡情踈, 主母待公子, 安得
如初乎? 爲公子計, 莫如懷彼未盡之重寶, 悟其將半之迷途, 還鄕省
親, 讀書勤業, 速取妙[21]年科第, 早得當路事君, 則公有立揚之譽,
妾遂團圓之約矣. 公子去之後, 妾當爲守死, 以待後期, 妾之愚計,
固如是也. 高明所量, 以爲何如?"

---

17) 塡 : 정학성본에는 '嗔'.

18) 偕 : '湝'의 오자. 정학성본에는 '湝'.

19) □ : 정학성본에는 '於'.

20) 大人 : 정학성본에는 이 다음에 '見'이 있음.

21) 妙 : 원문의 글자가 보이지 않으나 정학성본에 '妙'로 되어 있음.

　慶龍亦服其高見, 拜昌言以謝, 而龍自念, '若欲帶去, 則事多難處, 如檀所見, 若欲捨去, 則人必奪志, 恐檀致死.', 遂不聽從, 大起高樓, 與檀常處. 樓在家北, 故人稱北樓.

　自起樓之後, 娼母審龍有久留之計, 謀欲去, 托以供給之需, 日徵銀兩, 厥數無算.〈12〉如是五六年, 龍囊橐已罄, 無物可待, 反將寄食於其家, 其娼母一日, 和22)語於玉檀曰:

　"王公子資産已盡, 更無所利, 汝若小避, 王公子必且去矣. 汝豈可23)一貧漢, 虛負高價乎?"

　檀曰:

　"王公子, 以女之故, 居纔數歲, 已輸萬金, 金盡棄背, 情所不忍, 何敢如此?"

　其母知檀不可避, 思欲以除龍, 遂與朝雲謀曰:

　"取玉檀鞠養者非他. 一歡取直, 猶患千金之不多, 今者豈可以檀兒, 空作王家之物乎?"

　相與設計, 紿玉檀及景龍曰:

　"某月某日西舘養漢的某, 闋其孝服, 吾家老少, 例當赴, 玉檀亦不可不去."

　龍難之, 娼母曰:

　"公子若難其獨送, 則亦可同轡否?"

　龍喜而許諾.

　翌日擧家啓行, 行數十里許, 至蘆林口, 其娼母佯驚曰:

　"吾來時行色怱劇, 藏財房子未〈13〉得下鎖, 多少財貨, 誰禁狗偸?"

　乃請於龍曰:

　"吾欲還去下鎖而來, 老軀筋力, 不敢驅馳, 公子可能忘勞否?"

---

22) 和 : 정학성본에는 '私'. 의미상 '私'가 옳음.

23) 可 : 정학성본에는 '可' 다음에 '守'가 있음.

龍不疑其語請行, 娼母以金鎖授之曰:

"速往下鎖而還, 吾當留待."

龍遂以單騎促鞭回走. 量去數里, 娼母乃驅迫玉檀, 取他無[24])路遁去, 檀泣告其母曰:

"若欲逐王公子, 當令自去, 到此紿人, 不仁甚矣."

遂自墮車, 僕徒擁以救之. 檀失聲痛哭曰:

"吾素聞, 蘆林盜賊之藪, 王公子乘夕而還, 必投虎口矣. 吾不殺王郎, 王郎必由我而死矣."

僕徒聞其言, 哀甚, 亦爲之垂淚.

龍到其家, 見家徒四壁, 無物見在, 又無守家奴僕. 龍出於語[25])隣人曰:

"家間東西, 蕩無所有, 雖是守奴之所爲, 而隣人亦豈不知?"

隣人皆目笑曰:

"癡哉! 公子堂堂丈夫, 乃爲兒女〈14〉子所賣如是歟! 渠先時暗偸輸財寶於他地, 隨而歸之, 又令公子中道空送, 不得跟尋, 其計譎矣. 公子何不悟歟?"

龍驚駭罔知所措, 但問暗輸者何地. 隣人曰:

"渠潛匿, 豈告其方?"

龍尤不勝憤, 只欲追捕玉檀而詰之, 走還蘆林, 則玉檀一行不知去處. 緋[26])徊岐路, 日已昏黑, 四無人烟, 蘆林蔽天, 猶慮玉檀行之未遠, 遂投蘆林而前進.

蘆林者在江頭無人之境, 周回數十里, 閭閻隔絶, 盜賊屯覆[27]), 非

---

24) 無 : 정학성본에는 '無'가 없음.

25) 出於語 : 의미상 '出語於'가 되어야 자연스러움.

26) 緋 : '徘'의 오자. 정학성본에는 '徘'.

27) 覆 : 정학성본에는 '聚'.

白晝而過者, 例被搶掠殺戮矣. 況娼母先以賊邀之, 約給慶龍衣馬, 使之必殺而行, 龍行蘆林未半, 果有賊輩, 執龍攘其鞍馬, 脫其衣袴, 將殺之. 龍攢手悲號, 乞保一命. 有賊中一人, 哀而救之, 只細縛手足, 搏取衣絮, 暫塞其口, 使不得出聲⟨15⟩而已. 遂推蘆林中去.

翌朝適有老翁過去, 聞草中有氣息激激之聲, 尋聲入來, 解其縛去其塞, 良久得甦, 翁問其所以然, 龍具陳首尾, 翁曰:

"吁! 公自取其禍, 夫誰咎乎? 然人生到此, 亦可憐也."

卽解破衣而衣之曰:

"此地飢荒, 餬口極難, 數十里許, 有閭閻乞食輩, 扣更點而受食於里人. 爾亦往赴, 庶可得活, 不然爾死矣."

龍艱難得行, 赴其里閭, 乞人等曰:

"爾以後來, 不可晏然同參, 必當獨扣三更夜, 然後方許."

龍其夜因困憊倒睡, 誤下更點, 乞人等以怠職, 衆攻出之.

龍啼飢匍匐, 處處乞食, 轉入楊州, 行乞市, 苟爲優盲之奴, 方戲於庭際. 堂上有一官者, 據胡床而坐, 引頸熟視而問曰:

"爾何地人? 爾某名的?"

龍怪之, 實對其名氏地方, 官⟨16⟩者卽下庭, 而摻手語於龍曰:

"不意, 郎君何故賤辱至此?"

泣問其由, 與之歸家, 分其衣食, 繾綣甚至. 此官者, 乃王閣老舊時胥吏者也, 姓韓名鷗, 今擢爲漕運郎中, 來處此府者.

龍留韓家月餘, 韓之妻子, 屢訴於韓曰:

"君不忘舊情, 待王郎, 可謂厚矣. 而但此荒年, 家貧奉薄, 妻子飢寒, 不悅28)我窮, 況恤他人?"

頗有厭語, 頻聞於耳. 龍乃辭於韓曰:

"離親歲久, 思歸日切, 縱使展轉行乞, 擬欲歸覲浙江."

---

28) 悅 : '閼'의 오자. 정학성본에는 '閼'.

韓鷗亦不挽留, 畧給行資.

遂登程, 先往關王廟, 將卜其吉凶, 路上逢老嫗, 舊時賣瓢子者也. 嫗驚泣曰:

"王公, 鬼耶, 人耶? 吾能料死, 不能料生, 緣何在這裡? 妾亦受郎恩, 多矣. 每一念及, 不覺墮淚, 何意今朝此地相逢? 可怪, 可怪!"

因言曰:

"玉檀一家, 詐〈17〉赴西舘之後, 留店數月, 乃復還家, 居之如舊. 但玉檀當初專不預於其謀, 故至今冤呼哀泣, 以公子必死, 誓不毁節, 常處北樓, 足不履地者, 久矣. 若聞公子保命在此, 必不遠千里而奔到."

龍曰:

"噫, 噫!"

俱道蘆林之厄, 飢寒漂轉之苦. 嫗曰:

"我以販酒, 乘舡到此. 今且回棹, 不久又當復來. 公子幸計程小留, 當以消息往返於檀."

又以數兩銀子, 與龍曰:

"願公子以此, 姑備留待之資."

龍亦有資, 可支旬日, 辭而不受, 覓紙筆墨, 修簡於玉檀. 其書曰:

　　蘆林餘肉, 漂到楊州, 悲呼行乞, 尚保頑喘. 每恨娘子薄情太深, 不圖憐[29]人逢此路上, 側聞娘子在處北樓, 不復媚人云, 其然乎? 然則殺我者, 知非娘也. 相思千里, 無路得見. 自念一生, 〈18〉何日重逢? 歸船臨發, 付書甚忙, 滴淚硏墨, 戰手緘辭, 滿腔悲懷, 言之無盡.

　　某年某月日, 慶龍拜.

---

29) 憐 : '隣'의 오자. 정학성본에는 '隣'.

修畢付嫗, 嫗受書, 與龍別. 遂登船歸徐州, 潛見玉檀, 俱道王郎事, 傳其書牘, 而并告復去之意.

却說. 慶龍玉檀, 自蘆林分散之後, 悲號哀泣, 以死守節. 還家之日, 卽上北樓, 想王郎寢食之處, 撫王郎服用之物, 輒自號哭, 久而彌切, 一不下樓, 慘慘度日, 俱廢粧梳, 容貌寂寞, 隣人來見者, 無不淚下, 遊客經過者, 莫敢相問.

至是, 得王郎手札, 知王郎不死消息, 悲不自勝, 奉30)頭嗚咽, 以謝老嫗曰:

"非嫗之有信, 何以傳天上奇於地下人哉? 來日之夕, 當令侍婢傳答簡, 嫗且歸付於王郎, 倘幸緣嫗, 復見王郎, 無非〈19〉嫗之厚賜. 如所可報, 將粉其骨. 且私相出入, 恐人有疑, 嫗勿復來."

會娼母知人來到北樓, 覘於窓外, 檀覺之, 乃目嫗而佯罵曰:

"嫗初以王郎媒於我, 而不幸王郎見誆於蘆林, 已葬烏鳶之腹, 妾自守深盟, 死以爲期, 宜嫗之所矜悼, 反以巧言, 復欲媒誰漢? 豈知嫗之無良, 至於此極?"

嫗亦佯答曰:

"吾憐娘子紅顏虛老, 故欲令粧梳, 將睹新歡, 何娘子罵之甚也?"

娼母聞之, 排窓而入曰:

"嫗言是矣. 汝何不思而反罵?"

亦尾其所言, 反復開諭, 檀不答而頹臥. 須臾, 隣母·娼母, 皆下樓而去.

翌日之午, 檀忽然下樓, 就母而言曰:

"中夜不寐, 枕上思量, 昨日嫗言, 甚似有理. 女等娼家所養, 豈思烈婦貞操? 章臺之柳, 自分千人之爭折, 玄都之花, 何厭〈20〉萬騎之成蹊? 金鞍駿馬, 唯其所喚而赴之, 錦衾瑤席, 隨其所挽而留之. 雖

---

30) 奉 : '蓬'의 오자. 정학성본에는 '蓬'.

未得一笑之千金, 亦可睹[31]五陵之纏頭, 一以榮吾身, 一以富吾家, 是乃父母之所喜. 而不幸向遇王郎, 留情累年, 一朝分離, 情甚頗惡, 或冀生還, 以續舊緣. 今則時移歲暮, 消息永絶, 王郎之死, 的矣. 日月如流, 老將至矣, 韶顔不留, 他日白頭, 後悔莫及. 縱令王郎復生, 豈復悅己? 欲趁靑春之未暮, 以做紅顔之高價."

娼母大喜曰:

"汝能迷而自反, 吾家之福也."

欣悅不已. 檀歸北樓, 潛修書札, 銓私藏銀百兩, 使侍婢乘黑夜, 抵隣母曰:

"嫗其努力, 傳此萬金. 今送銀兩[32], 嫗取半而半與王郎."

居數日, 隣母懷物買舟, 歸到楊州慶龍處. 龍忍飢留待, 已逾半月矣. 嫗傳其⟨21⟩書物. 視其手跡, 掩泣開緘. 其書曰:

背夫人玉檀, 再拜上書于王郎足下.

妾初以賤陋之弱質, 誤公子於娼樓, 後以巧計, 給公子於蘆林. 妾雖無情於其間, 而其間之事, 實妾所媒. 自念屬階, 誰是禍給[33]? 當捐一死, 以答重怨, 第檀[34]心所存, 白日可質, 或慮公子萬一脫禍, 則庶幾賤妾他日陳情, 故不能自決, 偸生至此. 豈意隣母傳此手墨, 得知公子不肉於蘆林, 而將悔於娼樓? 一喜一悲, 唯贈[35]飮泣. 妾有愚計, 可報舊恩, 某月某日, 潛到徐州, 入關王廟, 伏於卓下以待妾. 片言千里, 恐失機, 關秘關秘, 毋令違誤. 聞公子處涸方急, 故姑送濡沫之資.

---

31) 睹 : '賭'의 오자. 정학성본에 '賭'.

32) 銀兩 : 정학성본에는 '銀子'.

33) 給 : 정학성본에는 '胎'.

34) 檀 : 여타 이본에는 '丹'.

35) 贈 : 정학성본에는 '增'.

　　某月某日, 玉檀再拜.

〈22〉慶龍觀其書, 賣銀治行, 計日登程, 潛到徐州. 及至約日, 秘入
關王廟, 一如其言.

　却說. 玉檀自送嫗之後, 凝粧盛餙, 談笑自若, 或遊隣里, 罕處北
樓. 同郡大賈 趙姓者, 年雖已老, 夙慕玉檀之姿色, 今聞放節, 欲得
一歡, 以千金賂娼母. 娼母受之, 勸玉檀, 檀遂許諾, 與之爲期. 但期
在半月之後, 娼母問其故, 檀笑而答曰:

　"我往日, 與王公子情深意切, 共成誓約, 告于神祇, 今不破盟而適
人, 有愧於心. 欲往關王廟, 卜吉破盟, 故緩期如此耳."

　其母亦欣從之. 檀遂齋戒, 約日赴關廟, 而潛懷金銀數百兩. 去至
廟外, 語其從者曰:

　"破盟告辭時, 多有可諱之事, 不可使聞於汝輩. 汝其留此等候, 亦
壁36)人."

　乃入關廟, 拜關王, 到卓子下, 呼慶龍. 龍從卓下〈23〉出, 檀已在卓
前矣. 死生之懷, 如何禁得? 不覺抱持痛哭,37) 檀急止之曰:
　"當使吾從者得聞知, 則今日之禍, 有甚於蘆林, 愼之愼之!"
　因敍舊日冤懷曰:
　"當時西館之行, 妾與公子, 俱落奸謀, 而妾之期38)公子者亦存焉,
何者? 數月之前, 主母令妾少避, 欲令公子引去. 妾拒之甚固, 而其時
不告公子者, 只恐公子心下煩惱. 故妾獨自知, 而徒堅金石之志耳.
豈意凶謀, 至於蘆林之甚者乎? 不告公子而先處者, 是欺公子之罪.
萬死何贖? 事已往矣, 言之無益. 請以奇籌, 欲開前路."

---

36) 壁 : '避'의 오자. 정학성본에는 '避'.

37) 如何禁得? 不覺抱持痛哭 : 원문은 '如何禁不得覺抱持痛哭'. 정학성본에는 표제대로 되어
　　있어 이를 따름.

38) 期 : 정학성본에는 '欺'.

卽以金銀與秘計, 授之曰, '如此如此', 還令龍隱卓下, 呼其從者, 列拜關廟, 同時出去.

慶龍卽歸隣邑市場, 賣其金銀, 買綺紈服之, 買駿馬騎之. 又空皮箱二百箇, 實以石塊, 〈24〉鎖以金銅, 若藏金寶樣. 賃夫馬百匹, 而駄之使先行, 龍在後, 入徐州境內, 向玉檀家巷. 隣人見龍, 皆驚怪, 擁道而拜曰:

"公子一行, 頓無影響, 不知今日之行自何處, 猶享鉅萬之財歟!"

龍笑曰:

"公等不聞李白詩乎? '天生我財[39]必有用, 千金散盡還復來.' 今適定婚於北京, 故方自浙江而來矣."

衆皆稱嘆. 娼家奴僕爭見, 赴告其家. 檀聞其語, 佯驚曰:

"噫! 王公子不死, 豈可破盟而嫁人乎?"

遂趨北樓而自縊, 侍婢呼娼母, 救而得止. 龍過玉檀家, 不顧而去. 娼母與朝雲, 窺見其裘馬, 財寶之盛, 相與密議曰:

"玉檀知王郎不死, 恨其破盟, 至欲自決, 自此之後, 必不再嫁. 若失此財, 則更無所利, 彼無心公子, 若以溫言善解之, 則必不忘而復來, 不〈25〉如因此圖其財."

遂追赶扣馬而言曰:

"公子, 何無情若是? 蘆林一散之後, 不聞公子在何處, 日望歸來, 而竟無音信, 擧家老少, 號泣度日. 不圖今日復見郎君, 而過家不入, 何歟?"

龍按轡而答曰:

"是誠何言? 始余迷於娼樓, 財盡不歸, 故爾等給我蘆林, 而必欲除之, 而福慶未艾, 皇天陰騭, 遇賊不死. 還鄕治産, 欲求良妻, 方有所[40], 自鄕取路, 不得捨此. 尙恨過汝門不幸, 豈可訪爾女再辱?"

---

39) 財 : '才'의 오자. 정학성본에는 '才'.

娼母放聲佯笑曰:

"往者蘆林之口, 始覺房子不鎖, 請公子而送之, 我乃等候多時, 日已昏黑. 謂公子必不返, 而閭閻隔絕, 四無人煙, 不得已捨蘆林, 取近店而投宿, 以待公子翌日之來. 豈知公子冒夜馳還, 直入蘆林, 墮於賊中也? 其日之翌, 待公子不來 〈26〉故跟尋公子, 無處不披. 徘徊累月, 計無所施. 慘慘還家, 則家間所藏, 蕩失無餘, 必是隣人守奴之所爲. 而不恨財寶之見賊, 唯憂公子存沒. 雖以老嫗之無良, 猶自號慕於公子, 況玉檀矢死秉節. 日夜在處北樓, 不下者, 已三年矣. 若詢於隣里, 則亦可立驗矣. 吾家戀公子, 可謂深切, 而公子何其托辭如是耶? 若曰, 玉檀情緣已盡, 不可更顧云, 則是也. 豈可以無忘[41]之言, 加於苦待之人乎?"

龍佯諾曰:

"母之言, 旣如是, 當見玉檀, 更詰之."

乃旋馬, 就其第. 娼母及朝雲, 自以謂得計, 而里人皆笑龍之愚癡. 娼母迤廳上, 呼使玉檀出見. 檀不肯出曰:

"誰招公子來? 彼雖强來, 豈忘蘆林之恨, 一如前日之歡乎? 不如不見而送."

娼母親來, 勸之出, 〈27〉檀曰:

"彼以閣老之子, 誤落於娼家, 居纔數歲, 賂盡萬金, 可謂厚矣. 而不思其恩之賁[42], 返令置陷於死地, 而彼公子幸而得生, 再享豪福. 渠雖不言, 吾豈靦然相對乎?"

母曰:

"我權辭解之, 渠亦釋然, 故得至於此, 何過思若此?"

---

40) 方有所 : 정학성본에는 '方有所適'.

41) 忘 : '妄'의 오자. 정학성본에는 '妄'.

42) 賁 : '不貲'의 오기. 정학성본에는 '不貲'.

檀曰:

"人非木石, 皆有是心, 豈有貽43)死蘆林, 而遽忘其怨者哉?"

龍亦以檀久而不出, 若將趍去. 娼母勸檀尤懇. 檀曰:

"願我强出, 則須用一計, 以紿公子, 然後乃可."

母曰:

"何?"

檀曰:

"宜以公子前所賷來銀子, 及公子曾所辦器物, 盡陳於前, 又設大宴, 以壽曰, '家間財寶, 盡失於前者, 而唯公子所賂金銀, 所玩器物, 適以檀兒地藏於北樓之下, 故得留焉, 無非公子之賜福也. 敗家之後, 尙有此物, 忍而不賣者, 待公子他日之〈28〉臨耳, 可謂公子44)至矣. 而公子反以蘆林無情之事, 疑之乎? 以此壽之.'云, 則彼必釋其感, 而反有所賂. 然則以舊時之財, 將爲釣新財之芳餌矣."

娼母深然之, 乃設宴陳寶, 一如檀言. 檀乃出拜公子, 而猶背面而坐, 不敢正對. 龍問其故, 檀曰:

"公子不知蘆林之情, 而疑我所紿, 過門不顧. 妾何面目, 以對公子乎?"

龍擧杯而笑曰:

"曩時遭禍, 不無疑恨. 今見主母誠款甚至, 不覺宿恨盡消."

乃壽於娼母及朝雲, 勸之極懇. 娼母母女, 喜其售詐, 竟夕而參宴, 盡歡而飮. 玉檀先時陰令侍婢酤酒, 而於龍則和水以進之. 況龍酒量無量, 得不醉. 而娼母及朝雲, 放情泥醉, 扶入于內. 龍與檀, 盡收財寶器物, 歸寢於北樓. 懽情阻懷, 非一宵可盡, 亹亹〈29〉不厭, 終夜不寐, 怳若夢寐. 適見屛間, 有玉檀手題, 一絶詩曰:

---

43) 貽 : '紿'의 오자. 정학성본에는 '紿'.

44) 公子 : 여타 이본에는 모두 '公子'가 없음. 문맥상 '公子'가 빠져야 함.

北樓春日又黃昏

濕盡紅巾拭淚痕

回首蘆林烏鵲亂

不知何處可招魂

龍見其詩中辭意哀怨, 不覺隕淚. 卽援筆和之, 其詩曰:

舊客登樓日已昏

點燈相對拭啼痕

蘆林風雨今何許

悢悢應存未返魂

時夜將半, 四顧無人. 檀一聲太息, 語於龍曰:

"公子以相家千金之子, 宜繼箕裘之業, 而見一娼女, 而不返, 流連數年, 費盡萬緡, 終使不貲之身, 落於不測之禍. 雖曰不死, 其厄孔慘, 不如乘其機, 收彼財寶, 歸覲於親庭, 則可以弛父母之怒, 而終免薄行之〈30〉名."

乃扶而起之, 涕泣相對, 遂題悲歌以別, 其詞滿庭芳也.

深情未攄

清夜將曉

紛紛此心悲懼

蘆林孔邇

安可扶45)機關

嗚呼良人一去

---

45) 扶 : '失'의 오자. 정학성본에는 '失'.

對明鏡將作孤鸞
好歸寧
專心黃卷
愼勿憶紅顔

佳期在何時
萬里風塵
一去難還
怊悵相看
白髮共誓心丹
自此北樓無人
日之夕孤倚欄干
迫46)江南消息誰傳
望望多靑山

慶龍卽和之曰:

千里相逢
半夜將離
此生何日重懽
征47)鞍欲動
白雲迷楚關
虛負雙玉簫
望秦臺幾時乘鸞
慘48)子裾

---

46) 迫 : 정학성본에는 없음. 이헌홍본에는 '邇'.
47) 征 : '証'의 오자. 정학성본에는 '証'.

不忍相別
壯士感紅[49]顏

有約雖金石
無路重逢
何日得還
怕石腸燒成灰
玉貌金丹[50]〈31〉丹
駒[51]隙流連幾許
慘相視
涕淚欄干
倘未死再續舊緣
轉海更移山

　俄而隣鷄一聲, 淸燈已殘. 檀急令侍婢, 潛呼公子之從者, 盡取皮
箱來, 覆其石, 以娼母所壽之金銀及玩器, 並其私藏寶物, 實其箱曰:
"幸鬻於江南, 以充虛費之數."
　急令駄載遁去. 龍悶其分離, 慘慘呼泣, 扶抱玉檀, 不忍捨去. 推
扶而出門, 龍强勉相別曰:
"何奈有重逢之期?"
　檀答曰:
"公子歸家後, 專心讀書, 異日登第, 得剌此州, 則是妾相逢之日.
不然, 見妾難矣. 妾則當以死爲君秉節, 誓不再媚他人."

---

48) 慘 : '摻'의 오자. 정학성본에는 '摻'.
49) 紅 : 정학성본에는 '朱'.
50) 金丹 : '銷'의 오자. 이승수본에는 '銷'.
51) 駒 : '駒'의 오자. 이헌홍본 등에는 '駒'.

龍計娼母必奪檀志, 檀必守貞, 然則平生恐不得重逢, 扣檀, 泣告曰:

"娘子誓不再媚他人, 可謂至矣. 而其主〈32〉母之强脅, 何?"

檀曰:

"然則死之而已."

龍曰:

"人生一死, 安得復見? 不如降志屈節, 以遂他日重之約. 娘子無忽吾言, 竟副志願."

檀曰:

"忠不事二, 烈豈獨異? 若有權道, 則固不可徒死, 至欲相瀆, 則有死而已, 不可從也."

龍遂與泣別, 潛行登程, 長向浙江. 檀送龍, 掩泣還寢, 與侍婢相約, 各取衣絮, 塞其口, 又以絛索縛其手足, 俱倒床下.

翌朝, 娼家奴僕, 見龍之一行夫馬永無去處, 急告娼母. 娼母卽扶醉頭, 驚就丹[52])所, 觀之, 檀之婢與主, 皆作䀲䀲氣絶之聲. 母驚呼救之, 良久, 佯若得甦而告曰:

"吾昨日, 不欲見王郎者, 以故也. 母自招邀, 夫誰咎乎? 王郎雖曰無心, 豈忘蘆林之怨, 而如土隅[53])者哉? 夕間就枕[54]), 不與交懽, 私自怪之. 至夜將半, 潛呼從〈33〉者, 奄自圍立, 盡搜財寶, 將女與侍婢, 欲殺之. 公子尙止之不殺, 只如此而已. 女之見辱, 不得可恨, 而但恨財寶又終失之, 不可不追捕. 女就迫時, 潛聽約言, 則恐我跟追, 欲入本府, 而留避云, 須速逋."

娼母遂呼隣人, 擧家乘馬, 疾追馳. 至徐州公門外, 檀遽下馬, 拿其娼母而下, 大呼公府胥吏及隣人, 而告之曰:

---

52) 丹 : 檀의 오자.

53) 隅 : 偶의 오자. 정학성본에는 '偶'.

54) 枕 : 寢의 오자. 정학성본에는 '寢'.

"我本良家子, 早喪考妣, 且無依託. 此嫗見我姿色, 取而養之, 欲令悅人而取直. 只爲利家, 豈有母子之義? 往者, 浙江王閣老子慶龍, 適過吾家, 見我而悅之, 賂數萬金, 娶而爲婦, 治第別屋, 擬將偕老. 此嫗巧作謀計, 欲殺蘆林, 王郎, 幸而得脫, 赤身還鄕, 戀妾益深, 載寶重來. 昨日之夕, 此嫗, 更欲殺掠. [王公子55)], 知機遁去. 故此嫗恨未得財, 今〈34〉率隣人而追趁, 將欲殺掠. 妾亦佯若同謀而來, 其實欲訴於官也. 此事首尾, 隣人所共知, 而難諱也."

因自痛哭, 挽其母, 欲趁於訟. 隣人素知其事, 故亦信夜間之謀, 皆是檀而非嫗曰:

"詐稱, '王公, 盡盜財物而去.' 故我等應信所請而來追, 將欲奪取而還, 若知殺掠之情, 豈敢從之?"

胥吏等, 亦嘗聞蘆林之語, 故皆罵嫗曰獷賊. 嫗雖自明, 人不信之, 咸勸玉檀入訟. 娼母惶恐哀乞, 檀曰:

"嫗雖有殺夫之謀, 尙有養我之恩, 故姑不告官. 嫗能使我守節, 終不脅乎?"

嫗許諾, 檀請於胥吏, 作誓帖以記之, 遍使隣人, 皆署名然後, 懷其書卷, 還其家, 上北樓, 只令一侍婢乞米, 供朝夕, 不籍娼母. 其侍婢, 亦艱苦行乞, 奉其主, 小不厭苦. 此侍婢名, 蘭香〈35〉, 亦有姿色, 性不喜與人交歡. 或有求狎者, 罕有相應, 只侍檀, 不離其側, 盖檀自良家率來者. 母甚疾檀, 常欲殺之, 恐爲隣人所知, 不果焉.

前日, 趙賈以知檀不可求, 急推所賂於娼母. 娼母惜其財寶, 相與陰約曰:

"如此如此."

居數日, 母叱檀曰:

"汝以王郎之故, 背我養爹之恩, 終不母我. 雖在吾家, 更無所利,不如空北樓, 處朝雲."

　遂駈迫黜之. 先時, 娼母, 陰與同里商嫗, 賂重貨, 秘計約之. 及玉檀被出, 率其一婢, 行乞於隣, 窮無所歸, 沿路而哭. 商嫗遇於途, 問其故, 佯泣曰:

　"吾每憐娘子貞節, 苦乞米以糊口, 今又被出, 何所依賴? 若無所歸, 姑往陋地?"

　檀喜得居所, 拜嫗而謝曰:

　"單形隻影, 子子無依, 彷徨衢路, 幸逢托據, 是乃微命, 再保之秋也. 敢〈36〉不結草而隕首?"

　遂從. 商嫗同居月餘, 忽然曰:

　"吾見娘子, 不背所天, 久而愈篤, 心實矜惻, 爲娘子傾財賃人馬, 率歸浙江, 娘能令王公厚報還送否?"

　檀信幸其言, 祝手拜謝曰:

　"倘得如此, 敢不竭力而報德?"

　嫗許諾, 卽賃人馬治行, 卜日乃行登程. 未出徐州境, 忽有衆人群聚, 阻於路中, 擁玉檀, 駈迫而去. 檀顧呼嫗, 嫗已無有. 乃謂衆人曰:

　"爾輩賊徒, 緣何脅我而欲歸?"

　衆人曰:

　"我等乃趙賈所使, 迎娘子歸矣. 何脅之有?"

　檀失聲慟哭曰:

　"我爲兩老婆所賣."

　遂欲墮馬, 衆人擁上馬. 檀悲號哀乞曰:

　"容我少休."

　衆憐之, 暫緩解放. 檀欲爲自決, 不能自由, 旣而潛思曰:

　'我今徒死, 恐負前約, 不如權往, 省其機.'

　裂其臂錦, 囓指出血, 書裂帛, 潛令蘭香, 〈37〉掛道左樹林. 或有過客好事者, 傳掛南道, 未久得達龍所.

檀被迫歸趙家, 方出門皷56)待, 見檀來, 扶下馬喜慰曰:

"娘於老僕, 亦有緣矣. 此實天與, 夫豈人謀?"

檀佯笑而答曰:

"中路改道, 亦遂佳期."

趙賈以檀之守死爲疑, 得聞媚語, 不覺欣怀. 檀與趙同一室, 談笑相悅, 極其親昵. 但欲交歡, 辭之甚堅曰:

"王郎別去時, 與妾相約, 今年必當來訪, 若過此期, 可聽他適. 妾亦許成誓, 今已歲暮, 王公子不來, 屈指計數, 則餘日無幾. 設令王公重來, 已入他門57), 豈敢復出? 所不從命者, 欲畢其約, 不欺吾心. 新歲新歡, 豈不樂哉?"

趙恐其怅意, 不敢强狎. 但趙歸寢於舊妻, 則佯妬挽留, 人不知檀不肯相狎, 而趙時語其親, 故或有知者.

適有浙江人來, 〈38〉寓於其隣, 賣香緞. 令蘭英取一段疋, 以厚價買之, 繡剌四韻一首. 趙賈目不知書, 唯稱美而已. 繡畢, 潛還其商人曰:

"你歸賣於紹興王閣老家, 必有少年倍直而買之."

其商人如其言, 歸賣閣老家.

玉檀居數月, 審舊妻雖有姿色, 素無貞操. 又見隣人巫覡夫婦, 相交游此家, 而其巫夫亦無行檢, 唯耽酒色. 故乃僞作舊妻相邀期會之書, 依其手迹而摸之, 以投巫夫, 又作巫夫之書, 摸亦如此. 兩人各自爲信, 相會相通, 俱不悟矣. 自此晨往暮來, 輒以爲常.

檀一日乘其來會, 覘於窓外, 手鎖窓牖, 顯示窺覘之狀. 兩人恐怯必告其夫, 相與謀計, 欲滅其跡. 會其夫出宿于隣家, 翌朝而還. 舊

---

56) 皷 : 정학성본에는 '跂'.

57) 已入他門 : 정학성본에는 '妾已入他門'.

妻以陳[58]味, 作粥置毒於中, 進于其夫及玉檀. 檀〈39〉方梳頭, 其粥
甚美[59], 嬌態曰:

"吾欲取其多者."

換其所進, 而置於前, 托以粧梳, 遷延不食, 及其趙賈盡食之後,
佯若觸手覆之. 俄而趙賈仆地, 嘔血而死. 檀出呼隣人告之曰:

"舊妻與巫夫作謀, 鴆殺其夫!"

隣人顚倒聚集, 捕舊妻與巫夫及玉檀縛之. 檀俱告二人私通之事,
及穴鑽窺覘之狀. 又以粥餘哺狗, 狗卽死. 舊妻所言, 檀以奪節之寃,
置毒於粥. 隣人拿此三人及奴僕切[60]隣等, 而告官. 舊妻與玉檀, 互
相爭卞, 俱無明證. 里人或供舊妻與巫夫素相潛奸之事, 或供趙賈與
玉檀未嘗相狎之辭, 遂成疑獄, 官不能擅決.

却說. 慶龍自徐州, 半夜一別玉檀之後, 收其財寶, 渡浙江歸紹興.
閣老聞其來到, 大怒拿入絪打曰:

"汝叛父忘歸, 一〈40〉可殺也. 耽色敗身, 二可殺也. 滅財覆業, 三
可殺也."

龍泣對曰:

"忘歸敗身, 固難卞白. 而至於滅財則不然. 無失錙銖, 今已輸矣."

閣老稟性嚴峻, 猶令杖之. 會閣老女壻, 吏部員外郞趙志皐, 以事
來此. 此乃閣老所甚敬愛者, 且與龍所相親愛者也. 方侍閣老而坐,
遽起下庭, 手扶慶龍, 告於閣老曰:

"此兒以年少迷於女色, 不能思歸, 豈無愛親之心? 今日得返, 可見
良心, 而況財寶今盡來, 不敗於色, 亦可明矣."

閣老乃命免杖, 計財於中庭準之, 厥數不耗而有剩, 閣老心自怪之.

---

58) 陳 : 이헌홍본에는 '珍'.
59) 其粥甚美 : 의미상 '見其粥甚美'가 되어야 자연스럽다. 정학성본에는 '見其粥甚美'.
60) 切 : 이헌홍본에는 '比'.

龍入拜其母之前, 其母撫手龍背[61], 泣問厥由. 龍對之以實, 具陳玉檀之事. 其母不勝稱嘆曰:

"若然則, 恨其檀兒不養於良家也. 雖欲爲婦, 安可得乎?"

居數日, 閣老〈41〉責問龍曰:

"汝積歲娼詖[62], 廢其藝業, 無復望於功名. 汝願爲何事? 將爲農乎? 欲爲商乎?"

龍唯願讀書, 閣老乃抽左右書卷, 試其可教. 龍在徐州五六年, 與檀專業文墨, 故所試書義, 觸處融解. 閣老恐讀於平日, 轉抽諸書以試之, 隨試隨講, 無不通慣[63]. 閣老雖不許可, 心自喜異. 又欲試製述, 方欲出題, 適有鳴鴈初來, 乃命以此賦之. 龍卽製四韻律詩曰:

昨夜西風動鴈群

散空千點亂紛紛

影過靑塚三更月

聲落蒼梧萬里雲

棊[64]罷零陵啼白首

燈殘長信泣紅裙

冥冥誰寄南來札

唯促寒衣送北軍

閣老覽之, 喜甚曰:

"汝之作此, 足贖忘歸之罪."

入語其夫人曰:

---

61) 其母撫手龍背 : 정학성본에는 '其母撫慶龍背'.

62) 娼詖 : 이헌홍본에는 '猖披'.

63) 慣 : '貫'의 오자. 정학성본에는 '貫'.

64) 棊 : '碁'의 오자. 정학성본에는 '碁'.

"夫〈42〉人之子, 久而不返者, 必以中路耽讀之故, 實非好色之致也."

遂構書樓處之. 龍居書樓, 但檀之所戒, 讀書做業, 不輟晝夜. 適有鄕人, 得以行子所傳檀之帛書, 以投之. 龍見其書, 曰:

徐州玉檀, 奉寄紹興王秀才足下.

妾送君之後, 常處北樓, 豈料主母驅迫逐黜? 偶因隣嫗得留旬月, 又信隣嫗之言, 遂啓南行, 不意中途爲人所脅. 是亦妾之不早自決, 徒守前約, 自不能不落於兩嫗之奸謀, 何惜微命? 自經溝瀆, 乃以臨別之語, 耿耿在耳, 若行小諒, 恐負前約. 今將權赴其家, 以觀其機, 勢若可誘, 則不可徒死, 至欲相瀆, 則有死而已, 豈敢偸生而忍乎? 聊占一絶, 以寓微悃. 其詩曰:〈43〉

離鸞千里向南飛
雲外寧知暗設機
出入雕籠還有意
會將新翮製絛歸

慶龍見其書, 知玉檀爲人所占, 謂其必死, 不覺痛哭, 寢食俱廢者, 累日. 乃和其韻, 以自遺[65]曰:

鏡裡孤鸞對影飛
無端啼血落寒機
奇絞[66]自作相思曲
曲到江南身未歸

失侶鴛鴦一隻飛
逐誤上傭人知機[67]
懷寃化作西州魄
血洒殘花歸未歸

自此之後, 歲已暮矣. 消息爰絶, 生死莫知. 適有商人, 賣綉緞於 其家, 家人見而不知其貴, 只以綉字故, 持示於慶龍. 龍審其詩〈44〉 語, 詳其字意, 疑是玉檀之所作. 親問於商人, 商人以實對曰:

"如此, 如此."

然後, 龍果知玉檀所寄, 買以重貨, 乃次其韻, 復欲付贈, 商人辭 而[68]不歸, 故遂未果焉. 玉檀之繡字書曰:

雲羅千里打孤鸞
一落塵寰歲已闌
翠羽雖令仙鶴伴
金毛寧與野鳧歡
誰從烟渚朝遊倂
却向風枝夜宿單
潛識挈儔歸翮日
應將惡鳥打金丸

慶龍所和之詩曰:

金柵爲籠鎖彩鸞

秦臺歸夢幾時闌

高枝穴巢思連理

圍扇丹靑憶合歡

千里靑音天外遠

三秋寒影月中單

何年塞鴻能傳信

欲寄茅山藥一丸

〈45〉慶龍見此綉書之後, 審玉檀定在趙家, 憤其娼母姦謀, 亦知檀
之冤懷, 尤用憂德, 將成心樣69), 或讀之餘, 依俙見玉檀, 而狂叫其
名. 旣已自悔曰:

"吾若成疾, 殆將死矣. 安得復見玉檀乎?"

遂拔釼正心, 端坐講讀, 或眩見於目中, 乃揮刃叱之曰:

"汝勤業登第之戒, 別我慇懃, 又以他日重逢之期, 寄我, 丁寧何今
之撓我如是耶?"

居數月, 厥疾乃瘳. 龍力業三年, 得選解元, 又中會元, 終得壯元及
第, 爲翰林修撰. 時朝廷以徐州殺夫之訟, 遂成疑獄, 久而未決, 啓請
上達, 別遣御史, 窮問考處.70) 上兪允. 龍求爲其任, 遂到徐州.

檀聞御史必是王公, 卽使蘭香詳問御史鄕里及族氏, 知果爲王郞.
然後心獨喜自副, 乃潛作書簡, 陳其欣幸之意, 及照列〈46〉冤情, 簡
緘封皮詐稱王公親故書樣, 使蘭香僞稱商女, 因其御史家丁, 達於御
史. 御史知之, 始按其獄案, 閱其供辭, 乃招罪人等, 遍敎曰:

"玉檀被掠而來, 未嘗交合, 置毒之言, 不可自逭. 雖無明驗, 罪必
難赦."

---

69) 樣 : '恙'의 오자. 정학성본에는 '恙'.
70) 啓請上達, 別遣御史, 窮問考處 : 정학성본에는 '請遣御史考之'.

特命嚴囚於別獄, 指其舊妻及巫夫諸人等, 曰:

"玉檀當先誅之, 固不可問. 此輩亦以緩刑, 故不得其情, 今日必須嚴鞠, 盡殺此輩, 明日便可回京."

極令公府, 盛陳敲朴火刑之具, 極其嚴肅以待. 又命行李諸具, 自房搬出, 置於庭中, 曰:

"遠行, 衣服諸具, 必多雨露之沾濕, 待日房71)中, 當晒之."

乃屛列庭吏卒於門外而闔之, 只留罪人於其庭, 御史入房點心, 久而不出. 罪人輩在庭下, 知無人, 遂相議曰:

"玉檀有罪無罪, 死已判矣, 不須辨〈47〉矣. 但我輩倍前嚴鞠, 何以得活? 不如直告舊妻巫夫之謀, 而吾等釋也."

舊妻巫夫哀乞曰:

"我若得生, 當以厚報."

諸人或諾, 或否. 良久, 御史出座命鞠曰:

"汝等莫諱其情. 吾已知某也某也之所議耳."

諸人相顧驚訝之際, 御史遂命下吏, 鑰開行李中兩衣籠, 忽有二人, 自籠中起坐, 其一本府主簿, 其一御史家丁. 兩人向罪人, 俱說其所爲曰:

"汝之所言, 如此如此."

罪人惶懼語塞, 各服其罪. 遂誅舊妻及巫夫, 放玉檀諸人, 曰:

"罪人斯得, 無辜當釋."

一府之人, 驚服其智. 按獄畢, 回京師, 潛令家丁, 給馬載以歸. 時玉檀年二十五, 慶龍年二十八. 到京之日, 復命歸家, 設宴於中堂, 擧酒相慰, 話到睽離, 不堪悲喜. 慶龍先成一律曰:〈48〉

---

71) 房 : '方'의 오자인 듯. 정학성본에는 '方'.

海轉山移德有神
釵還鏡合豈無因
蘆林殘骨騎驄馬
楚獄餘魂上錦䒷
黃卷尙能迊⁷²⁾白髮
紅鉛猶得帶靑春
相逢却是尋盟日
把酒那禁淚滿巾

玉檀拭淚濡毫, 卽和其律曰:

芳魂元不托梅神
宿約寧知踐水⁷³⁾因
舊日悲呼嬰木索
今朝淸宴醉瓊茵
誰憐荊璧完歸國
自笑薇花老占春
堪曳綠衣隨井臼
莫聽金縷漫沾巾

　慶龍登科之後, 迫於閣老之命, 聘冠盖族某氏女爲妻, 而以念檀之故, 一不曾同寢, 截若他人焉. 至是, 欲去其妻, 以玉檀爲婦. 檀歛衽起拜曰:
　"娼家賤質, 受直媚君, 身已陋矣. 巧言令色, 瞞人守〈49〉節, 約已畢矣. 圖生還, 以計殺人, 可謂善乎? 久在縲絏, 爲世所陋, 可謂吉

---

72) 迊 : '逃'의 오자. 정학성본에는 '逃'.
73) 水 : 정학성본에는 '夙'.

乎? 妻之所羞而不死, 以至今日者, 徒望更待君子, 得奉衣巾, 以遂平生之約而已. 是可謂賤妾之幸, 而公子之樂也, 豈以葑菲之微, 遽充蘋蘩之奉乎? 況見內子, 貞操雅態, 甚合家母. 公子若復離而黜之, 朝中必有人言於妾, 亦將不利, 義所不可. 且彼家父母, 若奪其志, 然則內子之不事於他人者, 猶玉檀之不欲媚於趙賈者也. 以我方人, 誠甚矜惻, 若離內子, 妾當亦退."

慶龍感其言, 遂不逐人. 厥婦亦感玉檀之恩, 待之如娣妹. 然龍踈其內子, 使檀專房, 玉檀又以理諭之, 俾不踈廢, 遂生二子, 檀生三子. 而妻之二子中一子及檀之三子中二子, 俱得文第, 歷〈50〉踐淸顯. 檀之一子名某, 爲按察使, 萬曆己亥年間, 監東征役朝鮮. 妻之一子名某, 爲河東侯左布政. 檀之次子, 爲國子司業, 末子未第者, 中武進, 方爲錦衣衛. 妻之次子未科者, 以勇力爲突擊將軍, 多有軍功, 上嘉之. 慶龍玉檀之大畧如斯耳.

유영전

柳泳傳

-명나라 천계(天啓) 21년(1641).* 운영전(雲英傳)

〈50〉 수성궁(壽聖宮)은 안평대군(安平大君)이 살던 집으로 한양성 서쪽 인왕산 아래에 있다. 산천이 수려하고, 용이 서리고 호랑이가 앉은 듯 하며, 사직(社稷)이 그 남쪽에 있고 경복궁은 동쪽에 있다. 인왕산의 한 줄기가 구불구불 내려오다가 수성궁에 이르러 높이 솟았다. 비록 높지 는 않으나 올라가 굽어보면 큰 거리의 가게들과 성 안에 가득한 집들이 바둑알 혹은 별처럼 펼쳐 있어 하나하나 손가락으로 가리킬 수 있으니, 완연히 실이 여러 갈래로 나뉜 것 같다. 동쪽을 바라보면 궁궐이 아스 라하고 복도가 공중을 가로질러 있으며 구름과 안개가 푸르스름하게 끼어 아침저녁으로 자태를 드러내니 진실로 경치가 뛰어난 곳이었다. 한 때 술 취한 이들과 활 쏘는 이들, 노래하는 아이들과 피리 부는 아이, 〈51〉 시와 서화를 일삼는 이들이 꽃 피는 봄철과 단풍 드는 구월이면 그 위에서 놀지 않는 날이 없었으니, 풍월을 읊고 휘파람 불며 노느라 돌아가는 것을 잊었다.

청파동(青坡洞)의 선비 유영(柳泳)이 이곳 경치가 뛰어나다는 말을 여 러 차례 듣고 한 번 놀러 가리라 생각했으나, 옷이 남루하고 용모가 비루하여 놀러온 이들의 웃음을 살까봐 (그곳에) 가려다가 주저한 것이

---

* 천계는 7년까지만 존재하고 이후 숭정(崇禎) 연호가 이어진다. 1641년은 숭정 14년이 된다. 여기서 숭정을 쓰지 않고 천계를 사용한 이유를 알 수 없다.

오래되었다.

만력(萬曆)[1] 신축년(1601년, 선조 34년) 춘삼월 열엿새. 유영이 탁주(濁酒) 한 병을 사 가지고 따르는 종이나 친구도 없이 몸소 술을 가지고 홀로 궁궐 문으로 들어갔다. 보는 이 치고 돌아보고 손가락질하며 웃지 않는 이가 없었다. 생은 부끄럽고도 민망하여 곧장 후원으로 들어갔다. 높은 곳에 올라가 사방을 조망하니, 전쟁이 막 지나간 뒤라 장안의 궁궐과 성(城) 안의 가득했던 화려한 집들은 완전히 사라지고 무너진 담, 깨진 기와, 메워진 우물, 흐트러진 섬돌이며 초목이 무성한 가운데 다만 동문(東門)의 난간 몇 간이 우뚝하니 홀로 남아 있었다.

생이 서쪽 정원으로 걸어 들어가니 풍경이 그윽한 곳에 온갖 풀이 무성하고, 그림자가 맑은 연못에 드리워 있었다. 땅 가득히 꽃이 떨어진 채 인적이 닿지 않았다. 미풍이 언뜻 불자 향기가 진동했다. 생이 홀로 바위 위에 앉아 소동파의 시구를 읊었다.

我上朝元春半老　반쯤 지나간 봄날 조원각에 오르니
滿地落花無人掃　지천에 떨어진 꽃잎 쓰는 이 없네[2]

그리고 문득 차고 있는 술병을 풀어 다 마셔 버리고, 〈52〉 취하여 바위 옆에 누워 돌로 베개를 삼았다. 그러다 술이 깨어 눈을 들고 살펴보니 유객들이 모두 돌아가고 없었다. 산에 이미 달이 솟고, 안개는 버들가지를 감싸고 바람은 꽃잎을 흔들었다. 그리고 몇 마디 부드러운 말소리가 바람결에 들려왔다. 생이 이상히 여겨 일어나서 찾아보니, 한 소년이 절세의 미인과 자리를 깔고 마주앉아 있었다. 그리고 생이 오는 것을 보고 흔연히 일어나 맞았다. 생이 그에게 말했다.

---

1) 만력(萬曆) : 명(明) 신종(神宗)의 연호. 1573~1619년.
2) 반쯤 지나간 봄날 ~ 아무도 쓸지 않네 : 소식(蘇軾)의 시 〈여산(驪山)〉의 구절.

"수재(秀才)는 어떤 분이기에 낮에 오지 않고 밤에 오십니까?"

소년이 미소 짓고 말했다.

"옛사람이 말한 경개여구(傾蓋如舊)3)라는 것이 바로 이를 두고 말한 것이로군요."

셋이 서로 둘러앉아 말을 나누었다. 여인이 낮은 소리로 시동을 부르자 두 명의 여종이 수풀 가운데서 나왔다. 여인이 시비들에게 일렀다.

"오늘 저녁 옛사람을 만나는 자리에서 또 기약하지 않은 가객(佳客)을 만났으니, 오늘 밤은 적막하게 지낼 수 없구나. 너희들은 술과 안주, 붓과 벼루를 마련해 오너라."

두 시비가 명을 받고 나간 지 얼마 지나지 않아 돌아왔는데 가볍게 움직이는 것이 나는 새가 오고가는 것 같았다. 유리 술동이에 자하주(紫霞酒)를 가득 담았고, 진기한 과일과 음식을 은반에다 담고 백옥잔에다 술을 따라 유생에게 권했다. 술맛이나 안주는 모두 인간의 것이 아니었다. 술이 여러 잔 이르자, 여인이 새로운 노래를 부르며 술을 권하니, 노래는 이러했다.

重重深處別故人	깊고 깊은 곳에서 옛사람을 이별하였더니
天緣未盡見無因	천생 연분 다하지 않았으나 볼 인연이 없구나
幾番傷春繁華時	꽃 만발한 봄에 상심한 것이 몇 번인고
爲雲爲雨夢非眞	운우의 꿈은 〈53〉 진실이 아닌지라
消盡往事成塵後	지나간 일이 먼지 되어 사라진 후
空使今人淚滿巾	공연히 사람들을 눈물 적시게 하누나

노래를 그치매 탄식하고 울음을 삼키면서 얼굴 가득 구슬 같은 눈물

---

3) 경개여구(傾蓋如舊) : 경개(傾蓋)는 잠시 이야기하기 위하여 수레를 멈춘다는 뜻으로, 한 번 만나보고 친해진다는 말. 잠시 만났어도 구면처럼 친함을 이름.

을 흘렸다. 생이 이상히 여겨 일어나 절하고 말했다.

"제가 비록 시문에 뛰어난 것은 아니지만 일찍부터 글을 배워 문필을 대강 압니다. 지금 이 노래를 들으니 격조가 맑고 뛰어나나 뜻이 슬프고 처량하니 심히 괴이하군요. 오늘 밤 만남에 월색은 낮과 같고 청풍(淸風)은 솔솔 불어와 참으로 좋은데 서로 대하고 슬피 우니, 무슨 일입니까? 한 잔 술을 서로 권하며 정의(情義)가 이미 두터운데 통성명도 안 하고 회포도 펴지 않으니 또한 이상하군요."

생이 먼저 자기의 이름을 말하고 강권하니, 소년이 답했다.

"성명을 아뢰지 못하는 데에는 사정이 있습니다. 그대가 꼭 알고 싶어하시니 아뢰는 게 뭐 어렵겠습니까마는, 말씀을 드리자면 깁니다."

한동안 근심스러운 빛을 띠고 있더니 이윽고 말했다.

"저의 성은 김(金)입니다. 열 살에 시문에 능하여 학당(學堂)에서 이름이 났습니다. 그리고 나이 열넷에 진사 제2과에 올라 모두 '김진사'라고 불렀지요. 제가 나이가 어리고 호협한 기운에 뜻이 호탕하여 스스로 억제할 수 없었습니다. 또 이 여자로 인하여 부모께서 남기신 몸은 불효자가 되었는데 천지간 한 죄인의 이름을 어찌 꼭 〈54〉 아시려 합니까? 이 여인의 이름은 '운영(雲英)'입니다. 저 두 아이의 이름은 하나는 '녹주(綠珠)'이고, 하나는 '송옥(宋玉)'[4]입니다. 모두 돌아간 안평대군의 궁인이지요."

생이 말했다.

"말을 꺼내기는 하였으나 미진하면 애초에 말하지 않은 것만 못합니다. 안평대군이 한창이던 때의 일과 진사께서 가슴 아파하는 곡절에 대해 그 상세한 사정을 들을 수 있을는지요?"

진사가 운영을 돌아보며 말했다.

---

4) 소옥(小玉)의 오자인 듯함.

"해가 여러 번 바뀌어 세월이 이미 오래되었는데, 그때 일을 당신은 기억할 수 있겠소?"

운영이 답하여 말했다.

"마음속에 쌓인 원망을 어느 날인들 잊겠어요? 첩이 그 일을 말해 볼 터이니 낭군께서 곁에 계시다가 빠진 것을 보충하고 붓으로 기록해 주세요."

이어 말하였다.[5]

장헌대왕(莊憲大王, 세종)의 아들 여덟 대군 중에 안평대군이 가장 총명하셨지요. 임금께서 몹시 사랑하시어 상을 내리신 것이 무수하여 녹읍(祿邑)과 재화가 풍부하였습니다. 나이 열 셋에 사궁(私宮)에 나가 거하셨으니, 그 궁이 곧 수성궁(壽聖宮)입니다. 유학을 자신의 소임으로 여겨 밤이면 독서하고 낮이면 시를 짓거나 서예를 하며 한 시각도 헛되이 보내지 않았습니다. 당시의 문인재사(文人才士)들이 그의 문하에 모여 그 장단(長短)을 견주고, 때때로 닭이 울 때까지 강론하며 게을리 하지 않았습니다. 그리하여 대군은 필법이 더욱 공교해져 나라 전체에 명성을 드날렸습니다. 문종께서 왕위에 오르시기 전에 항상 집현전의 여러 학사들과 함께 안평대군의 필법(筆法)을 논하여 말하기를 "제 〈55〉 아우가 만약 중국에서 태어났다면 왕일소(王逸少)[6]에게는 미치지 못할지라도 어찌 조송설(趙松雪)[7]에게 뒤지겠소!" 하며 칭찬을 그치지 않았

---

5) 이후는 운영이 유영에게 들려주는 이야기임.

6) 왕일소(王逸少) : 왕희지(王羲之, 307~365). 동진(東晉)의 서예가. 일소(逸少)는 자. 우군 장군(右軍將軍)의 벼슬을 하여 왕우군(王右軍)이라고 함. 예서(隸書)를 잘 썼고, 당시 성숙하지 못했던 해·행·초서체를 예술적인 서체로 완성하였음. 당(唐) 태종(太宗)이 왕희지의 글씨를 매우 사랑하여 온 천하에 있는 그의 글씨를 모아 죽을 때 자기의 관에 넣어 묻게 하였다는 이야기가 있음. 353년에 회계의 난정(蘭亭)에서 있었던 유상곡수(流觴曲水)의 연회에 참석한 41인 명사들의 시를 모아 만든 책에 쓴 서문 〈난정서(蘭亭序)〉가 유명함.

7) 조송설(趙松雪) : 조맹부(趙孟頫, 1254~1322). 원(元)나라의 화가·서예가. 송설(松雪)은

습니다.

하루는 대군께서 첩들에게 말했습니다.

"천하의 모든 재능은 반드시 편안하고 고요한 곳에 가서 공을 들인 후에야 이룰 수 있다. 도성문(都城門) 밖은 산천이 적막하고 마을이 조금 머니 그곳에서 학업을 닦는다면 바른 것에 전념할 수 있을 것이다."

그리고 곧 그곳에 정사(精舍) 수십 칸을 짓고, 그 당(堂)에 편액하기를 '비해당(匪懈堂)'이라 했습니다. 또 그 옆에 단(壇)을 세우고 이름을 '맹 시단(盟詩壇)'이라 했습니다. 이는 이름을 돌아보아 뜻을 생각하게 하려 는 것이었습니다. 당대의 문장가와 명필가들이 모두 그 단으로 모여들 었습니다. 문장으로는 성삼문(成三問)이 으뜸이요, 필법으로는 최흥효 (崔興孝)가 으뜸이었습니다. 그러나 모두 대군의 재주에는 미치지 못했 습니다.

하루는 대군이 취기가 올라 여러 시녀를 불러다 놓고 말했습니다.

"하늘이 재주를 내림에 어찌 홀로 남자에게만 풍부하게 하고, 여자에 게는 인색하게 했겠느냐? 지금에 스스로 문장을 자랑하는 자가 많지 않은 것은 아니나, 모두 다 숭상할 것이 못 되고, 무리 중에 뛰어나 특출한 자가 없다. 그러니 너희들도 면학하도록 하여라."

이에 궁녀 가운데 나이가 어리고 용모가 아름다운 자 열 명을 가려 가르치셨습니다. 먼저 『언해소학(諺解小學)』을 주어서 읽게 한 후에 『중 용(中庸)』, 『대학(大學)』, 『논어(論語)』, 『맹자(孟子)』, 『시경(詩經)』, 『서 경(書經)』, 『통감(通鑑)』, 『송사(宋史)』를 모두 가르쳤습니다. 또 이백과 두보, 『당음(唐音)』 수백 〈56〉 수를 뽑아 가르쳤습니다. 오 년 안에 과연 모두 재능을 이루었습니다.

대군이 드시면 첩 등으로 하여 눈앞에서 한시도 떠나지 않게 하며

호. 서예에서 왕희지(王羲之)의 전형으로 복귀할 것을 주장했고, 그림에서는 당·북송의 화풍으로 되돌아갈 것을 주장하였음.

시를 짓도록 하여 질정하셨으며, 그 고하(高下)를 매기고 상벌을 내려 권면의 수단으로 삼으셨습니다. 그 탁월한 기상은 비록 대군에게 미치지 못하였으나 음률의 청아함과 시구의 원숙함은 성당(盛唐) 시인의 경계를 넘볼 정도가 되었습니다. 열 사람의 이름은 소옥(小玉), 부용(芙蓉), 비경(飛瓊), 비취(翡翠), 옥녀(玉女), 금련(金蓮), 은섬(銀蟾), 자란(紫鸞), 보련(寶蓮), 운영(雲英)이니, 첩이 바로 운영입니다.

대군은 모두를 잘 돌보셨으나 항상 (우리를) 궁중에 두고 다른 사람들과 대화를 하지 못하게 했습니다. 날마다 문사(文士)와 더불어 술을 마시고 문예를 다투었지만 일찍이 첩들로 하여금 한 번도 가까이하지 못하게 했으니, 혹 궁 밖의 사람들이 알까 염려했던 것이지요. 항상 명령하기를, '시녀가 한 번이라도 궁문을 나서면 그 죄는 죽어 마땅할 것이요, 궁 밖의 사람들이 궁인(宮人)의 이름을 알아도 그 죄 또한 죽음으로 할 것이다.'라고 하셨습니다.

하루는 대군이 밖에서 돌아와 첩들을 불러 놓고 말씀하셨습니다.

"오늘 문사 아무개와 함께 술을 마시는데, 한 줄기 푸른 연기가 궁중 나무에서 일어나 성벽을 두르기도 하고 산기슭으로 날아가기도 했다. 내가 먼저 오언절구 한 수를 짓고 손님들로 하여금 차운(次韻)[8]하게 했는데, 모두 내 뜻에 걸맞지 않았다. 너희들이 나이 순서대로 각각 시를 지어 바쳐라."

〈57〉 소옥이 먼저 지어서 올렸습니다.

綠烟細如織	푸른 연기 비단처럼 가늘어
隨風半入門	바람 따라 문으로 들어오니
依微深復淺	희미하게 깊고 또 얕은데
不覺近黃昏	어느덧 황혼이 가깝구나

---

8) 차운(次韻) : 남이 지은 시의 운자(韻字)를 따서 시를 지음.

부용(芙蓉)이 지어 올렸습니다.

飛空逢帶雨	하늘로 날아 모여서는 비를 띠고
落地復爲雲	땅에 떨어져서는 다시 구름이 되네
近夕山光暗	저녁이 가까워 산색이 어두우니
幽思向楚君	그윽이 초(楚)나라 임금을 생각하네[9]

비취(翡翠)가 지어 올렸습니다.[10]

覆花蜂失勢	꽃 속에 덮인 벌이 힘을 잃고
籠竹鳥迷巢	대나무 밭에 갇힌 새는 둥지를 헤매네
黃昏成小雨	저물녘에 가랑비 내리니
窓外聽蕭蕭	창밖에 부슬부슬 소리 들리네

비경(飛瓊)이 지어 올렸습니다.

小杏難成[11]眼	작은 은행은 눈동자 되기 어렵고
孤篁獨保靑	외로운 대나무 홀로 푸르름 간직하네
輕陰暫見重	가벼운 그늘은 잠깐 무거워 보이니
日暮又昏冥	해는 저물고 또 황혼이 되네

---

9) 부용이 지은 이 시는 '운우지정(雲雨之情)'의 고사를 배경으로 한 것이다. 송옥이 초(楚)나라 양왕(襄王)에게 이런 이야기를 들려주었다. 옛날 어떤 왕이 고당(高唐)에서 연회를 열고 즐기다가 잠시 낮잠을 자게 되었는데, 꿈속에 아름다운 여인이 찾아와 그녀와 운우의 정[雲雨之情]을 나누었다. 그 여인은 이런 말을 하였다. "저는 무산 남쪽의 험준한 곳에 살고 있는 여인이온데, 아침에는 구름이 되고 저녁에는 비가 되어 양대 아래에서 아침저녁으로 당신을 그리워하고 있을 것입니다.(妾在巫山之陽, 高山之岨, 且爲朝雲, 暮爲行雨, 朝朝暮暮, 陽臺之下)" 『문선(文選)』 「고당부(高唐賦)」

10) 『화몽집』에는 비취와 비경이 지은 시의 순서가 서로 바뀌어 있음.

11) 成: 『화몽집』에 '爲'.

옥녀(玉女)가 지어 올렸습니다.

蔽日輕紈細	해를 가린 얇은 비단인 듯
橫山翠帶長	산에 비끼어 길게 푸르네
微風吹漸散	미풍이 불어 흩어지지만
猶濕小池塘	습기는 연못에 남았구나

금련(金蓮)이 지어 올렸습니다.

山下寒烟積	산 아래 찬 연기 모여들어
橫飛宮樹邊	비스듬히 궁전 나무 옆에 나는데
風吹自不定	바람 불어 몸을 가누지 못하고
斜日滿蒼天	지는 해는 하늘에 가득하구나

은섬(銀蟾)이 지어 올렸습니다.

山谷繁陰起	산골에 짙은 그늘이 지고
池臺綠影流	못가에 푸른 그림자 흐르네
飛歸無處覓	날아가버려 찾을 길 없더니
荷葉露珠留	연잎에 이슬로 남았어라

자란(紫鸞)이 지어 올렸습니다.

早向洞門暗	골짜기 문을 향하여 어둡고
橫連高樹低	높은 나무에 비껴있더니
須臾忽飛去	잠시 후 홀연 날아가네

西岳與前溪　　　서쪽 산과 앞 시냇가로

첩이 또한 지어 올렸습니다.12)

望遠青煙細　　　멀리 푸른 연기는 아스라해지는데
佳人罷織紈　　　미인은 깁 짜기를 그치고
臨風獨悃13)悵　　바람을 대하여 홀로 슬퍼하노니
飛去落巫山　　　날아가 무산(巫山)에 떨어지리라

보련(寶蓮)이 지어 올렸습니다.

短壑春陰裡　　　얕은 계곡 봄 그늘 드리우고
長安水氣中　　　서울은 안개 속에서
能令人世上　　　능히 세상을 승화시켜
忽作翠珠宮　　　홀연 하늘나라 만들었네

〈58〉 대군께서 다 보시고 놀라 말씀하셨습니다.

"만당(晩唐)14)의 시와 비교해도 쌍벽을 이루니, 근보(謹甫, 성삼문) 이하는 인정하기 어렵다. 재삼 읊조려도 고하(高下)를 알지 못하겠다."

한참 후에 말씀하시기를,

"부용의 시는 초군(楚君)을 사모하는 것이기에 내가 매우 가상하게 여긴다. 비취의 시는 전에 비하면 소아(騷雅)해졌다. 옥녀(玉女)의 시는 의사(意思)가 표일(飄逸)하여 끝 구절에 은은한 뜻이 남아있다. 이 두 시

---

12) 『화몽집』에는 첩(운영)이 지은 시와 보련이 지은 시의 순서가 바뀌어 있음.
13) 悃 : 『화몽집』에 '怊'.
14) 만당(晩唐) : 당나라 시인 이상은(李商隱), 두목(杜牧) 등이 활약하던 시기.

가 마땅히 으뜸이 되리라."

라 하시고 또,

"내 처음 시를 볼 때는 우열을 분변치 못했지만 한 번 더 음미해보니 자란의 시가 의사(意思)가 심원하여 사람들이 자기도 모르는 사이에 탄식하고 춤추게 하는구나. 나머지 시 또한 모두 청아하나 유독 운영의 시에 쓸쓸하고 임을 그리워하는 뜻이 있는데, 그리워하는 이가 누구인지 알지 못하겠다. 마땅히 심문해야 하겠으나 재주가 아까운 고로 그냥 두리라."

라 하셨습니다. 첩이 즉시 뜰에 내려가 엎드려 울면서 말하였지요.

"시를 지을 때 우연히 나온 것이지, 어찌 다른 뜻이 있겠습니까? 지금 주군(主君)께 의심을 받으니 첩은 만 번 죽어도 아깝지 않을 것입니다."

대군이 앉으라 명하고 말씀하셨습니다.

"시는 성정(性情)에서 나오는 것이기에 감출 수가 없다. 다시 말하지 마라."

그리고는 즉시 비단 열 단(端)을 열 사람에게 나누어 주셨습니다. 대군이 첩에게 일찍이 사심이 없었지만, 대군의 마음이 첩에게 있음을 궁인 모두가 알고 있었습니다.

십 인이 모두 물러나와 〈59〉 동방(東房)에서 촛불을 환히 밝히고 칠보 서안(書案)에 『당률(唐律)』 1책을 펴놓고 옛 사람들이 지은 궁원시(宮怨詩)15)의 고하(高下)를 논하였습니다. 첩이 홀로 병풍에 기대어 마치 진흙으로 만든 인형처럼 말이 없으니 소옥이 저를 보고 말했습니다.

"낮에 안개를 읊은 시로 주군께 의심을 받더니, 그 때문에 걱정이 돼서 말을 안 하는 거야? 아니면 주군의 뜻이 비단 자리에서의 기쁨이 있을 것이기에 속으로 기뻐하여 말을 하지 않는 거니? 마음에 품은 바

---

15) 궁원시(宮怨詩) : 궁녀들의 원망을 표현한 시.

를 알 수가 없네.”

첩이 옷깃을 여미며 대답하였습니다.

“너는 내가 아니거늘 어떻게 내 마음을 안단 말이니? 내가 시 한 수를 막 지으려고 하는데 기발함을 찾지 못한 고로 고민하여 말을 하지 못하는 거야.”

은섬이,

“뜻이 가는 곳에 마음은 없으니, 옆 사람의 말이 마치 바람이 귀를 지난 것과 같아. 네가 말하지 않아도 알기가 어렵지 않지. 내가 장차 시험에 보지.”

라 하며, ‘창 밖 포도’를 제목으로 하여 칠언사운(七言四韻)으로 시 짓기를 재촉하였습니다. 첩이 응하여 곧 읊었으니 그 시는 이러합니다.

蜿蜒藤草似龍行	구불구불 등나무, 용이 가는 듯하니
翠葉成陰忽有情	푸른 잎 그늘 이뤄 정겨움이 있도다
暑日嚴威能徹照	더운 날 뜨거운 태양은 꿰뚫어 비추고
晴天寒影反虛明	맑은 하늘 차가운 달이 허허로이 밝네
抽絲攀檻如留意	실 뽑아 난간에 서리니 뜻이 있는 듯
結果垂珠欲效誠	열매로 구슬 드리우니 정성 바치는 듯
若待他時應變化	만약 훗날을 기다려 〈60〉 변화한다면
會乘雲雨上三淸	때맞춰 비구름 타고 삼청궁에 오르리

소옥이 시를 보고는 일어나 절하고 말했습니다.

“진실로 천하에 기이한 재주로다. 풍격이 높지 않아 옛 노래와 비슷하지만 순식간에 이처럼 지어내다니. 이는 시인으로서 가장 어려운 것이지. 70명 제자들이 공자에게 복종했던 것처럼 나도 기꺼이 그렇게 하겠어.”

자란이,

"말은 삼가지 않으면 안 되는데, 어찌 그처럼 높게 평가하지? 다만 글이 완곡하고 또 날아오르는 모습은 있다고 하겠지."

라 하자 모두가 말하기를,

"정확한 평이로다."

라 했습니다. 저는 이 시로 의심을 풀었지만 여전히 뭇사람들의 의심이 완전히 풀린 것은 아니었습니다.

다음날 밖에서 수레와 말 소리가 요란하더니, 문지기가 달려와서 말했습니다.

"여러 손님들이 오십니다."

대군은 동각(東閣, 사랑채)을 청소하고 손님을 맞이하였는데, 모두 당대 문인 재사들이었지요. 자리에 앉아 대군께서 첩들이 지은 시를 보여주자 모두들 크게 놀라 말했습니다.

"오늘 뜻밖에 성당(盛唐)의 음조(音調)를 다시 보게 되니, 저희들이 견줄 수 없습니다. 이렇게 지극한 보배를 대군께서는 어디서 얻으셨습니까?"

대군이 미소 지으며 말씀하셨습니다.

"어찌 그렇겠소? 어린 종이 우연히 길거리에서 얻어 온 것이오. 어떤 사람이 지은 것인지 알 수 없으나 생각해보건대 필시 여염집 재주 있는 선비의 손에서 〈61〉 나온 것으로 여겨지오."

여러 사람들이 의심하자 잠시 후 성삼문이 와서 말했습니다.

"재주는 다른 시대에 빌릴 수 있는 것이 아닙니다. 옛 왕조부터 지금까지 이미 육백년 간 동국(東國, 조선)에서 시에 명성이 있었던 사람은 이루 셀 수 없습니다. 그러나 혹자는 침탁(沉濁)하고 우아하지 못하며, 혹자는 경청(輕淸)하고 부조(浮操)하여 모두 음률에 맞지 않거나 성정(性情)을 잃어 버렸습니다. 이제 이 시를 보니 풍격(風格)이 맑고 진실하며, 의사(意思)가 초월(超越)하여 속세의 모습은 조금도 없으니, 이 시는 필시 깊은 궁인이 속인(俗人)과 서로 접하지 않은 채 오직 옛 사람들의 시를 읽고 밤낮으로 암송하여 마음속에서 자득한 것입니다. 그 뜻을 자세히 음미해보면, '바람을 피하여 홀로 슬퍼하노니'라고 한 것은 임을 생각하는 뜻이고, '외로운 대나무 홀로 푸르름 간직하네'라고 한 것은 정절을 지키겠다는 뜻이고, '바람이 불어 몸을 가누지 못하고'라고 한 것은 정절을 지키기가 어렵다는 뜻이고, '그윽이 초나라 임금 생각하네'라고 한 것은 임금을 향한 정성이고, '연잎에 이슬로 남았어라'와 '서쪽 산과 앞 시냇가'라고 한 것은 천상의 선녀가 아니고서는 이와 같이 형용할 수 없습니다. 격조에는 비록 고하가 있으나 훈도(薰陶)[16]의 기상(氣像)은 거의 모두 같습니다. 나리의 궁중에 열 명의 선인(仙人)을 기르는 것이 틀림없습니다. 숨기지 마시고 한 번 보게 해주십시오."

대군께서는 내심 인정하였으나 겉으로는 부정하며 〈62〉 말씀하셨습니다.

"근보가 시를 보는 눈이 있다고 누가 말하였던가? 내 궁중에 어찌 그러한 사람들이 있겠소? 매우 미혹되구려."

이때 열 명이 창틈으로 몰래 듣고서는 탄복하지 않을 수 없었습니다. 이날 밤 자란(紫鸞)이 지성으로 내게 물었습니다.

"여자가 태어나면 시집가려는 마음은 모두가 지니는 것이니 네가 그리워하는 이가 어떤 정인(情人)인지 알 수 없구나. 네가 날이 갈수록 옛 모습을 잃어가는 것이 안타까워 진심으로 묻는 것이니 숨기지 않길 바라."

제가 일어나 감사해하며 말했습니다.[17]

궁인들이 매우 많아 몰래 엿들을까 두려워 감히 입을 열지 못했어.

---

16) 훈도(薰陶) : 덕(德)으로써 사람의 품성이나 도덕 따위를 가르치고 길러 선으로 나아가게 함.
17) 이후는 운영이 자란에게 들려주는 이야기임.

오늘 진심으로 묻는데 무엇을 숨기겠니? 작년 가을 국화가 처음 피어나고 붉은 잎이 점점 시들 때였지. 대군께서 홀로 서당에 앉아 시녀들에게 먹을 갈게 하고 비단을 펼쳐 놓고 칠언사운(七言四韻) 열 수를 쓰고 계셨어. 종이 나아와 말했지.

"나이 어린 유생(儒生) 김진사(金進士)라는 이가 뵙기를 청합니다."

대군께서 기뻐하며 말씀하셨어.

"김진사가 왔구나."

그를 맞이하여 들어오게 하였는데, 베옷에 가죽 띠를 한 이가 들어와 계단을 올라오는 것이 마치 새가 날개를 편 듯했고 절을 하고 자리에 앉는 모습은 선인(仙人) 같았어. 대군께서는 한 번 보고 마음이 쏠려 자리를 옮기고서 마주 앉으셨지. 진사가 자리에서 물러나 절하고 말했어.

"외람되이 보살핌을 입어 여러 번 명을 받았는데 이제야 경해(警咳)18)를 받들어 송구합니다."

대군께서 위로하시며 〈63〉 말씀하셨어.

"화려한 명성을 들은 지 오래인데, 그대가 예까지 오니 방안이 환해지고 여러 벗을 얻은 것 같구려."

진사가 처음 들어왔을 때 이미 시녀와 마주쳤는데, 대군께서는 진사가 나이 어린 유생이라 하여 마음에 쉽게 여기시고 우리로 하여금 피하게 하지 않으셨지. 대군께서 진사에게 말씀하시기를,

"가을 경치가 매우 좋으니 시 한 수 지어 이 집을 빛나게 해주시겠는가?"

하시니, 진사가 자리를 피하며 말했어.

"허명은 실상이 아닙니다. 시의 격률(格律)을 제가 어찌 알겠습니까?"

대군께서 금련(金蓮)에게는 노래 부르게 하고, 부용(芙蓉)에게는 거문고를 타게 하고, 보련(寶蓮)에게는 피리를 불게 하고, 비경(飛瓊)에게는

---

18) 경해(警咳) : 기침소리라는 뜻으로, '가르침', '말씀'을 말함.

잔을 나르게 하고, 나에게는 벼루를 받들게 하셨지. 그때 나는 나이 십칠 세로 낭군을 한 번 보고서는 정신이 흩어지고 뜻이 막혔고, 낭군 또한 첩을 보고서 웃음을 머금고 자주 눈길을 보냈어. 대군께서 진사에 게 말씀하시기를,

"내가 그대를 지극한 정성으로 대접하는데 그대는 어찌 한 번 시 짓는 것을 아껴 이 집에 면목이 없게 하는가?"

하시니, 진사가 곧 붓을 잡고 오언사운(五言四韻) 한 수를 썼지.

旅鴈向南去	기러기가 남쪽으로 날아가니
宮中秋色深	궁 안에 가을빛이 깊구나
水寒荷坼玉	물이 차가우니 연잎은 옥을 터뜨리고
霜重菊垂金	서리 내리니 국화는 금빛을 드리우네
綺席紅顔女	비단 자리의 젊은 미녀
瑤絃白雪音	거문고의 〈백설(白雪)〉[19] 소리
流霞一斗酒	유하주(流霞酒) 한 말에
先醉急難禁	먼저 취해 뜻을 막기 어렵도다

〈64〉 대군께서 두세 번 읊조리시더니 놀라며 말씀하셨어.

"진실로 천하의 기이한 재주라 할 만하다. 서로 만남이 어찌 이리 늦었는가!"

시녀 열 명이 동시에 돌아보고 얼굴빛이 변하여 말했지.

"이는 왕자진(王子晉)[20]이 학을 타고 인간 세상에 온 것이 틀림없다.

---

19) 백설(白雪) : 춘추시대 초(楚)나라의 가곡. 남이 따라 부르기 어려운 고상한 노래를 가리킴. 송옥(宋玉)의 〈대초왕문(對楚王問)〉에, '춘추시대 초나라의 노래인 〈하리(下里)〉와 〈파인(巴人)〉은 수천 명이 따라 불렀는데, 〈백설(白雪)〉과 〈양춘(陽春)〉은 너무 어려워 겨우 수십 명밖에 따라 부르지 못했다'고 함. 『문선(文選)』 권23 참조.

20) 왕자진(王子晉) : 주(周) 영왕(靈王)의 태자. 피리를 잘 불었으며, 신선이 되어 갔다가 30여 년 만에 백학(白鶴)을 타고 구씨산(緱氏山)에 내려왔다고 함.

어찌 세상에 이런 사람이 있단 말인가!"

대군께서 잔을 잡고 물으셨어.

"옛 시인 중 누구를 으뜸으로 여기는가?"

진사가 말했지.

"제가 본 바로 말하면, 이백(李白)은 천상의 신선으로, 옥황상제의 향안(香案) 앞에서 오래 있었는데 현포(玄圃)21)에 놀러가 술을 마시고 취흥을 이기지 못해 만 그루의 아름다운 꽃을 꺾다가 바람을 따라 인간 세상에 떨어진 것입니다. 노조린(盧照隣)22)과 왕발(王勃)23)은 바다의 신선이니, 해와 달이 뜨고 지며 구름이 변화하고, 파도가 움직이며 고래가 물줄기를 뿜어내고, 섬은 아스라이 초목이 울창하고 물결 부서지는데, 물새의 노래와 교룡(蛟龍)의 눈물을 운몽(雲夢)24)에서 가슴에 품었으니, 이는 시의 조화(造化)입니다. 맹호연(孟浩然)25)은 음향(音響)이 최고이니, 그는 사광(師曠)26)에게 배워서 음률을 익힌 사람입니다. 이의산(李

---

21) 현포(玄圃) : 곤륜산(崑崙山) 꼭대기에 있다는, 신선이 사는 곳.

22) 노조린(盧照隣) : 637(?)~689(?). 당(唐)나라 시인. 자는 승지(昇之). 호는 유우자(幽憂子). 왕발(王勃)·양형(楊炯)·낙빈왕(駱賓王)과 함께 당나라 초기 4걸(傑)의 한 사람으로 꼽히는 시인. 일찍부터 문장으로 이름을 떨쳤으나, 20대 중반에 병에 걸려 각지를 전전하며 투병생활을 계속하다가 끝내 효험이 없자 물에 빠져 자살하였다. 〈장안고의(長安古意)〉가 유명함.

23) 왕발(王勃) : 650~676. 자는 자안(子安). 성당시(盛唐詩)의 선구자. 특히 5언절구에 뛰어났음. 6세 때부터 문장을 잘하였고 젊어서 그 재능을 인정받았으나 당시 유행했던 투계(鬪鷄)에 대해 쓴 글[檄英王鷄文]이 고종(高宗)의 노여움을 사게 되어 중앙에서 쫓겨나 사천(四川) 지방을 방랑하였음. 뒤에 교지(交趾)로 좌천된 아버지를 만나러 갔다가 돌아오던 중 바다에 떨어져 죽었음. 〈등왕각서(滕王閣書)〉가 유명함.

24) 운몽(雲夢) : 초(楚)나라 지역의 큰 못으로, 사방이 9백 리나 된다고 함.

25) 맹호연(孟浩然) : 689~740. 당(唐)나라 시인. 만년에 재상(宰相) 장구령(張九齡)의 밑에서 잠시 일한 것 이외에는 벼슬하지 못하고 불우한 일생을 마쳤음. 도연명(陶淵明)을 존경하여 고독한 전원생활을 즐기고, 자연의 정취를 노래한 작품을 주로 남겼는데, 그 중 〈춘효(春曉)〉가 유명함.

26) 사광(師曠) : 춘추 시대 진(晉)나라의 악사로, 음률을 잘 아는 것으로 유명함. 소리를 잘 듣기 위해 스스로 눈을 찔렀다고 함.

義山)²⁷)은 신선술을 배워서 일찍이 시마(詩魔)²⁸)를 부려 일생 동안 지은 작품이 귀신의 말이 아닌 것이 없습니다. 나머지는 분분하여 말할 것이 못됩니다."

대군께서 말씀하시기를,

"날마다 문사들과 시를 논하면 초당(草堂, 두보)을 최고로 여기는 자들이 많은데 이는 무슨 〈65〉 말인가?"

하시니 진사가 말했어.

"그렇습니다. 세속의 선비들이 숭상하여 말하는 것은 회와 고기가 사람의 입을 즐겁게 하는 것과 같습니다. 자미(子美, 두보)의 시는 정말로 회와 고기 같습니다."

대군께서 말씀하시기를,

"백 가지 문체를 갖추었고 비흥(比興)²⁹)의 정밀함이 극에 달했는데 어찌 초당(草堂)을 가볍게 여기는가?"

하시니, 진사가 아뢰었지.

"제가 어찌 감히 가벼이 여기겠습니까? 그의 장점을 말하면, 한무제(漢武帝)가 미앙궁(未央宮)³⁰)에 있을 때 사방의 오랑캐들이 중국을 어지럽히는 것에 분노하여 토벌할 것을 명하니 백만의 용사들이 수천 리에 걸쳐 가는 것과 같습니다. 그의 위대함으로 말하면, 사마상여(司馬相如)의 〈장양부(長楊賦)〉³¹)와 사마천(司馬遷)의 〈봉선(封禪)〉³²)과 같습니다.

---

27) 이의산(李義山) : 812~858. 당나라 시인 이상은(李商隱). 의산(義山)은 자. 전고(典故)를 자주 인용하고 화려한 자구를 구사하여 당대 수사주의(修辭主義) 문학의 극치를 보였음.
28) 시마(詩魔) : 시를 짓고자 하는 마음을 불러일으키는 마력.
29) 비흥(比興) : 『시경(詩經)』의 육의(六儀)인 풍(風)·부(賦)·비(比)·흥(興)·아(雅)·송(頌) 가운데 두 가지. 비(比)는 저 사물을 가지고 이 사물에 비유한 것, 흥(興)은 먼저 다른 사물을 말하여 자기가 읊고자 하는 사물을 끌어 일으키는 것을 말함.
30) 미앙궁(未央宮) : 한(漢) 고조(高祖) 때 만든 궁전.
31) 사마상여(司馬相如)의 〈장양부(長楊賦)〉 : 사마상여(BC. 179~BC. 117)는 전한(前漢)의 문인으로 부(賦)에 매우 뛰어났음. 〈장양부〉는 사마상여가 아니라 양웅(楊雄, BC. 53~AD.

신선을 찾자면, 동방삭(東方朔)33)이 좌우에서 모시고 서왕모(西王母)가 천도복숭아를 바치는 것과 같습니다. 이 때문에 두보의 문장은 백 가지 문체를 갖추었다 할 수 있습니다만, 이백과 비교하면 천양지차일 뿐만 아니라 강과 바다가 다른 것과 같습니다. 왕발·맹호연과 비교하면 두보가 앞서는데, 왕발과 맹호연이 채찍을 잡아 길을 다툴 것입니다."

대군께서 말씀하셨어.

"그대의 말을 들으니 가슴속이 확 트이는 것이 바람을 타고 하늘에 오른 듯하구나. 다만 두보의 시는 천하의 최고 문장이니 비록 악부(樂府)34)에는 부족하나 어찌 왕발·맹호연과 길을 다투겠는가? 비록 그러하더라도 잠시 접어두고 그대가 또 한 번 읊어 이 집을 더욱 빛나게 해주게."

진사가 곧 칠언사운(七言四韻) 〈66〉 한 수를 지으니, 그 시는 이러했지.

烟散金塘露氣凉	안개 흩어진 연못에 이슬 서늘한데
碧天如水夜何長	물빛 같은 하늘에 밤은 어찌 긴가
微風有意吹垂箔	뜻있는 미풍이 드리워진 발에 불고
白月多情入小塘	다정한 흰 달이 작은 못에 들어오네
庭畔陰開松反影	뜰에 어둠 걷히니 소나무 비치고

18)이 지음.

32) 사마천(司馬遷)의 〈봉선(封禪)〉 : '봉선'은 천자가 하늘과 땅에 제사지내는 것으로, 사마천의 『사기(史記)』 「봉선서(封禪書)」에 봉선의 기원과 역사에 대한 기록이 있음.

33) 동방삭(東方朔) : BC. 154~BC. 93. 자는 만천(曼倩). 유창한 변설과 재치로 한(漢) 무제(武帝)의 사랑을 받아 측근이 되었고, 무제의 사치를 간언하기도 하였음. '익살의 재사'로 많은 일화가 전해지는데, 서왕모(西王母)의 복숭아를 훔쳐 먹어 장수하였다 하여 '삼천갑자 동방삭'으로 일컬어지며, '오래 사는 사람'이라는 표현을 할 때 자주 거론됨.

34) 악부(樂府) : 한시의 시체(詩體) 중 하나. 악부는 원래 한(漢) 무제(武帝) 때 음악을 관장하는 관서로, 중국 여러 지방의 민요를 채집하는 일을 담당하였는데, 시간이 지나면서 그 관서에서 채집한 민요 자체를 가리키는 명칭으로 악부의 의미가 바뀌었음. 후에 기존 악부의 전통에 따라 창작한 한시까지도 악부라 불리게 됨.

盃中波好菊留香　　잔에 물결 이니 국화 향 어리네
阮公雖少頗能飲　　완공(阮公)[35]이 어려도 술 잘 마시니
莫怪甕間醉後狂　　술독에서 취함을 이상하다 하지 말길

대군이 더욱 기이하게 여기며 자리 앞으로 가 손을 잡으며 말씀하셨지.
"진사는 지금 세상의 재주가 아니로다. 내가 고하를 논할 수 있는
것이 아니네. 글만 잘하는 것이 아니라 또 필획이 지극히 신묘하니 천
지가 그대를 동방에 태어나게 함은 반드시 우연이 아닐 것일세."

또 초성(草聖)[36]이 붓을 휘두르다가 먹물이 내 손가락에 잘못 떨어져
파리 날개 같았는데 나는 이를 영광으로 여겨 닦지 않았어. 좌우 궁인
들이 모두 돌아보고 웃으며 등용문(登龍門)[37]이라고 비유했지. 밤이 깊
어지고 물시계가 시간을 재촉하자 대군께서 하품하며 기지개를 켜고,
자고 싶은 생각에 말씀하셨어.

"내가 취했군. 그대도 물러가 쉬고 '내일 아침 뜻이 있거든 거문고를
안고 오라'[38]는 구절을 잊지 말게."

다음날 대군께서 여러 번 그 두 시를 읊조리고서 감탄하며 말씀하셨지.
"근보와 겨룰 만하구만. 〈67〉 그 청아함은 더 낫고."

내가 이때부터 누워도 잠을 잘 수 없고 먹어도 마음의 번뇌를 덜 수
없어 어느덧 옷의 띠가 느슨해졌는데, 너는 알지 못했니?[39]

---

35) 완공(阮公) : 완적(阮籍, 210~263). 삼국시대 위(魏)나라 죽림칠현(竹林七賢)의 한 사람으
　　로, 술을 좋아하였음.
36) 초성(草聖) : 왕희지. 여기서는 김진사를 말함.
37) 등용문(登龍門) : 용문(龍門)에 오른다는 뜻으로, 용문은 황하(黃河) 상류에 있는데 이곳의
　　물살은 매우 급하며, 잉어가 그곳을 오르면 용이 된다는 전설에서, 입신출세(立身出世)의
　　어려운 관문을 비유함.
38) 내일 아침 뜻이 있거든 거문고를 안고 오라 : 이백(李白)의 시 〈산중여유인대작(山中與幽
　　人對酌)〉의 구절. "두 사람이 마주 앉아 술잔을 나누니 산꽃이 피고, 한 잔 한 잔 또 한
　　잔, 취하여 졸리니 그대는 가시게나, 내일 아침 한 잔 생각나거든 거문고 안고 오시게(兩人
　　對酌山花開, 一杯一杯復一杯, 我醉欲眠卿且去, 明朝有意抱琴來)".

제가 묻자, 자란이 말했습니다.

"난 잊고 있었지. 이제 네 말을 듣고 나니 홀연히 알겠구나."

그 후 대군께서는 진사를 자주 부르셨지만 저희들과 서로 보지는 못하게 하셨죠. 그래서 저는 매번 문틈으로 엿보았지요. 하루는 설도전(薛濤牋)40)에 오언사운(五言四韻) 한 수를 적었습니다.

布衣革帶士	베옷에 혁대 두른 선비
玉貌如神仙	옥 같은 얼굴이 신선 같네
每向簾間望	날마다 발 사이로 엿보나
何無月下緣	어이하여 인연이 없는가
洗顔淚作水	흐르는 눈물은 물이 되고
彈琴恨鳴絃	거문고 타니 한탄이 울리네
無限胸中願	한없는 가슴속 그리움으로
擡頭獨訴天	머리 들어 하늘에 호소하네

시를 적은 종이와 금비녀를 같이 꼭꼭 여러 번 싸서 진사에게 주려고 하였지만 전달할 방법이 없었지요. 그 날 달이 뜬 밤에, 대군께서 잔치를 열어 손님들을 부르셨어요. 빈객들이 진사의 재주를 크게 칭찬하자 대군께서 두 편의 시를 꺼내 보여주셨지요. 모두들 돌려가며 보고는 칭찬을 그치지 않았어요. 그리고 모두 진사를 한 번 보고 싶어 했지요. 이에 대군께서 즉시 사람과 말을 보내서 청하셨습니다. 그런데 진사가 와서 자리로 나아오는데 몸이 비쩍 야위어서 예전의 풍모는 다 사라지고 전날의 기상(氣像)이 아니었어요. 대군께서 위로하며 말씀하셨지요.

"진사는 초나라를 걱정하는 마음도 없을 텐데, 〈68〉 물가의 초췌함

---

39) 여기까지 운영이 자란에게 들려주는 이야기임.

40) 설도전(薛濤牋) : 시를 증답(贈答)할 때 쓰는 좋은 종이.

이 있는가?"[41)

　모두들 웃자, 진사가 일어나 말씀드렸습니다.

　"보잘것없는 유생이 외람되이 대군의 총애를 입었으니, 복이 지나치
면 화가 일어나는 법입니다. 병이 나고 식음을 전폐하여 혼자서는 움직
이지 못하게 되었습니다. 이제 고마우신 부르심을 받들게 되니, 이렇게
억지로 몸을 이끌고 찾아뵙습니다."

　좌객들은 모두 자세를 고치고 경의를 표했습니다. 진사는 나이가 어
린 서생이기에 말석에 앉았어요. 안과는 단지 벽 하나 사이였지요. 밤
이 깊어가는 즈음에 손님들이 매우 취했고, 저는 벽을 파서 구멍을 내
어 진사를 엿보았어요. 진사 역시 그 뜻을 알고 구석을 향해 앉았죠.
저는 편지를 봉해서 구멍으로 던졌어요.

　진사가 편지를 주워 집으로 가져가 뜯어보았지요. 진사는 슬픔을 이
기지 못해 편지를 차마 손에서 놓지 못했답니다. 사모하는 정이 전보다
배나 되어서 어찌할 수가 없었답니다. 답장을 하여 부치고 싶었으나
전해줄 청조(靑鳥)[42)가 없어서 홀로 한탄만 할 뿐이었어요. 그러다가
동대문 밖에 사는 어떤 무녀(巫女)의 소문을 들었지요. 무녀는 영험하다
고 소문이 나서 궁중에 드나들며 신임을 받고 있었어요. 진사는 그 집
에 찾아갔죠. 무녀는 나이가 삼십이 안 되었고 미모가 뛰어났어요. 일
찍 과부가 되어 음탕한 여자로 자처하였지요. 무녀는 (진사가 오는 것을)
보고는 술상을 잘 차려서 대접을 하였어요. 김생은 술잔을 잡기만 하고
마시지는 않은 채 말했습니다.

　"오늘은 급한 일이 있어 내일 다시 오겠소."

---

41) 진사는 초나라를 ~ 초췌함이 있는가 : 전국시대 초나라 굴원(屈原)이 조정에서 쫓겨나
　　초췌한 모습으로 물가에서 노닐고 시를 읊다가 어부와 대화를 나눈 내용이 그의 〈어부사(漁
　　父辭)〉에 있음.
42) 청조(靑鳥) : 편지를 전해 준다는 새. 서왕모(西王母)의 뜻을 전달하는 임무를 맡았다고 함.

다음날 〈69〉 다시 갔으나 또 말을 하지 못했어요. 진사는 차마 입을 열지 못하다가, 말했습니다.

"내일 다시 오겠소."

무녀는 진사의 용모가 범속하지 않은 것을 보고 속으로 기뻐했습니다. 그리고 진사가 매일 와서는 한 마디 말도 않는 것을 보고는 생각했답니다.

'어린 사람이라 필시 부끄러워 말을 못하는구나. 내가 먼저 떠보아서 밤까지 머물게 한 다음 같이 자자고 해야겠다.'

다음날 무녀는 목욕하고, 머리 빗고, 세수하고 갖은 모양을 내며 화장을 했어요. 그렇게 두루 치장을 굉장하게 한 다음 만화전(萬花氈)[43]과 요경석(瑤瓊席)[44]을 깔고, 여종에게 문밖에 앉아 기다리라고 했지요. 진사가 다시 와서 무당의 꾸밈새며 깔개가 화려한 것을 보고는 속으로 이상하게 생각했어요. 무녀가 말했지요.

"이 저녁이 어떤 저녁이기에 이러한 멋있는 분을 만났을까?"

진사는 생각이 없었기에 그 말에 대답도 않고, 슬픔에 잠긴 채 즐거워하지 않았습니다. 무녀가 말했지요.

"과부 집에 젊은 남자가 거리낌도 없이 무슨 왕래가 그리 잦단 말이오?"

진사가 말했지요.

"무녀가 영험하다면 내가 오는 뜻을 왜 모른단 말인가?"

무녀는 즉시 영좌(靈座)에 나아가 신에게 절을 하고 요령(搖鈴)을 흔들며 거문고를 어루만졌어요. 그리고는 오한이 들린 듯 온 몸을 떨다가 잠시 후 몸을 움직이며 말했습니다.

"낭군은 진정 가련하구려. 어긋난 방법으로 되기 어려운 계책을 이루려 하다니. 비단 그 뜻이 이뤄지지 못할 뿐 아니라 3년이 안 돼서 황천

---

43) 만화전(萬花氈) : 온갖 꽃무늬를 수놓은 융단.
44) 요경석(瑤瓊席) : 옥으로 장식한 방석.

사람이 되시겠소.”

진사가 울면서 말했죠.

“무녀가 말하지 않아도 나 〈70〉 또한 알고 있네. 그러나 원한이 가슴에 맺혀 어떤 약도 풀어주지 못한다네. 신령한 자네의 도움으로 요행히 내 편지를 전하게 된다면 난 죽어도 좋을 걸세.”

무녀가 말했습니다.

“비천한 무녀인지라 제사나 있어야 간혹 출입할 뿐이고, 그것도 부르심이 없으면 들어갈 수 없어요. 그러나 낭군을 위해 한 번 가보기나 하지요.”

그러자 진사가 품속에서 한 통의 편지를 꺼내어 주며 말했습니다.

“잘못 전하지 않도록 조심하게. 그렇게 되면 큰 일이 나게 될 테니.”

무녀가 편지를 가지고 궁문으로 들어갔어요. 궁 안 사람들이 모두 그이가 온 걸 이상하게 여겼죠. 무녀는 잘 둘러서 대꾸하고는 틈을 타서 눈짓으로 저를 불러 후원의 사람 없는 곳에서 그 편지를 주었지요. 저는 방으로 돌아와 편지를 뜯어보았습니다. 그 사연은 이러했습니다.

한번 눈길이 마주쳤을 때부터 혼이 날아가 버린 것 같이 진정할 수가 없었소. 연신 성의 서편을 바라보며 간장이 거의 끊어지다시피 되었지요. 전에 벽 틈으로 준 편지를 받고 잊을 수 없는 그대의 옥음(玉音, 편지)을 들으니 편지를 다 펴기도 전에 목이 메어왔소. 반도 못 읽어 눈물이 떨어지더군요. 누워도 잠을 못 이루고 밥을 먹어도 삼킬 수 없는 지경이라오. 병이 깊이 들어 어떤 약도 소용이 없으니, 지하에서나 만나겠지요. 그저 홀연히 죽어서 당신을 따르기를 바란답니다. 하늘이 굽어 불쌍히 여기시고 귀신이 남모르게 도와 행여 생전에 이 한을 씻을 수 있게 해 주신다면, 이 몸을 가루 내어 천지의 온갖 신령에게 제사를 올리렵니다. 종이를 대하여 목이 메니 다시 무슨 말을 하겠소? 이만 줄이고 삼가 편지를 올립니다.

〈71〉편지 아래 시가 한 편 있었어요.

樓閣重重掩夕霏	누각은 깊고 깊은데 저물녘 눈에 덮이고
樹陰雲影摠依微	나무 그늘과 구름 그림자에 더욱 희미하네
落花流水隨溝出	꽃잎 떨어진 물은 도랑 따라 흘러 나가고
乳鷰含泥趁檻歸	제비는 흙을 물어 난간으로 돌아오네
欹枕未成蝴蝶夢	베개 받치고 누웠으나 잠을 이루지 못해
回眸空望鴈魚稀	눈길 돌려 허공을 바라보나 소식이 없네
玉容在眼何無語	님 얼굴 눈에 아른거리나 왜 말이 없나
草綠鶯啼淚濕衣	풀은 푸르고 꾀꼬리 우니 눈물이 옷을 적시네

첩은 편지를 다 보고 목이 메고 기가 막히어 말문이 막힌 채 피눈물을 쏟으며 병풍 뒤에 몸을 숨기고 행여 남이 알세라 두려워했지요. 그 후로는 잠시도 잊을 수 없었어요. 바보같이 미친 사람같이, 말과 표정에 드러났으니 주군이 의심하고 사람들의 말이 생기는 게 괜한 것은 아니지요.

자란도 한이 있는 여자라서 이 말을 듣고는 눈물을 머금고 말했지요.

"시는 마음에서 나오는 것이라 속일 수 없는 거지."

하루는 대군께서 비취(翡翠)를 부르셨습니다.

"너희들 열 사람이 한 방에 있어서 학업에 전념하지 못하니 다섯 사람을 나누어 서궁(西宮)에 두겠다."

이렇게 해서 저와 자란(紫鸞), 은섬(銀蟾), 옥녀(玉女), 비취(翡翠)는 그 날로 서궁으로 옮겼어요. 옥녀가 말했습니다.

"무성한 꽃과 가는 풀, 흐르는 물과 향기로운 수풀이 꼭 산야(山野)의 별장 같네. 정말 '독서당(讀書堂)'45)이라 할 만하구나."

〈72〉 제가 대꾸했습니다.

"우리는 사인(舍人)46)도 아니고 승려도 아닌데 이렇게 깊은 궁에 갇혔으니 정말 '장신궁(長信宮)'47)이라 할 만하지."

이 말에 모두들 한탄하였습니다.

그 후 편지를 써서 진사께 뜻을 전하려고 지성으로 무녀를 섬겨 간절히 청하였지만, 끝내 오지 않았습니다. 진사가 자기에게 마음이 없으니 서운함이 없지 않았겠지요.

어느 날 저녁 자란이 저에게 은밀히 말했습니다.

"궁인들은 매해 추석 때마다 탕춘대(蕩春臺) 아래 물가에서 완사(浣紗)48)하고 술자리를 베풀고 끝냈지. 올해는 소격서(昭格署)49) 골짜기에서 놀이를 벌이고, 그때 무녀를 찾아가는 게 상책일 것 같아."

저도 그렇게 생각했습니다. 그 날을 기다리는데 하루가 일 년 같았어요. 비취는 그 말을 엿듣고서는 짐짓 모른 척하며 저에게 말했습니다.

"네가 처음 이곳에 왔을 때 얼굴은 배꽃과 같고, 화장을 하지 않아도 자연스런 자태가 있어 궁중 사람들이 너를 괵국부인(虢國夫人)50)이라

---

45) 독서당(讀書堂) : 조선 시대에 젊은 문관 가운데 뛰어난 사람을 뽑아 휴가를 주어 오로지 학업만을 닦게 하던 서재. 국가의 중요한 인재를 길러 내기 위하여 1491년(성종 22년)에 시행하였다가 정조 때 없어짐.

46) 사인(舍人) : 『주례(周禮)』에서는 '궁중 정치를 담당하는 이'라고 하였고 후세에는 왕 가까이에서 보좌하는 관직을 가리켰음. 여기서는 '나인'을 가리키는 듯함.

47) 장신궁(長信宮) : 한(漢)나라의 여류 시인이며 성제(成帝)의 후궁인 반첩여(班婕妤)가 조비연(趙飛燕) 자매에게 미움을 받아 물러났던 곳. 이곳에서 태후의 시중을 드는 동안 〈원행가(怨行歌)〉를 지었다고 함.

48) 완사(浣紗) : 마전(생피륙을 삶거나 빨아 볕에 바래는 일)이나 빨래를 함.

49) 소격서(昭格署) : 성제단(星祭壇)을 세우고 제사지내던 곳. 소격서동(昭格署洞)은 지금의 서울 삼청동(三淸洞).

50) 괵국부인(虢國夫人) : 당(唐)나라 양귀비(楊貴妃)의 언니로, 자신의 얼굴이 고운 것을 자

불렀지. 요즘 들어 얼굴이 옛 모습만 못하고 점점 처음만 못하니, 무엇
때문이니?"

제가 대답했습니다.

"타고난 체질이 허약하여 매번 여름철이 되면 병이 생기고, 오동잎이
떨어지고 비단 막이 서늘해지면 점차 나아져."

비취가 시를 지어 놀리며 주었는데, 모두 희롱하는 〈73〉 뜻이었지
만 생각이 절묘하였습니다. 저는 그 재주를 기이하게 여기면서도 그
놀리는 것은 부끄러웠습니다.

세월이 지나 몇 개월 뒤, 계절이 가을로 바뀌어 서늘한 바람이 부는
저녁에 국화는 누렇게 피었으며 풀벌레는 소리를 거두고 흰 달은 밝은
빛을 발하였습니다. 저는 속으로 기뻐했지만 말로는 표현하지 않았습
니다. 그런데 은섬이 말했습니다.

"편지를 보내는 때가 가까웠으니 세상 즐거움이 어찌 천상과 다를까?"

첩은 서궁(西宮) 사람들에게 더 이상 숨길 수 없음을 알고 사실대로
말했습니다.

"남궁(南宮) 사람들이 알지 않게 했으면 좋겠어."

이제 기러기는 남쪽으로 날아가고 옥 같은 이슬이 둥글게 맺혀져 맑
은 시냇가에서 완사(浣紗)를 할 때였습니다. 바로 그 때가 되어 여러
궁녀들과 날짜는 정했으나 서로 의견이 나뉘어 빨래할 장소를 정하지
못했습니다. 남궁 사람들이,

"맑은 시내와 흰 바위가 탕춘대(蕩春臺)보다 좋은 곳이 없다."
라고 하자, 서궁 사람들이 말했습니다.

"소격서(昭格署) 골짜기의 경치가 탕춘대 못지않은데, 하필 가까운 곳
을 버리고 먼 곳을 구하려 하느냐?"

랑하여 화장을 하지 않고 임금을 뵈었다고 함.

남궁 사람들이 고집하여 허락하지 않자 밤이 되도록 결정을 내리지 못한 채 끝났습니다.

그 밤에 자란이 말했습니다.

"남궁 사람 다섯 명 중에서 소옥(小玉)이 의논을 주도하니, 내 계책으로 그 뜻을 돌릴 수 있어."

이에 옥등(玉燈)을 앞세우고 남궁에 이르니 금련이 반갑게 맞으며 말했습니다.

"한번 서궁과 남궁으로 나뉜 뒤 진나라와 초나라 사이 같았는데 뜻밖에 오늘 밤 귀한 걸음으로 오시니 깊이 감사드려요."

소옥이 〈74〉 말했습니다.

"무엇에 감사하겠어? 이는 곧 유세객(遊說客)이지."

자란이 옷깃을 여미고 정색을 하며 말했습니다.

"다른 사람의 마음을 내가 헤아렸다고 하더니, 이것은 자네를 두고 한 말이군."

소옥이 말했습니다.

"서궁 사람은 소격서 골짜기로 가고 싶어 하는데 내 홀로 고집을 부렸어. 그래서 네가 밤에 찾아온 것이니 너를 유세객이라고 한 것이 당연하지 않아?"

자란이 말했습니다.

"서궁의 다섯 사람 중 나만 성내(城內)를 원해."

소옥이 말했습니다.

"홀로 성안을 생각한 것은 무슨 뜻이지?"

자란이 말했습니다.

"내가 듣기로 소격서 골짜기는 천성(天星)에 제사를 지내는 곳이어서 골짜기 이름이 삼청(三淸)이라고 해. 우리 열 명은 필시 삼청의 선녀였는데, 『황정경(黃庭經)』을 잘못 읽어 인간 세상으로 내려온 것일 거야.

이제 속세에 살게 되었으니, 산·들·논·바다 중 어느 곳인들 괜찮지 않겠어? 그러나 깊은 궁궐에 갇혀 있으니 마치 새장 속에 갇힌 셈이라, 꾀꼬리 소리에 탄식하고 푸른 버드나무를 대하여 한탄하지. 제비도 쌍으로 날고 새도 함께 잠들며 풀에도 합환초(合歡草)51)가 있고 나무에도 연리지(連理枝)52)가 있지. 이름 없는 초목이나 보잘 것 없는 금수(禽獸)도 또한 음양을 타고나 즐거움을 나누지 않음이 없어. 그런데 우리 열 명은 무슨 죄가 있어서 적막한 깊은 궁에 오래도록 갇혀 꽃 피는 봄, 달 밝은 가을에도 등불을 벗하여 넋이 나간 채 청춘을 헛되이 버리면서 저승의 한을 남기느냐구? 타고난 운명의 〈75〉 기박함이 어찌 이다지도 심할까? 인생이 한 번 늙으면 다시 젊어질 수 없는 것이니 너는 다시 생각해보렴. 어찌 슬프지 않겠어? 이제 맑은 시냇가에서 목욕하여 몸을 깨끗이 한 뒤 태을사(太乙祠)에 들어가 머리를 조아려 백번 절하고, 또 두 손을 모아 천지신명께 내세에는 이와 같은 고통을 벗어날 수 있게 기도할 뿐 어찌 다른 뜻이 있겠어? 무릇 우리 궁의 사람들은 정(情)이 동기(同氣)와 같아. 그러나 이 일로 인해 사람을 의심하지 말아야 할 곳에서 의심을 하니, 내가 보잘 것 없어서 말에 믿음을 주지 못한 것이겠지.”

소옥이 일어나 사죄하며 말했습니다.

“내가 이치를 살핌이 밝지 못해 네게 한참 미치지 못하는구나. 처음 성내(城內)로 가는 것을 허락하지 않은 것은 성안에 무뢰배들이 많아 뜻하지 않은 욕을 당할까 염려해서였어. 그래서 의심한 것인데 이제 네가 나로 하여금 멀어지지 않고 다시 가까워지도록 하는구나. 이제부터 대낮에 하늘에 오른다고 해도 내가 따를 것이며, 물을 건너 바다에 들어간다고 해도 또한 따를 거야. 이른바 타인 때문에 일이 이루어진다

---

51) 합환초(合歡草) : 자귀나무. 밤이면 잎이 서로 맞붙음.
52) 연리지(連理枝) : 뿌리는 다른데 나뭇가지가 서로 이어진 나무.

고 했는데, 성공한다면 이와 같겠지."

부용이 말했다.

"무릇 일에는 마음을 정하는 것이 먼저이고 말을 정하는 것은 그 다음이지. 두 사람이 다투어서 밤새 결정하지 못한 것은 일이 불순함이요, 한 집안의 일을 주군이 알지 못하는데 첩들이 몰래 상의한 것은 불충함이요, 낮에 다투던 일을 밤이 반도 되지 않아 굴복하는 것은 서로가 〈76〉 신뢰하지 않음이야. 맑은 가을 옥 같은 시내가 없는 곳이 없고 가지 못할 곳이 없는데 반드시 성에 있는 사당으로 가려는 것은 마땅치 않아. 비해당(匪懈堂) 앞은 물이 맑고 바위가 깨끗하여 해마다 이곳에서 완사(浣紗)를 했는데 이제 이것을 고치려는 것은 옳지 않아. 한 가지로 다섯 가지를 잃기 때문에 나는 너희들의 명을 따를 수 없어."

보련이 말했습니다.

"말이란 몸을 꾸미는 도구야. 삼가고 삼가지 않음에 따라 경사와 재앙이 따라. 이 때문에 군자는 신중히 하여 입 봉하기를 단지처럼 하는 거야. 한나라 때 병길(丙吉)53)과 장상여(張相如)54)는 하루 종일 말을 하지 않아도 이루지 못한 일이 없었으며, 색부(嗇夫)55)는 재잘거리며 거침없이 말을 잘했지만 장석지(張釋之)가 잘못되었음을 아뢰었지56). 내

---

53) 병길(丙吉) : ?~BC. 55. 한(漢) 선제(宣帝) 때의 재상. 자는 소경(少卿). BC. 91년 무고(巫蠱)의 옥사 때 여태자(戾太子)의 손자인 유순(劉詢: 뒤의 宣帝)의 목숨을 구하였고 암암리에 많은 도움을 주었는데, 유순이 제위에 오른 후에도 자신의 공을 말하지 않았다고 함. 『한서(漢書)』 「열전(列傳)·병길전(丙吉傳)」

54) 장상여(張相如) : 한(漢) 고조(高祖)와 문제(文帝) 때의 중신으로 흉노를 쳐서 큰 공을 세웠음. 장상여는 말을 할 때는 구변이 없어서 제대로 표현을 하지 못했다고 함. 『사기(史記)』 「장석지풍당열전(張釋之馮唐列傳)」

55) 색부(嗇夫) : 한(漢)나라 때 마을에서 조세·소송을 담당하던 하급관리.

56) 색부(嗇夫)는 ~ 잘못되었음을 아뢰었지 : 한나라 문제(文帝) 때 색부가 질문에 대답을 잘해 상림위(上林尉)란 벼슬을 내리려 하자, 장석지(張釋之)가 나서서 '말 잘하는 것 때문에 색부에게 높은 벼슬을 준다면 천하 사람들이 모두 말 잘하기만을 다투어 내실이 없게 될 것'이라고 간언(諫言)했음. 『사기(史記)』 「장석지풍당열전(張釋之馮唐列傳)」

가 보건대 자란의 말은 숨김이 드러나지 않고 소옥의 말은 억지로 애써
따르라 하고 부용의 말은 꾸미는 데만 있으니 모두 내 뜻에 맞지 않아.
이 행차에 나는 참여치 않겠어."

금련이,

"오늘 밤의 논쟁은 끝내 하나로 결말이 나지 않으니, 내가 또 점을
쳐 볼게."

하고는 즉시 『희경(義經)』[57]을 펼쳐 놓고 점을 친 후, 점괘를 얻고
풀어 말했습니다.

"내일 운영은 반드시 장부를 만날 거야. 운영의 용모와 행동은 세상
사람이 아닌 듯하여 주군의 마음이 기운 지 이미 오래 되었지만, 운영
이 죽음으로써 거절한 것은 다른 것이 아니라 차마 부인의 은혜를 저버
릴 수 없었기 때문이야. 주군의 명령이 비록 엄하나 운영의 몸이 상할
까 두려워서 감히 가까이 하지 못하셨지. 〈77〉 지금 이처럼 적막한 곳
을 다 두고 저 번화한 곳으로 가려고 하니 놀기 좋아하는 젊은이가 운영
의 자색을 본다면 반드시 정신을 잃고 미칠 것이야. 비록 가까이 할
수 없더라도 손가락질하고 눈짓을 보내는 것 또한 욕된 일이지. 지난
번 주군이 '궁녀가 문을 나서거나 다른 사람의 이름을 알면 모두 죽여
버리겠다.'고 명하셨으니, 이번 행사에 나는 참여치 않겠어."

자란이 일이 성사되지 못함을 알고 우울하게 돌아오려는데 순간, 비
경이 울며 비단 허리띠를 잡고 억지로 머물게 하면서 앵무잔에다 운유
주(雲乳酒)를 권했어요. 좌우가 모두 마시자 금련이 말했습니다.

"오늘 이 밤의 모임은, 순조롭게 되도록 힘쓰는 것이 중요한데 비경
이 우니 어찌한담?"

비경이 말했습니다.

---

57) 희경(義經) : 역경(易經). 복희(伏義, 伏犧)가 팔괘를 만들었다고 해서 만들어진 명칭.

"처음 남궁에 있었을 때 운영과 사귐이 친밀하여 생사와 영욕을 함께
하기로 약속했었어. 이제 비록 거처하는 곳이 다르나 어찌 차마 잊을
수 있겠어? 전일에 주군 앞에서 문안할 때 당(堂) 앞에 있는 운영을 보
니 허리가 여위어 수척하고 얼굴빛은 초췌하고 목소리는 가늘어 입 밖
에 내지 못하더라. 절할 때 힘이 없어 땅에 쓰러질 듯해 내가 부축해
일으켰지. 좋은 말로 위로하니 운영이, '불행히도 병이 있어 곧 죽을
것 같아. 내 작은 목숨은 죽어도 아깝지 않지만 아홉 사람의 문장과
재주가 일취월장하여 훗날 ⟨78⟩ 아름다운 작품들이 세상을 들썩이게
할 텐데 나는 그것을 보지 못할 것 같으니 슬픔을 금할 수 없어.'라고
답했어. 그 말이 너무도 처절하여 난 눈물이 났지. 지금에야 생각해보니
그 병은 그리움이 빌미가 된 것 같아. 아! 자란은 운영의 친구야. 죽게
된 사람을 천단(天壇)58)에 두려는 거지. 오늘의 계획이 이루어지지 않
으면 저승에 가서도 눈을 감지 못하고 남궁을 원망할 텐데, 그 끝이
있겠니?『서경(書經)』에 '선한 일을 하면 백 가지 복을 주고 악한 일을
하면 백 가지 재앙을 내린다.'59)고 했는데, 지금의 논의가 선한 일이
야, 악한 일이야? 소옥이 허락한다고 했으니 세 사람의 뜻이 따르는데
어찌 도중에 그만둘 수 있어? 혹시 일이 새어나가도 운영이 혼자 그
죄를 입을 테니 다른 사람이 무슨 관계가 있겠어?"

소옥이 말했지요.

"나는 두 번 말하지 않겠어. 당연히 운영을 위해 죽을 수 있어."

자란이,

"따르는 사람이 반, 따르지 않은 사람이 반이니 일이 안 되겠군."

하고서는 일어나 가려다가 돌아와 앉아서 다시 그 뜻을 살피더니,
혹 따르고자 하나 두 말을 하는 것을 부끄럽게 여기는 것임을 알았습니다.

---

58) 천단(天壇) : 하늘에 제사지내는 단. 여기서는 '소격서(昭格署)'를 가리킴.
59) 선한 일을 ~ 재앙을 내린다 :『서경(書經)』 권4「상서(商書)・이훈(伊訓)」.

자란이

"천하의 일에는 정도(正道)와 권도(權道)가 있는데 권도가 적합하면 이 또한 정도(正道)지. 어찌 변통하는 권도도 없이 앞의 말을 고수하는 거야?" 라고 하자, 좌우의 사람들이 일시에 따랐습니다.

자란이 말했습니다.

"내가 변론을 좋아하는 것이 아니라 남을 위해 〈79〉 정성껏 도모하기 위해 이렇게 하지 않을 수 없었어."

비경이 말했습니다.

"옛날에 소진(蘇秦)이 여섯 나라로 하여금 합종(合從)케 했는데60) 지금 자란이 다섯 사람으로 하여금 능히 따르게 했으니 변사(辯士)라고 할 만하군."

자란이 말했습니다.

"소진은 여섯 나라 재상의 인(印)을 찼는데 오늘 나에게는 무슨 물건을 줄 거야?"

금련이,

"합종은 여섯 나라에 이익이 되었지. 오늘 네 뜻을 따르는 것은 다섯 사람에게 무슨 이익이 되는데?"

라고 하자, 서로 크게 웃었습니다. 자란이 말하기를,

"남궁 사람들이 모두 선한 일을 하여 끊어질 뻔한 운영의 목숨을 다시 잇게 하였으니 어찌 감사하지 않겠어?"

하며 일어나 두 번 절하니, 소옥 또한 일어나 절했습니다. 자란이 말하였습니다.

---

60) 소진(蘇秦)이 ~ 합종(合從)케 했는데 : 소진은 전국시대 때의 유세가. 여러 제후국들이 진(秦)나라의 침략을 두려워하고 있을 때 연(燕)나라의 문후(文侯)에게, 남북으로 위치한 6국의 연합, 즉 합종(合縱)의 이익을 설득하고 다시 조(趙)·한(韓)·위(魏)·제(齊)·초(楚) 나라를 설복하여 6국의 합종에 성공했음.

"오늘 일에 다섯 사람이 동의했어. 위로는 하늘이 있고 아래로는 땅이 있으며 등불이 환히 비추고 귀신이 보고 있으니 다음 날 다른 뜻을 내지는 않겠지?"

일어나 절하고 나갔고 다섯 사람이 모두 궁문 밖에서 배웅했습니다.

자란이 돌아와 저에게 말해주어 저는 벽을 짚고 일어나 두 번 절하고 감사하며 말했습니다.

"나를 낳은 이는 부모이고 나를 살리는 이는 너구나. 땅에 들어가기 전 맹세코 이 은혜를 갚을게."

앉은 채 아침을 기다렸다가 들어가 문안한 후 중당(中堂)으로 물러나와 만났습니다. 소옥이 말했습니다.

"하늘은 맑고 물은 차가우니 완사(浣紗)하러 갈 때로구나. 오늘 소격서 골짜기에 장막을 치는 것이 좋겠다."

여덟 사람 모두 다른 말이 없었습니다.

제가 서궁으로 가서 〈80〉 흰 비단에 마음속에 가득한 슬픔과 원망을 쓰고 속에 감추었습니다. 자란과 함께 일부러 뒤떨어져서 말을 잡고 있는 이에게 말했습니다.

"동문 밖 무녀가 매우 영험하다고 하니 그 집에 가서 병을 물어보고 가자."

아이종은 그 말대로 했습니다. 그 집에 이르러 공손한 말로 애걸했습니다.

"오늘 온 것은 원래 김진사를 한 번 만나고 싶어서일 뿐이에요. 빨리 연락해주면 평생 은혜를 갚겠어요."

무녀는 그 말대로 사람을 보냈고, 김진사는 넘어질듯이 달려왔습니다. 두 사람은 서로 보고서 한 마디 말도 꺼내지 못하고 눈물만 흘릴 뿐이었습니다. 저는 편지를 주며,

"저녁에 돌아올 테니 낭군께서는 이곳에서 기다려주십시오."

하고는 즉시 말에 올라 떠났습니다. 김진사는 편지를 뜯어보았지요.

　지난 번 무산(巫山)의 선녀가 편지를 전해주었는데 낭랑한 음성
이 편지에 가득했습니다. 세 번 반복하여 읽었는데 슬픔과 기쁨이
섞여 마음을 진정할 수 없었습니다. 즉시 답장을 하고 싶었지만
전할 방도가 없었습니다. 또 누설될까 두려워 목을 빼고 바라보기
만 했습니다. 날아가고 싶었지만 날개가 없어 간장은 끊어질 듯했
고 혼은 녹을 것 같았습니다. 다만 죽을 날만 기다리다가 죽기
전에 이 편지에 의지하여 평생의 그리움을 다 털어놓고자 합니다.
엎드려 바라건대 낭군께서는 유념하십시오.
　제 고향은 남쪽인데, 부모님께서는 〈81〉 자식들 가운데 저를
유독 사랑하셔서 밖에 나가 노는 것을 제 뜻대로 했습니다. 그래서
숲이나 시냇가, 매화나무, 대나무, 귤나무, 유자나무의 그늘 아래
에서 매일 즐겁게 노는 것을 일삼았습니다. 낚시터에서 물고기를
잡는 무리에 끼거나 피리 부는 초동(樵童)이나 목동들과 아침저녁
으로 어울리기도 했습니다. 그밖에 산과 들의 모습이나 농가의
흥취는 일일이 거론하기 어렵습니다. 처음에 『삼강행실(三綱行
實)』과 『칠언당음(七言唐音)』을 배웠고, 열세 살에 주군께서 부르
셔서 부모님과 이별하고 형제들과 멀어지게 되었습니다. 궁중에
들어와 돌아가고 싶은 마음을 금할 수 없어 흐트러진 머리와 때
묻은 얼굴, 남루한 의상으로 지내면서 추하게 보이기를 바라서
뜰에 엎드려 울었더니 궁인들이 말하기를 '한 떨기 연꽃이 뜰에
피었구나' 하였습니다. 부인께서는 자기 자식처럼 사랑해주셨고
주군 또한 평범하게 보지 않으셨습니다. 궁중 사람들은 골육처럼
친애하지 않은 이가 없었습니다. 학문에 종사한 후로 조금 이치를
알고 시를 지을 수 있게 되어 궁인들도 공경했습니다. 서궁으로
건너간 뒤에는 거문고와 서적에 전념하여 재주가 더 깊어졌습니

다. 손님들이 지은 시는 하나도 눈에 드는 게 없었습니다. 인재는
얻기 어렵다 하였으니, 어찌 그렇지 않겠습니까!61) 남자의 몸으로
태어나 입신양명하지 못함을 한하며, 헛되이 홍안박명(紅顏薄命)
의 신세가 되어 깊은 궁중에 갇혀 마른 나무처럼 되어갈 뿐입니다.
〈82〉 인생이 한 번 죽은 후엔 누가 다시 알아주겠습니까? 이 때문
에 한이 마음 깊이 맺혀 원한이 가슴속에 쌓였습니다. 수를 놓다가
등불에 태우기도 하고 비단 짜는 것을 멈추고 북을 베틀 아래 던지
기도 했습니다. 비단 휘장을 찢고 옥비녀를 부러뜨리기도 했구요.
잠시 취흥이 일 때면 신을 벗고 산책하며 계단의 꽃들을 꺾거나
뜰의 풀들을 뽑기도 했으니 미치광이처럼 마음을 억누를 수 없었
습니다.

　작년 가을밤에 낭군의 모습을 한 번 보고서 천상의 선인(仙人)이
인간 세상에 귀양 온 것이라 여겼습니다. 저의 용모는 아홉 사람보
다 못한데, 전생에 무슨 인연이 있기에 붓끝의 한 점 먹물이 가슴속
에 원한을 맺을 빌미가 될지 어찌 알았겠습니까? 주렴 사이로 바라
보며 낭군을 모실 인연을 생각했고 꿈속에서 보며 잊지 못할 정을
이어가려 했습니다. 비록 한 번도 이부자리 속의 기쁨은 없지만
아름다운 모습은 황홀하게 눈에 어른거렸습니다. 배꽃에서 우는
두견새 소리와 오동나무에 떨어지는 밤비 소리는 애처로워 차마
들을 수 없었습니다. 뜰 앞에 자라는 작은 풀, 하늘가 외로이 흘러
가는 구름을 차마 볼 수 없었습니다. 때로는 병풍에 기대 앉아,
때로는 난간에 기대서서 가슴을 두드리고 발을 구르며 홀로 하늘
에 호소했습니다. 낭군께서도 저를 생각하고 계실지 알 수 없어
낭군을 만나기 전에 먼저 〈83〉 이 몸이 죽을까 한스럽습니다. 그리
되면 오랜 세월이 흘러도 이 정은 사라지지 않을 것입니다.

---

61) 인재는 얻기 어렵다 하였으니, 어찌 그렇지 않습니까 : 『논어(論語)』「태백(泰伯)」, "才難
　不其然乎".

오늘 완사하는 행사에 두 궁전의 시녀들이 모두 모였기 때문에 이곳에 오래 머무를 수 없습니다. 눈물은 먹물과 섞이고 혼은 비단 편지에 맺힙니다. 바라건대 낭군께서는 한 번 보아 주십시오. 또 서툰 글귀로 삼가 전에 보내주신 은혜(편지)에 답하였습니다. 아름답지는 않지만 영원히 사랑하고자 하는 마음을 담았습니다.

그 글은, 가을을 슬퍼하는 부(賦)이고, 하나는 사모하는 시였습니다. 이날 밤 자란과 저는 먼저 나와 동문으로 향했는데, 소옥이 미소 지으며 절구(絕句) 한 수 지은 것을 주었어요. 저를 놀리는 뜻이었지요. 저는 속으로 창피하였지만 참고 받았습니다. 그 시는 이러했습니다.

太乙祠前一水回 태을사 앞 한 줄기 물이 구비 도니
天壇雲盡九門開 천단의 구름 사라지고 대궐문 열리네
細腰不勝狂風急 가는 허리는 급한 광풍 이기지 못하니
暫避林中日暮來 잠시 숲으로 피해 날 저물면 올지라

비경이 즉시 차운(次韻)하였고 비취와 옥녀가 이어서 차운하였으니, 역시 모두 저를 놀리는 뜻이었어요.

저는 말을 타고 먼저 가서 무녀 집에 도착하였어요. 무녀는 화가 난 듯한 낯빛으로 벽을 향해 앉아 얼굴빛을 보이려 하지 않았어요. 진사는 비단편지를 〈84〉 품고 종일토록 울다가 넋이 나가서 제가 오는지도 몰랐지요. 저는 왼 손에 낀, 운남(雲南)[62] 지방 옥빛의 금반지를 빼어 품에 넣어주면서 말했어요.

"낭군께서 저를 가볍게 여기지 않으시고 천금 같은 몸으로 누추한 곳에서 기다리셨군요. 제가 어리석지만 목석은 아니니, 감히 죽음을

---

62) 운남(雲南) :『화몽집』에는 '雲藍'.

무릅쓰고 허락하지 않겠습니까? 제가 이 말을 어긴다면 이 금반지가 증명할 것입니다."

갈 길이 급하여 일어나 작별하려 하니 눈물이 비처럼 쏟아졌어요. 제가 진사에게 귓속말을 하였지요.

"저는 서궁에 있어요. 낭군께서 어둔 밤을 타서 서쪽 담장을 넘어오시면 삼생(三生)의 못 다한 인연을 이을 수 있을 거예요."

말을 마치고 서둘러서 먼저 궁으로 돌아오니, 여덟 명이 차례로 들어오더군요.

밤 10시경 소옥이 비경과 촛불을 밝히고 서궁으로 와서 말했어요.

"낮에 읊은 시는 생각 없이 지은 거야. 하지만 놀린 꼴이 되어서 밤이 깊었지만 혼날 각오를 하고 사과하려고 왔어."

자란이 말했습니다.

"다섯 사람의 시는 다 남궁에서 나온 것이지. 궁을 나눈 이후로는 우리 관계가 당나라 때 우·이(牛·李)[63]같이 되었으니, 어찌 그렇게 되지 않았겠어? 여자의 마음은 같아. 외떨어진 궁에 오랫동안 갇혀 외롭게 지내며, 대하는 건 등불뿐이고 하는 일이란 악기를 타고 노래하는 〈85〉 것뿐이지. 온갖 꽃들이 웃는 듯 아름답게 피어나고 제비가 쌍쌍이 날개 짓 하며 즐거워할 때 불쌍한 우리들은 모두 깊은 궁에 갇혀서 만물에 봄이 깃드는 것을 바라보기만 하니, 그 마음이 어떻겠어? 조운모우 (朝雲暮雨)의 산신은 초나라 왕의 꿈속에 자주 깃들었고[64], 서왕모는 요지연(瑤池宴)에 참석했었지?[65] 여자의 마음은 다름이 없는데, 남궁 사

---

63) 우·이(牛·李) : 당(唐)나라 때 우승유(牛僧孺)와 이종민(李宗閔). 이들이 당파를 만들어 서로 세력을 다투었다.

64) 조운(朝雲)산의 ~ 자주 깃들었고 : 초나라 왕이 고당(高唐)에 가서 꿈을 꾸었는데, 무산(巫山)의 신녀가 와서 침석(枕席)을 받들고는 떠나면서 아침에는 구름으로 밤에는 비가 되어 내리겠다고 함. 송옥(宋玉)의 〈고당부(高唐賦)〉.

65) 서왕모는 ~ 참석했던가 : 주(周) 목왕(穆王)이 요지(瑤池)에서 서왕모(西王母)를 만나 술

람들은 어이하여 항아(姮娥)처럼 정절을 지키며 영약(靈藥)을 훔친 것[66]을 후회하지 않지?"

비경이 소옥과 함께 눈물을 흘리며 말했어요.

"한 사람의 마음이 곧 천하 사람의 마음이로구나. 이제 네 가르침을 들으니 슬픔이 북받쳐 오른다."

그리고는 인사를 하고 갔습니다. 저는 자란에게 말했어요.

"오늘 밤 진사와 굳게 약속을 했어. 오늘 오시지 않으면 내일은 반드시 담을 넘으실 거야. 오시면 어떻게 대접하지?"

자란이 말했지요.

"휘장이 겹겹이 둘러 있고 비단 방석이 화려하게 깔려 있고 술과 고기가 잔뜩 차려져 있으니, 오지 않으면 그만이지만 오면 대접하는 게 뭐 어렵니?"

그런데 결국 오시지 않더군요.

진사께선 그곳을 몰래 살피셨는데, 담장이 너무 높았답니다. 날개가 없으면 올 수 없었지요. 집에 돌아와 묵묵히 아무 말 없이 고민하는 빛을 띠고 있자니, 노비 중에 '특(特)'이란 자가 평소 재주가 많았는데, 진사의 안색을 보고는 다가와서 말했답니다.

"진사님, 〈86〉 아무래도 오래 못 사실 것 같습니다."

그리고는 엎드려 울었어요. 진사가 마음속에 품었던 것을 모두 털어 놓았더니, 특이,

"진작 말씀하시지요. 제가 힘써볼게요."

하고는 즉시 사다리를 만들었는데 대단히 가볍고 접을 수도 있었어요. 접으면 병풍을 말은 것 같고 펼치면 오륙 길 정도 되어 손에 들고

을 마셨다고 함. 『열자(列子)』 「주목왕(周穆王)」

66) 항아(姮娥)처럼 ~ 훔친 것 : 항아는 불사약(不死藥)을 훔쳐 남편은 주지 않고 혼자 먹고는 달나라 신선이 되었다고 함.

다닐 수가 있었습니다. 특이 가르쳐주며 말했지요.

"이 사다리를 가지고 궁 담장을 오르시고, 다시 안에서 접었다 펴세요. 돌아올 때도 역시 그렇게 하시면 됩니다."

진사는 특에게 뜰에서 시험하게 하였어요. 과연 말한 대로였습니다. 진사는 매우 기뻐했어요. 그 날 밤에 가려고 하니, 특이 품에서 가죽으로 만든 덧신을 꺼내주면서 말했어요.

"이게 없으면 가기 어려울 겁니다."

진사가 신어보니 나는 새처럼 가볍고 발소리가 나지 않았어요. 진사는 그렇게 해서 안팎의 담장을 넘어서는 대나무 숲에 숨었어요. 달빛은 낮과 같고 궁중은 적막했지요. 잠시 후 한 사람이 안에서 나와서는 산보를 하며 나직이 시를 읊조렸습니다. 진사는 대나무를 헤치고 머리를 내밀었어요.

"여기 왔소!"

그 사람이 웃으며 대답했어요.

"얼른 나오세요, 얼른요."

진사가 나와서 인사를 했지요.

"어린 사람이 풍류의 흥을 이기지 못해 죽음을 무릅쓰고 감히 여기 왔습니다. 바라노니 낭자께서는 이 몸을 가련히 여겨 주시오."

자란이 말했습니다.

"진사께서 오시길 큰 가뭄에 비구름 기다리듯 고대했습니다. 이제 다행히 만났으니 저희는 살았습니다. 낭군께서는 두려워 마세요."〈87〉

자란은 즉시 안으로 인도하였어요. 진사는 층계를 거쳐 난간을 따라와서 어깨를 움츠리고 안으로 들어왔어요. 저는 창문을 열고 촛불을 밝히고 앉아서는 동물 문양의 금빛 화로에 울금향(鬱金香)을 사르고, 유리로 만든 책상에 『태평광기(太平廣記)』[67] 한 권을 펼치고 있다가 낭군께서 오신 걸 보고는 일어나 맞았지요. 낭군도 답례를 하시고 손님과 주인의 예로써 동서로 나누어 앉았어요. 자란에게 진수성찬을 내오게 하고 자하주(紫霞酒)를 따라서 드렸지요. 술이 세 번 돌자 진사는 취한 체하며 말했어요.

"밤이 얼마나 됐소?"

자란은 그 뜻을 알고 휘장을 내리고 문을 닫고 나갔습니다. 저는 등잔불을 끄고 함께 누웠어요. 그 기쁨이란 알 만 하시겠지요. 새벽이 될 즈음 닭들이 울어대자 진사께서는 일어나서 갔어요. 이후로 어두울 때 들어와서 새벽에 나가기를 매일 같이 하였지요. 정이 깊어져서 그칠 수가 없었어요. 그러다가 담장 안의 눈 위에 발자국이 남아서 궁인들이 모두 위태롭게 여겼습니다.

하루는 진사께서 좋은 일이 끝내 화가 되지 않을까 걱정이 돼서 매우 두려워하셨어요. 종일토록 기분이 안 좋았지요. 특이 밖에서 들어와 말했지요.

"제 공이 매우 큰데 아직 상을 내리시지 않으시니 어찌된 일입니까?"

진사가 말했어요.

"잊지 않고 있다. 조만간 큰 상을 주어야지."

특이 말했어요.

"오늘 안색을 뵈니 걱정이 있으신 듯합니다만, 무슨 일이신 모르겠습니다."

진사가 말했습니다.

"보지 않았을 때는 심신에 병이 들더니만, 보고 나니 죄를 〈88〉 헤아리기 어렵다. 어찌 걱정되지 않겠느냐?"

---

67) 태평광기(太平廣記) : 송(宋)나라 977년에 왕명에 따라 엮은 이야기 모음집이다. 한(漢)·진(晋)·당(唐)·오대(五代)에 걸친 1,200여 년 간의 이야기 약 2,000편이 실려 있으며, 대부분은 진·당 시대의 전기소설적 이야기이다. 우리나라에는 고려 고종(高宗) 연간 (1214-1259) 이전에 수입된 것으로 보인다.

특이 말했어요.

"그러면 몰래 업고 도망가시지요?"

진사는 옳다고 생각하고는, 그날 밤에 특의 계교를 제게 말해주었어요.

"특은 노비지만 평소 지략이 뛰어나 이런 계교를 일러 주었소. 그 생각이 어떻소?"

제가 허락하며 말했어요.

"제 부모님이 재산이 많아서 제가 궁에 올 때 의복과 재물들을 많이 싣고 왔어요. 그리고 주군께서 주신 것도 매우 많지요. 이 물건들을 버리고 갈 수는 없어요. 옮기려고 하면 말 열 필로도 다 옮길 수 없을 거예요."

진사는 돌아와서 특에게 말하였어요. 특은 매우 기뻐하며 말했지요.

"제 친구들 중에 장사 열일곱 명이 있습니다. 날마다 협박을 일삼는데 사람들이 당해내지 못해요. 그러나 저와는 아주 친해서 제 말이면 다 들어줍니다. 이들에게 운반하게 하면 태산이라도 옮길 겁니다."

진사가 궁에 들어와 제게 말했고, 저도 그렇게 해야겠다고 생각했어요. 그래서 밤마다 재물을 수습하여 7일이 되던 날 밤에 다 밖으로 운반했지요. 특이 말했습니다.

"이처럼 귀중한 재물들을 댁에 쌓아두면 큰 어르신께서 필히 의심할 것입니다. 저희 집에 두면 이웃사람들이 의심할 거구요. 그러니 산에 깊이 묻어 굳게 지키는 게 좋겠습니다."

진사가 말했습니다.

"만약 잃어버리게 되면 나나 너나 도둑의 혐의를 면하기 어려울 테니, 잘 지켜야 한다."

특이 말했습니다.

"제 계획이 이렇게 〈89〉 치밀하고 제 친구가 이렇게 많으니 어려울 게 없습니다. 게다가 제가 큰 칼을 가지고 밤낮 지키겠습니다. 제 눈은

빼가도 이 보물들은 빼앗지 못할 겁니다. 제 다리는 베어도 이 보물은 취하지 못할 것이니, 염려 마십시오."

특은 이 보물을 얻은 후에 저와 진사를 산속으로 유인하여 진사를 죽인 후 저와 재물을 차지하려는 속셈이었지요. 진사는 세상물정 모르는 선비라서 눈치를 채지 못했어요.

대군께서는 전에 지은 비해당(匪懈堂)에 걸 멋있는 현판을 얻고자 하셨어요. 손님들의 시는 모두 마음에 들지 않아서 억지로 김진사를 부르셨죠. 그리고 잔치를 벌이고 간청하셨어요. 진사는 한 번 붓을 휘둘러 글을 지었는데 다시 손볼 데가 없었죠. 산수 경치와 비해당의 모습을 모두 담아내니, 비바람을 놀라게 하고 귀신을 울게 할 정도였죠. 대군께서는 구절마다 칭찬하셨지요.

"뜻하지 않게 오늘 왕발(王勃)[68]을 다시 보는구나."

하시며, 읊기를 그치지 않으셨어요. 다만 '담을 넘어 몰래 풍류를 즐기네.'라는 구절에 이르러 읊기를 멈추고 의심하셨어요. 그러자 진사는 일어나서 인사를 드렸어요.

"취해서 정신이 없으니 물러가겠습니다."

대군께서는 종에게 부축해서 전송하라고 했지요.

다음 날 밤 진사가 와서는 제게 말했어요.

"떠나야겠소. 어제 지은 시가 대군께 의심을 받았소. 오늘 가지 않으면 화가 있을 것 같소."

제가 말했습니다.

"어젯밤 꿈에 〈90〉 흉악하게 생기고 묵돌선우(冒頓單于)[69]라고 하는

---

68) 왕발(王勃) : 왕자안(王子安, 650∼676). 자안(子安)은 자(字). 양형·노조린(盧照鄰)·낙빈왕(駱賓王)과 함께 당나라 초기 4걸(傑)의 한 사람으로 꼽히는 시인. 성당시(盛唐詩)의 선구자. 특히 5언 절구에 뛰어났음. 〈등왕각서(滕王閣書)〉가 유명함.

69) 묵돌선우(冒頓單于): 흉노의 왕. 아버지인 두만(頭曼)을 죽이고 선우의 자리에 올라 동호(東胡), 월지(月氏), 정령(丁令), 견곤(堅昆) 등을 정복하여 최초의 유목국가를 세웠다. 『사

이가 말하기를, '약속을 하였기에 장성(長城) 아래서 오래 기다렸소.' 하더군요. 놀라서 깨어났어요. 꿈이 불길하니 낭군께서는 생각해보세요."

"꿈 속 허탄한 일을 어찌 믿겠소?"

"'장성'이라고 한 것은 궁궐 담이요, '묵돌'이라고 한 것은 '특'일 거예요. 낭군께서는 이 노비의 마음을 잘 아세요?"

"이 놈이 평소 매우 흉악하기는 한데 내게는 충성을 다했소. 낭자와 이러한 좋은 인연을 맺은 것은 모두 이 노비가 계획한 것이라오. 그러하니, 처음에는 충성하다가 나중에 악한 짓을 하겠소?"

"낭군의 말씀이 이 같으시니 제가 어찌 마다하겠어요? 다만 자란은 형제와 같이 정들었으니 말하지 않을 수 없어요."

즉시 자란을 불렀어요. 세 사람이 앉아서는, 제가 진사의 계획을 말했지요. 자란은 크게 놀라 꾸짖었어요.

"환락이 오래 되면 재앙을 부르지 않던가? 한두 달 사귀었으면 또한 충분하지, 담을 넘어 도망치는 게 사람이 차마 할 짓이니? 주군께서 오래 마음을 쏟으셨으니 도망갈 수 없음이 첫째요, 마님께서 사랑하심이 깊었으니 도망갈 수 없음이 둘째요, 화가 부모님께 미칠 테니 도망갈 수 없음이 셋째요, 죄가 서궁(西宮)에 미칠 것이니 도망갈 수 없음이 넷째야. 〈91〉 그리고 천지가 하나의 그물이니 하늘로 오르거나 땅속으로 들어가지 못할 바에야 어디로 도망가겠니? 그러다 잡히면 그 화가 네 한 몸에 그치겠니? 꿈이 좋지 않은 것은 말할 필요도 없고, 꿈이 좋으면 기꺼이 가려고 했어? 마음을 억누르고 차분하게 조용히 앉아서 하늘에 귀를 기울이렴. 네가 나이 들면 주군의 사랑이 점차 느슨해질 거야. 형편을 보아 병이 들었다고 누워버리면 반드시 고향에 돌아가도록 허락하시겠지. 그때 낭군과 같이 가서 해로하면 그만한 계획이 없지.

기(史記)』, 『흉노열전(匈奴列傳)』 '冒頓'의 협주(夾註)에 【索隱】冒音墨, 又如字'로 되어 있다. '冒'를 [묵]으로 읽으라는 뜻이다. '頓'은 흉노 이름을 가리킬 때는 '돌'로 읽는다.

이것을 생각하지 못하고 되지도 않는 계획을 세우니, 누굴 속이겠어? 하늘을 속이겠니?"

진사는 일이 이루어지지 않을 줄 알고 탄식하며 눈물을 머금고 나갔습니다.

하루는 대군께서 서궁 난간에 앉으셨는데 철쭉이 활짝 피었기에 시녀들에게 각각 오언절구(五言絶句)를 지어 바치라고 했어요. 시가 되자, 대군께서 매우 칭찬하셨지요.

"너희들의 글이 날로 나아가니 정말 기쁘구나. 다만 운영의 시는 임을 그리는 뜻이 드러나 있다. 예전 안개를 읊은 시에서 그 뜻이 조금 드러나더니 이제 또 이와 같구나. 네가 따르고자 하는 이는 누구냐? 김생의 상량문(上樑文)[70]이 이상하더니 네가 혹시 김진사에게 생각이 있는 것이 아니냐?"

저는 즉시 뜰로 내려가 머리를 조아리며 울었어요. 〈92〉

"주군께 처음 의심을 받았을 때 자결하고 싶었습니다. 그러나 스무 살도 안 되었고 부모님을 다시 뵙지 못하고 죽는 것이 매우 원통해서 구차히 살아서 여기에 이르게 되었습니다. 이제 또 의심을 받으니 한 번 죽는 게 뭐가 아깝겠습니까? 천지 귀신이 굽어보시고 시녀 다섯 사람이 잠시도 떠나지 않았습니다. 이제 더러운 누명이 제게 닥치니, 저는 죽어야겠습니다."

하고는 천을 난간에 매어 자결하려고 했어요. 자란이 말했지요.

"주군께서 이처럼 영명하신데 무죄한 시녀를 사지(死地)로 몰아넣으시는군요. 지금부터 저희들은 맹세코 붓을 잡지 않겠습니다."

대군께서는 매우 화가 나셨지만 죽는 것을 바라지는 않으셨기 때문에 자란에게 운영을 구하라고 하셨습니다. 그리고는 흰 비단 다섯 단을

---

70) 상량문(上樑文) : 집을 새로 짓거나 고친 내력, 까닭, 공역(工役)한 날짜, 시간 등을 적은 글.

꺼내어 나눠 주시며 말씀하셨습니다.

"작품이 매우 아름다워 이를 상으로 주노라."

이후로 진사는 출입하지 못했습니다. 결국 진사는 몸져 누워 눈물로 이불을 적시기만 했습니다. 목숨이 위태로울 정도였지요. 특이 와서 보고는 말했습니다.

"대장부가 죽으면 죽는 것이지, 어찌 그리움으로 원한이 맺히고 자잘하게 여자처럼 상심하여 천금 같은 몸을 허비하신단 말입니까? 계책을 써서 취하면 어렵지 않습니다. 한밤중 인적이 드물 때 담 넘어 들어가서 입을 막은 채 업고 나오면 누가 우리를 쫓아오겠습니까?"〈93〉

"그 계획은 위험해. 정성껏 말해 보는 게 낫겠다."

진사가 그날 밤 들어왔는데 저는 병이 들어 일어날 수 없어서 자란에게 맞으라고 하였습니다. 술이 세 번 돌고 제가 편지를 드렸지요.

"이후로는 다시 못 볼 거예요. 삼생의 인연과 백년해로의 약속은 오늘 밤 끝이에요. 인연이 다하지 않는다면 지하에서나마 만나겠지요."

진사는 편지를 안고 우두커니 서서 말없이 바라보다가 가슴을 두드리며 눈물을 흘리고서는 나갔습니다. 자란은 차마 볼 수 없어 기둥에 기대어 몸을 숨기고서는 눈물을 떨구며 서 있었어요. 진사는 집으로 돌아가 편지를 뜯어 보았습니다. 그 편지에는 이렇게 쓰여 있었습니다.

　　박명한 첩 운영은 김랑(金郞)의 발 아래 재배하며 아뢰옵니다.
　　첩이 보잘것없는 자질로 불행히 낭군의 유의(留意)하심을 얻어 서로 그리워한 지 며칠이며 만난 지 몇 때입니까? 다행히 하룻밤의 기쁨을 나누었으나 바다 같은 깊은 정은 다하지 못했습니다. 인간 세상의 좋은 일을 조물주가 시기하여 궁인들이 알게 되고 주군께서 의심하시니 재앙이 조석(朝夕)에 닥쳐와 죽음이 있을 뿐입니다. 바라건대 낭군께서는 이 헤어짐 이후 천첩을 가슴 속에 품어 마음

을 괴롭히지 마시고, 힘써 학업을 닦아 급제하여 관직에 올라 후세
에 이름을 떨쳐 부모를 빛내시기 바랍니다. 첩의 〈94〉 옷과 재물은
모두 팔아 부처님께 올려 백방으로 기도하고 지성으로 발원하여
삼생(三生)의 인연이 후생에 다시 이어지게 하여 주시면 좋겠습니
다! 좋겠습니다!

진사가 다 보지 못한 채 기운이 막혀 땅에 쓰러지자 집안사람들이
급히 구하여 겨우 소생했습니다. 특이 밖에서 들어와 말했습니다.
"궁중에서 무슨 말로 답하였기에 이같이 죽고자 하십니까?"
진사는 다른 말없이 다만,
"재물을 잘 지키고 있느냐? 모두 팔아 부처님께 정성을 드려 약속을
실천하려 한다."
라고 했습니다. 특이 집으로 돌아가 생각했습니다.
'궁 안의 사람은 나올 수 없으니, 그 재물은 하늘이 내게 주신 것이다.'
그러면서 벽을 향해 몰래 웃었는데, 다른 사람들이 알 수 없었습니다.
하루는 특이 자기 옷을 찢고 자기 코를 때려서 그 피를 온 몸에 쳐
바르고는 뛰어 들어와 뜰에 엎어져 울며 말했습니다.
"강도에게 당했습니다요."
그리고는 다시 말을 않고 기절한 척했어요. 진사의 생각으로는 특이
죽으면 재물 묻은 곳을 알 수 없기 때문에 몸소 약을 달여서 백방으로
보살피고 음식을 주었어요. 열흘이 지나자 특이 일어나 말했습니다.
"고단한 몸으로 혼자서 산속에서 지키고 있는데 여러 강도들이 갑자
기 들이닥쳐 죽이려 하지 뭐예요. 도망쳐서 겨우 목숨을 부지했습니다.
이 재물이 아니면 저에게 어찌 이런 재앙이 〈95〉 있겠습니까? 목숨부
지하기가 이렇게 험난하니 어찌 속히 죽지 않겠습니까?"
그리고는 발을 구르며 손으로 가슴을 치며 통곡했습니다. 진사는 부

모님이 알까봐 두려워 좋은 말로 위로하여 보냈습니다.

그 후 진사는 특이 한 짓을 알게 되어, 노비 십여 명을 데리고 특의 집을 포위하였습니다. 그러나 단지 금비녀 한 쌍과 운남(雲南)의 거울 하나만을 얻었답니다. 그것을 증거물로 해서 특을 죽이고 싶었으나 힘으로 당해낼 수 없었습니다. 그저 잠자코 있을 수밖에 없었어요.

특은 자기 죄를 알기에, 궁 담장 밖 맹인에게 가서 말했습니다.

"내가 전에 새벽에 이 궁 담장을 지나는데 어떤 사람이 서쪽 담장을 넘어 나오더라고요. 도적인 줄 알고 소리치며 쫓아갔더니 그 사람이 갖고 있던 것을 버리고 달아나데요. 그래서 주어서 본래 주인이 찾아가길 기다렸지요. 그런데 염치없는 우리 주인이 내가 뭘 갖고 있다는 걸 듣고서는 와서 찾더라구요. 다른 것은 없고 비녀와 거울만 얻었다고 말하니까, 주인이 들어와 수색해서는 물건을 가져가버렸어요. 그 욕심이 끝이 없어 죽이려고 들어서 도망갈까 하거든요. 도망가는 게 좋겠죠?"

"도망가는 게 좋지."

그 이웃 사람이 옆에 있다가 그 말을 듣고는 특에게 말했죠.

"네 주인이 누군데 〈96〉 노비를 이처럼 학대하더냐?"

"우리 주인은 젊고 글을 잘해서 조만간 급제할 겁니다. 그런데 이처럼 탐욕스러우니 훗날 조정에 서면 어떨지 볼 만하겠죠?"

이 말이 퍼져서 궁으로 들어갔습니다. 궁인이 대군께 고하였고, 대군께선 크게 노하여 남궁 사람들에게 서궁을 수색하게 했습니다. 제 의복과 보물이 하나도 없자, 대군께서 서궁 시녀 다섯 사람을 뜰에 끌어내고, 눈앞에 형구를 엄히 갖추어 놓고 명령을 내렸습니다.

"이 다섯 명을 죽여서 다른 이에게 본보기를 삼도록 해라."

매질하는 이에게 명하였습니다.

"매 숫자를 세지 말고 죽도록 쳐라."

다섯 사람이 말했습니다.

"한 마디만 하고 죽겠습니다."

"무슨 말이냐? 실정을 모두 털어놓도록 하여라."

은섬의 공초(供招)는 이랬습니다.

남녀의 정욕은 음양으로 받은 것이니 귀하든 천하든 사람이면 모두 다 있는 법입니다. 한 번 깊은 궁에 갇혀서 홀로 그림자를 벗하니, 꽃을 보고 눈물 흘리고 달을 대하여 슬퍼했지요. 매실을 꾀꼬리에게 던져 쌍쌍이 날지 못하게 하고, 발을 쳐서 제비가 쌍으로 대들보에다 집을 짓지 못하게 했습니다. 그것은 다른 이유가 아니라 부러움과 질투심 때문입니다. 한 번 담장을 넘으면 세상의 즐거움을 알 수 있지만 그렇게 하지 않은 것은 어찌 힘이 부족해서였겠습니까? 주군의 위엄이 〈97〉 두려워서 이 마음을 지키고 궁중에서 말라 죽을 계획이었습니다. 이제 지은 죄도 없이 죽게 되었으니 저희들은 황천에서도 눈을 감지 못할 것입니다.

비취의 공초는 이랬습니다.

주군의 은혜는 산보다 높고 바다보다 깊습니다. 저희는 고마움과 두려움에 오직 거문고와 문장만을 해왔습니다. 이제 씻을 수 없는 악명이 서궁에까지 미쳤으니 사는 것이 죽는 것만 못하게 되었습니다. 원컨대 속히 죽여주옵소서.

자란의 공초는 이랬습니다.

오늘 일은 죄가 막대합니다. 속마음을 감추겠습니까? 저희들은 모두 평민의 천한 여자로서 아버지는 순임금이 아니고 어머니는 이비(二妃)[71]가 아니니, 어찌 남녀의 정이 없겠습니까? 목천자(穆

天子)는 늘 요지연(瑤池宴)의 즐거움을 그리워했고,72) 항우(項羽)
는 영웅이거늘 장막에서 눈물을 감추지 못하였습니다.73) 주군께
서는 운영에게 홀로 남녀의 정을 없게 하려하십니까?

김생은 당대의 단아한 선비로 그를 내당으로 끌어들인 것은 주
군이십니다. 운영에게 벼루를 받들라고 한 것도 주군이시구요. 운
영이 깊은 궁에 갇혀 있다가 가을달과 봄꽃에 성정(性情)을 상했고
오동잎이 지는 가을밤에 애가 수없이 끊기었습니다. 한 번 잘생긴
남자를 보자 넋을 〈98〉 잃고 병이 들게 되었습니다. 아무리 좋은
약도 고치기 어려운 지경이었습니다. 운영이 아침 이슬처럼 사라
진다면 주군께서 측은히 여기시더라도 무슨 소용 있겠습니까? 제
우둔한 생각으로는 한 번 운영에게 김진사를 보게 하여 두 사람의
원한을 풀게 한다면 주군의 적선(積善)이 막대할 것입니다. 이전
에 운영이 훼절한 것은 저한테 죄가 있지 운영에게 있지 않습니다.
저의 이 말은 위로 주군을 속이지 않고 아래로 동료를 배반하지
않습니다. 오늘 죽음은 또한 영화로운 것입니다. 바라건대 주군께
선 제 몸으로 운영의 목숨을 대신하시길 빕니다.

옥녀의 공초는 이랬습니다.

서궁의 영화에 제가 참여하였는데, 서궁의 재앙에 저 홀로 피하

---

71) 이비(二妃) : 요임금의 딸이자 순임금의 아내인 아황(娥皇)과 여영(女英).

72) 목천자(穆天子)는 늘 ~ 즐거움을 그리워했고 : 목천자는 주나라 목왕(穆王)으로 소왕(昭
王)의 아들이며 이름은 만(滿). 요지(瑤池)는 선계(仙界)인 곤륜산(崑崙山)에 있다는 아름다
운 연못으로 서왕모(西王母)가 이곳에서 신들을 위해 자주 잔치를 베풀었으며, 목천자(穆天
子)가 이 잔치에서 서왕모를 만났다고 함.

73) 항우(項羽)는 ~ 못하였습니다 : 항우와 유방(劉邦) 간의 마지막 전투인 해하(垓下) 전투에
서 항우가 유방 군대에게 포위되어 장중(帳中)에서 최후의 주연(酒宴)을 벌였다. 이 자리에
서 최후를 예감한 항우가 눈물을 흘렸고 애첩 우미인(虞美人)은 칼로 자결하였다. 항우는
유방에게 크게 패하여 결국 오강(烏江)에서 자결하였다.

겠습니까? 화염이 곤륜산(崑崙山)을 태우면 옥과 돌이 같이 타는
법이니,74) 오늘 죽음은 제대로 죽는 것입니다.

저의 공초는 이랬습니다.

　주군의 은혜는 산과 같고 바다와 같습니다. 정절을 굳게 지키지
못했으니 그 죄가 하나요, 앞서 지은 시로 주군께 의심을 받았는데
끝내 바른 대로 고하지 않았으니 그 죄가 둘이요, 서궁의 죄 없는
〈99〉 이들이 저 때문에 같이 죄를 받으니 그 죄가 셋입니다. 이
세 가지 죄를 지고 산들 무슨 면목이 있겠습니까? 만약 죽이길
늦추신다면 저는 자결할 것입니다. 처분을 기다립니다.

대군은 다 보시고 나서 자란의 공초를 다시 펼쳐보셨죠. 화가 조금
가라앉은 듯했어요. 소옥이 무릎을 꿇고 울며 고하였습니다.
"전에 완사(浣紗)하러 갈 때 성 안에서 하지 말자고 했던 게 제 주장이
었습니다. 자란이 밤에 남궁에 와서 간절하게 청하기에 그 뜻이 가련해
서 여러 의견을 물리치고 따랐지요. 운영의 잘못은 저한테 죄가 있지
운영에게 있지 않습니다. 운영은 죄가 없습니다. 바라건대 대군께서는
제 몸으로 운영의 목숨을 대신하소서."
　대군은 화가 조금 풀어져서 저를 별당에 가두고 다른 이들은 풀어주
셨어요. 그날 밤 저는 수건으로 목을 매어 죽었지요.75)

---

74) 화염이 곤륜산(崑崙山)을 ~ 타는 법이니 : '옥석구분(玉石俱焚)'의 고사. "곤륜산에 불이
　붙으면 옥과 돌이 함께 불타 없어지며, 임금이 덕을 잃게 되면 그 해악은 사나운 불보다도
　더 무섭다(火炎崑岡玉石俱焚, 天吏逸德烈于猛火)." 『서경(書經)』, 「하서(夏書)·윤정편(胤
　征篇)」.
75) 여기까지 운영이 유영에게 들려주는 이야기임.

진사는 붓을 잡고 기록하고 운영은 옛일을 자세히 말하였다. 두 사람은 마주 대하여 슬픔을 가누지 못하였다. 운영이 진사에게 말하였다.

"이후는 낭군께서 말씀하시지요."

진사가 말하였다.[76)]

운영이 자결한 후에, 온 궁인이 통곡하며 어머니를 잃은 듯하였소. 곡성이 궁문 밖까지 들렸고, 나 역시 듣고는 오래도록 정신을 잃었답니다. 집안사람들이 초혼과 발상(發喪)을 준비하면서 〈100〉 한편으로는 소생시키려고 힘써서 저물녘이 되어서야 깨어났지요. 정신을 차려보니, 일은 이미 어그러진 것을 알았소. 부처님 공양 약속이나 지켜서 황천의 혼을 위로하려고 금비녀와 거울과 문방사우(文房四友)를 모두 팔아서 쌀 사십 석을 만들었소. 그것으로 청녕사(淸寧寺)에서 불공을 드리고자 하였는데, 믿고 부릴 만한 사람이 없어서 특을 불러 말했지요.

"네 지난 죄를 모두 용서해줄 테니 나를 위해 충성하겠느냐?"

특이 뜰에 내려가 머리를 조아리며 울더군요.

"제가 비록 우둔하지만 그래도 목석은 아닙니다. 한 몸에 지은 죄는 머리털을 뽑아 세어도 다 세지 못할 겁니다. 이제 용서해주시니 고목에 잎이 나고 해골에 살이 생기는 격입니다. 진사나리를 위해 죽도록 힘을 다하겠습니다."

진사가[77)],

"운영을 위해서 불공을 드리려 발원하려고 하는데 믿고 맡길 사람이 없구나. 네가 가겠느냐?"

라고 하니, 특이 말하더군요.

---

76) 이후는 김진사가 유영에게 들려주는 이야기임.

77) 이 대목은 진사가 화자인데, 자신을 '나'라고 지칭하지 않고 3인칭으로 이야기를 전개하고 있음.

"삼가 말씀대로 하겠습니다."

특은 즉시 절로 올라가 삼 일 동안 볼기를 두드리며 누워 있다가 스님을 불러서 말했소.

"사십 석의 쌀을 어찌 모두 불공에 쓰겠는가? 지금 술과 음식을 많이 갖추고 널리 속객(俗客)들을 불러 먹이는 것이 마땅하다."

어느 마을 여자가 절을 지날 때 특이 강제로 위협하여 절 방에 머무르게 했습니다. 이미 수십 일이 지났는데도 재를 올릴 뜻이 없어 절의 승려들이 화를 냈지요. 초제(醮祭)[78]를 지내는 날이 되어 여러 승려들이 말하였습니다.

"불공을 드리는 일에는 시주(施主)가 〈101〉 중요합니다. 시주가 이처럼 불결하면 일이 매우 좋지 않게 됩니다. 맑은 물에 씻어 몸을 깨끗이 하고서 예를 지내야 합니다."

특이 하는 수 없이 나가서 잠깐 물을 몸에 뿌리고는 들어와 부처 앞에 꿇고 앉아 축원하기를,

"진사는 오늘 속히 죽게 하고 운영은 내일 다시 살아나 내 아내가 되게 해주십시오."

라며, 삼 일 밤낮으로 기원하는 말은 오직 이뿐이었소. 특이 돌아와 진사에게 말했습니다.

"운영아씨는 반드시 살아날 길을 얻었을 것입니다. 재를 올리던 날 밤 제 꿈에 나타나 말하기를, '지성으로 불공을 드려주니 감격하지 않을 수 없습니다.'라고 하고서 절하며 울었습니다. 절의 승려의 꿈에서도 또한 그러했답니다."

진사는 이 말을 믿었습니다.

그때 마침 과거날이 다가와, 진사는 과거를 볼 뜻이 없었지만 공부를

---

78) 초제(醮祭) : 별[星辰]에 지내는 제사.

핑계 삼아 청녕사(淸寧寺)에 올라갔소. 며칠 동안 머무르다가 특의 일을 자세히 듣게 되었소. 분노를 이기지 못했지만 어찌할 수 없었소. 몸을 깨끗이 씻고 부처 앞에 나아가 백배하고서, 머리를 조아려 향을 올리고서 합장하고 축원했습니다.

"운영이 죽을 때 한 약속을 차마 저버릴 수 없어서 특에게 정성껏 재를 올리게 하여 명우(冥佑)[79]를 얻을까 바랐는데, 이제 들으니 축원했던 말이 너무도 패악하여 운영의 남긴 소원이 모두 허망하게 되었기에, 소자는 감히 다시 축원합니다. 세존께서는 운영을 환생시켜 저의 〈102〉 짝이 되게 해주시고, 운영과 저에게 후세에서는 이 원통함을 면하게 해주십시오. 세존께서는 특을 죽여 쇠칼을 씌우고 지옥에 가두어 주십시오. 세존께서 진실로 이 기원같이 해 주신다면 운영은 비구니가 되어 열 손가락을 불살라 십이 층 금탑을 만들 것이고 소생은 승려가 되어 오계(五戒)[80]를 지키고 세 개의 큰 사찰을 지어 그 은혜를 갚겠습니다."

기도가 끝나자 일어나 백배하고 머리를 조아리며 나왔습니다. 칠 일 후 특은 함정에 빠져 죽었소. 이때부터 진사는 세상일에 뜻이 없어, 몸을 깨끗이 씻고 새 옷을 입은 후 조용한 방에 누워 나흘 동안 먹지 않다가 길게 탄식하고서 마침내 일어나지 않았소.[81]

쓰기를 마친 후 붓을 던져버리고 두 사람은 서로 대하여 슬피 울기를 그치지 않았다. 유영이 위로하며 말했다.

"두 사람이 다시 만났으니 소원이 이루어졌고 원수인 종도 이미 제거

---

79) 명우(冥佑) : 명조(冥助). 신령이나 부처의 도움.
80) 오계(五戒) : 불교 신도가 지켜야 할 5가지 계율. 살생하지 말 것[不殺生], 도둑질하지 말 것[不偸盜], 음행하지 말 것[不邪淫], 거짓말하지 말 것.[不妄語], 술 마시지 말 것[不飮酒].
81) 여기까지 김진사가 유영에게 들려주는 이야기임.

되어 분노도 씻겼는데 어찌하여 비통해함을 그치지 않습니까? 다시 인간 세상에 나오지 못함을 한스러워 하는 것입니까?"

김생이 눈물을 흘리며 감사해했다.

"우리 두 사람은 원한을 품고 죽었습니다. 저승에서 우리의 죄 없음을 가련히 여겨 인간 세계에 다시 태어나게 하고자 했습니다. 그러나 지하세계의 즐거움이 인간세계보다 못 하지 않는데 하물며 천상의 즐거움은 어떻겠습니까? 이 때문에 세상에 나오기를 바라지 않습니다. 다만 오늘 밤 슬픈 것은 대군이 한 번 몰락한 후 옛 궁궐엔 주인이 없고 새들은 슬피 울어 인적이 끊겼으니 〈103〉 너무도 슬프군요. 게다가 막 전쟁을 치른 후라 아름다운 집은 재가 되었고 담장은 무너졌습니다. 다만 계단엔 꽃들만 우거지고 정원엔 풀들만 무성하여 봄빛은 옛 모습 그대로인데 사람 일은 이같이 변했습니다. 옛날을 다시 생각하니 어찌 슬프지 않겠습니까?"

유영이 말했다.

"그렇다면 그대들은 천상의 사람들입니까?"

김생이 말했다.

"우리 두 사람은 본래 천상의 선인(仙人)으로 오래도록 옥황상제의 향안 앞에서 모셨는데, 어느 날 상제께서 태청궁(太淸宮)[82]으로 오셔서 내게 하늘 정원의 과일을 따라고 명하셨습니다. 나는 반도(蟠桃)[83]와 경실(瓊實)[84]을 많이 따서 사사로이 운영에게 주다가 들켜 인간 세계로 유배되어 인간의 괴로움을 두루 겪었던 것입니다. 지금은 옥황상제께서 옛날의 잘못을 용서하시고 삼청(三淸)[85]에 오르게 하여 다시 향안

---

82) 태청궁(太淸宮) : 도교(道敎)에서 말하는 천상 세계의 세 궁전 가운데 하나. 세 궁전은 옥청궁(玉淸宮), 상청궁(上淸宮), 태청궁(太淸宮).
83) 반도(蟠桃) : 삼천 년마다 한 번씩 열매가 열린다는, 선경에 있는 복숭아.
84) 경실(瓊實) : 신선이 먹는 과일.
85) 삼청(三淸) : 신선이 산다는 옥청(玉淸)·상청(上淸)·태청(太淸).

앞에서 모시게 하셨습니다. 때때로 바람을 타고 와서 예전에 인간 세상에서 놀던 곳을 다시 찾을 뿐입니다."

이에 눈물을 뿌리며 유영의 손을 잡고 말했다.

"바다가 마르고 돌이 문드러져도 이 정은 없어지지 않을 것이며 땅이 늙고 하늘이 황폐해진다 해도 이 한은 사라지기 어려울 것입니다. 오늘 저녁 그대를 만나 이 곤핍함을 털어놓은 것이 전생의 인연이 아니고서야 어찌 가능하겠습니까? 엎드려 바라건대 그대는 이 원고를 수습하여 썩지 않도록 전하되 행여 경박한 이들의 입에 올려져 우스갯소리(戱玩)가 되지 않도록 해주시면 매우 다행이겠습니다."

진사는 취해서 운영의 몸에 기대어 절구 한 수를 읊었다. 〈104〉

花落宮中鷰雀飛　　궁중에 꽃 떨어지고 제비 날아오니
春光依舊主人非　　봄빛은 의구한데 주인은 없구나
中宵月色凉如許　　한밤중 달빛은 서늘함이 어떠한가
碧露未沾翠羽衣　　푸른 이슬은 푸른 날개옷 적시지 못하네

운영이 이어 읊었다.

故宮花柳帶新春　　옛 궁의 꽃과 버들은 새 봄빛을 띠는데
千載豪華入夢頻　　천 년의 호화로움은 꿈에 자주 드는구나.
今夕來遊尋舊跡　　오늘 저녁 옛 자취를 찾아 놀러 왔다가
不禁哀淚自沾巾　　슬픈 눈물이 절로 옷깃을 적시네

유영 또한 취하여 잠이 들었다. 잠시 후 산새 소리에 깨어나 바라보니 안개가 땅에 자욱하고 새벽빛이 푸르스름했다. 사방을 둘러보아도 사람은 없고 다만 김생이 쓴 책만 있었다. 유영은 쓸쓸히 무료하게 있

다가 소매에 책을 넣어 가지고 돌아와 상자에 감추어 두었다. 때때로
열어 보고서 망연자실하여 침식(寢食)조차 잊었다. 후에 명산을 두루
돌아다녔는데 생을 마친 곳을 알 수 없다.

柳泳傳

- 大明天啓 二十一年 卽 雲英傳

〈50〉壽聖宮, 卽安平大君舊宅也. 在長安城西仁王山之下. 山川秀麗, 龍盤虎踞, 社稷在其南, 慶福在其東. 仁王一脉, 逶迤而下, 臨宮岤起, 雖不高峻, 而登臨俯覽, 則通衢市廛, 滿城第宅, 碁布星羅, 歷歷可指, 宛若絲列而派分. 東望則宮闕縹緲, 複道橫空, 雲烟積翠, 朝暮獻態, 眞所謂絶勝之地也. 一時酒徒射伴, 歌兒笛〈51〉童, 騷人墨客, 三春花柳之節, 九秋楓丹之時, 則無日不遊於其上, 吟風咏月, 嘯翫忘歸.

靑坡士人柳泳, 飽聞此園之勝槩, 思欲一遊焉, 而衣裳藍縷, 容色埋沒, 自知爲遊客之取笑, 足將進而超[1]趄者, 久矣. 萬歷辛丑春三月旣望, 沽淂濁醪一壺, 而又乏童僕, 旣無朋知, 躬自佩酒, 獨入宮門, 則觀者相顧, 莫不指笑. 生慙而無聊, 仍入後園. 登高四望, 則新經兵燹之餘, 長安宮闕, 滿城華屋, 蕩然無有, 壞垣破瓦, 廢井堆砌. 草樹茂密, 唯東門數間, 巋然獨存.

生步入西園, 泉石幽邃處, 則百草叢芊, 影落澄潭, 滿地落花, 人跡不到, 微風一起, 香氣馥郁. 生獨坐岩上, 仍咏東坡, '我上朝元春半老, 滿地落花無人掃'之句, 輒解所佩酒, 盡飮之, 醉〈52〉臥岩邊, 以石支頭. 俄而酒醒, 撐眼視之, 則遊人盡散, 山月已吐, 烟籠柳眉, 風動花腮. 一條軟語, 隨風而至. 生異之, 起訪焉, 則有一少年, 與絶色靑娥, 班荊對坐, 見生至, 欣然起迎. 生與之曰:

---

1) 超 : 규장각본에는 '趍'.

"秀才何許人? 未卜其晝, 只卜其夜."

少年微哂曰:

"古人云, 傾蓋若舊, 正謂此也."

相與鼎足而坐語. 女低聲呼兒, 則有二丫鬟, 自林中出來. 女謂其兒曰:

"今夕邂逅故人之處, 又逢不期之佳客, 今日之夜, 不可寂寞而虛度. 汝可備酒饌, 兼持筆硯而來."

二丫鬟承命而往, 少遷而返, 飄然若飛鳥之往來. 琉璃樽盛紫霞酒, 珍果綺饌, 皆非人世所有. 酒三行, 女口呼新詞, 以勸其酒, 詞曰:

重重深處別故人

天緣未盡見無因

幾番傷春繁華時

爲雲〈53〉爲雨夢非眞

消盡往事成塵後

空使今人淚滿巾

歌竟, 欷歔飮泣, 珠淚滿面. 生異之, 起而拜曰:

"僕雖非錦繡之腸, 早事文墨, 稍知文業之功. 今聞此詞, 格調淸越, 而思意悲凉, 甚可怪也. 今夜之會, 月色如晝, 淸風徐來, 有足可賞, 而相對悲泣, 何哉? 一盃相屬, 情義已孚, 而姓名不言, 懷抱未展, 亦可疑也."

生先言己名而强之, 少年答曰:

"不言姓名, 其意有在, 君欲强知, 則告之何難, 而所可道也, 言之長也."

愀然不樂者, 久之, 乃曰:

"僕姓金, 年十歲, 能詩文, 有名學堂, 而年十四, 登進士第二科,
一時皆以金進士稱之. 僕以年少俠氣, 志意浩蕩, 不能自抑. 又以此
女之故, 將父母之遺體, 竟作不孝之子, 天地間一罪人之名, 何用强
〈54〉知之? 此女之名'雲英', 彼兩女之名, 一名'綠珠', 一名'宋玉', 皆
故安平大君宮人也."

生曰:

"言出而不盡, 則初不如不言之爲愈也. 安平盛時之事, 進士傷懷
之由, 可得聞其詳乎?"

進士顧雲英曰:

"星霜屢移, 日月已久, 其時之事, 汝能記憶否?"

雲英答曰:

"心中畜怨, 何日忘之耶? 妾試言之, 郞君在傍, 補其闕漏."

乃言曰:

莊憲大王子, 八大君中, 安平最爲英睿. 上甚愛之, 賞賜無數, 故
田民財貨, 獨步諸宮. 年十三, 出居私宮, 私宮卽壽聖宮也. 以儒業
自任, 夜則讀書, 晝則或賦詩, 或隷書, 未嘗一刻放過, 一時文人才
士, 咸萃其門, 較其長短, 或至鷄叫參橫, 講論不怠, 而大君又工於
筆法, 鳴於一國. 文廟在邸時, 每與集賢堂諸學士, 論安平筆法曰:

"吾〈55〉弟若生於中國, 雖不及於王逸少, 豈後於趙松雪乎!"

稱賞不已.

一日, 大君語妾等曰:

"天下百家之才, 必就安靜處, 做工而後可成. 都城門外, 山川寂
廖, 閭落稍遠, 於此做業, 可以專正."

卽搆精舍數十間于其上, 扁其堂曰'匪懈堂', 又築一壇于其側, 名
曰'盟詩壇', 皆顧名思義之意也. 一時文章鉅筆, 咸集其壇, 文章則成

三問爲首, 筆法則崔興孝爲首. 雖然皆不及於大君之才也.

一日, 乘醉, 呼諸女曰:

"天之降才, 豈獨豊於男而嗇於女乎? 今世以文章自許, 不爲不多, 而皆莫能相尙, 無出類拔萃者, 汝等亦勉之哉!"

於是, 宮女中, 擇其年少美姿容者十人, 敎之. 先授『諺解小學』, 讀誦而後, 『庸』·『學』·『論』·『孟』·『詩』·『書』·『通』·『宋』, 盡敎之, 又抄李·杜·『唐音』數百〈56〉首, 敎之, 五年之內, 果皆成才.

大君入, 則使妾等不離眼前, 詩斥正, 第其高下, 用賞罰, 以爲勸獎之地, 其卓犖之氣像, 縱不及於大君, 而音律之淸雅, 句法之婉熟, 亦可窺盛唐詩人之藩籬也. 十人之名, 則小玉·芙蓉·飛瓊·翡翠·玉女·金蓮·銀蟾·紫鸞·寶蓮·雲英, 雲英卽妾也. 大君皆甚撫恤, 尙畜宮內, 使不得與人對語, 日與文士, 盃酒戰藝, 而未嘗以妾等, 一番相近者, 盖慮外人之或知也. 常下令曰:

"侍女一出宮門, 則其罪當死, 外人知宮人之名, 則其罪亦死."

一日, 大君自外入, 呼妾等曰:

"今日與文士某某飮酒, 有一林靑烟, 起自宮樹, 或籠城堞, 或飛山麓. 我先占五言絶句一首, 使客次之, 皆不稱意. 汝等以年次, 各以製進."

〈57〉小玉先呈曰:

綠烟細如織
隨風半入門
依微深復淺
不覺近黃昏

芙蓉呈曰:

飛空逢帶雨
落地復爲雲
近夕山光暗
幽思向楚君

翡翠呈曰:2)

覆花蜂失勢
籠竹鳥迷巢
黃昏成小雨
窓外聽蕭蕭

飛瓊呈曰:

小杏難成3)眼
孤篁獨保靑
輕陰暫見重
日暮又昏冥

玉女呈曰:

蔽日輕紈細
橫山翠帶長
微風吹漸散
猶濕小池塘

---

2)『화몽집(花夢集)』에는 비취(翡翠)와 비경(飛瓊)이 지은 시의 순서가 서로 바뀌어 있음.
3) 成 :『화몽집』에는 '爲'.

金蓮呈曰:

　　山下寒烟積
　　橫飛宮樹邊
　　風吹自不定
　　斜日滿蒼天

銀蟾呈曰:

　　山谷繁陰起
　　池臺綠影流
　　飛歸無處覓
　　荷葉露珠留

紫鸞呈曰:

　　早向洞門暗
　　橫連高樹低
　　須臾忽飛去
　　西岳與前溪

妾亦呈曰:[4]

　　望遠靑煙細
　　佳人罷織紈

---

4) 『화몽집』에는 첩(雲英)이 지은 시와 보련(寶蓮)이 지은 시의 순서가 서로 바뀌어 있음.

臨風獨惆5)悵

飛去落巫山

寶蓮呈曰:

短壑春陰裡

長安水氣中

能令人世上

忽作翠珠宮

〈58〉大君看罷大驚曰:

"雖比於晚唐之詩, 亦可伯仲, 而謹甫以下, 不可執鞭也. 再三吟咏, 莫知其高下."

良久曰:

"芙蓉詩, 思戀楚君, 余甚嘉之, 翡翠詩, 騷雅, 玉女詩, 意思飄逸, 末句有隱隱然餘意, 此兩詩, 當爲居魁."

又曰:

"我初見詩, 優劣莫辨, 一再玩繹, 則紫鸞之詩, 意思深遠, 令人不覺嗟嘆而蹈舞也. 餘詩亦皆淸好, 而獨雲英之詩, 顯有惆悵思人之意. 未知所思者何人, 似當訊問, 而其才可惜, 故姑置之."

妾卽庭下, 伏泣而對曰:

"遣辭之際, 偶然而發, 豈有他意乎? 今見疑於主君, 妾萬死無惜."

大君命之坐曰:

"詩出性情, 不可掩匿, 汝勿復言."

卽出綵帛十端, 分賜十人. 大君未嘗有意於妾, 而宮中之人, 皆知

---

5) 惆 :『화몽집』에는 '怊'.

大君之意在於妾也.

十人皆退, 在⟨59⟩東房, 畫燭高燒, 七寶書案, 置『唐律』一卷, 論古人宮怨詩高下, 妾獨倚屛風, 悄然不語, 如泥塑人. 小玉顧見妾曰:

"日間賦烟之詩, 見疑於主君, 以此隱憂而不語乎? 抑主君向意, 當有錦席之歡, 故暗喜而不語乎? 中心所懷, 盖未可知也."

妾歛袵而答曰:

"汝非我, 安知我之心哉? 我方賦一詩, 搜奇未得, 故苦思不語耳."

銀蟾曰:

"意之所向, 心不在焉, 傍人之言, 如風過耳. 汝之不言, 不難知也. 我將試之."

以窓外葡萄爲題, 使作七言四韻促之, 妾應口卽吟, 其詩曰:

蜿蜒藤草似龍行
翠葉成陰忽有情
暑日嚴威能徹照
晴天寒影反虛明
抽絲攀檻如留意
結果垂珠欲效誠
若待他時⟨60⟩應變化
會乘雲雨上三清

小玉見詩, 起拜曰:

"眞天下奇才也! 風格之不高, 雖似舊調, 而蒼卒製作如此, 此詩人所難處也. 我之心悅誠服, 如七十子之服孔子也."

紫鸞曰:

"言不可不愼, 何其許與之太過耶? 但文字婉曲, 且有飛騰之態, 則有之矣."

一坐皆曰:

"確論."

妾雖以此詩解之, 而羣疑猶未盡釋.

翌日, 門外有車馬騈闐之聲, 閽者奔入告曰:

"衆賓至矣."

大君掃東閣延人, 皆文人才士. 坐定, 大君以妾等所製賦烟詩, 示之, 滿坐大驚曰:

"不意今日, 復見盛唐音調. 非我等所可比肩也. 如此至寶, 進賜何從得之?"

大君微笑曰:

"何爲其然也? 童僕偶然得於街上而來, 未知何人所作, 而想必出於閭〈61〉閻才士之手也."

羣疑未定, 俄而成三問至曰:

"才不借於異代, 自前朝迄于今, 而已六百餘年, 以詩鳴於東國者, 不知其幾人, 而或沉濁而不雅, 或輕淸而浮操, 皆不合音律, 失其性情, 今觀此詩, 風格淸眞, 意思超越, 小無塵世之態, 此必深宮之人, 不與俗人相接, 只讀古人之詩, 而晝夜吟誦, 自得於心者. 詳味其意, 其曰'臨風獨惆悵'者, 有思人之意. 其曰'孤篁獨保靑'者, 有守貞節之意. 其曰'風吹自不定'者, 有難保之態. 其曰'幽思向楚君'者, 有向君之誠. 其曰'荷葉露珠留'者, '西岳與前溪'者, 非天上神仙, 則不得如此形容. 格調雖有高下, 而薰陶氣像, 則大約皆同. 進賜宮中, 必養此十仙人, 願毋隱一見."

大君內自心服, 而外不頷可〈62〉曰:

"誰謂謹甫有詩監乎? 我宮中豈有此等人哉? 可謂惑之甚也."

于時, 十人從窓隙暗聞, 莫不歎服. 是夜, 紫鸞以至誠問於妾曰:

"女子生而願爲有嫁之心, 人皆有之. 汝之所思, 未知何許情人, 悶
汝之形容, 日漸減舊, 以情惘問之, 幸須毋隱."

妾起而謝曰:

宮人甚多, 恐有屬垣, 不敢開口, 今承惘愊, 何敢隱乎? 上年秋, 黃
菊初開, 紅葉新凋之時, 大君獨坐書堂, 使侍女磨墨張縑, 寫七言四
韻十首. 小童自進曰:

"有年少儒生, 自稱金進士請見之."

大君喜曰:

"金進士來矣."

使之迎入, 則布衣革帶, 趁進上階, 如鳥舒翼, 當席拜坐, 容儀若
仙中人. 大君一見傾心, 卽移席對坐, 進士避席而拜謝曰:

"猥荷盛眷, 屢辱尊命, 今承警咳, 無任悚仄."

大君慰〈63〉之曰:

"久仰聲華, 坐屈冠盖, 光動一室, 錫我百朋."

進士初入, 已與侍女相面, 而大君以進士年少儒生, 中心易之, 不
令以妾等避之. 大君謂進士曰:

"秋景甚好, 願賜一詩, 以此堂生彩?"

進士避席而辭曰:

"虛名蔑實, 詩之格律, 小子安敢知乎?"

大君以金蓮唱歌, 芙蓉彈琴, 寶蓮吹簫, 飛瓊行盂, 以妾奉硯. 于
時, 妾年十七, 一見郎君, 魂迷意闌. 郎君亦顧妾, 而含笑頻頻送目.
大君謂進士曰:

"我之待君, 誠款矣. 君何惜一吐瓊琚, 使此堂無顔色乎?"

進士卽握管, 書五言四韻一首曰:

旅鴈向南去

宮中秋色深

水寒荷坼玉

霜重菊垂金

綺席紅顔女

瑤絃白雪音

流霞一斗酒

先醉急難禁

〈64〉大君吟咏再三, 而驚之曰:

"眞所謂天下奇才也. 何相見之晩耶!"

侍女十人, 一時回顧, 莫不動容曰:

"此必王子眞6), 駕鶴而來塵寰. 豈如此人哉!"

大君把盂而問曰:

"古之詩人, 孰爲宗匠?"

進士曰:

"以小子所見言之, 李白天上神仙, 長在玉皇香案前, 而來遊玄圃, 餐盡玉液, 不勝醉興, 折得萬樹琪花, 隨風而散落人間之氣像也. 至於盧・王, 海上仙人, 日月出沒, 雲華變化, 滄波動搖, 鯨魚噴薄, 島嶼蒼茫, 草樹回鬱, 浪花菱葉, 水鳥之歌, 蛟龍之淚, 悉藏於胸襟, 此詩中造化. 孟浩然音響最高, 此學師廣7), 習音律之人. 李義山學得仙術, 早役詩魔, 一生編什, 無非鬼語也. 自餘紛紛, 何足盡陳?"

大君曰:

"日與文士論詩, 以草堂爲首者多矣, 此言何〈65〉謂也?"

---

6) 眞 : '晉'의 오자.

7) 廣 : '曠'의 오자.

進士曰:

"然. 以俗儒所尙言之, 猶膾炙之悅人口. 子美之詩, 眞膾與炙也."

大君曰:

"百體俱備, 比興極精, 豈以草堂爲輕?"

進士謝曰:

"小子何敢輕之? 論其長處, 則如漢武帝, 御未央, 憤四夷之猾夏, 命將薄伐, 百萬熊羆之士, 連亘數千里. 言其大處, 則如使相如賦長楊, 馬遷草封禪. 求神仙, 則如東方朔侍左右, 西王母獻天桃. 是杜甫之文章, 可謂百體之備矣. 至比於李白, 則不啻天壤之不侔, 江海之不同也. 至比於王孟, 則子美驅先適, 而王·孟執鞭爭道矣."

大君曰:

"聞君之言, 胸中敞豁, 怳若御長風, 上太淸. 第杜詩天下之高文, 雖不足於樂府, 豈與王·孟爭道哉? 雖然, 姑舍是, 願君又費一吟, 使此堂增倍一般光彩."

進士卽賦七言〈66〉四韻一首, 其詩曰:

烟散金塘露氣凉
碧天如水夜何長
微風有意吹垂箔
白月多情入小塘
庭畔陰開松反影
盎中波好菊留香
阮公雖少頗能飮
莫怪瓮間醉後狂

大君益奇之, 前席摻手曰:

　“進士非今世之才. 非余之所得以論其高下. 且非徒能文, 筆畫又
極神妙, 天地生君於東方, 必非偶然也.”

　又使草聖揮筆點誤,[8] 筆點誤落於妾之手指, 如蠅翼. 妾以此爲榮,
不爲拭除, 左右宮人, 咸顧微笑, 比之登龍門. 時夜將半, 更漏相催,
大君欠身思睡曰:

　“我醉矣. 君亦退休, 勿忘‘明朝有意抱琴來’之句.”

　翌日, 大君再三吟其兩詩而歎曰:

　“當與謹甫爭雄, 〈67〉而其淸雅之態, 則過之矣.”

　妾自是, 寢不能寐, 食減心煩, 不覺衣帶之緩. 汝未能識之乎?[9]

　紫鸞曰:

　“我忘之矣. 今聞汝言, 怳若酒醒.”

　其後, 大君頻接進士, 而以妾等不相見, 故妾每從門隙而窺之. 一
日, 以雪搗牋[10]寫五言四韻一首曰:

　　布衣革帶士
　　玉貌如神仙
　　每向簾間望
　　何無月下緣
　　洗顏淚作水
　　彈琴恨鳴絃
　　無恨胸中願
　　擡頭獨訴天

以詩及金鈿一隻同裹, 重封十襲, 欲寄進士, 而無便. 其夜月夕, 大君開酒大會, 賓客盛稱進士之才, 以二詩示之, 俱各傳觀, 稱贊不已, 皆願一見. 大君卽送人馬請之. 進士至而就坐, 形容癯瘦, 風槩消沮, 殊非昔日之氣像也. 大君慰之曰:

"進士未有憂楚之〈68〉心, 而先有澤畔之憔悴乎?"

滿坐大笑. 進士起而謝曰:

"僕以寒賤儒生, 猥蒙進賜之寵眷, 福過災生, 疾病纏身, 食飮專廢, 起居須人, 今承辱招, 扶曳來謁矣."

坐客皆斂膝而致敬. 進士以年少書生, 坐於席末, 與內只隔一壁. 夜已將闌, 衆賓大醉. 妾穴壁作孔而窺之, 進士亦知其意, 向隅而坐. 妾以封書, 從穴投之, 進士拾得歸家, 拆而視之, 悲不自勝, 不忍釋手, 思念之情, 倍於曩時, 如不能自存. 欲答書以寄, 而靑鳥無憑, 獨自愁歎而已. 聞有一巫女, 居在東門外, 以靈異得名, 出入其宮中, 甚見寵信. 進士訪至其家, 則其巫年未三旬, 姿色殊美, 早寡, 以淫女自處, 見至, 盛備酒饌, 而待之. 生把盃不飮曰:

"今日有忙迫之事, 明日再來矣."

翌〈69〉日又往, 則亦如之. 進士不敢開口, 且曰:

"明日再來矣."

巫見進士容貌脫俗, 中心悅之, 而連日往來, 不出一言. 意謂, '年少之人, 必以羞澀不言, 我先以意挑之, 挽留繼夜, 要以同枕.'

明日, 沐浴梳洗, 盡態凝粧, 多般盛飾, 布萬花氈瑤瓊席, 使小婢坐門外候之. 進士又至, 見其容飾之華, 鋪陳之美, 中心怪之. 巫曰:

"今夕何夕, 見此至人?"

進士意不在焉, 不答其語, 愀然不樂. 巫曰:

"寡女之家, 年少之男, 何往來之不憚煩?"

進士曰:

"巫若神異, 則豈不知我來之意乎?"

巫卽就靈座, 拜于神, 搖鈴押瑟, 遍身寒戰, 頃之, 動身而言曰:

"郎君誠可怜也. 以齟齬之策, 欲遂其難成之計, 非但其意不成, 未及三年, 其爲泉下人哉!"

進士泣而謝曰:

"巫雖不言, 我〈70〉亦知之. 然中心怨結, 百藥無解. 若因神巫, 幸傳尺素, 則死亦榮矣."

巫曰:

"卑賤巫女, 雖神祀, 或時出入, 而非有招命, 則不敢入. 然爲郎君, 試一往焉."

進士自懷中, 出一封書, 以贈曰:

"愼毋枉傳, 以作禍機."

巫持入宮門, 則宮中之人, 皆怪其來. 巫權辭以對, 仍得間, 目引妾于後庭無人處, 以封書授之. 妾還房, 拆而視之, 其書云:

自一番目成, 心飛魂越, 不能定情, 每向城西, 幾斷寸腸. 曾因壁間之傳書, 敬承不忘之玉音, 開未盡而咽塞, 讀未半, 而淚滴. 寢不能寐, 食不下咽, 病入膏肓, 百藥無效, 九原可見, 唯願溘然而從. 蒼天俯怜, 神鬼黙佑, 倘使生前, 一洩此恨, 則當粉骨磨骨, 以祭于天地百神之靈矣. 臨楮哽咽, 夫復何言? 不備謹書.

〈71〉書下復有一詩云:

樓閣重重掩夕霏
樹陰雲影摠依微
落花流水隨溝出

乳燕含泥趁檻歸
欹枕未成蝴蝶夢
回眸空望鴈魚稀
玉容在眼何無語
草綠鸎啼淚濕衣

妾覽罷, 聲斷氣塞, 口不能言, 淚盡繼血. 隱身於屛風之後, 唯畏人知. 自是厥後, 頃刻不能忘, 如癡如狂, 見於辭色, 主君之疑, 人言之來, 實不虛矣. 紫鸞亦怨女, 及聞此言, 含淚而言曰:

"詩出於性情, 不可欺也."

一日, 大君呼翡翠曰:

"汝等十人, 同在一室, 業不專一. 當分五人, 置之西宮."

妾與紫鸞·銀蟾·玉女·翡翠, 卽日移焉. 玉女曰:

"幽花細草, 流水芳林, 正似山家野庄, 眞所謂讀書堂也."

〈72〉妾答曰:

"旣非舍人, 又非僧尼, 而鎖此深宮, 眞所謂長信宮也."

左右莫不嗟惋. 其後, 妾欲作一書, 以致意進士, 以至誠事巫, 請之甚懇, 而終不肯來, 蓋不無挾憾於進士之無意於渠也.

一夕, 紫鸞密言于妾曰:

"宮中之人, 每歲仲秋, 浣紗於蕩春臺下之水, 仍設盃酌而罷. 今年則設於昭格署洞, 而往來尋見其巫, 則此第一良策."

然之, 苦待仲秋, 度一日如三秋. 翡翠微聞其語, 佯若不知, 而語妾曰:

"汝初來時, 顔色如梨花, 不施鉛粉, 而有天然綽約之態, 故宮中之人, 以號[11]國夫人稱之. 比來容色減舊, 漸不如初, 是何故耶?"

---

11) 號 : '號'의 오자.

妾答曰:

"禀質虛弱, 每當炎節, 則例有暑渴之病, 梧桐葉落, 繡幕生凉, 則自至稍蘇矣."

翡翠賦一詩戲贈, 無非翫弄〈73〉之態, 而思意絶妙, 妾奇其才, 而羞其弄.

荏苒數月, 節屆淸秋, 凉風夕起, 細菊吐黃, 草虫斂聲, 皓月流光. 妾心中自喜, 而不形於言語間. 銀蟾曰:

"尺書佳期, 近在今夕, 人間之樂, 豈異於天上乎?"

妾知西宮之人已不可隱, 以實告之曰:

"願勿使南宮之人知之."

于時, 旅鴈南飛, 玉露成團, 淸溪浣紗. 正當其時, 欲與諸女, 牢定日期, 而論議甲乙, 未定浣濯之所. 南宮人曰:

"淸溪白石, 無蹤於蕩春臺下."

西宮人曰:

"昭格署洞泉石, 不下於門外, 何必舍邇而求諸遠乎?"

南宮人固執不許, 夜至, 未決而罷.

其夜, 紫鸞曰:

"南宮五人中, 小玉主論, 我以計可回其意."

以玉燈前導, 至南宮, 金蓮喜迎曰:

"一分西南, 如隔秦楚, 不意今夕玉鳥左臨, 深謝."

〈74〉小玉曰:

"何謝之有? 此乃說客也."

紫鸞斂袵正色曰:

"他人有心, 予忖度之', 其子之說歟?"

小玉曰:

"西宮之人欲往昭格署洞, 而我獨堅執. 故汝中夜來訪, 其謂說客,不亦宜乎?"

紫鸞曰:

"西宮五人中, 吾獨欲城內也."

小玉曰:

"獨思城內, 其意何居?"

紫鸞曰:

"吾聞昭格署, 乃祭天星之處, 而洞名三淸云. 吾徒十人, 必是三淸 仙女, 誤讀『黃庭』, 謫下人間. 旣在塵寰, 則山家野村, 農墅漁店, 何 處不可? 而牢鎖深宮, 有若籠中之鳥, 聞黃鸝而歎息, 對綠楊而歔 欷. 至於乳燕雙飛, 栖鳥兩眠, 草有合歡, 木有連理, 無知草木, 至微 禽獸, 亦稟陰陽, 莫不交歡. 吾儕十人, 獨有何罪, 而寂寞深宮, 長鎖 一身, 春花秋月, 伴燈消魂, 虛抛靑春之年, 空遺黃壤之恨, 賦命之 〈75〉薄, 何其至此之甚耶? 人生一老, 不可復少, 子更思之, 寧不悲 哉! 今可沐浴於淸川, 以潔其身, 入于太乙祠, 扣頭百拜, 合手祈祝, 冀資冥佑, 欲免來世之此苦也. 豈有他意哉? 凡我宮之人, 情若同 氣, 而因此一事, 疑人於不當疑之地? 緣我無狀, 言不見信之致也."

小玉起而謝曰:

"我燭理未瑩, 不及於君, 遠矣. 初不許城內者, 城中素多無賴俠客 之徒, 慮有意外强暴之辱, 故疑之. 今汝能使余, 不遠而復邇. 自今, 雖白日升天, 而吾可從之, 雖憑河入海, 而亦可從之, 所謂'因人成 事', 而及其成功, 則一也."

芙蓉曰:

"凡事, 心定上, 言定末, 兩人爭之, 終夜不決, 事不順矣. 一家之事, 主君不知, 而僕妾密議, 不忠矣[12], 日間所爭之事, 宵未半而屈之, 人〈76〉不信矣. 且淸秋玉川, 無處無之, 而必往城祠, 似不直矣. 匪懈

---

12) 不忠矣 : 『화몽집』에는 '心不忠矣'.

堂前, 水淸石白, 每歲浣洗於此, 今欲改轍, 亦不宜矣. 一擧而有此
五失, 妾不從命."

寶蓮曰:

"言者文身之具, 謹與不謹, 慶殃隨之. 是故, 君子愼之, 守口如甁.
漢時, 丙吉·張相如, 終日不語, 而事無不成, 嗇夫喋喋利口, 而張釋
之奏詆之. 以妾觀之, 紫鸞之言, 隱而不發, 小玉之言, 强而勉從, 芙
蓉之言, 務在文餙, 皆不合吾意, 今此之行, 妾不與焉."

金蓮曰:

"今夜之論, 終不歸一, 我且穆卜."

卽展『羲經』而占之, 得卦解之曰:

"明日, 雲英必遇丈夫矣. 雲英容貌擧止, 似非人世間者也. 主君傾
心已久, 而雲英以死拒之, 無他, 不忍負夫人之恩也. 主君之威令雖
嚴, 而恐傷雲英之身, 不敢近之. 〈77〉今舍此寂廖之處, 而欲往彼繁
華之地, 遊俠年少, 見其姿色, 則必有喪魂欲狂者. 雖不能相近, 指
點送目, 斯亦辱矣. 前日, 主君下令曰, '宮女出門, 外人知名, 其罪皆
死.' 今此之行, 妾不與焉."

紫鸞知事不儕[13], 憮然不樂, 方欲辭去. 飛瓊泣把羅帶, 强留之, 以
鸚鵡盃, 酌雲乳勸之, 左右皆飮. 金蓮曰:

"今夕之會, 務在從容, 而飛瓊之泣, 何哉?"

飛瓊答曰:

"初在南宮時, 與雲英交道甚密, 死生榮辱, 約與同之, 今雖異居,
寧忍忘之? 前日, 主君前問安時, 見雲英於堂前, 纖腰瘦盡, 容色憔
悴. 聲音細縷, 若不出口. 起拜之際, 無力仆地, 妾扶而起, 以善言慰
之. 雲孃[14]答曰:'不幸有疾, 朝夕將死. 妾之微命, 死無足惜, 而九

---

13) 儕 : '濟'의 오자.
14) 孃 : '娘'의 오자.

人之文章才華, 日就月將, 他日, 佳〈78〉篇麗什, 聳動一世, 而妾不及
見矣, 是以悲不能禁.' 其言頗極悽切, 妾爲之下淚, 到今思之, 其疾
祟在於所思也. 嗟呼! 紫鸞, 雲娜[15]之友也. 欲以垂死之人, 置之於
天壇之上. 今日之計, 不得成, 則泉壤之下, 死不瞑目. 怨歸南宮, 其
有旣乎? 書曰: '作善降之百祥, 不善降之百殃' 今此之論, 善乎? 不
善乎? 妾旣許諾, 三人之志, 順矣, 豈可半途而廢乎? 設或事泄, 雲
娘獨被其罪, 他人何與焉哉?

小玉曰:

"妾不爲再言, 當爲雲娘死之[16]."

紫鸞曰:

"從之者半, 不從者半, 事不諧矣."

欲起去而還坐, 更探其意, 或欲從之, 而以兩言爲恥. 紫鸞曰:

"天下之事, 有正有權, 權而得中, 是亦正矣. 豈無變通之權, 而膠
守前言乎?"

左右一時從之. 紫鸞曰:

"余非好辨, 爲人謀〈79〉忠, 不得不爾."

飛瓊曰:

"古者蘇秦, 能使六國合從, 今紫鸞能令五人承順, 可謂辨士."

紫鸞曰:

"蘇秦能佩六國相印, 今吾[17]以何物贈之乎?"

金蓮曰:

---

15) 娜 : '娘'의 오자.

16) 飛瓊答曰 ~ 當爲雲娘死之 : 『화몽집』에는 이 부분이 다음과 같이 되어 있다. 飛瓊答曰:
"初在南宮時, 與雲娘交道甚密 …… 書曰: '作善降之百祥, 作不善降之百殃' 今此之論, 善乎?
不善乎? 小娘旣許, 三人之志, 順矣, 豈可半途而廢乎? 設或事洩, 雲娘獨被其罪, 他人何與
焉?" 小玉曰: "妾不爲再言, 當爲雲娘死之."

17) 吾 : 『화몽집』에는 '五人'.

"合從者, 六國之利也. 今此承順, 有何所利於五人?"

相對大笑. 紫鸞曰:

"南宮之人皆善, 而能使雲英復續垂絶之命, 豈不拜謝?"

仍起而再拜, 小玉亦起而拜. 紫鸞曰:

"今日事, 五人從之, 上有天, 下有地, 燈燭照之, 鬼神臨之, 明日, 豈有他意乎?"

仍起拜而去, 五人皆送于宮門之外.

紫鸞歸語妾, 妾扶壁而起, 再拜而謝曰:

"生我者父母也, 活我者娜[18]也. 入地之前, 誓報此恩."

坐而待朝, 入而問安, 退會中堂. 小玉曰:

"天朗水冷, 正當浣紗之時. 今日設帳於昭格署洞, 可乎."

八人皆無異辭.

妾退西宮, 以〈80〉白羅衫, 書滿腔哀怨而懷之, 與紫鸞故爲落後, 謂執馬者曰:

"東門外巫女, 最爲靈驗云, 我將往其家, 問病而行."

僮僕如言. 至其家, 巽辭哀乞曰:

"今日之來, 本欲爲一見金進士耳. 可急通之, 則終身報恩."

巫女如言送之, 則進士顚倒而至矣. 兩人相見, 不得出一言, 但流涕而已. 妾以封書給之曰:

"乘夕當還, 郎君可於此留待."

卽上馬而去.

進士拆封書視之, 其辭曰:

　　　曩者, 巫山神女, 傳致一札, 琅琅玉音, 滿紙丁寧. 敬奉三復, 悲
　　歡交至, 意不自定. 卽欲答書, 而旣無信使. 且恐漏泄, 引領懸望,

---

18) 娜: '娘'의 오자.

欲飛無翼, 腸斷消魂. 只待死日, 而未死之前, 憑此尺書, 吐盡平生之懷, 伏願郎君留神焉.

妾鄕南方也, 父母愛妾, 偏於〈81〉諸子中, 出遊嬉戲, 任其所欲. 園林水涯, 梅竹橘柚之陰, 日以遊翫爲事. 苔磯釣魚之徒, 罷牧弄笛之兒, 朝暮入眼. 其他山野之態, 田家之興, 難以毛擧. 初敎『三綱行實』‧『七言唐音』. 年十三, 主君招之, 故別父母, 遠兄弟. 來入宮門, 不禁思歸之情, 以蓬頭垢面, 藍[19]縷衣裳, 欲爲觀者之陋, 伏庭而泣, 宮人曰, '有一朶蓮花, 自生庭中.' 夫人愛之, 無異己出, 主君亦不以尋常視之. 宮中人, 莫不親愛如骨肉. 一自從事學問之後, 頗知義理, 能審音律, 故宮人, 莫不敬服. 及涉西宮之後, 琴書專一, 所造益深. 凡賓客所製之詩, 無一掛眼, 才難不其然乎! 恨不得爲男子立身揚名, 而爲紅顔薄命之軀, 一廢深宮, 終成枯落而已. 〈82〉人生一死之後, 誰復知之? 是以恨結心曲, 怨塡胸海. 停刺繡, 而付之燈火, 罷織錦, 而投杼下機, 裂破羅幃, 折其玉簪. 暫得醉興, 則脫鳥散步, 剝落階花, 手折庭草, 如癡如狂, 情不自抑.

上年秋月之夜, 一見君子之容, 意謂天上仙人, 謫下塵寰. 妾之容色, 最出九人之下, 而有何宿世之緣, 那知筆下之一點, 竟作胸中怨結之崇. 以簾間之望, 擬作奉箒之緣, 以夢中之見, 將續不忘之恩. 雖無一番衾裡之歡, 玉貌丰容, 怳在眼中. 梨花杜鵑之啼, 梧桐夜雨之聲, 慘不忍聞, 庭前細草之生, 天際孤雲之飛, 慘不忍見. 或倚屛而坐, 或憑欄而立, 搥胸頓足, 獨訴蒼天. 不識郎君亦念妾否, 只恨此身未見君子之前, 先〈83〉自溘然, 則地老天荒, 此情不泯.

今日浣紗之行, 兩宮侍女, 皆已集, 故不得久留於此. 淚和墨汁, 魂結羅縷. 伏願郎君, 俯賜一覽. 又以拙句, 謹答前惠, 非此之爲美, 聊以寓永好之意.

---

19) 藍 : '縕'의 오자.

其文, 則傷秋之賦, 一則相思之詩也.

是夕來時, 紫鸞與妾, 又先出而向東門, 則小玉微笑, 賦一絶以贈之, 無非譏妾之意也. 妾中心羞赧[20], 含忍愛[21]之, 其詩曰:

太乙祠前一水回
天壇雲盡九門開
細腰不勝狂風急
暫避林中日暮來

飛瓊卽次其韻, 翡翠·玉女相繼次之, 亦皆譏妾之意也.

妾騎馬, 先來至巫家, 則巫顯有含慍之色, 向壁而坐, 不借顔色. 進士抱〈84〉羅衫, 終日飮泣, 喪魂失性, 尙不知妾之來矣. 妾解左手所着雲南[22]玉色金環, 納于懷中曰:

"郎君不以妾爲菲薄, 屈千金之軀, 來待陋舍. 妾雖不敏, 亦非木石, 敢不以死許之, 妾若食言, 有此金環."

行色忽遽, 起以[23]將別, 涕零如雨. 與進士付耳語曰:

"妾在西宮, 郎君乘暮夜, 由西墻而入, 則三生未盡之緣, 庶可續此而成矣."

言訖, 拂衣而去, 先入宮門, 則八人繼至.

其夜二更, 小玉與飛瓊, 明燭前導, 而來西宮曰:

"日者之詩, 出於無情, 而言涉戲翫. 是以不避深夜, 負荊來謝耳."

紫鸞曰:

"五人之詩, 皆出於南宮. 一自分宮之後, 頗有形跡, 有似唐時牛李

20) 赧 : '赧'의 오자.
21) 愛 : '受'의 오자.
22) 雲南 : 『화몽집』에는 '雲藍'.
23) 以 : '而'의 오자.

之黨, 何不爲其然也? 女子之情, 則一也. 久閉離宮, 長弔隻影, 所對者燈燭而已, 所爲者絃〈85〉歌而已. 百花含葩而笑, 雙鴦交翼而戲, 薄命妾等, 同鎖深宮, 覽物懷春, 情思如何? 朝雲岱神, 而頻入楚王之夢, 王母仙女, 而幾參瑤臺之宴. 女子之意, 宜無異, 而南宮之人, 何獨與姮娥苦守貞烈, 不悔靈藥之偸?"

飛瓊與小玉, 皆不禁流涕曰:

"一人之心, 天下人之心也. 今承盛教, 悲感之懷, 油然而出矣."

起拜而去. 妾謂紫鸞曰:

"今夕, 妾與進士, 有金石之約. 今若不來, 則明日必踰墻而來矣. 來則何以待之?"

紫鸞曰:

"繡幕重重, 綺席燦爛, 有酒如河, 有肉如坡, 有不來則已, 來則待之何難?"

果不來矣.

進士密顧其處, 則墻垣高峻, 自非身俱羽翼, 莫能至矣. 還家, 脉脉不語, 憂形於色. 其奴, 名特者, 素稱能而多術. 見生顔色, 進而跪曰:

"進士〈86〉主, 必不久於世矣."

伏庭而泣. 進士悉陳其懷抱, 特曰:

"何不早言? 吾當圖之."

卽造梯橋, 甚爲輕捷, 能卷舒. 捲之則如貼屛風, 舒之則五六丈, 而可運於掌上. 特敎之曰:

"持此橋, 上宮墻而還卷舒於內, 下之來時, 亦如之."

進士使特試於庭, 果如其言, 進士甚喜之. 其夕將往時, 又自懷中, 出給毛物皮襪, 曰:

"非此難往."

進士着而行, 輕如飛鳥, 地上無足聲. 進士用其計, 踰內外墻, 伏

竹林, 月色如畫, 宮中寂寥. 少焉, 有人自內而出, 散步微吟. 進士披
竹出頭曰:

"有人來此."

其人笑而答曰:

"郎出! 郎出!"

進士趨而揖曰:

"年少之人, 不勝風流之興, 冒犯萬死, 敢至于此, 願娚[24]怜我."

紫鸞曰:

"苦待進士之來, 若大旱之雲霓. 今幸得見, 妾等其蘇矣. 郎君, 願
勿疑"

〈87〉卽引而入, 進士由層階, 循曲欄, 竦肩而入.

妾開紗窓, 明玉燈而坐, 以獸形金爐, 燒鬱金香, 琉璃書案, 展『太
平廣記』一卷, 見生至, 起而迎拜. 郎亦答拜, 以賓主之禮, 分東西坐,
使紫鸞設珍羞奇饌, 而酌紫霞酒飲之. 酒三行, 進士佯醉曰:

"夜如何幾?"

紫鸞會知其意, 垂帳閉門而出. 妾滅燈同枕, 喜可知矣. 夜旣向晨,
群鷄報曉, 進士起而去. 自是以後, 昏入曉出, 無夕不然. 情深意密,
自不知止. 墻內雪上, 頗有跫痕. 宮人莫不危之.

一日, 進士忽慮, 好事之終成禍機, 中心大懼, 終日不樂. 特奴自
外而進曰:

"吾功甚大, 迄不論賞, 可乎[25]?"

進士曰:

"銘懷不忘, 早晚當重賞之."

特曰:

---

24) 娚 : '娘'의 오자.

25) 可乎 : 『화몽집』에는 '何也'.

"今見顔色, 亦似有憂, 未知何故耶?"

進士曰:

"不見則病在心骨, 見之則罪〈88〉在不測, 何之不憂?"

特曰:

"然則何不竊負而逃?"

進士然之. 其夜, 以特之謀, 告於妾曰:

"特之爲奴, 素多智謀, 以此計指揮, 其意如何?"

妾許之曰:

"妾之父母, 家財最饒. 故妾來時, 衣服寶貨, 多載而來. 且主君之所賜甚多, 此不可棄置而去. 今欲運之, 則雖馬十匹, 不能盡輸矣."

進士歸語特, 特大喜曰:

"吾友力士十七人, 而日强劫爲事, 國人莫能當, 而與我甚結, 惟命是從. 使此輩運之, 則泰山亦可移也."

進士入語妾, 妾然之, 夜夜收拾, 七日之夜, 盡輸于外. 特曰:

"如此重寶, 積置于本宅, 則大上典必疑之, 積置于奴家, 則人必疑之. 無已則堀坑於山中, 深瘞而堅守之, 可矣."

進士曰:

"若或見失, 則吾與汝, 難免盜賊之名矣, 汝可愼守."

特曰:

"吾計如〈89〉此之深, 吾友如此之多, 天下無難事. 況持長釖, 晝夜不離, 則吾目可抉, 此寶不可奪. 吾足可刖, 此寶不取, 願勿疑焉."

蓋特意, 得此重寶而後, 妾與進士, 引入山谷, 屠滅進士, 而妾與財寶, 自占之計, 而進士迂儒, 不知也.

大君以前搆匪懈堂, 欲得佳製懸板, 而諸客之詩, 皆未滿意, 强邀進士, 設宴懇之, 一揮而就, 文不加點, 而山水之景色, 堂搆之形容, 無不盡焉, 可以驚風雨, 泣鬼神. 大君句句稱贊曰:

"不意今日, 復見王子安!"

吟咏不已. 但一句有'隨墻暗竊風流曲'之語, 停口疑之. 進士起而拜曰:

"醉不省事, 願爲之辭退."

大君命僮僕, 扶而送之.

翌日之夜, 入語妾曰:

"可以去矣. 昨日之詩, 疑入大君之意, 今也不去, 恐有後禍."

妾對曰:

"昨夕,〈90〉夢見一人, 狀貌獰惡, 自稱冒頓單于曰,'旣有宿約, 故久待長城之下.'覺而驚起, 夢兆之不祥, 郎君其亦思之."

進士曰:

"夢裡虛誕之事, 何可信也?"

妾曰:

"其曰'長城'者, 宮墻也. 其曰'冒頓'者, 此特也. 郎君熟知此奴之心乎?"

進士曰:

"此奴素頑兇, 然於我則盡忠, 今日與娘26)結此好緣, 此奴之計也. 豈獻忠於始, 而爲惡於後乎?"

妾曰:

"郎君之言, 何敢辭乎? 但紫鸞, 情若兄弟, 不可不告."

卽呼紫鸞. 三人鼎足而坐, 妾以進士之計告之, 紫鸞大驚, 罵之曰:

"相歡日久, 無乃自速禍敗耶! 一兩月相交, 亦可足矣, 踰墻逃走, 豈人之所忍爲也? 主君傾意已久, 其不可去一也. 夫人慈恤至感, 其不可去二也. 禍及兩親, 其不可去三也. 罪及西宮, 其不可去四也.〈91〉且天地一網罟, 非陞天入地, 則逃之焉往. 倘或被捉, 則其禍豈

---

26) 娘 : '娘'의 오자. 『화몽집』에 '娘'.

於嫏子身乎? 夢兆之不祥, 不須言之, 而若或吉祥, 則汝肯往之乎?
莫如屈心抑志, 守貞安坐, 聽於天耳. 娘子若年貌衰謝, 則主君之恩
眷, 漸弛矣. 觀其事勢, 稱病久臥, 則必許還鄉矣. 當此之時, 與郎君
携手同歸, 與之偕老, 計莫大焉. 不此之思, 敢生悖理之計. 汝誰欺?
欺天乎?"

進士知事不成, 嗟歎含淚而出.

一日, 大君坐西宮繡軒, 倭躑躅盛開. 命侍女賦五言絶句以進. 大
君大加稱賞曰:

"汝等之文, 日漸就將, 余甚嘉之, 而第雲英之詩, 顯有思人之意.
前日賦煙之詩, 微見其意, 今又如此, 汝之欲從者, 何人? 金生上樑
文, 語涉疑異, 汝無乃金生有思乎?"

妾卽下庭, 叩頭泣⟨92⟩曰:

"主君一見疑, 卽欲自盡, 而年未二旬, 且以更不見父母而死, 心甚
痛寃, 偸生至此, 又今見疑, 一死何惜? 天地鬼神, 昭布森列, 侍女五
人, 頃刻不離, 淫穢之名, 獨歸於妾, 妾今得死所矣."

以羅巾, 自縊於欄干. 紫鸞曰:

"主君如是英明, 而使無罪侍女, 自就死地. 自此以後, 妾等誓不把
筆作句矣."

大君雖盛怒, 而中心則實不欲其死, 故使紫鸞救之得不死. 大君出
素練五端, 分賜五人曰:

"製作最佳, 是以賞之."

自是, 進士不復出入, 杜門病臥, 淚濺衾枕, 命如一線. 特來現曰:

"大丈夫死則死矣, 何忍相思怨結, 屑屑如兒女之傷懷, 自擲千金
之軀乎? 今當以計取之, 不難. 半夜人寂之時, 踰墻而入, 以綿塞其
口, 負而超出, 則孰敢追我?"

進士曰:⟨93⟩

"其計亦危. 不如以誠叩之."

其夜入來, 而妾病不能起, 使紫鸞迎入. 酒三行, 妾以封書寄之曰:

"此後, 不得更見. 三生之緣, 百年之約, 今夕盡矣. 天緣未絕, 則當可相尋於九泉之下矣."

進士抱書竚立, 脉脉相看, 扣胸流涕而出. 紫鸞慘不忍見, 倚柱隱身, 揮淚而立. 進士還家, 拆而視之, 其書曰:

薄命妾雲英, 再拜白金生足下.

妾以菲薄之資, 不幸以爲郎君之留意, 相思幾日, 相望幾時? 幸成一夜之交歡, 未盡如海之深情. 人間好事, 造物多猜, 宮人知之, 主君疑之, 禍迫朝夕, 死而後已. 伏願郎君, 此別之後, 毋以賤妾置於懷抱間, 以傷思慮, 勉加學業, 擢高第登雲路, 揚名後世, 以顯父母. 而妾之〈94〉衣服寶貨, 盡賣供佛, 百般祈祝, 至誠發願, 使三生緣分, 再續於後生, 至可至可矣.

進士不能盡看, 氣絶踣地, 家人急救, 乃甦. 特自外入曰:

"宮中答之何語, 如是其欲死?"

進士無他語, 只曰:

"財寶汝愼守? 我將盡賣, 薦誠於佛, 以踐宿約."

特還家, 自思曰:

'宮人不出來, 其財寶, 天與我矣.'

向壁竊笑, 而人莫之知也.

一日, 特自裂其衣, 自打其鼻, 以其流血, 遍身糢糊, 被髮跣足奔入, 伏庭泣曰:

"吾爲强賊所擊."

仍不復言, 若氣絶者然. 進士慮, 特死則不知埋寶處, 親灌藥物,

多般救活, 供饋酒肉, 十餘日乃起曰:

"孤單一身, 獨守山中, 衆賊突入, 勢將剝殺, 捨命而走, 僅保縷命.
若非此貨, 我安有如此之危〈95〉乎? 賦命之險如此, 何不速死?"

卽以足頓地, 以拳扣胸而哭. 進士懼父母知之, 以溫言慰之而送之.

進士知特之所爲, 率奴十餘名, 不意圍其第搜之, 則只有金釧一
雙, 雲南寶鏡一面. 以此爲贓物, 心欲殺特, 而力不能制, 唈默不語.
特自知其罪, 問於宮墻外盲人曰:

"我向者晨, 過此宮墻之外, 有人自宮中, 踰西垣而出. 我知其爲[27),
高聲追逐, 其人棄所持物而走. 我持歸藏之, 以待本主之來推. 吾主素
乏廉隅, 聞吾得物, 躬來索出, 吾答以無他貨, 只得釧鏡二物云, 則主
躬入搜之, 果得二物. 亦其無魘, 方欲殺之, 故吾欲走去, 走之吉乎?"

盲曰:

"吉矣."

其隣在傍者, 多聞其語, 謂特曰:

"汝主何許〈96〉人? 虐奴如是耶?"

特曰:

"吾主年少能文, 早晚應爲及第者, 而爲貪婪如此, 他日立朝, 用心
可知."

此言傳播, 入於宮中, 告于大君. 大君大怒, 使南宮人, 搜見西宮,
則妾之衣服寶貨, 盡無矣. 大君捉致西宮侍女五人于庭中, 嚴俱刑杖
之具於眼前, 下令曰:

"殺此五人, 以警他人."

又敎執杖者曰:

"勿計杖數, 以死爲准."

五人曰:

---

27) 고려대본에는 이 자리에 '賊'.

"願一言而死."

大君曰:

"何言? 悉陳其情."

銀蟾曰[28]):

男女情欲, 稟於陰陽, 無貴無賤, 人皆有之. 一閉深宮, 形單隻影, 看花掩淚, 對月消魂, 梅子擲鶯, 使不得雙飛, 簾帳燕幕, 使不得兩巢, 無他, 自不勝健羨之意, 妬忌之情耳. 一踰宮垣, 可知人間之樂, 而所不爲者, 豈力不能而心不忍哉? 唯畏主〈97〉君之威, 固守此心, 以爲枯死宮中之計. 今無所犯之罪, 而欲置之死地, 妾等黃泉之下, 死不瞑目矣.

翡翠招曰:

主君撫恤之恩, 山不高, 海不深. 妾等憾懼, 惟事文墨絃歌而已. 今不洗之惡名, 偏及西宮, 生不如死矣. 惟伏願速就死地矣.

鴛鴦招曰:

今日之事, 罪在不測, 中心所懷, 何忍諱之? 妾等皆閭巷賤女, 父非大舜, 母非二妣, 則男女情欲, 何獨無乎? 穆王天子, 而每思瑤臺之樂, 項羽英雄, 而不禁帳中之淚, 主君何使雲英, 獨無雲雨之情乎? 金生乃當世之端士. 引入內堂, 主君之事也. 命雲英奉硯, 主君之令也. 雲英久鎖深宮, 秋月春花, 每傷性情, 梧桐秋夜, 幾斷寸腸, 一見豪男, 喪〈98〉心失性, 病入骨髓, 雖以長生之藥, 越人之手, 難以見效. 一夕如朝露之溘然, 則主君雖有惻隱之心, 顧何益哉? 妾之愚意, 一使金生得見雲英, 以解兩人之怨結, 則主君之積善, 莫大乎此. 前日雲英之毀節, 罪在妾身, 不在雲英. 妾之一言, 上不欺主君,

---

28) 曰:『화몽집』에는 '招曰'. 문맥 상 '招曰'이 적합.

下不負同儕, 今日之死, 死亦榮矣. 伏願主君, 以妾之身, 續雲英之
命矣.

玉女招曰:
西宮之榮, 妾旣與焉, 西宮之厄, 妾獨免哉? 火炎崑崗, 玉石俱焚,
今日之死, 得其所矣.

妾之招曰:
主君之恩, 如山如海, 而不能苦守貞節, 其罪一也. 前日所製之詩,
見疑於主君, 而終不直告, 其罪二也. 西宮無罪之〈99〉人, 以妾之故,
同被其罪, 其罪三也. 負此三大罪, 生亦何顔? 若或緩死, 妾當自決,
以待處分矣.

大君覽畢, 又以紫鸞之招, 更展留眼, 怒色稍霽. 小玉跪告泣曰:
"前日浣紗之行, 勿爲於城內者, 妾之議也. 紫鸞夜至南宮, 請之甚
懇, 妾怜其意, 排群議從之. 雲英之毀節, 罪在妾身, 不在雲英. 伏願
主君, 以妾之身, 續雲英之命."
大君之怒稍解, 囚妾于別堂, 其餘皆放之. 其夜, 妾以羅巾, 自縊
而死.29)

進士把筆而記, 雲英引古而敍, 甚詳悉. 兩人相對, 悲不自抑. 雲
英謂進士曰:
"此以下, 郎君言之."
進士曰:30)

---

29) 여기까지 운영이 유영에게 들려주는 이야기임.
30) 이후는 김진사가 유영에게 들려주는 이야기임.

雲英自決之後, 一宮之人, 莫不號慟, 如喪考妣. 哭聲出於宮門之
外, 我亦聞之, 氣絶久矣. 家人將招魂發喪,〈100〉一邊救活, 日暮時
乃甦. 方定精神, 自念事已決矣. 無負供佛之約, 庶慰九泉之魂, 其
金釧寶鏡及文房諸具, 盡賣之, 得四十石米, 欲上淸寧寺, 設佛事,
而無可信使喚者, 呼特而言曰:

"我盡宥前日之罪, 今爲我盡忠乎?"

特伏泣而對曰:

"奴雖冥頑, 亦非木石, 一身所負之罪, 擢髮難數. 今而宥之, 是枯
木生葉, 白骨生肉, 敢不爲進士致死?"

進士曰:

"我爲雲英, 設醮供佛, 以冀發願, 而無信任之人, 汝未可往乎?"

特曰:

"謹受敎矣."

卽上寺, 三日叩臀而臥, 招僧謂之曰:

"四十石之米, 何用盡入於供佛乎? 今可多備酒肉, 廣招俗客而饋
之, 宜矣."

有一村女過之, 特强劫, 留宿於僧堂. 已過數十日, 無意設齋, 寺
僧慣之. 及其建醮日, 諸僧曰:

"供佛之事, 施〈101〉主爲重, 而施主不潔如此, 事極未安, 可沐浴
於淸川, 潔身而行禮, 可乎!"

特不得已出, 暫以水沃濯而入, 跪於佛前, 祝曰:

"進士今日速死, 雲英明日復生, 爲特之配."

三晝夜發願之說, 唯此而已. 特歸語進士曰:

"雲英閣氏, 必得生道矣. 設齋之夜, 現於奴夢曰,'至誠供佛, 不勝
感激.'拜且泣, 寺僧之夢, 亦皆然矣."

進士信之其說矣.

適當槐黃之節, 雖無赴擧之意, 托以做工, 上淸寧寺, 留數日, 細聞特之事, 不勝其憤, 而無如之何. 沐浴潔身, 而就佛前, 百拜叩頭, 薦香合掌, 而祝曰:

"雲英死時之約, 慘不忍負, 使特奴虔誠設齋, 冀資冥佑, 今聞所祝之言, 極其悖惡, 雲英之遺願, 盡歸虛地, 故小子敢復祝願矣. 世尊, 使雲英得以還生, 使金生得以〈102〉作配, 使雲英金生, 至於後世, 免此冤痛. 世尊, 殺特奴, 着鐵枷, 囚于地獄. 世尊, 苟如此發願, 則雲英爲尼, 燒十指, 作十二層金塔, 金生爲僧, 舍五戒, 創三巨刹, 以報其恩."

祝訖, 起而百拜, 叩頭而出, 後七日, 特壓於陷井而死. 自是, 進士無意世事, 沐浴潔身, 着新衣, 臥于安靜之處, 不食四日, 長吁一聲, 因遂不起.[31]

寫畢擲筆, 兩人相對悲泣, 不能自止. 柳泳慰之曰:

"兩人重逢, 願畢矣. 讐奴已除, 憤悗洩矣. 何其悲痛之不止耶? 以不得再出人間而恨乎?"

金生垂淚而謝曰:

"吾兩人皆含怨而死. 冥司怜其無罪, 欲使再生人世, 而地下之樂, 不減人間, 況天上之樂乎? 是以不願出世矣. 但今夕之悲傷, 大君一敗, 故宮無主人, 鳥雀哀鳴, 人跡不到,〈103〉已極悲矣. 況新經兵火之後, 華屋成灰, 粉墻堆毁, 而唯有階花芬菲, 庭草敷榮, 春光不改昔時之景, 而人事之變易如此, 重來憶舊, 寧不悲哉?"

泳曰:

"然則子皆爲天上之人乎?"

金生曰:

---

31) 여기까지 김진사가 유영에게 들려주는 이야기임.

"吾兩人素是天上仙人, 長侍玉皇前. 一日, 帝御太淸宮, 命我摘玉園之果. 我多取蟠桃·瓊實, 私與雲英而見覺, 謫下塵寰, 使之備經人間之苦. 今則玉皇已宥前愆, 俾陞三淸, 更侍香案前, 而時乘飇輪, 復尋塵世之旧遊處耳."

乃揮淚, 而執柳泳手曰:

"海枯石爛, 此情不泯, 地老天荒, 此恨難消. 今夕與子相遇, 擴此悃愊, 非有宿世之緣, 何可得乎? 伏願尊君, 俯拾此藁, 傳之不朽, 而勿浪傳於浮薄之口, 以爲戲翫之資, 幸甚!"

進士醉倚雲英之身, 吟一絶句曰:〈104〉

花落宮中燕雀飛
春光依旧主人非
中宵月色凉如許
碧露未沾翠羽衣

雲英繼吟曰:

故宮花柳帶新春
千載豪華入夢頻
今夕來遊尋旧跡
不禁哀淚自沾巾

柳泳亦醉暫睡. 少焉, 山鳥一聲, 覺而視之, 雲煙滿地, 曙色蒼茫, 四顧無人, 只有金生所記冊子而已. 泳悵然無聊, 袖冊而歸, 藏之筴笥. 時或開覽, 則茫然自失, 寢食俱廢, 後遍遊名山, 不知所終云爾.

상사동기

相思洞記

– 일명 영영전(英英傳)

〈105〉 홍치(弘治)[1] 연간에 성균관에 김생(金生)이라는 자가 있었는데, 이름은 잊혀졌다. 용모가 아름답고 풍채도 뛰어났으며, 글을 잘 짓고 우스갯소리도 잘하는, 진실로 세상에서 뛰어난 남자였다. 마을에서는 그를 '풍류랑(風流郎)'이라고 일컬었다. 겨우 약관의 나이에 진사과에 급제하여 이름이 장안에 퍼졌다. 공경대부(公卿大夫)의 집에서는 딸을 그에게 시집보내기를 원하여 재산을 따지지 않았다.

하루는 반궁(泮宮)[2]에서 집으로 돌아가는데, 말 위에서 바라보니 버드나무와 살구나무 사이로 주막의 푸른 깃발이 조금 비쳐 보였다. 생이 춘흥(春興)이 일어남을 이기지 못해 술 생각이 간절해서, 흰 모시적삼을 저당 잡히고 진주홍주(眞珠紅酒)를 샀다. 화자잔(花磁盞)[3]에 술을 따라 마시고는 취하여 주루(酒樓)에 누웠다. 꽃향기가 옷에 스며들고 대나무의 이슬이 얼굴에 흩뿌려졌다.

얼마 후 석양이 산봉우리에 걸리고 날던 새는 수풀로 깃들었다. 시종

---

1) 홍치(弘治) : 명나라 효종(孝宗) 때의 연호 1488~1505.
2) 반궁(泮宮) : 성균관(成均館). 천자의 나라에 세운 태학(太學)을 '벽옹(辟雍)'이라 하는데 반궁은 규모가 벽옹의 절반이다.
3) 화자잔(花磁盞) : 꽃무늬가 있는 자기(磁器) 술잔.

이 돌아가기를 재촉해서, 생은 일어나 말에 올랐다. 채찍을 휘둘러 길을 나서는데, 흰 모래가 널리 펼쳐 있고 가느다란 버들은 냇가 언덕에 드리워져 있었다. 놀던 사람들이 모두 흩어져 길에는 점점 인적이 드물어졌다. 생이 흥에 겨워 살며시 읊다가 절구 한 수를 지었다.

東陌看花柳	동쪽 길의 꽃과 버들 보노라니
紫騮驕不行	붉은 말이 교만 떨며 가지 않네
何處玉人在	어느 곳에 아름다운 이 있을까
桃夭無限情	복사꽃의 정은 끝이 없구나

〈106〉 읊기를 마치고 취한 눈을 반쯤 들어 보니 한 미인이 있었다. 나이는 겨우 열여섯 살쯤 되고 걸음을 가벼이 옮기는데 먼지조차 일지 않았다. 허리는 하늘거리고 자태는 아리따웠다. 가다가 멈추었다가, 동쪽으로 갔다가 서쪽으로 갔다가, 작은 돌을 집어 꾀꼬리에게 던져 날게도 하고, 버드나무 가지를 잡고 석양에 우두커니 서 있기도 하고, 옥비녀를 빼어 구름 같은 머리를 가볍게 매만지기도 했다. 푸른 소매는 봄바람에 흩날리고 붉은 치마는 맑은 냇물에 환히 빛났다. 생이 바라보다가 정신이 산란해져 억누르지 못하고 채찍을 재촉하여 달려가 힐끗 보니, 이가 가지런하고 얼굴이 고운 것이 진실로 국색(國色)이었다.

생은 말을 타고 머뭇거리며 앞서거니 뒤서거니 하면서 주의해서 바라보며 차마 떠나지 못했다. 여인은 생이 뜻이 있음을 알고서 부끄러운 빛으로 고개를 숙이고 감히 쳐다보지를 못했다. 여인이 점점 멀리 감에 생도 역시 따라서 끝까지 가보니, 상사동(相思洞)4) 길가에 있는 서너 칸 좁은 집에 이르러 멈추었다.

---

4) 상사동(相思洞) : 현재 창덕궁 남쪽의 원남동 일대. '상사'는 서로 그리워한다는 뜻.

생이 배회하다가 우두커니 서서 허전함을 견디지 못하는 중에 날은 이미 저녁이 되었다. 어쩔 수 없음을 알고 안타까운 마음으로 돌아가는 데, 멍하니 정신을 잃은 모양이 취한 것도 같고 바보 같기도 하였다. 밤중에는 베개를 쓸면서 몸을 뒤척였고, 밥을 놓고도 먹을 줄을 몰랐으며 먹어도 목에 넘기지를 못하였다. 몰골이 초췌하기가 고목과 같았고, 안색이 파리하기가 식은 재와 같았다. 남몰래 근심을 안고 묵묵히 말을 않으니 〈107〉 집안의 부모마저도 그 까닭을 알지 못했다.

십여 일 지날 무렵 '막동'이라는 노비가 틈을 타서 와서 뵙고는 눈물을 흘리며 물었다.

"낭군께서 평소에 말과 웃음이 호탕하시며 무리 중에 출중하셔서 거침없으시더니, 지금은 슬픈 표정으로 근심이 있으신 듯하네요. 초조해하고 근심하심이 어찌 이와 같으십니까?"

생이 처연히 감동하여 막동에게 사실대로 말하니, 막동이 한참 깊이 생각하고 말하였다.

"제가 낭군을 위해 마륵(磨勒)[5]의 계책을 올릴 터이니, 낭군께선 속 태우실 것 없습니다."

생이 말했다.

"그렇다면 장차 어쩌자는 것이냐?"

"낭군께서는 서둘러 좋은 술과 안주를 반드시 성대하게 마련하셔서, 곧바로 미인이 들어간 집으로 가셔서는 손님을 전별하려는 듯이 하십시오. 방 한 칸을 빌려 술자리를 벌여 놓으시고 이놈을 불러 손님을 모셔 오라 하시면, 제가 명을 받들어 갔다가 한 식경 후에 돌아와서

---

5) 마륵(磨勒) : 원문 '麽勒'은 '磨勒'의 잘못이다. 당나라 배형(裴鉶)이 지은 전기 〈곤륜노(崑崙奴)〉에 나오는 인물. 최생이 고관 댁에 문병 갔다가 시중 든 여인을 그리워하자 노비 '마륵'이 계책을 내어 여인을 빼내 같이 살게 했다. '곤륜노(崑崙奴)'는 말레이시아 등에 살던 종족으로 피부가 검고 힘이 세었다. 당나라 때 명문귀족들이 이들을 고용하거나 노예로 사서 부리곤 했다.

'손님이 장차 오신답니다, 장차 오신답니다.' 하지요. 낭군께서 또 명하시어 다시 청하게 하시면, 제가 명을 받고 가서는 날이 저물 때쯤 돌아와서, '오늘은 송별 객이 많아 굉장히 취해서 갈 수가 없으니 내일은 꼭 가겠소.'라고 했다 하지요. 이때 주인을 불러내어 앉으라 하고, 그 술과 안주를 취토록 먹게 하고 안색을 보지 말고 물러나십시오. 다음날 또 그렇게 하고, 그 다음날도 또 그렇게 하면 처음엔 고맙게 여길 것이고, 〈108〉 두 번째는 은혜에 감격해 할 것이고, 세 번째는 필히 의심을 하겠죠. 은혜를 느끼면 보답을 생각하게 마련이요, 은혜에 감격한즉 죽음으로써 보답하고자 하는 법이요, 의심이 생기면 그 까닭을 물어볼 것입니다. 이때 흉금을 털어 놓고 이야기 한다면 일은 거의 다 된 셈이죠."

생은 참 그럴듯하다 여기고, 기뻐 웃으며 말했다.

"내 일이 잘 되겠구나."

그 계책을 따라 즉시 술과 안주를 갖추어서 곧바로 그 집에 가서 전별 잔치를 차리게 하고, 노비를 보내어 오가면서 손님을 맞게 하는 등 한결같이 막동이가 말한 대로 했다. 막동이 또한 심부름을 갔다 돌아오기를 세 번, 하나같이 약속한 대로 했다. 생이 짐짓 꾸짖어 말했다.

"쯧쯧! 그 사람이 좋은 기약을 어그러뜨리는 게 이와 같단 말이냐? 하지만 춘주(春酒)6)를 가져 왔으니 그냥 돌아갈 수는 없구나. 그러니 주인이랑 한 잔 나누는 것도 나쁘지는 않으리라."

그리고는 주인을 부르니, 칠십의 노파가 와서 뵈었다. 생이 위로하여 말했다.

"할멈은 편히 앉으시오. 손님을 전별하러 이곳에 왔다가, 할멈이 잘

---

6) 춘주(春酒) : 삼해주(三亥酒). 정월 상해일(上亥日)에 찹쌀 가루로 죽을 쑤어 식힌 다음 누룩과 밀가루를 섞어서 독에 넣고, 중해일(中亥日)에 또 찹쌀 가루와 멥쌀 가루를 쪄서 식힌 다음 독에 넣고, 하해일(下亥日)에 또 흰 쌀을 쪄서 식혀서 독에 넣어 익힌 술이다.

맞아 주었으니, 후의에 매우 감사하오."

바로 막동을 불러 술과 안주를 내오게 하고, 할멈과 서로 술잔을 나누면서 평소 알고 지내던 사이처럼 반겨 하되, 사연은 한 마디도 하지 않고 물러나왔다.

생은 전에 보았던 낭자가 정말 이 노파의 집 여인인지 헤아려 보았으나 알 수 없었다. 근심스레 걱정으로 살 수 없을 듯했다. 노파를 매우 감동시켜서 노파가 의심하기를 기다렸다가 자기 사정을 털어놓았으면 했다. 다음날 또 찾아가기를 미루지 않았고, 이같이 두세 번을 하니, 노파는 〈109〉 과연 의심을 하여 공손히 말했다.

"이 늙은이가 조심스레 여쭐 것이 있어요. 길가에는 집들이 연이어 즐비하게 늘어서 있으니, 어디선들 술잔을 벌여 손님을 환송하지 못하겠습니까? 그런데 유독 이같이 누차한 집을 찾으시는 겁니까? 또 낭군께선 서울의 명문거족이시고 학식이 높으신 분이요, 이 늙은이는 뒷골목의 과부에다 초가집에 사는 미천한 것이옵니다. 귀천의 구별이 있고 평소 친분이 없는데 이처럼 지극한 후의(厚意)를 입으니, 이 늙은이가 어찌 감당하겠어요? 실로 어찌 된 연유인지 모르겠군요."

생이 웃으며 말했다.

"나는 손님을 전별하고자 했을 뿐, 별 뜻은 없소. 또 할멈과 다툼이 있는 사이가 아니니까 빈객과 주인의 예로 당연한 것이오."

술자리가 무르익자 생이 문득 자줏빛 합환(合歡) 적삼을 벗어 노파에게 건네주며 말했다.

"매번 할멈을 번거롭게 했으니 보답을 아니할 수 없어 이것으로 대신하오. 혹시 다음에도 일이 있으면 잊지 말고 잘 해 주오. 물리치지 않으면 좋겠소."

노파는 매우 고마워하는 한편, 크게 의심도 하면서 일어나 거듭 절하고 말하였다.

"낭군의 은덕이 이 같으니 늙은이는 너무도 감격스럽습니다. 근데 혹시 까닭이 있어서 이러시는 건가요? 정녕 이 늙은 몸이 홀몸으로 여러 해를 살았어도 이웃에 사는 사람도 마음 써 주는 이가 없었건만, 하물며 낭군께서 이리 하시다뇨? 낭군께서 이 늙은이에게 바라시는 바가 있다면 죽음도 〈110〉 마다하지 않겠습니다."

생은 웃기만 하고 대답하지 않다가, 노파가 끈질기게 청하고서야 미소 지으며 답했다.

"이 동네 이름이 뭐요?"

"상사동(相思洞)입죠."

"내가 동네 이름으로 탈이 났소."

노파가 슬쩍 웃으며 말했다.

"낭군께서는 말 잘하는 이의 소임을 이 늙은이에게 맡기시려는 거로군요? 하지만 이 동네에는 운화(雲華) 같은 숙녀가 없으니 위랑(魏郞)의 풍류를 어쩐답니까?7)

생은 자기가 마음에 두고 있는 미인이 필시 여기 없는 줄 알고 시무룩해져서 말했다.

"이 몸이 이미 할멈에게 후의를 입었으니 어찌 사실대로 말하지 않겠소? 과연 모월 모일에 모처에서 오다가 길에서 마침 한 어린 낭자를 보았소. 나이는 어리고 푸른 적삼에 붉은 비단 치마를 입었고, 백릉(白綾)8) 버선에다 자줏빛 신을 신고 있었소. 진주 비녀로 머리를 땋고 새

---

7) 운화(雲華) 같은 ~ 풍류를 어쩐답니까? : 운화(雲華)는 가운화(賈雲華). 자는 빙빙(娉娉). 원나라 연우(延佑), 지정(至正) 연간(1314~1368) 전당(錢塘: 浙江 杭州) 사람 가평장(賈平章)의 딸. 뱃속에 있을 때부터 위붕(魏鵬)과 혼약을 맺었고 장성하여 만나서는 서로 사랑하였는데 가운화의 모친이 혼인을 거부하자 운화는 종일토록 먹지 않다가 결국 죽게 되었다. 이 일을 명나라 이창기(李昌祺)가 전기로 쓴 것이 〈가운화환혼기(賈雲華還魂記)〉이니, 『전등여화(剪燈餘話)』에 실려 있다.

8) 백릉(白綾) : 흰빛의 얇은 비단.

하얀 옥가락지를 가느다란 손가락에 끼고서, 홍화문(弘化門)9) 앞길에
서 이리저리 가고 있었소. 내가 젊은 객기에 춘정(春情)이 솟구침을 누
르지 못해 뒤를 따랐는데, 종착지까지 따라 이른 곳이 바로 할멈의 집이
었던 거요. 이로부터 마음이 질탕하게 취하여 만사가 흐릿하고, 오로지
그 낭자만 생각했다오. 맑은 눈동자와 하얀 이가 꿈에도 보여 애태우며
상심하길 하루 이틀이 아니었소. 할멈이 나를 보고 낯빛이 파리하다고
했으니, 왜 그랬겠소? 이래서 손님을 전별한다고 할멈을 번거롭게 한
거요. 〈111〉 어쩔 수가 없었다오."

노파가 이 말을 듣고서 그 뜻을 몹시 애처로워했으나, 생이 생각하고
있는 사람이 누군지 몰랐다. 한동안 말을 않고 있다가 문득 깨달았다.

"그런 아이가 있지요. 바로 죽은 제 언니의 딸이에요. 이름은 영영(英
英)이고 자(字)는 난향(蘭香)이라고 하지요. 만약에 정말로 그렇다면 참
으로 어려운 일이로군요! 참 어려운 일이에요!"

생이 말했다.

"왜요?"

"이 애는 회산군(檜山君)10) 댁 시녀예요. 궁에서 나고 궁에서 자라 문
앞 길도 밟지 않은 지 오래에요. 자색(姿色)이 고움은 낭군이 이미 보셨
으니 굳이 말할 것도 없지만, 고운 마음이며 얌전한 몸가짐은 양반집
처녀와 다를 게 없지요. 게다가 음률(音律)을 알고 문장을 아니 나리께
서 어여삐 여기셔서 장차 녹의(綠衣)11)로 맞고 싶어 하지만, 부인(夫人)
께서 투기의 습속을 이기지 못함이 하동(河東)의 사자후(獅子吼)12)보다

---

9) 홍화문(弘化門) : 창경궁(昌慶宮)의 정문.
10) 회산군(檜山君) : 성종(成宗)의 5남으로 이름은 이염(李恬)이다. 생몰년은 1481~1521.
11) 녹의(綠衣) : 첩을 가리킴. 『시경(詩經)』 「패풍(邶風)」 〈녹의(綠衣)〉는 위 장공(衛莊公)이
   첩에게 미혹되어, 부인 장강(莊姜)이 어질면서도 불행하게 된 것을 비유한 노래. 푸른색은
   간색(間色)이므로 천한 사람을 가리킨다.
12) 하동(河東)의 사자후(獅子吼) : 송나라 때 진조(陳慥)라는 자가 자칭 용구거사(龍丘居士)

심해서 그렇게 못하고 있을 뿐이죠. 저번에 그 아이가 와도 괜찮았던 것은 한식(寒食) 때를 맞아 그 애의 돌아가신 부모에게 여기서 제사 지내려고 부인께 말미를 청하여 온 것이지요. 그리고 때마침 나리께서 외출하신 터라 이곳에 올 수 있었지, 그렇지 않았다면 도련님께서 어찌 얼굴을 볼 수 있었겠습니까? 아이구! 도련님께서 다시 만나고자 하시는 것은 참으로 어려워요, 참으로 어렵지요!"

생이 하늘을 우러러 크게 탄식하며 말했다.

"끝났다! 나는 꼭 죽겠구나!"

노파가 매우 걱정하면서 〈112〉 침울해하다가 이윽고 말했다.

"어쩔 수 없다면 한 가지 방법이 있습죠. 단오가 꼭 한 달 남았어요. 그 때면 늙은 몸이 죽은 언니를 위해 다시 제사상을 차리고, 이를 부인께 아뢰어 우리 영영에게 반나절의 말미를 주도록 청한다면 만에 하나 도련님의 뜻을 이룰 수 있을 겁니다. 도련님께서는 돌아가셔서 때를 기다리시는 게 좋겠습니다."

생이 기뻐하며 말했다.

"만약 할멈 말대로 된다면 속세의 5월 5일은 곧 천상의 7월 7일[13])이 되겠구려."

생과 노파는 각각 만복(萬福)을 기원하며 헤어졌다. 생은 집에 돌아와 탄식하며 지는 해를 바라보고, 초조하게 밤이 되기를 기다렸다. 하루를 보내는 것이 삼 년 같았고, 아름다운 기약은 오지 않을 듯했다. 그래서

라고 하며 빈객(賓客)과 어울리기를 좋아하고 술과 가무를 즐겼는데, 그의 아내 유씨(柳氏)가 매우 표독스럽고 투기가 심했다. 이를 두고 소동파가 시를 지었다. "용구거사(龍丘居士)는 가련도 하지, 공(空)과 색(色)을 논하며 밤을 지새우건만, 문득 들려오는 하동(河東)의 사자후(獅子吼)에, 지팡이를 손에서 놓치고 망연자실한다네(龍丘居士亦可憐, 談空說有夜不眠, 忽聞河東獅子吼, 拄杖落手心茫然)". 아내 유씨가 하동(河東) 유씨이고, 진조가 불교에 심취하여 '하동사자후(河東獅子吼)'라 한 것이다. 이후로 이 말은 투기가 심하고 표독스러운 여자가 성을 내는 것을 비유한다. 송나라 홍매(洪邁), 『용재삼필(容齋三筆)』.

13) 7월 7일 : 견우와 직녀가 만나는 날.

자주 붓과 먹에 의지하여 그 답답한 마음을 풀었다. 〈억진아(憶秦娥)〉[14] 한 곡조를 지었으니 다음과 같다.

春寂寂	쓸쓸한 봄날
一庭梨花風雨	정원 가득한 배꽃에 비바람 부네
花風雨	꽃에 비바람 부니
相思不見	임을 생각하나 보지 못하고
音耗兩隔	소식도 끊겼구나
却悔當年遇傾國	후회하노니, 미인을 만났을 때
我心安得如石	내 마음 돌 같았다면 편하련만
空相憶	헛되이 그리워하며
對花腸斷	꽃을 대하여 애 끊어지고
臨風淚滴	바람결에 눈물 떨구네

기약한 날에 찾아가니, 노파가 나와 맞으며 매우 기뻐했다. 생이 안부를 묻는 것 이외에 다른 말할 겨를이 없이 그저 다음과 같이 말했다.

"일이 어떻게 되어갑니까?"

노파가 말했다.

"어제 낭군을 위해 부인께 찾아가 간절하게 청하니 부인께서 말하기를 '나리께서 평소에 〈113〉 영영의 출입을 매우 심하게 금하기 때문에 나는 네가 바라는 바를 따를 수가 없구나. 그러나 만일 내일 공경(公卿) 들이 초대하여 좋은 시절을 즐기려 하면 내 어찌 영영에게 잠시 틈을 주는 것을 아끼겠나?'라고 했습죠. 부인께서 허락하신 것은 분명한데 나리께서 외출하실지 여부는 알 수 없지요."

---

14) 억진아(憶秦娥) : 당대(唐代) 악부의 하나로, 진아를 그리워한다는 뜻. '진루월(秦樓月)'이 라고도 함. 진아는 옛날 노래를 잘 불렀다는 여자, 혹은 진(秦)나라 목공(穆公)의 딸 농옥(弄玉)을 일컫는다.

생은 반신반의하고 기쁘기도 하고 두렵기도 하여 마음을 안정시키지 못하고 초조하게 책상에 기대어 문을 열고 기다렸다. 날이 거의 정오가 되었는데도 인기척이 없었다. 가슴이 답답하고 애가 타 우두커니 앉아 서 멍하니 있노라니 마치 서리 내린 후의 파리와 같았다. 생이 벌떡 일어나 부채로 기둥을 치면서 노파를 불러 말했다.

"눈이 뚫어질 듯하고 애간장이 끊어질 듯하오. 많은 행인이 다가왔지만 영영이 아니니 내 바람은 끊어졌소."

노파가 위로하며 말했다.

"지성이면 감천이라 했으니 도련님께서는 우선 잠시 편히 계시지요."

잠시 후, 창밖에서 신발 끄는 소리가 먼 곳에서 가까이 다가왔다. 생이 놀라 돌아보니, 곧 영영이었다. 생이 손뼉을 치며 말했다.

"어찌 천명(天命)이 아니리오?"

노파 역시 기뻐하며 마치 어린아이가 어머니를 본 듯했다. 영영은 문 앞 푸른 버드나무 밑에 말이 길게 울고 뜰 가 나무 그늘 밑에 하인들이 죽 늘어선 것을 보고 괴이하게 여겨 주저하며 감히 들어오지 못했다. 노파는 거짓으로 영영에게 말했다.

"어서 들어오고 의심치 마라. 이 도련님을 모르겠어? 낭군께서는 곧 죽은 내 남편의 친척이니라. 〈114〉 때마침 우리 집에 왔다가 장차 손님을 전별하려는 게야. 그런데 너는 왜 이리 늦게 왔느냐? 난 네가 끝내 오지 않을까 염려하여 네 부모의 제사를 지내 버렸구나. 너는 안으로 들어와 빨리 술상을 차려 도련님께 한 잔 올리거라."

영영이 그 말대로 술상을 받들고 오자, 노파가 생과 함께 술잔을 주고 받았다. 술이 반쯤 취하자 생이 영영에게 말했다.

"낭자도 자리로 오시오. 술잔 순서가 되었소이다."

영영은 부끄러워 얼굴을 숙이고 똑바로 마주하질 못했다. 이에 노파가 말했다.

"너는 깊은 궁중에서 자라나 세상의 정이 이러한 것을 알지 못하는구나. 네가 능히 글을 알면서 술잔을 주고받는 예가 있음을 모르느냐?"

영영이 이에 받기는 했지만 흔쾌히 하지는 않았다. 어색하게 술잔을 잡고는 잠깐 붉은 입술에 대기만 할 뿐이었다. 잠시 후, 노파는 취한 척 편히 앉아서는 기지개를 펴면서 졸음이 오는 듯 영영을 돌아보며 말했다.

"내가 술로 피곤하고 기운이 온전하지 못해 쉬고자 하니 네가 잠시 앉아 모시거라."

하고는 즉시 일어나 안으로 들어가 평상에 쓰러져 취하여 잠이 들며 코를 우레같이 골았다. 이에 생이 영영에게 말했다.

"지난 번 부자묘(夫子廟)15)에서 나오다가 홍화문(弘化門) 앞길에서 보았지요. 3월 초하루 바로 그때인데 기억이 나지 않소?"

영영이 답했다.

"말은 기억나지만 사람은 생각나지 않습니다."

생이 말했다.

"사람이 말보다 못하단 말이오?"

영영이 말했다.

"말은 보았으나 사람은 보지 못했지요."

생이 말했다.

"그대는 어찌 사람을 기억하지 못하오? 〈115〉 내 얼굴이 초췌하고 모습이 야위어서 지난번에 서로 볼 때와 같지 않으니 어찌 까닭 없이 그러하겠소? 그대는 내가 아니니, 어찌 나의 마음을 알겠소?"

영영이 웃으며 말했다.

"낭군도 제가 아닌데 어찌 첩의 마음을 아시겠습니까?"16)

---

15) 부자묘(夫子廟) : 공자를 모신 사당.

16) 여기 김생과 영영의 대화는 『장자(莊子)』 「외편(外篇)·추수(秋水)」에 나오는 말을 본뜬

생이 자리를 가깝게 앉으며 사실대로 말했다.

"아, 그대 난향(蘭香)¹⁷⁾이여! 그대가 어찌 무정한 사람이겠소? 그대를 만나 말 한마디 못한 뒤로 그대를 생각하고 보지 못한 것이 지금까지 얼마였던가? 아, 그대 난향이여! 그대인들 어찌 슬프지 않겠소? 내가 낭자를 기다렸는데, 낭자께서 오시니 나는 살아난 듯하오.¹⁸⁾"

영영은 입을 다물고 대답하지 않았다. 생은 그곳에 영영을 머물러 두고 밤이 되자 동침하기를 청했다. 그러나 영영은 안 된다고 말했다.

"우리 진사나리께서는 아침에 외출하시어 저녁에 돌아오시며, 돌아오시면 반드시 저를 불러 옷을 풀게 하시니, 나약하고 가냘픈 제가 만 번 죽을 곳에 빠질 수는 없습니다. 그렇기 때문에 낮에는 괜찮지만 밤에는 안 됩니다."

생은 오래 머물게 할 수 없음을 알고, 이에 은근히 부추기며 말했다.

"진정 그 말과 같다면 이 마음을 어찌 하리오? 날은 이미 저물어 헤어짐이 임박했소. 뒷날 만나는 것이 쉽지 않고 좋은 만남은 다시 얻기 어려운 법이요. 그대는 나를 가엾게 여겨, 잠시 동안의 기쁨을 아끼지

것. 장자(莊子)와 혜자(惠子)가 강둑에서 노닐다가 장자가 말했다. "물고기가 한가롭게 헤엄치니 이것이 물고기의 즐거움이로다." 혜자가 말했다. "그대는 물고기가 아닌데 어떻게 물고기의 즐거움을 아는가?" 장자가 말했다. "그대는 내가 아닌데 어떻게 내가 물고기의 즐거움을 모른다는 것을 아는가?" 혜자가 말했다. "나는 그대가 아니기 때문에 그대를 알지 못한다. 그대도 물고기가 아니니 그대가 물고기의 즐거움을 모르는 것이 확실하다." 장자가 말했다. "처음으로 돌아가 보자. 그대는 '당신이 어떻게 물고기의 즐거움을 아는가.'라고 했다. 이미 내가 안다는 것을 알고서 내게 물은 것이다. 나는 강둑에서 물고기의 즐거움을 알았다."(莊子與惠子, 遊於濠梁之上, 莊子曰: "儵魚出遊從容, 是魚之樂也." 惠子曰: "子非魚, 安知魚之樂?" 莊子曰: "子非我, 安知我不知魚之樂?" 惠子曰: "我非子, 固不知子矣. 子固非魚也, 子之不知魚之樂, 全矣." 莊子曰: "請循其本. 子曰, '汝安知魚樂'云者, 旣己知吾知之而問我, 我知之濠上也.")

17) 난향(蘭香) : 영영의 자(字).

18) 내가 낭자를 ~ 살아난 듯하오 : 『서경(書經)』「중훼지고(仲虺之誥)」"우리 임금을 기다리노니, 임금이 오시니 살아났구나(徯子后, 后來其蘇)"를 활용한 표현이다. 『맹자(孟子)』「양혜왕(梁惠王)」에도 인용되어 있다.

마시오."

드디어 강제로 안으려 하니 영영이 옷깃을 여미고 정색하며 말했다.

"제가 목석(木石) 같은 사람입니까? 낭군의 속마음을 모르겠어요? 〈116〉 다만 나리께서 저를 천하게 여기지 않으시고 밤낮으로 앞에서 부리며 믿고 맡겨서 절대 중문(中門) 밖도 나가지 못하게 하셨지요. 오늘 여기 온 것은 이미 엄명을 어긴 것입니다. 만약 멋대로 법을 어긴다면 더러운 소문이 널리 퍼지게 될 거예요. 이는 죽고도 남을 죄니 비록 도련님의 뜻을 따르고 싶더라도 어찌 그럴 수 있겠어요?"

생이 무릎을 치며 탄식하여 말했다.

"내가 어찌 살 수 있겠소? 황천 사람이 될 것이오."

마침내 그 흰 손을 잡고 그 매끄러운 젖가슴을 만지며 다리를 휘감고서, 마음이 하고 싶은 대로 하지 못함이 없었다. 그러나 남녀결합만은 이루지 못했다. 생은 감정을 돋우고 정성을 다하여 온갖 말로 유혹하며 말했다.

"까마귀가 급히 날아가고 토끼가 빨리 달려[19] 세월은 흘러가오. 붉은 꽃이 다하고 푸른 잎이 시들고 나면 나비들이 좋아하지 않소. 사람이라고 어찌 다르겠소? 얼굴은 잠깐 머리를 돌리는 사이에 고운 빛을 잃고, 머리털은 손가락을 한 번 튕기는 사이에 하얗게 세어 버리오. 아침에 구름이 되고 저녁엔 비가 된다는 양대(陽臺)의 신녀(神女)[20]도 원래부터 마음을 정했던 것은 아니며, 푸른 바다처럼 넓은 하늘에 있는 달나라의 항아(姮娥)도 불사약 훔친 것을[21] 응당 후회한다오. 새와 같

---

19) 까마귀가 급히 날아가고 토끼가 빨리 달려 : 까마귀와 달은 해와 달을 이른다.

20) 양대(陽臺)의 신녀(神女) : 초나라 송옥(宋玉)의 「고당부(高唐賦)」에 나오는 무산(巫山)의 신녀. 「고당부」에 보면, 초(楚)나라 회왕(懷王)이 고당(高唐)에서 노닐다가 꿈속에서 신녀(神女)를 만나 동침하였는데, 신녀가 떠나면서 '첩은 무산 남쪽 높은 봉우리에 사는데, 아침에는 구름이 되고 저녁에는 비가 되어 매일 아침저녁 양대(陽臺) 아래에 있겠습니다.'고 하였다는 고사에서 나온 말로, 남녀가 사랑을 나누는 것을 말한다.

은 미물도 비익조(比翼鳥)22)가 있고 본성이 무딘 나무도 연리지(連理枝)23)가 있소. 하물며 정욕이 모이는 것에 사람과 사물이 어찌 다르겠소? 봄바람에 꾼 나비의 꿈은 독수공방을 특히 괴롭게 하고, 달 뜬 밤에 두견새 우는 소리는 외로운 잠자리를 놀라게만 하니, 어찌 두목지(杜牧之)가 봄 꽃 찾는 것을 늦게 하도록 할 수 있는가?24)

위(魏)나라 우언(寓言)에 〈117〉 '항아(姮娥)를 만남이 더디니 청춘의 시간을 헛되이 저버리고 공연히 무덤에 한만 남겼구나. 서릉(西陵)25)의 푸른 나무는 적막하게 황량한 언덕에서 천 년을 서 있고, 장신궁(長信宮)26)은 유독 쓸쓸히 몇 밤이나 가을비에 젖었던가'라는 말이 있소. 아, 내 마음이 애석하고 낭자의 무정함이 한스러우니, 살아서 무엇하리오? 죽어서 그만둘 따름이라오!"

영영은 끝내 말을 따르려 하지 않았다.

"낭군께서 천한 제게 마음이 있으시다면 훗날에 다시 만날 수 있을 겁니다."

---

21) 항아(姮娥)도 불사약 훔친 것을 :『회남자(淮南子)』에 이르길, 서왕모(西王母)에게서 예(羿)가 불사약을 구해왔는데 항아가 그 불사약을 훔쳐 혼자 신선이 되어 달아났다고 한다.
22) 비익조(比翼鳥) : 암컷과 수컷이 눈과 날개가 하나씩이라서 짝을 짓지 않으면 날지 못한다는 새로, 사랑이 두터운 남녀 혹은 부부의 비유이다.
23) 연리지(連理枝) : 두 나무의 가지가 맞닿아서 결이 서로 통한 것으로, 화목한 부부 또는 남녀의 비유이다.
24) 두목지(杜牧之)가 봄 ~ 수 있는가? : 두목지는 당나라 시인 두목(杜牧). 803~853. 목지는 자(字). 두목이 호주(湖州)에서 미인을 보았는데 나이가 어려서 혼인하지 못하고는 10년 내에 돌아올 테니 시집보내지 말라 하였다. 10년 되던 해 호주자사가 되어 가보니 이미 그녀는 아이를 셋 낳은 유부녀가 되어 있었다는 이야기가『전당시(全唐詩)』권527 〈창시(悵詩)〉의 서문과 오대(五代) 언휴(彦休)의『당궐사(唐闕史)』등에 보인다.
25) 서릉(西陵) : 남북조(南北朝) 시대 제(齊)나라 사람. 항주에서 기생으로 명성이 자자했고, 귀족 자제를 만나 사랑했으나 집안의 반대로 사랑을 이루지 못하고 꽃다운 나이에 세상을 떠나 서호(西湖) 옆에 묻혔다. 그녀가 남긴 시구에 '어디서 우리 마음 맺을까요, 서릉의 송백 나눔 아래지요(何處結同心, 西陵松柏下)'라는 구절이 있다.
26) 장신궁(長信宮) : 태후를 모시는 궁의 이름. 한 성제(漢成帝) 때 궁녀 반첩여(班婕妤)가 조비연(趙飛燕)에게 총애를 빼앗기고 참소를 당한 뒤에 이곳으로 물러나 태후를 모셨다.

생이 불가하다며 말했다.

"그대를 한 번 이별하면 궁전 문은 여러 겹이라, 소식을 보내고자 한들 전달할 방법이 없으니, 기뻐하는 두 눈동자를 다시 바랄 수 있겠소?"

영영이 말했다.

"이리 말씀하시니 어찌 저를 안다고 하겠어요? 이 달 보름날 밤에 우리 나리께서 왕자와 대군들과 함께 달구경 모임을 갖기로 약속을 하셨으니, 반드시 밤이 되어서야 돌아오실 겁니다. 또한 궁의 담장이 비바람으로 인하여 무너진 곳이 있는데 나리께서 집안일에는 느슨하셔서 아직 고치지 않았지요. 낭군께서 만약 이 날 어둠을 틈타 오셔서 무너진 담장으로 깊숙이 들어오면 낮은 담장의 문이 있을 겁니다. 제가 그 문을 열고 기다릴 터이니, 그 문으로 들어와서 계단을 따라 내려가면 동쪽 계단에서 열 걸음 가량 떨어진 곳에 따로 침실 몇 칸이 있지요. 낭군께서 잠시 이곳에 몸을 숨기고 제가 나와 맞이하기를 기다리시면 아름다운 약속이 어찌 어렵겠습니까?"

생은 자못 그리 여겨 굳게 약속하고 헤어져 돌아섰다. 동시에 〈118〉 길에 올라 점차 남북으로 멀어지다가 말을 세우고 고개를 돌려보니 슬퍼서 혼이 녹는 듯했다. 이로부터 생은 그리움이 더욱 더하여, 사운시 (四韻詩) 한 수를 지어 자신을 달래보았다.

宮門深處鎖嬋娟　　궁궐 깊은 곳에 갇혀 있는 아름다운 그대
一別音容兩杳然　　한 번 이별함에 그 모습과 목소리 아득해지네
此日難忘情態度　　오늘 그대의 모습과 정을 잊기 어려우니
前身應結好因緣　　전생에도 우리는 아름다운 인연 맺었으리
心勞往事愁如雨　　지나간 일에 괴로워 근심은 비가 되고
苦待佳期日似年　　아름다운 약속 고대하니 하루가 일 년 같네
正欲尋芳三五夜　　보름날 밤 꽃다운 그대를 만나고자 하니

登樓看月幾時圓　누각에 올라 달 바라보니 언제 둥글어지나

기한이 되어 가보니, 과연 담장이 무너져 이가 빠진 듯 문처럼 되어 있었다. 그곳으로 들어가 남몰래 깊은 곳까지 들어가니 이에 조그마한 문이 나왔다. 밀어 보니 과연 잠겨 있지 않았다. 들어가서 동쪽으로 내려가자 따로 침실이 나타났다. 마음속으로 혼자 기뻐하며 말하였다.

'난향이 나를 속이지 않았구나.'

그리고는 그곳으로 들어가 영영이 나오기를 기다렸다.

때는 바야흐로 흰 달이 막 솟고 시원한 바람이 언뜻 일었다. 계단 위 꽃들에서는 은은한 향기가 밀려 왔으며, 뜰 앞 푸른 대나무의 성긴 소리는 맑고 깨끗했다. 홀연 문 여는 소리가 들리더니 안에서 누군가가 나왔다. 생은 반신반의하며 숨을 죽인 채 귀를 기울였다. 발걸음 소리가 점점 가까워지면서 옷의 향기가 느껴졌다. 눈을 들어 바라보니 곧 난향이었다. 〈119〉 생은 나와서 그녀의 등을 어루만지면서 말했다.

"사랑하는 김아무개가 여기 와 있소."

영영이 말했다.

"낭군은 참으로 신의 있는 선비십니다."

영영이 생의 손을 잡고 가까이 앉으며 안부를 물었다. 생이 답했다.

"만 번 죽으려 했던 것을 참고 겨우 숨만 쉬고 있었다오."

영영이 물었다.

"무슨 일로 그러하셨어요?"

생이 말했다.

"땅은 가까우나 사람이 멀리 있었기 때문이오."

서로의 대화 속에서 밤이 깊어가는 줄도 몰랐다. 생은 밝은 달을 우러러 보며 놀라서 말했다.

"내가 처음 이곳에 왔을 때 달이 동쪽에 있었는데 지금은 하늘 가운

데 있으니 밤의 절반이 지나가 버렸소. 지금 동침하지 않고 어느 때를 기다린단 말이오?"

생이 즉시 영영의 옷깃을 잡고 벗기자, 영영이 막으면서 말했다.

"낭군은 어찌 저를 뽕나무 사이에서 노는 여자[27]처럼 여기시나요? 따로 침실이 있으니 그곳에서 좋은 밤을 보내는 것이 좋겠습니다."

생은 고개를 저으며 사양했다.

"나는 이미 법을 어기고 죽음을 각오한 채 험난한 길을 뚫고 이곳에 왔소. 한 번도 힘든데 어찌 그 일을 다시 하겠소? 모든 일에는 만전을 기해야 하는 법이오. 만약 또 당돌하게 굴다가 일이 누설될까 두렵소이다."

영영이 말했다.

"일이 누설되고 아니 되고는 오직 제게 달려 있습니다. 낭군께서는 마음 졸이지 마세요."

그리고는 생을 이끌어 들어가자, 생도 어쩔 수 없이 그녀를 따랐다. 두려움에 몸을 굽히고 문 안으로 들어가는 것이 마치 깊은 연못에 임한 듯하고, 땅을 밟는 것은 살얼음판을 걷는 느낌이었다. 매 번 한 발을 옮길 때마다 아홉 번이나 넘어지고 땀이 발뒤꿈치까지 흘러내려도 오히려 깨닫지 못했다. 〈120〉 어느덧 굽은 섬돌과 회랑을 돌아 문에 들어가기를 두세 번 한 후에야 안채에 도달했다. 궁인들은 깊이 잠들어 뜰은 고요했으며 오로지 사창(紗窓)[28]에서 등불이 가물거리는 것이 보였는데, 부인의 침소임을 알 수 있었다.

영영은 생을 어떤 방으로 들여보내며 말했다.

"낭군은 잠시 편히 계세요."

---

27) 뽕나무 사이에서 노는 여자 : 행실이 음란한 여자를 가리킴. 『시경(詩經)』 「용풍(鄘風)·상중(桑中)」편에서 비롯된 것이다. 위(衛)나라의 풍속이 음란해져 귀족들까지도 서로 처첩을 통간하였는데, 그들의 밀회를 노래한 것이다.
28) 사창(紗窓) : 깁으로 바른 창.

즉시 안으로 들어가더니 오랫동안 나오지 않았다. 생은 무료함을 견디다 못해 앉기도 하고 눕기도 해보았다. 혼자서 몹시 이상하다고 생각하는데, 이윽고 어떤 사람이 중문(中門)으로 급히 들어와 알렸다.

"나리께서 들어오십니다."

뜰 가득히 횃불이 휘황찬란하게 빛나고 시녀와 비복들이 이리저리 분주하게 왔다 갔다 하면서 옹위하여 들어왔다. 나리는 술에 취해 뜰 가운데 누워 여전히 깨어나지 못했으며 코고는 소리도 점차 커져갔다. 이에 영영이 부인의 명을 받들어 아뢰었다.

"차가운 땅바닥에 오래 누워 계시면 풍상(風傷)29)을 입으실까 걱정입니다."

왕자를 일으켜 세워 부축하여 안으로 들어갔다. 사람들 소리도 점차 사라지고 불빛도 꺼져갔다.

영영이 오른손에는 옥등을, 왼손에는 은병을 들고 나와서 방문을 여니, 생은 벽에 바짝 붙어 발을 포개어 서서 '죽었구나' 생각할 따름이었다. 영영이 웃으면서 말했다.

"낭군께서는 놀라지 않으셨나요? 제가 위로하기 위해 술을 데워 가져왔습니다."

그리고는 금하엽잔(金荷葉盞)30)에 술을 따라 생에게 권하니, 생이 사양하며,

"마음이 정에 있지, 술에 있는 것이 아니오."

라 하고는 술을 치우라고 하였다. 방안을 보니, 다른 물건은 없고 〈121〉 다만 주홍 책상에 『두초당시(杜草堂詩)』31) 1권이 백옥 서진(書鎭)으로 눌

---

29) 풍상(風傷) : 찬바람에 몸이 상한다는 뜻인 듯.

30) 금하엽잔(金荷葉盞) : 연잎을 새긴 금빛 술잔.

31) 두초당시(杜草堂詩) : 두보(杜甫)가 사천성(四川省)의 성도(成都)에 정착하여 시외의 완화계(浣花溪)에 초당을 세웠는데, 이것이 곧 완화초당(浣花草堂)이며 '두초당'이라고도 불림. 송나라 채몽필(蔡夢弼)의 『두공부초당시전(杜工部草堂詩箋)』이 고려시대에 복간되

려 있었고, 비취로 장식한 탁자 위에는 단금(短琴)이 가로놓여 있었다.
생이 즉시 시 두 구를 먼저 불렀다.

琴書蕭洒淨無塵　　거문고와 책은 맑고 깨끗하여 티끌 하나 없으니
正稱空房玉一人　　정녕 빈 방의 옥 같은 사람이라 칭할 만하구나

영영이 이어서 읊조렸다.

今夕不知何夕也　　오늘 밤이 어떤 밤인지 알지 못하겠구나
錦衾瑤席對佳賓　　비단 이불 구슬자리에 고운 임 마주했네

이윽고 서로 이끌어 잠자리에 들어갔다. 겨우 애틋한 사랑을 나누었
는데, 밤이 벌써 끝날 무렵이라 새벽닭이 꼬꼬댁 새벽을 재촉하였고,
멀리서 종소리가 은은히 파루(罷漏)[32]를 알렸다. 생은 자리에서 일어
나 옷을 챙겨 입고 몇 번 한숨을 내쉬며 말하였다.
　"좋은 밤은 몹시도 짧고 우리의 사랑은 끝이 없으니, 장차 이별을
어찌한단 말이오? 궁문을 한 번 나가면 다시 만날 기약이 어려우니,
이 마음을 어찌하리오?"
　영영이 듣고는 울음을 삼키며 고운 손으로 눈물을 훔치며 말했다.
　"홍안박명(紅顔薄命)은 옛날부터 있던 것이니 유독 미천한 저만 그런
것은 아닙니다. 살아서 이렇게 이별하고 죽어서 이렇듯 원망할 터이니,
살고 죽는 것은 꽃이 시들고 잎이 떨어지는 것과 같아서 추운 계절을
기다릴 것도 없습니다. 낭군께서는 남아의 〈122〉 철석같은 마음으로,

었고 언해본 『두초당시』가 18세기 중반에 나왔음. 헌종 연간에 송상래(宋祥來)가 기록한
『두초당시』도 전함.
32) 파루(罷漏) : 야간통행금지 해제를 알림.

어찌 자잘하게 아녀자에 대한 생각 때문에 성정(性情)을 해치십니까? 엎드려 바라건대 낭군께서는 오늘 이별 후에 첩의 얼굴을 가슴에 두어 근심하지 마시고, 천금같이 귀한 몸을 잘 보중(保重)하시어 학업을 폐하지 말고 과거에 급제하여 벼슬길에 올라 평생의 소원을 다 이루시기를 간절히 바라고 간절히 바랍니다."

그리고는 토호관(兎毫管)33)을 들어서 용미연(龍尾硯)34)을 열고 난봉전(鸞鳳牋)35)을 펼쳐 놓고 칠언율시를 써 읊어주며 이별의 말을 대신했다.

幾日相思此日逢	얼마나 그리워하다 오늘에야 만났는가
綺窓綉幕接丰容	비단 창 휘장 안에서 풍채를 마주했네
燈前不盡論心事	등불 앞에서 마음을 다 터놓지 못했는데
枕上旋驚動曉鍾	베갯머리에서 새벽 종소리에 놀라네
天漢不禁烏鵲散	은하수의 까치 흩어지는 것을 막지 못하니
巫山那復雲雨濃	무산의 비구름36) 어찌 다시 짙어질런가
遙知一別無消息	한 번 이별 후 소식은 아득히 알 길 없어
回首宮門鎖幾重	고개 돌려 겹겹이 잠긴 궁문만 바라보네

생이 시를 보고 슬픔을 이기지 못해 눈물이 흐르는 것을 깨닫지 못했다. 이에 붓을 적셔 즉시 화답시를 적었다.

---

33) 토호관(兎毫管) : 토끼 털로 만든 붓.
34) 용미연(龍尾硯) : 용의 꼬리를 새긴 벼루.
35) 난봉전(鸞鳳牋) : 난새와 봉황을 그린 고운 종이.
36) 무산(巫山)의 비구름 : 〈고당부(高唐賦)〉에, 초(楚)나라 회왕(懷王)이 고당(高唐)에서 노닐다가 꿈속에서 신녀(神女)를 만나 동침하였는데, 신녀가 떠나면서 '첩은 무산 남쪽 높은 봉우리에 사는데, 아침에는 구름이 되고 저녁에는 비가 되어 매일 아침저녁 양대(陽臺) 아래에 있겠습니다.'고 하였다는 고사에서 나온 말로, 남녀가 사랑을 나누는 것을 말함.

燈盡紗窓落月斜　　등불 꺼진 사창에 지는 달빛 기울고
乖離牛女隔天河　　이별한 견우와 직녀는 은하수를 사이에 두었네
良宵一刻千金直　　좋은 밤 일각(一刻)[37]은 천금(千金) 같으니
別淚雙行百恨和　　두 줄기 이별의 눈물에 온갖 한이 서려 있네
自是佳期容易阻　　이제부터 아름다운 기약 막히기 쉬우리니
由來好事許多魔　　예로부터 호사마다라 하였구나.
他年縱使還相見　　훗날 〈123〉 다시 서로 만난다 하더라도
無限恩情奈老何　　한없는 애정이 어찌 시들겠는가

　영영은 펼쳐 놓고 보려 했으나 눈물방울이 글자를 적셔 다 볼 수 없
었다. 거두어 품속에 넣고 애틋하게 말없이 손을 잡고 서로 바라볼 뿐
이었다. 이때 새벽 등불이 희미해지고 동창이 밝아오려 했다. 영영이
생을 이끌고 나와 무너진 담장 밖에서 전송했다. 두 사람은 서로 목이
메었으나 울 수 없으니, 죽어 이별하는 것보다 더 비참했다.
　생은 이윽고 집으로 돌아왔으나 넋을 잃어 물건을 보아도 보이지 않았
고 소리를 들어도 들리지 않았다. 세상사 모두 잊어버리고[38] 어떤 일에
도 마음을 두지 않았다. 한 통의 편지를 써서 간절한 뜻을 전달하고자
상사동의 노파를 만나려 했으나 이미 세상을 떠난 뒤라 편지를 부칠
길도 없었다. 그저 슬피 바라만 보며 헛된 몽상에 번뇌할 뿐이었다.
　세월이 점차 흐르고 광음(光陰)은 잠깐인지라 온갖 근심 속에서도 삼

---

37) 일각(一刻) : 15분. 아주 짧은 시간.
38) 세상사 모두 잊어버리고 : 원문에 '筌蹄世故'라 되어 있음. 전제(筌蹄)는 물고기를 잡는
　　통발과 토끼를 잡는 올가미라는 뜻으로 목적을 이루기 위한 수단이나 도구를 말하는데,
　　『장자(莊子)』「외물편(外物篇)」에 '통발은 고기를 잡는 것인데 고기를 잡고 나면 통발은 잊
　　어버리고, 올가미는 토끼를 잡는 것인데 토끼를 잡고 나면 올가미는 잊어버리는 것이다(筌
　　者所以在魚, 得魚而忘筌. 蹄者所以在兎, 得兎而忘蹄).'라고 한 데서 온 말로, 원래는 도를
　　얻은 다음에는 형식 따위는 잊어야 한다는 뜻이지만, 여기서는 단지 '잊다'라는 뜻으로 사용
　　됐다.

년이 지났다. 정은 일에 따라 변하니 그리움도 점점 줄었다. 다시 옛 학업을 일삼아 경서(經書)에 침잠하고 문장에 힘썼다. 괴황(槐黃)39) 시절에 시험장에서 국사(國士)40)들과 겨뤄 나아갈 때마다 합격하여 천 명 가운데 장원으로 뽑혔다. 일대(一代)에 빛나니, 견줄 만한 이가 없었다.

삼 일간 유가(遊街)41)하면서 머리에는 계화(桂花)를 꽂고 손에는 상아홀을 잡았다. 앞에서는 두 개의 일산이 인도하고 뒤에서는 천동(天童)42)들이 옹위하였으며, 비단옷을 입은 〈124〉 광대들이 좌우에서 재주를 보이고 악공들이 온갖 음악을 함께 연주하였다. 구경하는 자들이 마당을 가득 메우고 천상 사람인 듯 바라보았다.

생은 반취(半醉)하여 의기(意氣)가 호탕해져 채찍을 잡고 말에 올라타 온 거리를 돌아다녔다. 문득 길가를 보니 높고 긴 담장이 백 보 정도 이어졌으며 푸른 기와와 붉은 난간이 사면에서 빛나고, 온갖 꽃과 초목들은 계단과 뜰에서 향기를 내뿜으며, 희롱하듯 노니는 나비와 벌들은 요란하게 원림(園林)43)을 날아다녔다. 생이 물어보니 곧 회산군(檜山君) 댁이었다. 생이 문득 옛 일이 생각나서 마음속으로 기뻐하며 취한 척 말에서 떨어져 땅에 누워 일어나지 않았다. 궁인들이 문에서 나와 모여 서서 구경하니 마치 저잣거리 같았다.

이때는 회산군이 세상을 떠난 지 이미 삼 년이 되었다. 소복을 이제 막 벗고 부인이 쓸쓸이 홀로 거처하며 마음 둘 곳이 없어 배우와 광대들을 보려 했다가, 시녀들에게 생을 부축해서 서헌(西軒)에 들여 비단 자

---

39) 괴황(槐黃) : 회화나무 꽃. 회화나무가 꽃피는 때 과거시험을 실시했기 때문에 과거시험 치는 때를 가리킴.
40) 국사(國士) : 나라의 뛰어난 선비.
41) 유가(遊街) : 과거에 급제한 사람이 광대를 데리고 풍악을 잡히면서 거리를 돌며 시관(試官)과 선배, 친척들을 찾아보는 일을 말하며, 보통 사흘 동안 하였다.
42) 천동(天童) : 궁중의 경사나 과거 급제자를 발표할 때 춤을 추는 동자. '천동군(天童軍)'이라고도 함.
43) 원림(園林) : 집터에 딸린 숲. 정원이나 공원의 숲.

리에 누이고 죽부인을 베도록 했다. 생은 가물가물 눈을 감고서 깨어나
지 못한 척했다.

이때 광대와 악동들이 뜰 가운데 나열하여 온갖 음악을 함께 연주하
고 온갖 놀이를 펼쳤다. 궁중 시녀들은 어여쁜 얼굴에 분을 바르고 구
름 같은 머리를 한 채 주렴을 걷고 보는 자가 수십 인이었으나 영영은
그 중에 없었다. 생은 속으로 이상하게 여겼으나 그녀의 생사를 알 수
없었다. 자세히 살펴보니 한 〈125〉 낭자가 나오다가 생을 보고는 들어
가 눈물을 닦으며 들락거리기를 그만두지 못했다. 이는 영영이 생을
보고 흐르는 눈물을 참지 못해 남이 눈치 챌까 두려워한 것이었다.

생이 이를 보고 마음이 무척 서글펐지만 날은 저녁이 되어 이곳에
오래 머무를 수 없음을 알고 기지개를 켜며 일어나 돌아보며 놀라 말하
였다.

"여기가 어디지?"

궁중의 늙은 하인이 달려 나와 말하였다.

"여기는 회산군 댁입니다."

생이 더욱 놀라며 말하였다.

"내가 어떻게 여기 왔지?"

하인이 실상을 이야기하자 생은 곧 가려 했다. 부인이 생이 술을 마
셔 목이 마를까 염려하여 영영에게 차를 받들어 내가게 했다. 두 사람
은 서로 가까이 있어도 한 마디 말도 하지 못하고 다만 눈짓으로 뜻을
전할 뿐이었다. 영영이 차 시중을 들고 나서[44] 일어나 안으로 들어가
려 할 때 화전(華牋)[45] 한 통이 품에서 떨어졌다. 생이 주워 소매 안에
감추고 나갔다. 말을 타고 집에 돌아와 펼쳐 보니, 내용은 이러했다.

---

44) 영영은 차 시중을 들고 나서 : 『화몽집』에는 '生飮茶旣竟(생이 차를 다 마시고 나자)'.
45) 화전(華牋) : 남의 편지를 높여 일컫는 말.

박명한 첩 영영은 김랑(金郎)께 재배하며 사뢰옵니다.

첩이 살아서 따르지 못하고 또 죽지도 못해 앙상한 몸으로 남은 생을 부지하여 지금까지 살고 있습니다. 어찌 첩의 정성이 적어 그대를 생각함에 지극하지 않았겠습니까? 하늘은 어찌 그리 아득하며 땅은 어찌 그리 드넓던지요. 복사꽃과 오얏꽃 피는 봄날에도 첩은 깊은 궁에 갇혔고, 오동나무에 비 내리는 밤에도 첩은 빈 방에 갇혔습니다. 오래도록 거문고를 대하지 않아 상자에 거미줄이 생기고, 〈126〉 그저 거울을 보관해두니 먼지가 화장대에 가득합니다. 해 지는 저녁 하늘은 첩의 한을 더하고, 새벽별 그믐달인들 누가 첩의 마음을 생각이나 하겠습니까? 누각에 올라 멀리 바라보면 구름이 첩의 눈을 가리고, 창가에 기대어 잠을 청할 때면 근심이 첩의 혼을 끊습니다.

아, 낭군이여! 어찌 슬프지 않겠습니까? 첩은 또 불행히 노파가 세상을 떠난 후로는 소식을 전하려 해도 할 수 없습니다. 다만 얼굴을 생각하노라면 매번 심장이 끊어지는 듯했습니다. 이 몸이 다시 만난다 해도 꽃 같은 용모가 변하리니 어찌 은혜를 입겠습니까? 낭군께서도 첩을 생각하시는지 모르겠습니다. 아주 오랜 세월이 지나도 첩의 한은 끝이 없을 것입니다. 아! 어찌하겠습니까? 죽을 따름입니다.

편지지를 대하매 너무나 슬퍼 아뢸 바를 모르겠습니다.

편지 아래에는 다시 칠언절구 다섯 수가 있었다.

好因緣反是惡緣	좋은 인연이 도리어 악연 되니
不怨郎君只怨天	낭군이 아니라 하늘을 원망할 뿐
若使舊情猶未絶	옛 정이 아직 끊어지지 않았다면
他年尋我向黃泉	훗날 황천에서 저를 찾으옵소서

一日平分十二時　　하루를 똑같이 나누면 열두 때
無時無日不相思　　어느 때 어느 날인들 그립지 않으랴
相思何日期相見　　어느 날에나 만나기를 기약하리오
深恨人間有別離　　세상에 이별이 있음을 한탄합니다 〈127〉

柳憔花悴若爲情　　메마른 버들, 시든 꽃은 정 때문인 듯
鏡裡猶憂白髮生　　거울 속 흰 머리카락이 근심스럽습니다
自是佳人無好事　　원래 아름다운 여인은 좋은 일이 없으니
墻頭晨鵲爲誰鳴　　담장 위 새벽까치는 누굴 위해 우나요

別來忍掃席中塵　　이별 후에 차마 자리의 먼지를 쓸리오
愛有郎君坐臥痕　　낭군이 앉았던 흔적을 소중히 여깁니다
寂寞深宮消息斷　　적막한 깊은 궁에 소식이 끊어지니
落花春雨掩重門　　봄비에 떨어지는 꽃이 겹문을 가립니다

欲寄音書寄得難　　편지 보내려 하나 부치기 어려워
幾回呵筆綠窓間　　녹창(綠窓)46) 안에서 몇 번이나 붓을 들었나
空敎別後相思淚　　그저 이별 후 그리움의 눈물만이
點滴花牋一斑斑　　화전(華牋)에 떨어져 얼룩만 집니다

　생이 보고는 읊조리고 어루만지며 차마 손에서 놓지 못하니, 영영을 그리워함이 이전보다 더하였다. 그러나 청조(靑鳥)47)가 오지 않아 소식은 전하기 어렵고 흰 기러기48)는 오래 전에 끊어져 편지를 부치지 못하

---

46) 녹창(綠窓) : 푸른 깁을 바른 창. 여자가 거처하는 방을 가리킴.
47) 청조(靑鳥) : 서왕모(西王母)의 전령. 한 무제(漢武帝) 때 어느 날 청조(靑鳥) 한 마리가 서쪽에서 날아오는 것을 보고 동방삭(東方朔)이 서왕모가 오려는 징조라 했는데, 한참 뒤 과연 서왕모가 오색 반룡(五色斑龍)이 끄는 구름의 연(輦)을 타고 왔다는 고사에서 비롯되어, 청조는 반가운 편지(소식)나 사자(使者)를 뜻하게 되었다.

며, 끊어진 현(絃)은 다시 이을 수 없고 깨진 거울은 다시 붙일 수 없었다. 마음속은 근심으로 가득 차 잠을 이루지 못하지만 무슨 도움이 되겠는가? 얼굴이 야위고 몸이 약해져 병이 들어 누운 지 수 개월이 지났다.

그때 같이 과거 급제한 이정자(李正字)49)라는 이가 있어 생에게 문병 왔다. 생은 손을 잡고 정을 표하고는 병이 난 빌미를 말하였다. 정자가 놀라며 위로하였다.

"그대의 병은 나을 것이네. 회산군의 부인은 나에게 고모가 되지. 절친한 정이 있으니 속에 품은 바를 전달할 수 있네. 또 부인께서 남편을 잃은 후로 사후 보응(報應)함을 믿어 가산과 보배를 아끼지 않고 잘 베푸실 정도니, 내 도모해 봄세."

생이 기뻐서 말하였다.

"뜻하지 않게 오늘 모산(茅山)의 도사50)를 다시 보는군."

이에 거듭거듭 굳게 약속한 후 인사를 하고 보냈다.

정자는 곧바로 부인 앞에 나아가 말하였다.

"모월 모일에 장원급제한 이가 취하여 문 앞을 지나다가 말에서 떨어져 인사불성이던 것을 고모께서 부축하여 서헌에 들이도록 하신 일이 있으십니까?"

"있지."

---

48) 기러기 : 소무(蘇武)가 한 무제(漢武帝)의 사신으로 흉노에 갔다가 붙잡혔는데, 몇 년 후 한나라는 흉노와 화친하면서 소무를 돌려보내 달라 요청했으나 흉노는 소무가 오래 전에 죽었다고 거짓말을 했다. 한나라 사신은 소무가 살아 있다는 것을 알고 '황제가 사냥을 하다가 기러기를 잡았는데 그 발에 매인 편지에 소무가 살아 있다고 쓰여 있었다.'라고 하자, 이에 흉노가 소무를 돌려보냈다고 한다. 이 고사에서 기러기가 소식을 전해준다는 것이 유래되어 편지를 안서(雁書)라고도 한다.

49) 정자(正字) : 홍문관(弘文館)·승문원(承文院)·교서관(校書館)에 속한 정9품 벼슬.

50) 모산(茅山)의 도사 : 한(漢)나라 때 모영(茅盈)·모고(茅固)·모충(茅衷) 형제가 함께 구곡산(句曲山)에 들어가 모두 득도(得道)하여 신선이 되었으므로 이 산을 '모산'으로 개칭했다고 한다. '모산의 도사'는 이들 모씨 형제 또는 양(梁)나라 때 모산에 은거했던 도홍경(陶弘景)을 일컫기도 한다.

"영영에게 명하여 차를 받들어 해갈케 하신 일도 있으시구요?"

"있지."

"그는 곧 조카의 벗으로, 장원한 김모입니다. 재주가 남보다 뛰어나고 행동거지가 세속의 티가 없으니 장차 큰일을 할 사람입니다. 불행히 병이 들어 문을 닫고 누워 신음한 지 벌써 여러 달이기에, 제가 아침저녁으로 왕래하면서 병문안하였는데 몸이 초췌하고 숨이 미약하니 목숨이 얼마 남지 않았습니다. 제가 매우 가련히 여겨 병이 난 이유를 물었더니 영영이 그 빌미라 합니다. 따르게 할 수 있는지 모르겠습니다."

부인이 감격하며 말하였다.

"내가 어찌 한 영영을 아껴 한 사람을 죽음에 이르게 하겠느냐?"

곧 영영에게 명하여 생의 집에 가게 했다. 두 사람이 서로 만남에 그 기쁨은 이루 말할 수 없었다. 앓던 기운이 금세 소생하여 며칠 만에 일어나게 되었다. 이로부터 끝내 공명을 사양하고서 끝까지 정실부인을 얻지 않고 영영과 함께 삶을 마감했다고 한다.

相思洞記

一作 英英傳

〈105〉弘治中, 有成均進士金生者, 忘其名. 爲人容貌粹美, 風度絶倫, 善屬文, 能笑語, 眞世間奇男子也, 鄕里以風流郞稱之. 年甫弱冠, 登進士科第一科, 名動京華. 公卿大家, 願嫁愛女, 約[1]不論財貨也.

一日, 自泮宮還其第, 馬上逢見, 靑帘隱暎於綠柳紅杏之間. 生不勝春興之惱, 思醉如渴, 遂典白紵單衫, 沽得眞珠紅酒, 酌以花磁盞, 飮之. 醉臥酒樓之上[2], 花香襲衣, 竹露洒面.

俄而, 夕陽橫嶺, 飛鳥栖林, 僕夫促歸. 生起而上馬, 揮鞭登道, 則白沙平鋪乎遠近, 細柳垂裊乎川源. 遊歸[3], 行路漸稀. 生感興微吟, 遂成一絶曰:

> 東陌看花柳
> 紫騮驕不行
> 何處玉人在
> 桃夭無限情

〈106〉吟竟, 半擡醉眼, 則有一美人, 年纔二八, 蓮步輕移, 陌塵不起, 腰肢嫋嫋, 態度婷婷. 或行或止, 或東或西, 或拾瓦礫, 打起鸎

---

1) 約 : '略'의 오자인 듯.
2) 上 : 『화몽집(花夢集)』에는 '側'으로 되어 있으며, 이 글자가 더 자연스러움.
3) 遊歸 : 『화몽집』에는 '遊人盡歸'.

兒, 或攀柳條, 佇立斜陽, 或抽玉籤[4], 輕搔綠鬢, 翠袂飄拂乎春風, 紅裳照耀乎晴川. 生望而視之, 神魂飄蕩, 不能自抑. 促鞭馳詣, 睨視之, 雅齒韶顔, 眞國色也.

生盤馬踟躕, 或先或後, 留神注目, 終莫能捨去也. 女知生不能無意, 含羞低眉, 不敢仰視. 女行漸遠, 生亦相隨. 趁其所終到, 則相思洞路傍蝸室數間, 乃其所止也.

生盤桓佇立, 不堪惆悵, 然日已夕矣. 知其無可奈何, 怏怏然而去, 茫茫然而自失, 如醉如癡. 中夜撫枕, 寢不安席, 臨飱忘飯, 食不下咽. 形容憔悴似枯木, 顔色慘愴如死灰. 黯黯懷愁, 默默不言, 〈107〉雖家人父母, 莫曉其所以然也.

纔過十餘日, 有蒼頭莫同者, 乘間進謁, 垂淚而問曰:

"郎君平日, 言笑豪縱, 卓犖不羈, 今乃戚戚, 如有隱憂, 是何憔悴悶怨如是耶? 無乃有所思而然耶?"

生悽然感悟, 乃以實告莫同, 莫同心思良久曰:

"僕爲郎君, 請獻麼勒[5]之計, 郎君無用自煎."

生曰:

"然則將奈何?"

曰:

"郎君急辦美酒嘉肴, 須使極侈, 直之美人所到家, 若將餞客之爲者然. 借一間, 設盤筵, 呼奴請賓, 奴亦承命而往. 食頃而返曰, '且至矣, 且至矣!' 郎君又命之, 再請之, 奴亦承命而往, 日暮而返曰, '今日則餞之者衆, 故醉甚不得來, 明日則定行'云矣. 於是, 呼主人出, 命之坐, 以其酒肴, 醉飮之, 不視顔色而退. 明日亦如之, 又明日又往焉, 亦如之, 則一則懷〈108〉惠, 二則感恩, 三則必疑之. 懷惠則思報, 感恩

---

4) 籤 : '簪'의 오자.

5) 麼勒 : '磨勒'의 잘못.

則思死, 疑則必請其所以然也. 於是, 開襟吐款, 則庶可圖矣."

生甚然之, 欣然而笑曰:

"吾事諧矣."

從其計, 卽具酒肴, 直詣其家, 設饌, 送奴往復邀客, 一如蒼頭之言. 奴亦返命再三, 一如所約. 生佯罵曰:

"咄咄! 其人誤佳期如是夫? 雖然, 携來春釀, 不可虛還. 於此, 爲主人一壽, 亦非惡事也."

仍呼主人出, 則七十老嫗, 來見矣. 生慰之曰:

"嫗且安坐. 適以饌客, 來舍于此, 而嫗善延納, 多謝厚意."

卽呼莫同, 命進酒肴, 與嫗相酬酢, 若平生之舊, 不出一言而退.

生自料前所見少娥, 不知實是嫗家女否. 悒悒懷悶, 如不能自存. 然冀其深感嫗, 而待其自疑, 然後發告私情. 明日, 乃往不懈. 如是者再三, 嫗〈109〉果自疑, 斂容避席曰:

"老身竊有所請焉. 路邊人家緝緝, 如魚鱗櫛比, 開樽迭行, 何處不可? 獨尋區區之陋居如是乎? 且郎君京華巨族, 士林宗匠, 老身窮閭嫠婦, 草屋微生. 前有貴賤之嫌, 後無平生之舊, 而猥蒙厚恩, 以至此極, 老身何以得此? 實不識其然也."

生笑曰:

"吾因饌客, 別無他意也. 但不與嫗夏然者, 賓主之禮, 當然也."

酒闌, 生輒解紫裲合歡單衫, 投之於嫗, 而與之曰:

"每煩嫗家, 無以爲報, 以此爲信, 以備他日不忘之資也. 幸嫗勿却."

嫗感之深, 又疑之甚, 卽起而再拜曰:

"郎君之賜至此, 則老身之感滋甚. 意者, 或有所以然而然耶? 丁寧老身, 寡居多年, 凡在隣里者, 恒無顧藉, 況於郎君乎? 就令郎君有所望於老身, 雖死〈110〉不辭也."

生笑而不答, 嫗之請强然後, 莞爾而笑曰:

"此洞名云何?"

曰:

"相思洞也."

曰:

"吾爲洞名所祟耳."

嫗微哂曰:

"郎君無乃以邊嫗之任, 望於老身乎? 但此洞無雲華之窈窕, 其於魏郎之風流何?"

生知其所思嬋娟, 必不在此也. 生愀然失色曰:

"僕旣爲嫗所厚, 安得不以實告? 果於某月某日, 從某處來, 路上適見少娘子. 年甫若干, 衣翠羅衫紅綺裳, 着白綾襪紫的鞋, 以眞珠鈿攀索頭, 以雪色瑤環, 約纖指, 由弘化門前路, 逶迤而去. 僕以年少俠氣, 不禁春情之駘蕩, 尾而隨之, 趁其所到, 則嫗家是也. 自此, 心醉如泥, 萬事茫然, 惟其少娘是念. 明眸皓齒, 寤寐見之, 心摧腸斷, 非一朝一夕. 嫗見我顏色之枯槁, 爲如何哉? 如是則煩嫗家餞〈111〉客, 不得不已."

嫗聞之, 深憐其意, 然未知生之所念, 爲何人也. 沉吟半餉, 釋然頓悟:

"有之. 此乃亡兄之少女, 名英英, 字蘭香者也. 若然則誠難矣! 誠難矣!"

生曰:

"何故?"

嫗曰:

"是乃檜山君宅侍女也. 生於宮中, 長於宮中, 不踏門前之路久矣. 姿色之美, 旣爲郎君所覩, 必不强爲郎君道, 雅心柔, 無異於士族家處子, 加以審音律, 能解文, 故進賜愛之, 將以爲綠衣, 而夫人不能免妬忌之俗，甚於河東之吼，是以未果耳. 曩日英兒之來此不憚者，以其時當寒食節，祀其亡父母靈於此，故請暇於夫人，而來耳. 然適値進賜之出遊，以致其行，不然，郞君何由得接面目乎? 噫! 爲郞君更圖一會，誠難矣! 誠難矣!"

生仰天太息曰:

"已! 吾當死矣!"

嫗甚憫之，撫〈112〉然爲間曰:

"無已則有一焉. 端午佳節，只隔一月，其時則老身當爲亡兄，復設小奠，以此告于夫人前，請阿英半日之暇，則尙可庶幾於萬一也. 郞君且歸，待期會，可也."

生喜曰:

"果如嫗言，人間之五月五日，乃天上之七月七日也."

生與嫗相別，各道萬福而退. 生歸家，喁喁然視日之斜，汲汲然望夜之至，度一日，如三秋，待佳期，如不及. 頻寄翰墨，以宣其堙欝，乃作〈憶秦娥〉一闋，曰:

春寂寂
一庭梨花風雨
花風雨
相思不見
音耗兩隔
却悔當年遇傾國
我心安得如石
空相憶
對花腸斷
臨風淚滴

及期而往, 則嫗出而延之甚喜. 生問羞外, 不暇出一言, 祗曰:
"事勢若何?"

嫗曰:

"日昨, 爲6)進夫人前, 請之甚懇, 夫人爲7)言, '進賜平日, 〈113〉禁
英兒出入甚嚴, 故我不敢從汝所願. 若明日鄕8)邀出, 而作令節, 則
吾何惜一英兒暫時閑也?' 夫人諾, 則丁寧矣. 但未知進賜之出遊乎
否也."

生將信將疑, 且喜且懼, 心莫能定, 而悄然憑几, 開戶而待之. 日
將欲午, 了無形影, 胸煩腸熱, 凝坐成癡, 有若霜後蠅然也. 生起立,
揮扇擊柱, 呼嫗而告之曰:

"望眼欲穿, 愁腸欲斷. 多少行人, 近而却非, 吾望絶矣."

嫗慰之曰:

"至誠感天, 郎且少安."

有頃, 窓外有曳履聲, 自遠而近. 生驚顧視之, 乃英少娘也. 生拍
手曰:

"豈非天也?"

嫗亦喜之, 如赤子之見慈母也. 英見門前綠柳, 紫驪長嘶, 庭畔淸
陰, 僕從羅列, 怪而跡躅, 不敢遽入. 嫗詭阿英曰:

"汝其速入, 無疑. 汝不識此郎君乎? 郎君9)乃吾亡夫親族也, 〈114〉
適來陋舍, 將欲餞客. 且汝來何暮也? 吾恐汝終不來, 故已祭汝父母
耳. 汝可入于內, 速取杯盤來, 以奉郎君一酌."

英如其言, 奉盤而至, 嫗與生擧盃相屬. 酒半酣, 生謂英曰:

---

6) 爲 : 『화몽집』에는 '爲郎君'으로 되어 있음.
7) 爲 : '謂'의 오자.
8) 鄕 : '卿'의 오자.
9) 郎君 : 『화몽집』에는 없음.

"娘亦就坐, 吾巡及至矣."

英含羞低顔, 不敢正對. 嫗曰:

"汝生長深宮, 不知世情之乃爾. 汝能識字, 不知酬酢之有禮乎?"

英乃受, 猶未快如也, 澁把香卮, 乍接丹唇而已. 少焉, 嫗佯醉倦坐, 欠神[10]思睡, 顧英而言曰:

"吾爲酒力所困, 氣甚不穩, 且欲小安. 汝暫侍生."

卽起入內, 倒榻醉睡, 鼻息如雷.

於是, 生謂英曰:

"頃者, 自夫子廟來, 相見于弘化門前路, 三月初吉, 實惟其時. 記憶否?"

英答曰:

"記馬, 不記人也."

生曰:

"人不如馬耶?"

英曰:

"見馬, 不見人也."

生曰:

"汝豈徒不記人乎哉? 顔〈115〉色之憔悴, 形容之枯槁, 不如曩者之相見者, 豈無所由然而然耶? 汝非我, 安知我之心哉?"

英笑[11]曰:

"子非妾, 安知妾之心乎?"

生移席狎坐, 以實告之曰:

"咨爾蘭英[12]! 汝豈無情人哉? 自從相逢, 不相話以來, 相思不相

---

10) 神 : '伸'의 오자.

11) 笑 : 『화몽집』에 '答'.

12) 英 : '香'의 오자. 『화몽집』에는 '香'.

見, 今幾日月? 咨爾蘭香! 汝寧不悲乎哉? 徯我娘, 娘來其蘇矣."

英英微啞不答. 生欲留英于此, 仍以繼夜, 要以同枕. 英不可曰:

"吾進賜主, 朝以出遊, 暮以當還, 還則必呼妾而解衣, 不可以婉婉之弱質, 陷於萬死之地也. 是以只卜其晝, 未卜其夜."

生知其不可久留於此, 仍以微意桃[13]之曰:

"苟如若言, 則當奈此心何? 日已云暮, 分手已迫, 後會未易, 良晤難再. 汝其憐之, 無吝乎半餉之歡."

遂欲狎之, 英歛衽正色曰:

"余其木石人哉? ⟨116⟩ 不知郎君心內事乎? 但進賜不以妾爲菲薄, 日夜使令於前, 信而任之, 不出中門之外. 今之來此, 已犯嚴令耳. 若又恣行不法, 醜聲彰聞, 死有餘罪, 縱欲從命, 其可得乎?"

生拊髀而歎曰:

"予豈生乎? 其爲泉下人哉!"

遂執其素手, 捫其酥乳, 接其玉脚. 唯心所欲, 無所不爲, 至於遘[14]歡, 則不可也. 生鼓情竭誠, 百端誘之曰:

"烏飛急, 兎走疾, 歲月如流. 紅已歇, 綠已衰, 蝴蝶莫念. 其在人也, 何以異乎? 顔凋紅於轉頭, 髮生白於彈指. 朝雲暮雨, 陽臺神女, 本無定情, 碧海長天, 月中姮娥, 應悔偸藥. 鳥性微而比翼, 木性頑而連理. 矧情欲之所鍾, 豈人物之異致? 春風蝴蝶之夢, 特惱空房, 夜月杜鵑之啼, 偏驚孤枕, 豈可使杜牧之尋春芳晚? 魏寓言, ⟨117⟩ '見姮娥遲, 虛負靑春之年, 空遺黃壤之恨. 每恨西陵綠樹寂寞, 千載之荒丘, 長信扁蕭條[15], 幾夜之秋雨?' 嗟! 吾心之可惜, 恨娘子之無情, 生而何哉[16]? 死而止耳!"

---

13) 桃 : '挑'의 오자.

14) 遘 : '媾'의 오자. 『화몽집』에는 '媾'.

15) 長信扁蕭條 : 『화몽집』에는 '長信門鎖蕭條'.

英終不肯隨曰:

"郎君如致意於賤妾, 可於他日相尋."

生不可曰:

"一別音容, 宮門幾重, 欲寄音書, 無由可達, 其可更望喜眼之雙靑乎?"

英曰:

"此[17]豈知我者? 是月望日夜, 進賜與王子諸君, 約爲翫月之會, 是必入夜而還. 且宮之墻垣, 適爲風雨所壞, 進賜緩於營家, 故時未理之. 郎君可於此日, 乘昏黑而來到, 從壞垣深入, 則中有短墻之門, 當啓而待之. 由門而入, 循墻[18]而下, 東階十步許, 有別寢數間. 郎君潛身于此, 待妾出迎, 則何難乎佳期哉?"

生頗然之, 牢定約束, 分袂而歸. 一時登〈118〉道, 漸成南北, 立馬回首, 黯然消魂而已. 生自此, 懸憶尤甚. 乃作四韻一首, 以自悼曰:

宮門深處鎖嬋娟
一別音容兩杳然
此日難忘情態度
前身應結好因緣
心勞往事愁如雨
苦待佳期日似年
正欲尋芳三五夜
登樓看月幾時圓

及期而往, 則果有壞垣, 牙缺成門. 由之而入. 度密穿深, 乃得小

---

16) 哉 : 『화몽집』에는 '俟'.

17) 此 : 『화몽집』에는 '郎之此言'.

18) 墻 : '階'의 오자.

門, 推之試19)而果不鎖也. 入而東下, 果得別寢, 心私自賀曰:

"蘭香不欺我矣."

仍投其中, 以待英出.

于時, 白月初高, 凉風乍起, 階上群芳, 暗香浮動, 庭前綠竹, 疎韻蕭洒. 忽聞開戶之聲, 自內而出. 生將信將疑, 屛息潛聽, 跫音漸近, 衣香來襲. 開眼視之, 乃蘭香〈119〉也. 生出而撫背曰:

"情人金某, 在斯矣."

英曰:

"郎君大是信士."

卽携手狎坐, 問安否. 生答曰:

"忍得萬死, 僅保殘喘耳."

英曰:

"何故其然耶?"

生曰:

"地邇人遐之故也."

相與打話, 不覺夜深. 生仰見明月, 而驚之曰:

"初我來時, 此月在東, 今已中天, 夜將過半. 不以此時同枕, 將何俟爲20)?"

卽把英之衣襟, 而解之. 英止之曰:

"郎君何以妾如桑間遊女乎? 別有寢房一所, 可於其間穩度良夜."

生掉頭而謝曰:

"我旣冒法昧死, 崎嶇到此. 一之已甚, 其可再乎? 凡事, 貴得萬全, 若又咨行唐突, 第恐事泄."

英曰:

---

19) 推之試 : 『화몽집』에는 '推而試之'.

20) 爲 : 『화몽집』에는 '焉'.

"事之泄不泄, 惟我在. 郎君無用自煎."

乃携生擁入. 生不得已隨之, 踢躇惶恐, 入門如臨深淵, 踏地如履薄氷. 每移一足, 動輒九蹶, 汗出至踵, 猶未能自覺也. 〈120〉無何繞曲砌循回廊, 入門者再三, 然後, 達于大內. 宮人睡熟, 庭戶寂然, 惟見紗窓淸燈明滅, 可知夫人寢所也. 英引生納之一房曰:

"郎且少安."

卽入內, 久而不出. 生不任無聊, 或坐或臥, 私怪殊甚. 旣而有人趨入中門報曰:

"進賜且入矣."

滿庭炬燭, 照耀煒煌, 侍妾婢僕, 奔走左右, 擁衛而入. 進賜醉臥庭中, 尙不覺悟, 鼾睡之聲漸熟. 英承夫人之命曰:

"久臥冷地, 恐爲風傷."

挽起王子, 扶而入內. 人聲漸息, 火光亦滅. 英右手持玉燈, 左手携銀甁, 出而開戶, 則生塗壁累[21]足而立, 自以爲將死而已. 英笑謂生曰:

"郎君無乃有驚惧之心乎? 妾欲慰之, 故持溫酒而來."

遂以金荷葉盞, 酌而勸生. 生辭曰:

"在情, 不在酒也."

仍命撤去. 見房中, 無他物, 〈121〉只有朱紅書案, 置『杜草堂詩』一卷, 以白玉書瑱鎭之, 琅玕卓上, 橫一短琴, 卽口號二句先唱曰:

琴書蕭洒淨無塵
正稱空房玉一人

英繼吟曰:

---

21) 累: 『화몽집』에는 '裹'.

今夕不知何夕也
錦衾瑤席對佳賓

　旣而, 相携昵枕, 纔盡繾綣之意. 夜已將闌, 晨鷄喔喔然催曉, 遠
鐘隱隱乎罷漏. 生起而攝衣, 欷歔數聲曰:

　"良宵苦短, 兩情無窮, 其如將別何? 一出宮門, 後會難期, 其如此
心何?"

　英聞之, 呑聲飮泣, 玉手揮淚曰:

　"紅顏薄命, 自古有之, 非獨微妾, 生如此而別, 死如此而怨, 其生
其死, 如花殘葉落, 將不待歲月寒矣. 郎君以男〈122〉兒鐵石之心, 何
可屑屑然, 爲兒女之念, 以傷性情乎? 伏願郎君, 此別之後, 無置妾
面目於懷抱間, 以傷思慮, 善保千金之軀, 不廢學業, 擢高第, 登雲
路, 以盡平生之願, 幸甚幸甚!"

　仍抽兎毫管, 開龍尾硯, 展鸞鳳牋, 遂寫七言律詩, 吟付爲別[22]曰:

幾日相思此日逢
綺窓繡幕接丰容
燈前不盡論心事
枕上旋驚動曉鍾
天漢不禁烏鵲散
巫山那復雲雨濃
遙知一別無消息
回首宮門鎖幾重

　生覽之, 悲不勝, 不覺淚下, 卽濡筆而和之曰:

---

22) 吟付爲別 : 『화몽집』에는 '以付生爲贐'.

燈盡紗窓落月斜

乖離牛女隔天河

良宵一刻千金直

別淚雙行百恨和

自是佳期容易阻

由來好事許多魔

他年縱使〈123〉還相見

無限恩情奈老何

英英展而欲覽, 泪滴濕字, 不能盡篇. 收而藏之懷中, 脉脉不語, 握手相看而已. 于時, 曙燈晻翳, 東窓欲明. 英乃携生而出, 送于壞墻之外. 兩人相與嗚咽, 不能成泣, 慘於死別.

生既還家, 喪神失心, 視不見物, 聽不聞聲, 筌蹄世故, 無事掛念. 爲一書, 以致懇懇之意, 而相思洞老嫗, 旣已捐世, 無便可寄, 徒費悵望, 虛勞夢想而已.

歲月荏苒, 光陰倏忽, 百憂叢裡, 三秋已過. 情隨事變, 念懷稍弛. 復事舊業, 沉潛乎經籍, 發奮乎文章, 以槐黃之期, 與國士鬪觜, 距23) 於試場, 再進再捷, 擢千人爲壯元, 光輝一世, 人莫比肩.

三日遊街, 頭戴桂花, 手執牙笏, 前導雙盖, 後擁天童, 衣錦唱〈124〉夫, 左右呈技, 執樂工人, 衆聲並奏, 觀者滿庭, 望若天上郎也.

生半醉半醒, 意氣浩蕩, 著鞭跨馬, 一日千家. 忽見道傍, 高墉遠24) 墻, 透迤乎百步, 碧瓦朱欄, 照耀乎四面, 千花百卉, 芬茀乎堦庭, 戲蝶狂蜂, 喧咽乎林園, 生問之, 則乃檜山君宅也. 生忽念舊事, 中心暗喜, 佯醉墮馬, 臥而不起. 宮人出問25), 聚立觀者如市.

---

23) 距 : 연문(衍文)인 듯함. 『화몽집』에는 '與國士鬪觜於試場'으로 되어 있음.

24) 遠 : 『화몽집』에는 '繞'.

時, 檜山君捐世, 已閱三期, 素服初閱, 夫人索寞單居, 無以爲懷, 欲觀俳優伎倆, 令侍女扶入西軒, 臥以錦文席, 枕以竹夫人. 生昏昏瞑目, 若不覺悟.

於是, 唱夫工人, 羅列庭中, 衆樂齊作, 百戲俱張. 宮中侍女, 紅顏粉面, 綠鬢雲鬢, 捲簾而觀者, 可數十許人, 而所謂英英者, 不在其中[26]. 生心自怪之, 莫知可生死, 諦而觀之, 有一少〈125〉娘, 出而望生, 入而拭淚, 乍出乍入, 不能自止. 盖是英英不忍見生, 不禁泪流, 畏爲人所覺也.

生望之, 心甚悽然, 然日將夕矣, 知其不可久留于此, 欠身[27]而起, 顧而驚曰:

"此何所也?"

宮中老藏獲, 趍而進曰:

"檜山君宅也."

生益驚曰:

"我何爲來此耶?"

藏獲以實對, 生卽欲出. 夫人念生酒渴, 命英英奉茶而進. 兩人相近, 不得出一言, 徒爲目成而已. 英奉茶[28]旣竟, 將起入內, 則華牋一封, 落自懷中, 生拾而藏之袖中[29]而出, 上馬還家, 折而觀之, 其書曰:

薄命妾英英, 再拜白金郎足下.

妾生不相從, 又不能死, 殘骸餘喘, 至今尙存. 豈妾微誠念君不

---

25) 問 : '門'의 오자.

26) 不在其中 : 『화몽집』에는 '獨不得見'.

27) 身 : '伸'의 오자.

28) 英奉茶 : 『화몽집』에는 '生飮茶'.

29) 生拾而藏之袖中 : 『화몽집』에는 '生蒼黃收拾, 納諸袖裡'.

至? 天何茫茫, 地何漠漠! 桃李春風, 閉妾深宮, 梧桐夜雨, 鎖妾空
房. 久廢絲桐, 蛛網生匣,〈126〉空藏粧鏡, 塵土滿奩. 斜陽暮天, 能
添妾恨, 曉星殘月, 誰念妾心30)? 登樓望遠, 雲敝31)妾眼, 倚窓思睡,
愁斷妾魂. 吁嗟! 郎君! 寧不悲哉? 妾又不幸, 老嫗捐世, 欲寄音書,
無由可達, 徒想面目, 每斷心腸. 假令此身, 更獲一見, 芳容頓改, 厚
惠何施? 不識郎君, 亦念妾否. 天荒地老, 妾恨無窮. 嗟哉! 奈何? 死
而已矣. 臨楮悽然, 不知所云.

書下, 復有七言絶句五首, 曰:

好因緣反是惡緣
不怨郎君只怨天
若使舊情猶未絶
他年尋我向黃泉

一日平分十二時
無時無日不相思
相思何日期相見
深恨人間有別離〈127〉

柳憔花悴若爲情
鏡裡猶憂白髮生
自是佳人無好事
墻頭晨鵲爲誰鳴

---

30) 誰念妾心 : 『화몽집』에는 '不知妾心'.
31) 敝 : '蔽'의 오자.

別來忍掃席中塵
愛有郎君坐臥痕
寂寞深宮消息斷
落花春雨掩重門

欲寄音書寄得難[32]
幾回呵筆綠窓間
空敎別後相思淚
點滴花牋一班班

生覽之, 沉吟愛玩, 不忍置釋于手, 致念英英, 倍於曩時. 然靑鳥不來, 消息難傳, 白鴈久絶, 音信莫寄. 斷絃不能復續, 破鏡難得重圓. 憂心悄悄, 輾轉何益? 形枯體鑠, 臥而成疾, 幾過數月.

適有同年李正字者, 來問生疾. 生携手陳情, 告以疾祟, 正字驚慰曰:〈128〉

"君疾愈矣. 夫檜山君夫人, 於我爲姑, 義切情親, 可以達其所懷. 且夫人自失所天以來, 信幽明報應之說, 不愛家産珍玩, 好爲捨施, 可以爲君更圖之矣."

生喜曰:

"不意, 今日復見芽[33]山道士."

乃申申然定約束, 再拜而送之.

卽日, 正字往于夫人前, 告之:

"某月某日, 有及第壯元者, 醉過門前, 墮馬不省人事, 姑氏命扶入西軒, 有諸?"

---

32) 欲寄音書寄得難 :『화몽집』에는 '欲寄幽懷替我顏'.

33) 芽 : '茅'의 오자.『화몽집』에는 '靈山'.

曰:

"有之."

曰:

"命英英, 奉茶慰渴, 有諸?"

曰:

"有之."

曰:

"是乃姪之友, 壯元金某也. 爲人才器過人, 調度脫俗, 將大有爲之人也. 不幸嬰疾, 閉戶臥吟, 已數月, 姪朝夕往來而問疾, 則肌膚憔悴, 氣息奄奄, 命在朝夕. 姪甚憐之, 問疾所由, 則英英爲祟也. 不識, 可使循諸?"

夫人感激曰:

"吾何惜一英英, 使人以至死亡耶?"

卽命英英, 〈129〉歸金生家. 二人相見, 其喜可掬. 生憊氣頓蘇, 數日乃起. 自此, 永謝功名, 竟不娶妻, 與英英相終云云.34)

---

34) 『화몽집』에는 이 뒤에 '평소 영영과 창화(唱和)한 시문(詩文)이 매우 많아 책 분량이 되었으나 자손이 없어 세상에 전하지 못했으니, 아! 애석하도다.(平生與英英唱和詩文, 甚多, 積成卷軸, 而生無子孫, 不傳於世. 吁! 可惜哉.)'가 더 있음.

요로원기
要路院記

〈129〉 무오(戊午)¹⁾년에, 내가 서울[固麻]²⁾에서 내려올 때에는 고단한 행색이라 스스로 보아도 비웃을만했다. 짐을 실은 검누른 말 한 필을 타고 갈 때 앙상하고 변변치 못한 말 끄는 아이는 헤진 옷을 허리에 둘렀으니, 매번 원(院)³⁾에 투숙할 때마다 모욕을 당하고 가볍게 여김을 받음이 한두 번이 아니었다.

오전에 소사(素沙)⁴⁾를 출발했으나 요로원(要路院)⁵⁾에 5리쯤에도 못 미쳐 날이 저물었다. 말이 절뚝거렸기 때문이다. 말을 재촉하여 앞으로 나아가 어두워질 무렵에 원(院)에 도착했다. 내가 생각하였다.

'행인들이 이미 들어 막사(幕舍)에는 빈 곳이 없을 텐데, 이 단출한

---

1) 무오(戊午) : 『요로원야화기(要路院夜話記)』의 저자는 박두세(朴斗世, 1650~1733)로 여겨진다. 박두세의 생몰년으로 고려해 보았을 때 '무오'는 그의 나이 28세가 되는 숙종(肅宗) 4년(1678)이다.

2) 고마(固麻) : 서울. 백제에서는 왕도(王都)인 서울을 고마(固麻)라 불렀다고 한다. 김동욱이 학계에 소개한 연대본(한문본)에 '고마'에 대해 다음과 같은 협주가 있다. '百濟號王都曰 固麻, 郡縣曰擔櫓, 出『南史』'. (김동욱 교주, 『於于野談·雲英傳·要路院夜話·三說記』, 敎 文社, 1984, 444쪽)

3) 원(院) : 공무로 출장 가는 관리들과 일반인에게 숙식의 편의를 주기 위해 각 요로나 인가가 드문 곳에 둔 숙소.

4) 소사(素沙) : 소사평(素沙坪). 현재 경기도 갈원과 성환 사이에 있는 들판을 가리킴. 조선 시대 삼남으로 통하는 중요한 역이 있었다고 한다.

5) 요로원(要路院) : 현재 충청도 아산시에 있었던 조선시대의 원(院).

차림새로는 호령도 할 수 없고 주인은 여행객을 쫓아내겠지. 그렇다면 차라리 양반이 머무는 관사를 택하여 함께 묵자고 애걸하면 아마도 막지 않을 것이고 욕을 듣는 일이 없을 것이야.'

드디어 한 막사를 찾아 들어가니, 마루 위에 한 양반이 나른하게 반쯤 누워 있다가 내가 오는 것을 보고는 큰 소리로 종을 불러 말했다.

"너희들은 어디에 있기에 잡인을 금하지 않는 것이냐?"

갑자기 종 두 명이 작두간[斫刀間][6]에서 곧바로 나왔다. 내가 말[부담(負擔)]에서 내리자 〈130〉 하인 하나가 말을 쫓아내며 나의 종을 꾸짖어 말했다.

"네 놈은 눈이 멸었느냐? 행차[7]께서 방에 계시는 것이 보이지 않느냐?"

한 하인이 나를 떠밀어 문밖으로 내보내면서 말했다.

"행차께서 이미 드셨으니 비록 양반이라 하더라도 들어올 수 없소."

나는 떠밀려 나가면서 말했다.

"내 너희가 먼저 들어온 집을 빼앗으려는 것이 아니다. 날이 이미 어두워 내가 잠시 이곳에서 쉬고 나의 종에게 다른 관사를 알아보게 한 뒤에 나갈 생각이었다. 너희 양반이 저기 계신데 어찌 이와 같이 욕을 보이느냐?"

문밖에 나가기 전에 봉당의 객이 보고서는 웃으면서 말했다.

"멈추어라! 멈추어라!"

나는 다시 들어가서 마루 아래로 나아가 옷을 걷고 그 위에 오르려 하는데 객은 누운 채로 일어나지 않았다. 이미 침구를 펴놓고서는 그 위에 팔베개를 하고 있었는데, 자리 밖의 남은 공간이 여러 명이 앉을 만했다. 나는 마루에 올라가 서서 인사를 나누고자 했으나 객은 여전히

---

6) 작두간 : 斫刀間. 박희병은 이것을 짚, 콩깍지 따위의 마소의 먹이를 써는 곳이라고 했다. (박희병, 『한국 한문소설 교합구해』, 소명출판, 2005, 578쪽)
7) 행차(行次) : 길을 나선 사람을 높여 부르는 말.

누워서 움직이지 않았다. 내가 스스로 생각했다.

'저 자는 서울양반이라서 의관이 말쑥하고 화려하며 안장과 말이 호사스럽고 건장한데, 내가 시골양반이라서 예의를 차리지 않는구나. 저놈의 어리석은 생각과 교만한 기운을 술책으로 꺾어야겠군.'

그리고 곧 매우 공손하게 절을 했지만, 객은 베개를 베고 머리만 끄덕이면서 천천히 말했다.

"존객(尊客)8)께서는 어디에 사시오?"

나는 이미 저를 속이려 들었기 때문에 바른 말을 할 수 없었다. 즉시 꿇어앉아서 대답했다.

"충청도 홍주(洪州)9) 동면(東面) 금곡리(金谷里)에 〈131〉 살고 있습니다."

객은 상세함을 비웃고 놀리면서 말했다.

"내가 존객에게 호적단자(戶籍單子)를 외우라고 하였소?"

대개 호적단자에는 거주하는 곳의 마을 명이 상세하기 때문이다. 내가 머리를 숙이고 말했다.

"행차께서 물으시는데 상세하지 않을 수가 없습니다."

그리고는 청하여 말했다.

"처음에는 관사를 정하고 나가려 했으나 날이 이미 밤이 되고 막사 또한 사람으로 가득 찼습니다. 여기 빈자리에 여행객이 앉아서 새벽까지 기다리는 것을 허락해주시렵니까?"

객이 말했다.

"처음에는 가겠다고 하고서 지금에는 머물겠다고 하니, 이것은 한 입으로 두 말을 하는 것이로군."

내가 말했다.

---

8) 존객(尊客) : 원문은 '존(尊)'. 서울양반이 처음에는 시골양반을 존대하나 이후에는 군(君)으로 낮추어 부른다. 이러한 차이를 살리기 위해 원문의 단어를 살려 '존객'으로 표현했다.

9) 홍주(洪州) : 지금의 홍성(洪城).

"처음에는 멈추라 하고 지금은 또 나가라 하시면 이것은 한 말을 하는 것입니까?"

객이 웃으면서 말했다.

"존객 또한 양반이니 함께 자고 함께 이야기하면 족히 심심하지 않을 것이오."

내가 말했다.

"그렇다면 덕[덕분(德分)]이 적지 않겠습니다."

하고서는 종을 불러 말했다.

"우마(馬牛)를 들여 매고 양미(糧米)를 내어 오너라!"

객이 웃으며 말했다.

"존객께서는 어찌 소를 끌고 다니시오? 양미라고 말하지 않으면 종이 양식이 쌀인 줄 모르오?"

내가 말했다.

"행차께서는 서울 손님이시군요."

하자 객이 말했다.

"어찌 내가 서울 손님인 줄 아셨소?"

내가 말했다.

"내가 소를 끌고 오지 않았고, 종 또한 양미가 쌀을 말하는 것을 모르는 것이 아닙니다. 그러나 말을 말할 때는 말과 소를 아울러 말하고, 양식을 말할 때는 양미를 아울러 말하는 것이 시골사람들의 말 습관입니다. 시골 사람들이 들으면 평범하다 여길 것이니, 이는 서울양반이 아니시면 누구시겠습니까?"

하자 객이 웃으며 말했다. 〈132〉

"군(君)10)의 말이 그럴듯하구려."

---

10) 군(君) : 여기서부터 서울양반이 시골양반에 대한 호칭을 '尊'에서 '君'으로 바꾸고 있다.

그리고 물었다.

"무슨 일로 어디를 가시오?"

내가 시골말로 대답했다.

"내 작은 사연이 있어서 서울에 갔습니다."

하자 객이 웃으면서 말했다.

"무슨 일 때문이오?"

이에 대답했다.

"친족 중에 부당한 일을 당한 사람이 있는데 내가 서울에 아는 사람이 있다고 하여 서울에 올라가 주선해 달라고 하기에 갔다가 돌아오는 길입니다."

객이 웃으면서 말했다.

"아는 사람이 누구요? 주관했던 일은 성취했소, 어떻소?"

하여 대답했다.

"예전에 상경했을 때 육조(六曹) 앞 김승(金丞)[11]의 집에 머물렀지요. 김승은 곧 병조(兵曹)의 관원(官員)입니다. 그는 드나들 때 비록 걸어 다니지만 사모(紗帽)를 쓰고 붉은 옷에 관대(冠帶)를 찹니다. 나에게 일러 말하기를, '혹시 일이 있어 서울에 오게 되면 우리 집을 주인으로 정하시오. 내가 주선해 주리다.'라고 했기에 이번에 가서 그 집에 청했습니다. 청이 거의 이루어지려 했으나 돈이 부족하여 일을 마치지 못하고 돌아오는 길입니다."

하자 객이 말했다.

"이미 들어간 돈이 얼마요? 장차 들어갈 돈은 또 얼마라고 합디까?"

내가 말했다.

"앞서 가져간 보병(步兵)[12] 반동(半同)[13]은 이미 다 썼습니다. 주인

---

11) 승(丞) : '승'은 사람 이름이 아니라 서리를 뜻한다. 시골양반은 '승'이란 말이 서리를 지칭하는 것인지 모른 척하면서 서울양반을 대하고 있다.

은 '십여 필이 있어야 마칠 수 있다' 하더이다. 고로 지금 내려가 이 금액을 가지고 다시 올라오려 합니다."

객은 한숨을 내쉬고 크게 탄식하면서 팔을 치며 말했다.

"군은 서리(書吏)에게 속았소. 군이 말한 김승은 서리지 관원이 아니오. 관원이 어찌 〈133〉 걸어 다니겠소? 또 그 머리에 쓴 것은 사모가 아니라 승두(蠅頭)[14]라는 것이고, 그가 입은 옷은 관대(冠帶)가 아니라 단령(團領)[15]이란 것이오. 군이 술수에 빠져 비용만 허비했으니 안타깝소! 시골사람이 으레 이러하지."

이때부터 객은 나를 매우 어수룩하게 여겨서 다시는 '존객[尊]'으로 부르지 않고 바로 '군(君)'이라 불렀다. 내가 말했다.

"서리와 관원은 원래 다른 것입니까?"

객이 말했다.

"심하군! 군의 시골말은. 군은 필시 깊은 골짜기에 살면서 도시에는 한 번도 가본 적이 없겠구려. 군이 살고 있는 금곡(金谷)은 도시에서 몇 리나 떨어졌나?"

내가 말했다.

"모릅니다. 다만 새벽에 출발하면 저녁에 도착한다고 들었습니다."

하자 객이 말했다.

"군이 이처럼 사는 곳이 후미지니 서리와 관원을 구별하지 못하는 것이 당연하지. 군의 마을에서 우러러 받들고 경외하는 자는 누군고?"

"서리(書吏)와 아전(衙前)입니다."

"이들보다 높은 자는 누군가?"

---

12) 보병(步兵) : 군포(軍布).

13) 반동(半同) : 한 동(同)은 50필이다. 따라서 반동은 25필이다.

14) 승두(蠅頭) : 글자 뜻은 '파리의 머리'로, 서리가 쓰는 관을 뜻한다.

15) 단령(團領) : 깃을 둥글게 만든 관복을 말한다.

"별감(別監)과 좌수(座首)입니다."

"또 이들보다 높은 자는 누군가?"

"없습니다."

"목사(牧使)는 모르는가?"

"목사는 영감(令監)이오. 영감은 우리 고을의 왕이니, 어찌 아전의 무리와 함께 말할 수 있겠습니까?"

"군의 말이 맞지. 군이 말한 영감이 곧 서울의 관원이고, 그 서울의 서리가 곧 그 고을의 아전일세."

"이처럼 다르단 말인가요? 그렇다면 〈134〉 제가 아는 김승도 또한 양반이 아닙니까?"

하자 객이 웃으면서 말했다.

"오늘에서야 양반이 아닌 것을 알았나? 또 군은 양반이라고 부르는 까닭을 아는가?"

"모릅니다."

"벼슬길에는 동반(同班)과 서반(西班) 두 반이 있는데, 사람들 중에 이 두 반에 오른 자를 일러 양반이라 하지. 저 김승은 동반인가? 아니면 서반인가?"

"제가16) 시골사람이라 승(丞)이 서리의 호칭인 줄 알지 못하고, 다만 승두(蠅頭)와 단령(團領)을 보니 사모관대(紗帽冠帶)와 비슷하여 양반 관원으로 알아서 교제하게 되었습니다."

하고 이에 탄식하면서 말했다.

"원통하구나! 원통해!"

객이 말했다.

"무엇 때문에 원통한가? 혹시 반동(半同)을 허비했기 때문에 아까운

---

16) 제가 : 원문에는 '僕'으로 되어 있다.

것인가?"

내가 말했다.

"아닙니다. 비록 한 동이라 해도 친척의 군역(軍役)을 면하기 위해서라면 무엇이 아깝겠습니까? 다만 지난날 김승이 나의 자(字)를 물어보았는데, 그 뒤로 김승은 매번 나의 자를 불렀고 나 또한 김승을 자로 불렀습니다. 지금에 와서 생각해보니 그가 상놈으로서 양반의 자를 불렀으니 어찌 참람하지 않겠습니까? 행차를 만나지 못했다면 장차 욕을 당했을 것입니다."

객이 크게 웃으면서 말했다.

"행차의 덕이 적지 않구만."

하고 또다시 물었다.

"군은 살고 있는 마을에서 어느 정도의 양반인가?"

내가 말했다.

"저 또한 상등양반입니다."

하자 객이 말했다.

"군이 상등 양반이면 〈135〉 친인척이 군역(軍役)에 들어간 것은 어찌 된 일인가?"

내가 말했다.

"항간의 말을 혼자 못 들으셨습니까? 상감(上監) 또한 보(褓)를 쓴 친인척[眷黨]17)이 있으니 이것이 어찌 누(累)가 되겠습니까?"

"군의 말을 믿네. 난사(蘭奢)18)로다, 난사로다!"

이어 말했다.

---

17) 보(褓)를 쓴 친인척[眷黨] : 갓 대신 보자기를 썼다는 의미로 미천한 족인(族人)을 가리키는 듯.

18) 난사(蘭奢) : 인도인이 남을 높일 때 쓰는 말. 동진(東晉)의 왕도(王導)가 정승으로 있을 때 좌중에 모인 손님들을 차례로 칭찬하였는데 한 승려에 대해서만 언급하지 않다가 조용히 '난사'라고 하였다. 『주자어류(朱子語類)』.

"군의 마을에 양반이 또 있는가?"

"있습니다."

"누구인가?"

"고을 북쪽의 예좌수(倪座首)¹⁹⁾와 동리(東里)에 사는 모별감(牟別監)²⁰⁾이 있습니다."

객이 말했다.

"이들 또한 상등 양반인가?"

"그렇습니다. 그 양반은 저와 다를 게 없지만 위세와 권력은 제가 감히 넘볼 바가 아닙니다. 예공(倪公)이 미천했을 때 아내는 호미질하고 자식은 소를 쳤습니다. 여름이면 도랑에서 가래를 메고 양반으로 칭하며 물길을 다투었으며, 겨울이면 시장에서 베를 끼고 상민과 자(字)를 부르며 술을 마셨습니다. 권농(勸農)²¹⁾이 와서 뵈면 고개를 끄덕거리며 말하기를 '그러지 마시오, 그러지 마시오[勿勿].' 하고, 서원(書員)²²⁾이 와서 절하면 갓을 숙이고 답하기를 '좋습니다, 좋습니다[好好].' 하였습니다. 마을에서 지내는 그저 평범한 사람이었지요. 한 번 별감(別監)이 되자 오래지 않아 좌수(座首)에 올랐습니다. 나면 향청(鄕廳)²³⁾에 앉고 관리들이 뜰아래 늘어서 절을 올리며, 들면 영감(令監)²⁴⁾과 마주하고 통인(通引)²⁵⁾들이 계단 앞에 줄지어 모십니다. 지난 날 나물과 국을 먹다가 오늘날 쌀밥[玉食]을 먹으며, 예전에는 걸어 다니다가 지금은 살진

---

19) 좌수(座首) : 지방의 자치 기구인 향청(鄕廳)의 우두머리.

20) 별감(別監) : 유향소에 속한 직책. 고을의 좌수에 버금가던 자리였다.

21) 권농(勸農) : 지방의 방(坊)이나 면(面)에 속하여 농사를 장려하던 직책을 맡은 사람.

22) 서원(書員) : 조선시대 중앙과 지방의 각 관아에 배속되어 주로 행정실무를 담당한 이속(吏屬).

23) 향청(鄕廳) : 유향소(留鄕所). 지방의 수령을 보좌하던 자문 기관.

24) 영감(令監) : 정3품(正三品)과 종2품(從二品) 벼슬아치를 일컫던 말.

25) 통인(通引) : 관아(官衙)에서 잔심부름하던 아전.

말을 타고 다닙니다. 기녀가 잠자리를 모시고 패두(牌頭)26)가 문을 지 킵니다. 기분 좋으면 환곡(還穀)27)을 주고, 화가 나면 〈136〉 형장(刑杖) 을 칩니다. 손님이 오면 술을 차려오라 하고, 목이 마르면 차를 내오라 합니다. 평소 어깨를 나란히 하던 벗과 눈을 흘기던 무리가 공손히 절 하고 엎드려 두려워하며, 호령하면 위풍이 일경(一境)에 진동합니다. 뇌 물28)이 사방에서 잇닿으니 이것이 대장부의 사업이 아니겠습니까? 하 루는 예공이 환곡을 나눠주고자 해창(海倉)29)에 나왔기에 제가 환상을 타러 가서 그를 보니 제게 술 석 잔을 내려주었습니다. 그래서 제가 혀를 차며 말했습니다. '아, 대단하다!30) 공(公)이 좌수31)되심의 성대 함이여!32)"

객이 박장대소하며 말했다.

"이야말로 상등 양반이로구먼."

잠시 후에 종이 진지를 고하였다. 내가 말했다.

"관솔불을 켜 올리거라."

객이 말했다.

"어찌하여 상등 양반의 짐 중에 초를 안 가져왔나?"

내가 거짓으로 대답했다.

---

26) 패두(牌頭) : 형조에 속하여 죄인의 볼기 치는 일을 맡아 하던 사령.

27) 환곡(還穀) : 곡식을 사창(社倉)에 저장하였다가 백성들에게 봄에 꾸어 주고 가을에 이자 를 붙여 거두던 일.

28) 뇌물 : 원문 '포저회뢰(苞苴賄賂)'. '포저(苞苴)'는 물건을 싸는 것과 물건 밑에 까는 것이 라는 뜻으로, 뇌물로 보내는 물건을 이르던 말.

29) 해창(海倉) : 연해(沿海)에 둔 창고.

30) 아, 대단하다! : 원문 '과리(夥頤)'. '과리'는 감탄하는 말. '리(頤)'는 의미 없는 접미사.

31) 좌수 : 원문 '집강(執綱)'. '집강'은 면장(面長)·이장(里長) 등을 일컬음.

32) 아, 대단하다! 공(公)이 좌수되심의 성대함이여 : 원문 '夥頤哉! 公之耽耽爲執綱也!'. 『史 記』, 「陳涉世家」의 "見殿屋帷帳, 客曰 : '夥頤! 涉之爲王沈沈者."를 본뜬 표현이다. 『동야휘 집(東野彙輯)』본 「요로원야화기(要路院夜話記)」에는 '耽耽'이 '沈沈'으로 되어 있다. 「진섭 세가」에서 '沈沈'은 궁실이 깊고 그윽하다는 뜻으로 쓴 말이다.

"저도 초가 있었으나 지난밤에 다 탔습니다."

호사스러운 자를 보면 곤궁한 것이 부끄러워 없어도 있는 척하고 손을 대하면 부풀려 말하는 것이 실로 시골 사람의 일상적 태도이다. 객이 말했다.

"그렇구먼, 그렇구먼."

한동안 비웃다가 하인을 불러 말했다.

"관솔불은 연기가 괴로우니 내 짐에 들어 있는 초를 밝히거라."

하인이 장대석(長臺石)33)에 촛불을 밝히니 푸른 연기가 흩어졌으며 밝은 불빛이 참 좋았다. 내가 길을 나선 지 오래된 객으로 이제야 돌아옴에 도포(道袍)는 검고, 행찬(行饌)34)을 내어 놓았는데 다만 마른 장(醬) 몇 덩이와 문드러진 청어 몇 마리뿐이었다. 〈137〉 젓가락을 들어 집으려다가 손을 곁눈질하며 부끄러운 체하니 객이 눈을 깜빡이며 미소 지어 말했다.

"상등 양반의 찬(饌)이 좋지 않구려."

내가 말이 막혀 꾸며 댈 수 없는 체하고 도리어 웃으며 말했다.

"음식과 행구(行具)35)를 갖추기 어려운데 하물며 오랜 객지 생활의 끝이니 어떻겠습니까?"

객이 내가 실토함을 기쁘게 여기고 따뜻한 말로 위로했다.

"진실로 군의 말과 같으니 객지 생활의 고단함에 어찌 피차의 구분이 있겠는가?"

내가 밥을 먹으며 말했다.

"물을 가져 오너라!"

객이 말했다.

---

33) 장대석(長臺石) : 섬돌 층계나 축대에 쓰이는 길게 다듬은 돌.
34) 행찬(行饌) : 여행이나 소풍을 갈 때 집에서 마련하여 가지고 가는 음식.
35) 행구(行具) : 길 가는 데 쓰는 여러 가지 물건이나 차림.

"군에게 양반이 밥 먹는 예를 가르치겠네. 하인이 진지를 아뢰거든 '바치라[獻之].' 하고 '올리라[上之].' 하지 않으며, 숭늉을 마시고 싶거든 '내오라[進之].' 하고 '물을 가져 오너라[持水來].' 하지 않네."

내가 말했다.

"행차 말씀이 지당하시니 촌사람의 투박함을 마땅히 고치겠습니다."

객이 말했다.

"군은 장가들었는가?"

"안 들었습니다."

"나이가 몇인가?"

웃으며 말했다.

"일 년이 모자란 삼십입니다."

객이 말했다.

"늦지 않았구만. 내년에 장가들면 『소학(小學)』의 도리를 잃지 않겠네. 하지만 군이 양반으로서 어째서 혼인하지 않았나?"

내가 탄식하며 말했다.

"양반이어서 아직 장가를 들지 않은 것입니다. 제가 마음이 있으면 저가 구하지 아니하고, 저쪽에서 괜찮아하면 제가 뜻이 없었지요. 시골 양반으로서 어려서는 저와 같은 이를 얻고자 하였으나 좋은 바람이 불지 않아 이에 이르렀습니다."

객이 말했다.

"군은 한탄하지 말게. 군이 몸이 작달막하니 크지 않고, 군이 턱이 〈138〉 밋밋하니 수염이 없으니, 몸이 자라고 턱에 수염이 생기기를 기다리면 어찌 장가들 때가 없겠는가?"

객이 내가 키가 작고 수염이 없다고 놀린 것이다. 내가 말했다.

"행차께서는 웃지 마십시오. 사람들이 하는 말에 '불효 가운데 후사 (後嗣) 없음이 크다.' 하니 삼십이 되어 장가 안 간 것이 대단히 가련한 일이 아니겠습니까?"

객이 말했다.

"어째서 예좌수나 모별감의 집에서 구하지 않는가? 그 집에는 처자가 없는가?"

"처자가 과연 있지요."

"그러면 아주 잘됐구만, 어째서 혼인하지 않는가?"

내가 웃으며 말했다.

"이것이 이른바 '나는 좋으나 저는 뜻이 없다.'는 것입니다."

"심하구만, 심해! 군이 상등 양반으로서 몸을 굽혀 그 집에 구혼하는데 그가 어찌 감히 그러는가? 내 보아하니 생김새가 단아하고 말주변이 있으니 비록 시골에 있더라도 반드시 헛되이 늙지 않겠네. 현명한 목사(牧使)가 군을 보면 좌수, 별감으로 반드시 천거하여 삼을 터이니 내가 군을 위해 혼처(婚處)를 구하여 어여쁜 처자를 얻도록 하겠네."

내가 놀리는 걸 모르고 정말로 믿어 기뻐하는 체하며 급히 대답했다.

"이 아니 좋겠습니까! 행차 문중(門中)에 아기씨가 있습니까?"

객이 한참 웃더니 문자를 써서 혼잣말을 했다.

"무상(無狀)하구만36), 무상해!"

이어 말했다.

"우리 문중에 과연 있네. 내가 돌아가서 말함세."

내가 말했다.

"저쪽에서 혼인하고 싶어 해도 제가 〈139〉 행차 계신 곳을 모르니 어떻게 소식을 듣겠습니까?"

객이 웃으며 말했다.

"군이 내가 있는 곳을 모르더라도 내가 이미 군이 있는 곳을 알았으

---

36) 무상(無狀)하다 : 아무렇게나 함부로 행동하여 버릇이 없다.

니 어찌 서로 모를 것을 걱정하나? 내가 마땅히 그쪽 집에 통지해서 기쁜 소식을 얻으면 사람을 시켜 충청도 홍주 동면 금곡리에 알리도록 하겠네."

"그렇다면 아주 다행입니다, 아주 다행입니다!"

객이 말했다.

"나이가 들어 관(冠)을 썼으나 장가를 들지 않았으니 이는 노도령(老都令)이야."

그리고 나를 '군'이라 부르기도 하고 '노도령'이라 부르기도 하면서 놀렸다.

객이 담소 끝에 글을 읊어 그치지를 않았다. 「애강남(哀江南)」 부(賦)[37]를 읊기도 하고, 「익주부자묘비(益州夫子廟碑)」 문(文)[38]을 낭송[誦]하기도 하며, 고시(古詩)나 조선의 시를 낭송[誦]하기도 했다. 내가 말했다.

"행차께서 낭독[讀]하시는 것이 어떤 책입니까?"

송[誦]을 독[讀]이라 하는 것이 역시 시골말이다.

객이 웃으며 말했다.

"이는 풍월(風月)일세."

이어 말했다.

"군의 신수(身手)를 보니 필시 활이나 검을 잡지 못했을 테고, 유업(儒業)[39]은 배웠는가?"

내가 겸손을 차리지 않고 대답했다.

"제가 비록 시골에 있으나 무예 배우는 것을 부끄러워합니다. 학문은 능하지 못하나 글은 조금 압니다. 중항(中行)[40]은 배우기가 매우 어려

---

37) 「애강남(哀江南)」 부(賦) : 남북조(南北朝) 때 북조(北朝)의 유신(遺臣)이 유신(庾信)이 양(梁)의 멸망을 슬퍼하여 지은 부.
38) 「익주부자묘비(益州夫子廟碑)」 문(文) : 당(唐)의 왕발(王勃)이 지은 글로, 촉(蜀) 땅에 공자의 묘비를 세운 경위를 서술했음.
39) 유업(儒業) : 유학(儒學). 유자(儒者)의 학업.

워 꿍꿍대며 이를 반복하였으나 입이 비뚤어지고 혀가 굳어 지금까지 배우지 못했습니다."

객이 놀라 말했다.

"문(文) 중에 어찌 중항이 있단 말인가?"

내가 말했다.

"십사 행 중에 각 중간 행을 취한 것이니 중항〈140〉 두 글자는 글자대로 소리 내기가 매우 어렵습니다."

객이 크게 웃고 말했다.

"이건 언문(諺文)이구만. 언문도 글인가? 내가 물은 건 진서(眞書)[41]일세."

내가 말했다.

"저의 고을에는 언문 할 줄 아는 이도 드문데 하물며 진서를 알겠습니까? 진서를 안다면 어찌 집안이 가난할 것을 걱정하겠습니까? 또 어찌 한가로이 놀지 못할 것을 걱정하겠습니까? 어느 마을에 갑(甲)이라는 자는 『천자문(千字文)』과 『유합(類合)』[42]을 배워 서원(書員)이 되어서 치부(致富)를 하여 마을 사람들이 그를 흠모합니다. 어느 마을에 을(乙)이라는 자는 『사략(史略)』[43]과 『연구(聯句)』[44]를 외워 교생(校生)[45]이 되어 역(役)을 면제받아 마을 사람들이 그를 칭송하고 부러워합니다.

---

40) 중항(中行) : 한글 14행(가·나·다·라·마·바·사·아·자·차·카·타·파·하)에서 각 행의 중간에 있는 글자인 '고구·노누·도두·로루·모무·보부·소수·오우·조주·초추·코쿠·토투·포푸·호후'를 가리킴.

41) 진서(眞書) : 한문(漢文).

42) 유합(類合) : 기본 한자를 수량, 방위 등 종류에 따라 구별하여 새김과 독음을 붙여 만든 조선시대의 한자(漢字) 입문서. 『천자문』과는 달리 조선에서 만들었다는 점에 의의가 있다.

43) 사략(史略) : 간략하게 기술(記述)한 중국의 역사. 원(元)나라 증선지(曾先之)가 편찬한 『십팔사략(十八史略)』, 이를 바탕으로 명나라 여진(余進)이 「원사(元史)」를 덧붙여 만든 『십구사략통고(十九史略通考)』 등이 있다. 선인(先人)들은 대개 『십구사략』을 읽었다.

44) 연구(聯句) : 한시집(漢詩集).

45) 교생(校生) : 조선시대 각 고을의 향교(鄕校)에 등록된 학생.

또 한 사람이 있어 명지(明紙)46)를 지니고 과장(科場)에 출입하고 선배(先輩)의 공사(公事)47)를 위해 소지(所志)48)와 의송(議送)49)을 나는 듯이 쓰니 온 마을 사람들이 다투어 그 집에 뇌물을 바쳐 꿩과 생선을 배불리 먹고 배부름이 이웃까지 미칩니다. 이는 진서의 이로움으로 사람마다 미칠 수 있는 바가 아닙니다. 우리 고을의 김호수(金戶首)50)라는 이는 호수 자리에 앉은 지 십여 년에 치부(致富)한 것이 넉넉합니다. 남자로서 진서를 못한다 하더라도 언문을 배우면 족히 결복(結卜)51)을 마련(磨鍊)할 수 있으며 옛이야기 책이나 배워 외우면 한 고을의 으뜸이 될 수 있습니다."

객이 말했다.

"그럼 군이 반절(半切)52)을 배우는 건 장차 호수(戶首)가 되려 함인가?"

"호수는 상민(常民)이 〈141〉 할 일이지요. 저는 대동공세(大同貢稅)53)를 마련할 때에 쓰려고 합니다."

객(客)이 탄식하며 말하였다.

"사람의 재주에 어찌 서울과 시골이 있겠는가? 서울 선비는 진서(眞書)를 모르는 사람이 없고 시골 사람은 언문(諺文)도 제대로 못하는 것은 습속이 그러한 것이도다. 아! 사람이 글을 못하면 사람이라 할 수 있겠는가?"

---

46) 명지(明紙) : 과거(科擧)의 시험지.

47) 공사(公事) : 관청(官廳)의 일, 또는 공공(公共)에 관계되는 일.

48) 소지(所志) : 관에 사정을 호소하는 소장(訴狀).

49) 의송(議送) : 백성이 고을 본관(本官)에 제소(提訴)하였다가 패소(敗訴)를 당하고 다시 관찰사(觀察使)에 상소(上疏)하던 일. 소장(訴狀)은 반드시 고을 본관을 거쳐서 제소함.

50) 호수(戶首) : 땅 여덟 목마다 한 사람씩 정하여 구실을 거두어 바치게 하던 그 대표자.

51) 결복(結卜) : 토지세(土地稅)로 매긴 목, 짐, 묵의 통칭.

52) 반절(半切) : 언문의 별칭.

53) 대동공세(大同貢稅) : 대동법(大同法)에 의한 세금. 대동법은 임진왜란 이후 공물(貢物, 특산물)을 쌀로 통일하여 바치게 한 납세제도.

내가 말하였다.

"제가 비록 글을 못하나 남들이 사람이라 합니다."

객이 말하였다.

"사람이 어찌 한 계층만 있겠는가? 성인(聖人), 현인(賢人), 우인(愚人), 악인(惡人)이 있으니 겉으로 이목구비가 있고 안으로 오장육부를 갖추었어도 똑같이 사람이라 할 수 없네. 군은 옛 사람 중 부자(夫子)가 있다는 것을 들어보았는가?"

"모릅니다."

"군의 고을에 향교가 있는가?"

"있습니다."

"향교에서 제사를 지내는 대상은 누구요?"

"공자(孔子)입니다."

객이 말하였다.

"이른바 부자(夫子)가 곧 공자일세."

내가 말하였다.

"시골 사람이 아는 것이 없어 다만 공자만 알고 공자의 별호에 또 부자가 있다는 것은 알지 못했습니다."

객이 박장대소하고 말하였다.

"또 옛 사람 중에 도척(盜跖)54)이란 자가 있다는 것을 들어보지 못했는가?"

"압니다."

"군은 공자와 도척 중에 누가 현인(賢人)이라 생각하는가?"

"공자가 현인이요, 도척은 악인(惡人)입니다."

객이 말하였다.

---

54) 도척(盜跖) : 춘추시대의 유명한 도적. 현인 유하혜(柳下惠)의 아우로, 수천 명을 거느리고 천하를 횡행하였다고 한다.

"그렇네. 청천백일(靑天白日)은 노비도 그 청명함을 알고 황혼흑야(黃昏黑夜)는 금수도 〈142〉 어두운 밤인 것을 아네. 공자와 도척은 모두 사람이나 성(聖)과 광(狂), 현(賢)과 우(愚)는 하늘과 땅처럼 다르니 똑같이 사람이라 할 수 있겠는가? 아! 글을 할 수 있는 사람은 공자의 무리요, 글을 못 하는 사람은 도척의 무리일세."

내가 말하였다.

"그러면 행차께서는 글을 아시니 진실로 공자의 무리요, 저도 반절(反切)을 외울 수 있으니 도척의 무리는 면할 수 있겠습니다."

객이 웃으며 말하였다.

"도척이 언문을 모른다고 누가 그러던가?"

또 문자를 써 혼자 말하였다.

"비록 그러하나, 좀 약았구만, 좀 약았어[雖然, 稍黠稍黠]."

내가 그 문자를 몰라서 객이 풍월을 읊는 것인가 하는 체하며 물었다.

"행차께서는 또 풍월을 읽으십니까?"

객이 말하였다.

"음풍영월(吟風咏月)하여 흥(興)을 표출하는 뜻이 풍월의 뜻이요, 그 형식(體)은 다섯 자와 일곱 자로 구별하네. 나와 풍월을 화답해보겠는가?"

내가 하하 웃으며 말하였다.

"풍월은 진서인데 진서를 모르는 이가 풍월을 하겠습니까?"

객이 기쁘게 웃으며 말하였다.

"군은 진실로 촌티 나는 말만 하는군. 풍월을 어찌 한 가지로만 하겠나? 글을 아는 자는 진서 풍월을 하고 글을 모르는 자는 육담 풍월을 하면 되네. 비록 군이 진서를 모르나 어찌 육담도 모르리오?"

내가 말하였다.

"비록 육담으로 다섯 자, 일곱 자를 모아 이룬다고 해도 저 같은 이가 할 수 있겠습니까?"

객이 말하였다.

"군의 말을 들으니 말재주[語癖]가 〈143〉 있는 사람이라 필시 육담
도 잘할 것이니 시험 삼아 지어보게."

내가 머리를 흔들며 말하였다.

"제가 할 일이 아닙니다. 행차께서 혼자 하십시오."

객이 말하였다.

"짓는 것이 어렵지 않으니 형식을 본떠 짓게."

이내 한 구를 읊었다.

我見鄕之賭   내 시골내기를 보니
怪底形體條   괴상한 몸가짐이로다

내가 말하였다.

"무슨 말입니까?"

객이 글자마다 풀어주었다.

"'아(我)'는 나를 말하고, '견(見)'은 '보다'를 말하고, '향(鄕)'은 시골을
말하고, '지(之)'는 곧 어조사이고, '도(賭)'는 이른바 '별장 내기 바둑을
두다[圍碁賭墅]'55)의 '도(賭, 내기)'이니 풀면 '내기[落只]'일세.56) 문자의
출처를 군이 어찌 알겠는가? '괴저(怪底)'는 괴상하다는 것이고 '형체(形
體)'는 몸을 말하는 것이고, '조(條)'는 '가짐[枝]'이라는 것일세.57)"

---

55) 별장 내기 바둑을 두다[圍碁賭墅] : 전진(前秦)의 부견(苻堅)이 대군을 거느리고 동진(東
晉)에 쳐들어왔을 때 효무제(孝武帝)가 사안(謝安)을 정토대도독(征討大都督)으로 삼았는
데, 사안은 친구들이 모인 별장으로 가서 조카인 사현(謝玄)과 별장 내기 바둑을 두었다(『진
서(晉書)』「사안전(謝安傳)」). 이후 위급한 때를 당해서도 두려워하지 않는 대장의 풍도를
가리키는 말로 쓰였다.

56) '도(賭)'는 이른바 ~ 풀면 '내기[落只]'일세 : '도(賭)'를 뜻인 '내기(도박)'로 읽어 '시골
내기'의 '내기'로 쓴 말장난.

57) '조(條)'는 '가짐[枝]'이라는 것일세 : '조(條)'를 뜻인 (나무의) '가지'로 읽어 '가지다'로

내가 무슨 말인지 모르는 것처럼 속여 대답했다.

"사람의 몸도 가짐이 있습니까?"

객이 말하였다.

"둔하도다, 군의 재주는! 중항(中行)을 배우지 않았구만.[58] 시골 사람의 몸가짐이 괴상하다는 말이네."

내가 화난 체하며 말하였다.

"행차께서 저를 욕보이시는 겁니까?"

객이 말하였다.

"시골 사람이 어찌 군뿐이겠는가? 내가 서울에서 와서 이런 사람을 많이 보았기에 말한 것이지 군을 말한 것이 아니네. 군은 시골에서 빼어난 재주를 지닌 훌륭한 사람으로 쉬이 얻을 수 없는 사람이지."

내가 화를 거두고 조금 기뻐하는 척하자 객이 계속 읊었다.

不足諺文辛　　　 언문 쓰기[59]에도 부족하니
宜其眞書沼　　　 마땅히 진서를 못[60] 하리라

나에게 화답하라 요구하여 내가 재삼 사양하였다. 객이 화난 체하다가 다시 웃으며 말하였다.

"내 이미 〈144〉 군을 위해 풍월을 지었는데 군이 화답하지 않는다면 나를 깔보는 것이네. 내 어찌 군을 쫓아내지 않겠는가?"

내가 말하였다.

"쫓아내면 쫓겨나가려니와 끝내 글을 모르니 이 같은 말에 두려운

쓴 말장난.

58) 중항(中行)을 배우지 않았구만 : 위 시에서 '도(賭)'와 '조(條)'가 한글에서 중항에 해당함. 앞의 '중항' 각주 참조.

59) 쓰기 : '신(辛)'을 뜻인 '쓰다(시다)'로 읽어 '글을 쓰다'의 '쓰다'로 쓴 말장난.

60) 못 : '소(沼)'를 뜻인 '못(연못)'으로 읽어 '못 하다'의 '못'으로 쓴 말장난.

마음이 없습니다."

객이 또 웃으며 말하였다.

"군은 가히 담대한 사람이라 할 만하네. 앞서 말한 것은 농담이니 이제 화답하게."

내가 말하였다.

"제가 풍월을 모르니 존객 말씀대로 존객의 형식을 본받아 하겠습니다."

객이 기뻐하며 말하였다.

"또한 좋지 아니한가! 나그네 여행이 자못 오래되어 외로운 등불을 짝하고 무료하기가 막심하여 농담으로 한 번 웃고자 하네."

내가 읊었다.

我見京之表　　　내 서울 것61)을 보니

한 구를 다하기 전에 객이 갑자기 말하였다.

"무슨 말인가?"

객이 풀어준 것처럼 말하다가 '표(表)'자에 이르러 풀지 못하는 것처럼 하고 다만 말했다.

"위는 '주(土)'자 같고 아래는 '의(衣)'자 같은 것이 곧 '표(表)'자입니다."

객이 말하였다.

"군이 서울에 있을 때 우리나라 사람의 표책(表冊)62)을 보고 왔는가?"

내가 말했다.

"진서를 모르는데 어찌 표책을 알겠습니까? 다만 제가 시골사람으로 누에를 쳐 명주를 짜서 시장에서 팔았는데, 저자 사람들이 그 베를 가리켜 거칠게 짠 것을 '내주(內紬)'63)라 하고 정밀하게 짠 것을 '표주(表

---

61) 것 : '표(表)'를 뜻인 '겉'으로 읽어 같은 소리인 '것'으로 쓴 말장난.

62) 표책(表冊) : 표문(表文)을 모아 놓은 책.

紬)'64)라고 하기에 제가 '표'자 풀이를 안 것입니다."

객이 처음에는 잠잠히 있다가 자못 얼굴색이 달라졌다. 내가 또 읊었다.

果然擧動戎　　　과연 거동이 되도다65)

글자를 푸는데 '융(戎)'자에 이르러 말했다.

"융(戎)은 융로(戎虜, 오랑캐, 되놈)의 〈145〉 융(戎)입니다."

객이 놀라 말했다.

"오! 무슨 말인가?"

내가 말했다.

"행차께서는 기이하게 여기지 마십시오. 융(戎)은 실로 오랑캐[虜]의 융인데, 또 다른 뜻이 있습니다. 제가 어렸을 때 스님에게서 『천자문』을 배웠는데 스님이 '융(戎)'자를 가르치기를 되 승(升)자로 풀더이다. 서울 선비의 거동을 말한 것이니 교만하기 때문입니다."

객이 이내 벌떡 일어 앉아 내 손을 잡고 자세히 보다가 말하였다.

"불쌍[不詳]하도다! 어찌 이러한 지경까지 나를 속이시오? 부끄럽게도 존객의 술책에 빠졌소."

그리고는 혀를 차며 말하였다.

"어리석은 성품이 있어 여행할 때 이러한 거동을 한 것이 여러 번이었으나 일찍이 패배한 적이 없다가 이제 존객에게 곤욕을 당하니 불쌍하도다! 함정에 빠짐이 매우 심하니, 이른바 '이기기를 좋아하는 자는 반드시 그 적수를 만난다.'는 것 아니겠소? 내 죄요, 내 죄로다! 그러나

---

63) 내주(內紬) : 품질이 나빠서 겨우 안감으로밖에 못 쓰는 명주(明紬).

64) 표주(表紬) : 품질이 좋아서 겉감으로 쓰는 명주.

65) 되도다 : '융(戎)'을 뜻인 '되놈(오랑캐)'로 으로 읽어 '되다(나쁘다)'로 쓴 말장난.

존객이 나를 욕보임이 너무 크오."

내가 웃으며 말했다.

"서울의 선비가 어찌 군뿐이겠소? 내가 서울에서 오면서 이 같은 사람을 많이 보았기에 말한 것이지 존객을 말한 것이 아니오. 존객 같은 이는 서울에서 덕이 두텁고 그릇이 큰 사람이니 쉬이 얻을 수 없는 사람이오."

객이 웃으며 말하였다.

"내 말이군요. 존객께서는 되돌리기를 어찌 이리 빨리 하시오?"

내가 말하였다.

"'네게서 난 것이 네게 돌아간다[出爾反爾]'66)는 말을 군은 듣지 못했소?"

매번 행차로 객을 높이다가 갑자기 군(君)으로 가리키니 객이 웃으며 말하였다.

"행차는 어디로 갔습니까?"

내가 또 말했다.

"노도령은 어디 가고 〈146〉 나를 행차라 하시오?"

객이 웃으며 말하였다.

"노도령이란 호칭을 어찌 즐겨 들으려 하시오?"

내가 말했다.

"말한 혼사를 저버리지 마시오. 저버리면 진실로 한 입으로 두 말 하는 자요."

객이 웃으며 말했다.

"다시 어리석은 말 마시오. 노도령을 위해 혼사를 지휘하다니 매우

---

66) 네게서 난 것이 네게 돌아간다[出爾反爾] : 자신이 행한 일은 자신이 그 결과를 받는다는 말. "증자가 말하기를, '조심하고, 조심하라! 그대에게서 나온 것은 그대에게로 돌아간다.'(曾子曰: 戒之戒之! 出乎爾者, 反乎爾者也.)"『맹자(孟子)』「양혜왕(梁惠王) 하(下)」

괴상하지 않소?"

내가 또 웃으며 말했다.

"반드시 존문(尊門)의 아기씨에게 장가를 들 것이오."

객이 박장대소하며 말했다.

"내 문중에 아기씨가 있더라도 예좌수(倪座首)·모별감(牟別監)도 얻으려 하는 자가 아닌데 내 어찌 할 수 있겠소?"

이어 나를 흘겨보며 웃었다.

"속임수를 헤아릴 수 없으니 내 처음에 존객이 우마와 양미에 대해 말한 것에 조금 업신여기고, 그 다음 존객이 김승과 자를 불렀다는 이야기에 매우 가볍게 여기고, 마지막에 존객이 부자의 별호에 대해 말한 것에 완전히 깔보았소. 그러나 시골말을 모르면서 짐짓 촌사람처럼 굴고, 진서를 아는데도 글을 못 하는 것처럼 속였으니 존객이 사기(詐欺) 두 글자를 면치 못할 것이오."

내가 말했다.

"당신은 병법을 모르시오? 사나운 새는 사냥할 때 그 발톱을 숨기고 맹수는 뛸 때 그 목을 움츠리니, 명장은 적을 억세할 때 강해도 약한 것을 보이고 용감해도 두려워함을 보이오. 내가 당신에게 절할 때 이미 당신이 나를 업신여기는 뜻과 나를 깔보는 기운이 있음을 알고 있었소. 〈147〉 그 교만한 뜻을 꺾고자 내 발톱을 숨기고 약함으로써 보이지 않을 수 없었고, 그 교만한 기운을 꺾고자 내 목을 움츠려 두려워함을 보이지 않을 수 없었소. 이것이 병법에 있는데 당신은 아시오, 모르시오? 도리어 '거짓'이라고 나를 가리키는 게 마땅하오? 옛날에 양화(陽貨)가 술책으로 행하자 공자도 속임수로 대하였고[67], 이지(夷之)가 진

---

67) 양화(陽貨)가 술책으로 ~ 속임수로 대하였고 : 양화가 공자를 만나고 싶어 했으나 공자가 응하지 않았다. 공자가 외출한 사이에 양화는 공자에게 선물을 보내 자기에게 답례하러 찾아오게끔 했으나 공자는 양화의 의도를 알고 그가 외출했을 때 답례하고 돌아왔다. 『논어

실하지 못하였기에 (맹자도) 병을 핑계 대었으니68) 거짓이라고 말할 수 있겠소?"

객이 말했다.

"나는 당신의 말솜씨가 이 정도인 줄 몰랐소이다. 한 편을 보여주시지요."

내가 읊었다.

　大抵人物貸　　　대저 인물을 꾸었으니

객이 말했다.

"꾼다는 말은 무슨 말이요?"

내가 말했다.

"당신은 꾼다는 말의 해석을 모르오? 내가 다른 사람의 물건을 빌린다는 말이오. 사람의 방귀 또한 속되게 이르기를 꾼다고 하오."

객이 말했다.

"너무 심하오, 그대의 욕이여! 언문에 이르기를 '가는 말이 고와야 오는 말이 곱다'고 했소. 내가 먼저 술수를 부렸다가 이러한 욕을 당하니 또 누구를 탓하리오."

내가 또 이어서 읊었다.

　不過衣冠夢　　　의관(衣冠)은 꾸밈69)에 지나지 않도다

(論語)』 「양화(陽貨)」.

68) 이지(夷之)가 진실하지 ~ 병을 칭탁하였으니 : 묵가(墨家)를 따르는 이지가 맹자를 방문하려 했으나 맹자가 병을 핑계대어 만나주지 않았다. 『맹자(孟子)』 「등문공(滕文公)·상(上)」.

69) 꾸밈 : '夢'을 뜻인 '꿈'으로 읽어 '꾸밈'으로 쓴 말장난.

객이 즉시 스스로 깨우쳐 말했다.

"꿈[夢]이란 '꾸미다[飾]'라는 것이오. 의관으로 꾸밈에 지나지 않는다는 것이군요."

인하여 그 의관을 들고 스스로 탄식하며 말했다.

"부끄럽구나! 부끄럽구나!"

내가 또 나의 의관을 들어 보이며 말했다.

"이런 것이 부끄러운 거지요. 당신은 가볍고 따뜻한 것을 좋아하지 않는단 말이오?"

객이 말했다.

"그렇다면 당신은 온포(縕袍)70)보다 〈148〉 자화(子華)71)의 가벼운 갖옷을 부러워하오? 내가 군에게 속은 것이 또한 심하오. 당신은 궤변을 그만두는 게 어떠하오?"

객은 자기가 지은 것을 읊고 다음으로 내가 지은 구절을 읊고는 말했다.

"글자마다 나보다 낫소이다."

그러다가 문득 말했다.

"당신은 어찌 압운을 하지 않았소? 융(戎)은 평성이고, 몽(夢)은 거성이오."

내가 말했다.

"당신이 '나의 시체(詩體)를 본받으라' 하지 않았소? 당신을 본받았기에 압운을 쓰지 않은 것이오. 조(條)는 평성이고 소(沼)는 거성이 아니겠소?"

객은 소(沼)자가 거성이라는 것을 잊고서 이렇게 말한 것이었다. 내

---

70) 온포(縕袍) : 묵은 솜을 둔 도포.

71) 자화(子華) : 공자의 제자인 공서적(公西赤)의 자. 자화는 집이 부유하여 공자의 분부를 받아 제(齊)나라로 갈 때 살진 말을 타고 가벼운 갖옷을 입었다고 함. 『논어(論語)』, 「옹야(雍也)」.

가 이어 말했다.

"당신의 풍월(風月)이 진정 교묘하나 다 좋지는 않소. 왜 지(枝)와 지(池)로 압운하지 않고 굳이 애써 조(條)와 소(沼)를 찾았소?[72]"

객이 말했다.

"과연 그렇구려! 내가 미처 생각지 못했소이다. 내 당신께 마땅히 한 걸음 양보해야겠소."

그러고는 스스로 촛불의 심지를 잡고서 나를 돌아다보고 입을 벌려 크게 웃으며 말했다.

"지금까지 오고갔던 말을 생각해 보면 구구절절 속았으니 나를 크게 부끄럽게 하는군요. 처음에 당신을 만났을 때 다만 의관이 더럽고 헤졌던 것이나 시골말을 쓰는 것만 보았지, 사람을 끌어들여 속이고 올가미 씌우는 것을 모르고 마침내 온통 속임을 당하였소. 만약 내가 대낮에 맞닥뜨렸다면 어찌 이 지경에 이르렀겠소. 내가 처음에 당신이 도척에 대해 답하는 말을 들었을 때 자못 괴이했지만 끝내 깨닫지 못했소이다."

내가 웃으며 말했다.

"이것이 소위 '비록 그러하나 조금 약았다(雖然稍黙)'는 〈149〉 말이지요?"

객이 크게 웃으며 말했다.

"우리가 서로 친하게 되었으니 통성을 하여 뒷날 기억하는 것이 어떠오?"

내가 겸손한 말로 말했다.

"시골사람이 감히 (먼저) 말할 수 없으니 서울 객께서 먼저 하시지요."

객이 말했다.

"당신은 여전히 이런 말을 하오?"

문득 말하려다 그치고 말했다.

---

72) 왜 지(枝)와 ~ 깊이 찾았소? : '지(枝)'와 '지(池)'는 둘 다 지운(枝韻)으로 평성이면서, 한글 훈이 '조(條)'와 '소(沼)'의 '가지', '못'과 통한다.

"일단 이것은 놔둡시다. 여관에서 만났는데 통성명을 해서 뭐하겠소?"

내가 버티자 객이 말했다.

"내 집은 회현동(會賢洞)[73]에서 멀지 않은 곳에 있소."

(그러고는) 끝내 말하지 않았다. 객은 자기가 속았다는 것을 알고 소문이 나는 것을 부끄러워하여 도리어 종적을 감추고 이 일을 비밀에 부치려고 했다. 객이 처음에 물었을 때 내가 만약 먼저 말했더라면 그도 의심 없이 이름을 말했을 것인데, 내가 지나치게 사양하여 그로 하여금 먼저 밀계(密計)를 쓰게끔 하여 끝내 그 성명을 알 수 없었으니 가히 한이로다.

내가 그 후에 소변을 본다 말하고 일어나 측간으로 가서는 노비를 불러 그쪽 노비들에게 몰래 물어보라 시켰으나 끝내 말하지 않았다. 객은 내가 먼저 가는 것을 의아하게 여겨 몰래 그 노비에게 말하지 말 것을 당부하고는 또 나를 탐지하게 한 것이다. 객이 또 물었다.

"당신은 술을 마시오?"

내가 말했다.

"얼마 마시지 못하오."

객이 웃으며 말했다.

"내가 지난번 말하며 물었던 것을 잊었소. 당신이 해창(海倉)에 가서 몇 잔 마셨다고 했소이다."

또 말했다.

"속이는 것이 이와 같으니, 나처럼 어리석은 이가 아니라 비록 지혜로운 자가 그대를 만났다 하더라도 속지 않기는 어려울 것이오."

내가 말했다.

---

73) 회현동(會賢洞) : 지금의 서울특별시 중구에 속한 동. 동쪽은 남산동, 서쪽은 남창동, 남쪽은 용산구 후암동, 북쪽은 남대문로·충무로와 접한다. 동 이름은 이 일대에 현자들이 많이 모여 살았다는 데서 유래한다.

"지혜로운 자라면 처음에 당신처럼 행동하지 않았을 것이오. 내가 들어와 당신에게 인사했을 때 당신은 〈150〉 누운 채 일어나지 않았으니 어찌 된 인사(人事)요? 내 비록 시골사람이나 흑립(黑笠)과 도포(道布)를 한 사람이거늘 당신이 어찌 서울 사대부로서 답배(答拜)하는 예가 없을 수 있소?"

객이 말했다.

"말하지 마시오! 말하지 마시오! 생각하면 가소롭소이다."

이에 노비를 불러 술을 내오라 하였는데 병은 유합(鍮榼)74)이었고 잔은 이른바 앵무배(鸚鵡杯)75)였다. 서로 세 잔을 주고받고 포 안주를 먹고서는 누워 말했다.

"내 이제 당신이 문장을 알아 서로 진서풍월(眞書風月)을 화답할 수 있음을 알겠소."

내가 말했다.

"언문문장도 부족한데 어찌 진서풍월을 할 수 있겠소? 풍월은 진실로 못[沼]하오."

객이 말했다.

"농담하지 마시오. 너무 사양하지 마시오."

그러고는 절구(絶句) 하나를 읊었다.

蜀州不識韓爲韋　　촉주에서는 한가가 위가임을 알지 못했으니76)
魏使安知范是張　　위나라 사신이 어찌 범저가 장록임을 알리오77)

---

74) 유합(鍮榼) : 놋쇠로 만든 그릇.

75) 앵무배(鸚鵡杯) : 자개로 앵무새의 부리 같이 만든 술잔.

76) 촉주에서는 한가가 ~ 알지 못했으니 : 한(漢)의 한신(韓信)과 그 일족이 유방(劉邦)에게 몰살될 때 소하(簫何)가 한신의 어린 아들 하나를 위(韋)씨로 변성(變姓)하여 촉주(蜀州)로 피신시켜 후손을 잇게 했다고 한다. 『한위씨족보(韓韋氏族譜)』.

77) 위나라 사신이 ~ 장가임을 알리오 : 범저(范雎)는 본래 위(魏)나라 사람으로 위의 중대

古來名賢多見賣　　예부터 이름난 현자도 많이 속았으니
莫哈今日受君罔　　오늘 군에게 속은 것을 비웃지 마시오

내가 다음과 같이 차운했다.

由來餓隸全齊王　　굶주렸던 종이 제나라의 왕이 되고78)
畢竟傭夫大楚張　　밭을 갈던 품팔이 대초의 왕이 되었네79)
休將富貴輕寒士　　부귀하다고 한사를 가볍게 여기지 마오
未有驕人不見罔　　교만하여 망하지 않은 자가 없었다네

객이 즉시 읊었다.

客裡相逢客裡離　　나그넷길에 만났다가 나그넷길에 헤어지네

내가 읊었다.

故人心事故人知　　친구의 마음을 친구가 알도다

내가 또 읊었다.

他時當憶今宵否?　　다른 때 마땅히 오늘 밤을 생각지 않으리?

부(中大夫) 수가(須賈)를 섬겼으나 무고를 받고 진나라로 망명하여 장록(張祿)으로 변성
명하여 진(秦)의 재상이 되었다. 진나라에 사신으로 온 수가는 장록이 옛날 자신의 부하였
던 범저임을 알아보지 못했다.

78) 굶주렸던 종이 ~ 왕이 되고 : 한신(韓信)은 가난하여 빨래하는 여자에게 밥을 얻어먹으며
곤궁하게 지내다가 한(漢)나라의 대장군이 되어 큰 공을 세워서 제왕(齊王)에 봉해졌다.

79) 밭을 갈던 ~ 왕이 되었네 : 진(秦)나라 말에 오광(吳廣)과 농민 반란을 이끌었던 진승(陳
勝)은 머슴살이를 하다가 봉기하여 국호를 장초(張楚)라 하고 왕을 칭하였다.

객이 읊었다.

  明月分明昭在玆 밝은 달 훤히 비춰 여기에 있네

객이 사운(四韻)을 청하고, 이에 먼저 지어 읊었다.

  宿鳥初飛故院邊 잘새 처음으로 오래된 막사에 날아들어
  偶然傾盖卽佳緣 우연한 만남이 좋은 인연이 〈151〉 되었는데
  南州遺逸珍藏璞 남쪽에 숨은 선비 귀한 보배를 숨겼고
  東洛踈慵管見天 서울의 못난 선비 소견이 좁았네
  穿柳黃鶯春暮後 꾀꼬리 버들 사이로 날아다니니 봄 저문 후요
  盈樽綠蟻月明前 술 가득한 술동이는 달 밝은 앞이네
  篇章留作他時面 문장 남겨 훗날의 면목으로 삼으리니
  何必相逢姓名傳 어찌 만났다고 반드시 성명을 전하리오

내가 읊었다.

  淸風明月興無邊 청풍명월에 흥이 끝이 없고
  此地相迎信有緣 이곳에서 서로 만남은 진실로 인연일세
  憂樂君能都付酒 기쁨과 슬픔을 군은 모두 술에 부치고
  窮通吾自一聽天 궁함과 통함에 나는 한결같이 하늘을 따르네
  黃金然諾知音後 황금 같은 허락은 지우(知友)가 된 이후요
  靑竹功名未老前 청사(靑史)의 공명은 늙기 전의 일이로다
  直遣兒童司馬誦 어린 아이도 사마를 알거늘[80]

---

80) 어린 아이도 ~ 사마를 알거늘 : 소동파(蘇東坡)의 시 「사마군실독락원(司馬君實獨樂園)」
  에 "아동도 군실(司馬光의 字)의 글을 외고, 주졸도 사마를 안다(兒童誦君實, 走卒知司馬)"
  라고 하였다.

何謙今日兩相傳　　어찌 오늘날 성명 전함을 꺼리리오

객이 입에서 나오는 대로 문장을 읊으니 미리 지어놓은 듯하고 나는 끙끙대며 읊는 것을 면치 못했다. 객이 먼저 재촉하여 서로 화답하여 읊었다.

"어찌 그리 힘들게 하시오?"

내가 말했다.

"청컨대 육언(六言)을 해도 되겠소?"

객이 말했다.

"좋소이다."

내가 읊었다.

秦京綠水君住　　서울 길81) 푸른 물은 군이 있는 곳이오
湖海青山我家　　호해와 청산은 내 집이로다.
大醉狂歌浩浩　　크게 취하여 미친 노래를 호탕하게 하니
茫茫俗物誰何　　흐리멍텅한 속물이 누구인가?

객이 즉석에서 읊었다.

良宵皓月千里　　좋은 밤 밝은 달은 천리요
美景桃花萬家　　아름다운 경치 속의 복숭화는 일 만 집이로다
樽酒論文未己　　동이 술에 글을 논함이 그치지 않으니
明朝別意如何　　내일 아침에 이별하는 뜻이 어떠할까

---

81) 서울 길 : 원문의 '秦京'은 진(秦)나라의 수도인 서경(西京), 곧 장안(長安)으로 여기서는 서울을 가리킨다.

내가 말했다.

"삼오칠언(三五七言)도 괜찮소?"

객이 말했다.

"좋소."

내가 읊었다.

手停巵	손에는 잔 들고
口咏詩	입으로는 시를 읊네
花送風前雪	꽃은 보내나니 바람 앞의 눈이요,
柳搖雨後絲	버들이 흔들리니 비온 뒤에 실가지라
要路院逢要路客	요로원에서 요로의 객을 만나니
洛陽人去洛陽時	서울 사람 〈152〉 서울로 가던 때로구나

객이 또 응하여 즉시 화답했다.

盡君巵	군의 술잔을 비우고
聽我詩	나의 시를 들으시게
今日顔如玉	오늘은 옥 같은 얼굴이
明朝鬢滿絲	내일은 귀밑머리가 온통 하얘지리라
倏忽光陰眞過客	빠른 세월은 진실로 과객이러니
冶遊須及少年時	질탕한 놀이는 젊은 때에 해야 하리

내가 말했다.

"매우 아름답도다. 당신은 필시 낙양(서울)의 재자이며 젊은 시객이니, 어찌 그리 시사(詩詞)가 화려하고 재주가 민첩한가! 나는 과연 사부(詞賦)로 과거에 응시하였으나 사장(詞章)을 잘하지 못하여, 비록 다른 사람이 강요하여 혹 화답하는 시를 짓게 되어도 껄끄러운 말이 자못

졸렬하여 장독이나 덮을 만하여 타인의 눈과 귀를 더럽힐 정도도 못되
니, 진실로 이른바 '증시(贈詩)를 경솔히 지었을까 두려운'82) 경우요."

객이 말했다.

"당신은 너무 겸사하지 마시오! 어려서부터 시를 배웠는데 재주와
생각이 천박하여 말로는 사람을 놀라게 하지는 못하고 다만 껄끄러운
폐단이 없을 뿐이오."

이에 웃으며,

"공교하든 그렇지 않든, 능숙하든 그렇지 않든 간에 민첩함으로 나를
이기려 하지만 비록 칠보시(七步詩)를 지은 자건(子建)83)이라도 미치
지 못할 것이오."

내가 말했다.

"나는 항복의 깃발을 들지 않겠소. 당신은 삼오칠언(三五七言)으로
압도하여 으뜸이 되려는 것이오? 당신은 진실로 이른바 '물을 뒤집듯
문장을 쉽게 이루어 애초에 뜻을 기울이지 않는다'84)는 사람이오. 진
서 풍월로는 진실로 내 적수가 아니오."

객은 내가 문체로 자기 재주를 궁색하게 하려 했으나 미침내 이기지
못했다 여기고, 도리어 기교(奇巧)로 나를 곤란케 하려고 이에 말했다.

"약 이름으로 서로 연구(聯句)85)를 합시다."

내가 말했다.

"좋소."

---

82) 이 증시(贈詩)를 경솔히 지었을까 두려운 : 두보의 시 〈동천으로 가는 왕시어를 송별하며
    (送王侍御往東川)〉의 구절. '東川詩友合, 此贈怯輕爲'.

83) 칠보시(七步詩)를 지은 자건(子建) : 자건(子建)은 조식(曹植, 192~232)의 자(字). 조
    조(曹操)의 셋째 아들로, 형인 조비(曹丕)가 왕위에 오른 후 자기를 죽이려 하자 일곱 걸음
    [七步]을 걷는 사이에 시를 지어 목숨을 건졌음.

84) 물을 뒤집듯 ~ 기울이지 않는다 : 한유(韓愈)의 시 〈최립지에게 부치다(寄崔二十六立之)〉
    의 구절. '文如翻水成, 初不用意爲'.

85) 연구(聯句) : 여러 사람이 각각 한 구씩 짓는 것.

객이 읊었다.

前胡昏謬墮君謀   전에 어찌[前胡]86) 〈153〉 어두워 그릇 그대의
                꾀에 빠졌던가

내가 읊었다.

遠志誠非淺見求   원대한 뜻[遠志]87)은 진실로 얕은 소견으로 구
                할 것이 아니로다

또 읊었다.

大困從來須益智   큰 곤욕은 언제나 지혜를 더하리니[益智]88)

객이 읊었다.

且當歸去讀陰符   또 마땅히 돌아가[當歸]89) 『음부경(陰符經)』90)을
                읽으리라

---

86) 전에 어찌[前胡] : '전호(前胡)'는 미나리과에 속(屬)하는 여러해살이풀로 사양채, 바디나
    물이라 불리며, 뿌리는 두통·해소·담 등에 약으로 쓰임.
87) 원대한 뜻[遠志] : '원지(遠志)'는 정신을 안정시키고 머리를 맑게 하며 담(痰)을 제거하
    고 울결(鬱結)을 풀어주는 효능이 있음.
88) 지혜를 더하리니[益智] : '익지(益智)'는 비(脾)와 신(腎)을 따뜻하게 하고 기(氣)와 정
    (精)을 수렴하는 효능이 있음. 지혜를 관장하는 비위(脾胃)를 돕기 때문에 붙여진 이름이
    라고 함.
89) 마땅히 돌아가[當歸] : '당귀(當歸)'의 뿌리는 혈액순환을 촉진시키는 효험이 있어 빈혈
    에 좋고 지혈 등의 치료에도 이용되었음.
90) 『음부경(陰符經)』 : 도교의 경전. 황제(黃帝)가 지은 것이라 하고, 혹은 주(周) 나라 강태
    공(姜太公)이 지은 것이라고 하는 등 여러 가지 설이 있음.

내가 말했다.

"아름답도다! 그러나 이 또한 평범하오. 다시 연구를 하되 윗구에서는 첫 자에 나무 목(木)이 있는 글자, 끝 자에 흙 토(土)가 있는 글자를 쓰고, 아래 구에서는 첫 자에 물 수(水)가 있는 글자, 끝 자에 불 화(火)가 있는 글자를 쓰고, 상하 연구 사이에는 쇠 금(金)자 하나를 놓아서 오행(五行)으로 시가 되게 하는 것이 어떠하오?"

객이 말했다.

"쉽지 않겠소! 그러나 당신이 짓는다면 내 홀로 붓을 멈추겠소?"

내가 읊었다.

> 萍從何處至　　　　부평초는 어디서 이르는가

객이 오래도록 깊이 생각하다가 읊었다.

> 花月滿虛堂　　　　꽃과 달이 가득한 빈 집이라

이어 읊었다.

> 流影金樽照　　　　흐르는 달빛이 금술동이에 비추니

내가 오래도록 고심하자 객이 말했다.

"이 연이 매우 어려운데 무엇이라 하려오?"

내가 읊었다.

> 瀅然飮白光　　　　맑디맑게 흰 빛이 펼쳐지도다

객이 혀를 내두르며 말했다.

"당신 또한 쉽게 얻을 수 있는 재주는 아니오."

이어 물었다.

"당신은 이미 과거에 급제하셨소?"

"아니오. 과거를 준비한 지 자못 오래되어, 일찍이 동당시(東堂試)[91]에서 장원하고 두 번 감시(監試)[92]에서 장원하고 세 번 증광시(增廣試)[93]에서 합격하였으나 매번 회시(會試)[94]에서 물러났소. 내 이것으로 지방의 초시(初試)는 쉽고 서울의 복시(覆試)는 어려운 것을 알겠소."

객이 크게 한숨 쉬며 말했다.

"아! 당신의 재주로도 오히려 급제하지 못하는구려!"

내가 말했다.

"내 진실로 재주가 없어서이지, 진실로 글재주가 있다면 어찌 급제하지 못할 리가 있겠소?"

객이 말했다.

"아! 그렇지 않소. 〈154〉 과거가 공정하지 못함은 이때보다 심한 적이 없소. 벌열(閥閱) 집안의 자제는 처음으로 학문을 배운 어린 아이라도 모두 좋은 성적을 차지하고, 시골의 유생은 시문을 잘 짓는 노인이라도 오히려 과장에서 물러나오. 그렇지 않다면 당신 또한 초라하지는 않았을 것이오. 대과(大科)는 비록 힘써 이루기 어려우나 소과(小科)를 못하겠소?"

내가 말했다.

"소과는 이미 했소."

---

91) 동당시(東堂試) : 문과(文科) 또는 대과(大科). 여기서는 동당시의 초시(初試)를 말함.
92) 감시(監試) : 국자감시(國子監試). 여기서는 소과(小科)의 초시를 말함.
93) 증광시(增廣試) : 나라에 경사가 있을 때 기념으로 실시한 과거. 여기서는 증광시의 초시를 말함.
94) 회시(會試) : 초시 급제자가 서울에 모여 2차로 보던 시험. 복시(覆試).

"95)그 이유를 어찌 쉽게 알 수 있겠소? 갑인년(甲寅年, 1674년)부터 과장에 사사로움이 얽혀 끝이 없으니, 요직에 있는 사람의 형제, 집안이 높은 사람의 자식과 조카는 필체가 좋든 나쁘든 문장이 능하든 아니든, 십오륙 세부터 여러 차례 감시를 치러서 한 사람도 급제하지 못한 아이가 없었소. 정사년(丁巳年)에 이르러 형세 있는 집안에 과거를 보는 이가 매우 적어 만약 초시를 본 이가 있으면 그 때문에 회시 방(榜)에 모두 진출했소."

내가 말했다.

"내 과연 그 방에 올랐소. 요사이 과장의 폐단에 대해 간략히 들었으나 내 자취가 한미해서 의지할 바가 없으니 어찌 이처럼 자세히 물어 알 수 있겠소? 내 방이 가장 무색하니, 서울 사람은 저고 시골 사람이 많더이다. 다른 도는 모르겠고 같은 도의 사람 중 나이가 같은 자들이 사십여 명이니, 사람들이 근래에 없는 일이라 하더이다."

내가 말했다.

"당신은 반드시 소과(小科)에 급제했을 것이오."

객이 〈155〉 말했다.

"겨우 했소."

"어느 방에 붙었소?"

"나는 (숙종) 즉위년 증광시(增廣試)에 했소."

내가 웃으며 말했다.

"당신은 요직에 있거나 집안이 높겠구려. 어찌 정사방(丁巳榜) 이전에 했소?"

객이 말했다.

"당신의 방 이전에 어찌 세력 없이 급제할 수 있는 이가 한 명도 없었

---

95) 반계본(磻溪本)에는 이 앞에 객이 정사년(丁巳年, 숙종 3년, 1677)에 시골 사람이 많이 급제하였는데 그때 급제했을 것이라고 말하는 내용이 있음.

겠소?"

　이에 웃으며 말했다.

　"당신의 말이 남김없이 옳소. 두 다리를 뻗고 앉아 상(喪)을 치르는[96] 자가 어찌 그것이 그릇됨을 모르겠소? 상복(喪服)을 입고 음악을 듣는 자가 어찌 그것이 잘못됨을 모르겠소? 하면서도 해서는 안 됨을 아는 자, 행하면서도 선하지 못함을 아는 자, 세상에는 진실로 그러한 사람이 있소."

　내가 웃으며 말했다.

　"그렇소. 앞의 말은 장난일 뿐이오."

　객이 말했다.

　"방심(放心)을 구하는 것[97]이 제일 공부요, 마음은 곧 살아 있는 사물이기에 잡으면 있고 놓으면 없어져 출입이 무상한 것이니,[98] 진실로 절제하지 않는다면 방자하게 날뛰어 이르지 못할 곳이 없을 것이오."[99]

　이 외에 많은 말들이 있는데 말이 길어 모두 기록하지 못한다.

---

96) 상(喪)을 치르는 : 원문은 '독례(讀禮)'로, 이는 거상(居喪)을 뜻한다. 『예기(禮記)』 「곡례하(曲禮下)」에 "장사 지내기 전에는 상례를 읽고, 장사 지낸 뒤에는 제례를 읽는다(未葬讀喪禮, 旣葬讀祭禮)."라는 말에서 유래한 것이다.

97) 방심(放心)을 구하는 것 : "학문하는 방법은 다른 것이 없다. 그 방심을 찾는 것일 뿐이다(學文之道無他, 求其放心而已矣)." 『맹자(孟子)』 「고자(告子)·상(上)」.

98) 잡으면 있고 ~ 출입이 무상한 것 : "공자께서 말씀하시기를, '잡으면 보존되고, 놓으면 잃어서, 나가고 들어옴이 정한 때가 없으며, 그 방향을 알 수 없는 것은 오직 사람의 마음을 두고 말한 것이다.'라고 하셨다(孔子曰, 操則存, 舍則亡, 出入無時, 莫知其鄕, 惟心之謂與)." 『맹자(孟子)』 「고자(告子)·상(上)」.

99) 반계본을 비롯한 이본에는 이외에도 당파, 학문, 부귀 등에 대한 두 사람의 대화가 더 있으나 여기에는 생략됨.

要路院記

〈129〉戊午, 余自固城來, 孤單行色, 自顧堪晒. 匹馬玄黃, 駄任而騎, 牽童屌劣, 弊衣纏腰, 每投院幕, 受侮見輕, 不一而足.

午發素沙, 未到要路院五里許而日暮, 緣於塞蹄也, 促鞭前進, 而初昏到院. 余以爲, '行人已入, 幕舍不空, 將此單楚行裝, 不可以號令, 主人驅斥行旅. 寧擇兩班所館, 乞與同宿, 則庶不相拒, 而無詬辱之擧.' 遂尋入一幕, 堂上有一兩班, 頹然半臥, 見我至, 厲聲呼僕曰:

"爾等安在, 不禁雜人耶!"

忽有兩蒼頭, 自斫刀間直出, 余跳下負〈130〉擔. 一僕鞭馬逐我奴, 叱曰:

"爾目盲者也? 不見行次在房耶?"

一僕推我, 出門而去曰:

"行次已入, 雖兩班, 不得入矣."

余見推而出, 且行且語曰:

"余不是奪汝先入之家, 日已昏黑, 我姑休此, 使我奴定他舍然後, 還出爲計矣. 爾兩班在彼, 何至相厄如此?"

未及出扉, 封堂客見而笑曰:

"且止! 且止!"

余遂還入, 進至封堂下, 將攝衣欲上, 而客猶臥不起, 已設寢具, 曲肱其上, 席外有餘地, 可坐數人. 余升堂而立, 若將將[1]拜者, 而客偃然猶不動. 余思之, '彼京華客, 衣冠鮮麗, 鞍馬豪壯, 謂余鄕客者

---

1) 將 : 반계본(磻溪本)에는 '相'.

流而不爲之禮也. 其駃志驕氣, 可以術折之.'

遂卽前拜甚恭, 客案[2]枕點頭而已. 徐曰:

"尊在何處?"

余旣欲誑彼, 不可以直言, 卽跪對曰:

"住忠淸道洪州東面金〈131〉谷里."

客笑詳盡, 而戱之曰:

"我使尊誦戶籍單子耶?"

盖戶籍單子, 詳其居住里名故云也. 余俯而對曰:

"行次有問, 不可以不詳也."

因請曰:

"初欲定舍舘出去, 日已夜屆, 幕已人滿, 此有空地, 行旅肯許坐此待曙耶?"

客曰:

"初云欲去, 今云欲留, 是二言也."

余曰:

"初云且止, 今云且出, 是則一言乎?"

客笑曰:

"尊亦兩班也, 同宿同話, 足以破寂."

余曰:

"然則德分非輕."

遂招奴語曰:

"馬牛入係[3], 粮米出給!"

客笑曰:

"尊行豈牽牛乎? 不言粮米, 則奴不知粮之爲米耶?"

---

2) 案 : 연세대 A본에는 '按'.

3) 係 : 반계본에는 '繫'.

余曰：

"行次京客也."

客曰：

"何由而知吾之京客耶?"

余曰：

"吾不是牽牛來, 奴亦不是不知粮之爲米, 而言馬必倂言馬牛, 言粮必倂言粮米者, 鄕人之常談也. 鄕人聽之尋常之, 此非京客而誰也?"

客曰:〈132〉

"如君言, 亦復佳也."

仍問曰：

"有何事, 去何所?"

余又鄕語對曰：

"有一小緣事, 上京來耳."

客笑曰：

"緣底事?"

對曰：

"族人有見侵之事, 謂我有知友於京中, 使之上去周旋, 故往而回矣."

客笑曰：

"知人爲誰? 其所幹事能成就否?"

對曰：

"曾上洛, 主於六曺[4]前金丞家, 金丞乃兵曺[5]官員也. 其出入, 雖步行, 戴紗帽衣紅冠帶. 語吾曰：'倘有事京中後來, 須復主吾家. 吾爲之幹旋'云. 故今之往也, 往其家請之, 請幾諧, 而價不足, 故未畢

而反."

客曰:

"價之已入者幾何? 將入者又幾何云耶?"

余曰:

"前持步兵半同, 皆用之. 主人以爲: '復得十餘疋, 則可畢'云, 故今欲下去, 持此數而更上去."

客喟然太息, 拊肘曰:

"君見欺於書吏也. 君所謂金丞, 乃書吏也; 非官員也. 官員豈〈133〉有步行者乎? 且其所戴非紗帽, 乃蠅頭也; 所服非冠帶, 乃所謂團領也. 君陷於術中, 而空費價. 惜乎! 鄕人例如是也."

自是客甚鄙夷我, 不復稱尊, 而直以君呼之.

余曰:

"書吏官員, 固有異乎?"

客曰:

"甚矣! 君之鄕言也. 君必深居谷中, 不一往來城府者也. 君之所居金谷, 距州城幾里?"

曰:

"不知也. 但聞曉發夕至云矣."

客曰:

"君居僻遠如此, 宜乎不知書吏·官員之分也. 君之州凡百姓之所仰奉而敬畏者, 誰也?"

"書吏·衙前."

曰:

"有加於此者乎?"

曰:

"別監·座首."

曰:

"又有加於此者乎?"

曰:

"無."

客曰:

"獨不知牧使乎?"

曰:

"牧使, 令監也. 令監, 我州之王. 豈可與衙前輩同日語哉?"

客曰:

"君言是也. 君之令監, 卽京之官員. 此之書吏, 卽彼之衙前."

余曰:

"若是相懸6)耶? 然〈134〉則吾所知者金丞, 亦非兩班也?"

客笑曰:

"今日然後, 乃知非兩班乎? 且君知兩班之所以稱乎?"

曰:

"不知也."

客曰:

"仕路有東西兩班, 人之履歷於兩班者, 謂之兩班. 彼金丞, 未知東班耶? 抑西班耶?"

余曰:

"僕鄕人也, 不知丞之稱乃書吏之號, 而徒見蠅頭團領, 有似於紗帽冠帶, 故認其爲兩班官員而納交也."

仍自嘆曰:

"痛憤哉! 痛憤哉!"

客曰:

---

6) 懸: '縣'의 오자. 반계본에는 '縣'.

"何謂極痛? 乃惜半同空費之故耶?"

曰:

"非也. 雖一同, 爲族人脫役, 夫復何惜? 但昔日, 金丞問吾字, 謂之, 其後金丞每字吾, 吾亦字金丞, 而今思之, 渠以常漢呼兩班之字, 不亦濫乎? 不遇行次, 將見辱."

客大笑曰:

"行次, 德不小."

又問曰:

"君之居鄕, 有何等兩班乎?"

曰:

"僕亦上等兩班耳."

客曰:

"君爲上等兩班, 則族〈135〉人有見侵於軍役者, 何也?"

余曰:

"獨不聞鄙語乎? 上監亦有褓褻眷黨, 此豈足爲累?"

客笑曰:

"信君言, 蘭奢蘭奢!"

仍曰:

"君之里中, 亦有兩班乎?"

曰:

"有."

曰:

"誰也?"

曰:

"北隣倪座首, 居東里牟別監在."

客曰:

"是亦上等兩班乎?"

曰:

"然. 其兩班, 則與我無異, 而勢威權力非吾所敢望者. 倪公之微賤也, 妻鋤菜, 子牧牛, 夏則荷鍤於水溝, 而稱兩班爭溉, 冬則挾布於場市, 而[7]字常漢共飮. 勸農之來謁, 頷頤應之曰, '勿勿'書員相拜, 低冠答之曰, '好好'. 浮沈里巷, 頗似尋常人矣. 一遷爲別監, 未久轉至座首, 出則坐鄕廳, 而官吏羅拜於庭下, 入則對令監, 而通引列侍於階前. 前日菜羹, 而今日飯玉食, 昔日徒步, 而此時乘肥馬, 女妓侍寢, 牌頭守門, 喜給還上, 怒〈136〉用刑杖, 客至喚酒, 口渴呼茶. 平日比肩之平交, 睨[8]視之常漢, 莫不共揖而禮之, 俯伏而畏之, 號令威風振動於一境, 苞苴賄賂, 絡繹於四隣, 是非大丈夫之事業乎? 一日倪公, 以還上分給, 出在海倉, 僕欲得還上往見之, 饋我三杯酒, 仍[9]噴舌[10), '夥頤哉! 公之耽耽爲執綱也!'"

客大笑撫掌曰:

"固是上等兩班矣."

有頃奴告進止. 余曰:

"擧松火上之."

客曰:

"爲何上等兩班之行中, 不持燭乎?"

余謬曰:

"吾亦有獨, 昨夜已盡."

蓋見人豪奢, 羞己困窶, 無而若有, 對客誇談者, 固鄕人之常態也.

---

7) 而 : '與'의 오자. 반계본에는 '與'.

8) 睨 : '睨'의 오자. 반계본에는 '睨'.

9) 仍 : 반계본에는 '余仍'.

10) 舌 : 반계본에는 이 자리에 '曰' 있음.

客曰:

"如是, 如是."

哂之良久, 呼其僕曰:

"松明烟苦, 明我行中燭."

僕乃注[11]燭長臺, 淸烟散入, 煌煌可好. 余舊客始歸, 道袍如漆, 出展行饌, 惟焦醬數塊, 爛腐靑魚數尾而〈137〉已. 擧箸將下, 傍視客 爲忸怩狀, 客瞬目微笑曰:

"上等兩班之饌不好."

余若將辭窮, 而不能篩者, 反以自笑曰:

"飮食行具固難, 況久客之餘哉?"

客喜吐實, 溫言解之曰:

"誠若君言, 客中草草, 寧有彼此?"

余臨飯曰:

"取水來!"

客曰:

"敎君兩班喫飯之禮. 奴告進止則曰, '獻之', 而不曰, '上之', 欲飮熟冷卽曰, '進之', 而不曰, '持水來'."

余曰:

"行次行下, 至當, 鄕人質朴, 當改是."

客曰:

"君入丈乎?"

曰

"未也."

曰:

"年幾何?"

---

11) 注 : '炷'의 오자. 반계본에는 '炷'.

笑曰:

"無一年三十."

客曰:

"未晚也. 明年入之, 猶不失『小學』之道, 然君以兩班, 何以未娶耶?"

余歎曰:

"兩班之故, 尙未入丈. 我欲則彼不求, 彼肯則我無意. 鄕之兩班如我者, 少欲得如我者, 而好風不吹, 遂至此."

客曰:

"君勿歎恨. 君之身短短未長, 君之頤〈138〉板板無髥, 待其身之長, 而頤之髥, 則那無入丈之時乎?"

客蓋譏我短少無髥也. 余曰:

"行次勿笑也. 人之言曰, '不孝之中, 無後爲大.' 三十未娶, 此豈非大可憫者?"

客曰:

"獨不求於倪座首·牟別監之家乎? 豈其家無處子耶?"

余曰:

"妻子果有之."

客曰:

"然則好好, 何不相婚?"

余笑曰:

"是所謂, '我肯而彼無意.'者也."

客曰:

"過甚! 過甚! 君上等兩班, 降求於渠家, 渠何敢乃爾? 吾觀, 形貌端雅, 言語敏給, 雖在鄕谷, 必不虛老. 明牧使見君, 則座首別監, 必擧而爲之, 吾爲之求婚家, 娶美妻."

余若不知其戲, 而誠信喜之者, 猝然答之曰:

"不亦樂乎! 行次門中, 有阿只氏乎?"

客笑而良久, 以文字自言曰:

"無狀, 無狀!"

乃曰:

"我門中果有. 吾歸而言之."

余曰:

"彼雖欲婚, 吾不知〈139〉行次所在, 何由相聞?"

客笑曰:

"君雖不知行次所在, 我旣知君所在處, 何歎不相知? 吾當卽通彼家, 得喜報, 卽專人委告于忠淸道洪州東面金谷里中."

余曰:

"然則幸甚! 幸甚!"

客曰:

"雖年長加冠, 猶未入丈, 是老都令也."

因稱我曰'君', 或曰'老都令', 而譏之.

客於談話餘, 獨吟不已, 或誦「哀江南」賦, 或誦「益州夫子廟」文, 或誦古詩·東詩. 余曰:

"行次所讀者, 何書耶?"

以誦爲讀者亦鄕音也. 客笑曰:

"此風月也."

因曰:

"觀君身手, 必不操弓釖, 豈學爲儒業乎?"

余不辭讓而對曰:

"信僕雖居鄕, 恥學武事. 儒業則未能也, 而儒行則粗識. 第於中行, 學之甚難, 盖嘗眷眷反復於此, 而口訥舌强, 至今未之學也."

客訝曰:

"文豈有中行乎?"

余曰:

"十四行, 各取中行, 中行〈140〉二字, 如畫而傳音者, 甚難."

客大笑曰:

"此諺文也. 諺文亦文乎? 吾所問者眞書耳."

余曰:

"僕之鄕中, 能諺文者亦鮮矣, 沈[12]知眞書哉? 能知眞書, 何患乎家貧? 亦何患乎不得閑遊? 某里有某甲者, 學『千字』, 『類合』, 爲書員致富, 面中之人, 欽而慕之. 某村有某乙者, 誦『史略』, 『聯句』, 爲校生免役, 面中之人, 稱而美之. 亦有一人, 荷明紙出入場中, 爲先輩公事, 而所志議送, 飛筆書之, 一面之人, 爭賂其家, 雉首魚尾, 飽飫及隣. 此則眞書之利, 而非人人之所能及也. 我里中有金戶首者, 坐戶首十餘年, 所致饒足. 爲男子者, 雖不能眞書, 而學知諺譯, 亦足爲磨鍊結卜, 誦學古談冊, 雄於一村中耳."

客曰:

"然則君之學反切, 將欲爲戶首耶?"

曰:

"戶首乃常人之〈141〉所任也. 吾欲用[13]大同貢稅磨鍊也."

客歎曰:

"人才豈有京鄕? 京之士無一人不知眞書, 而鄕之人不足於諺文者, 習俗然也. 嗟呼! 人而不文, 可謂人乎?"

余曰:

"我雖不文, 人謂之人."

---

12) 沈 : '況'의 오자. 반계본에는 '況'.

13) 用 : 반계본에는 '用於'.

客曰:

"人豈有一層? 有聖人焉, 賢人焉, 愚人焉, 惡人焉, 不可以外有耳目口鼻·內具五臟六腑, 均謂之人也. 君不聞古之人有夫子乎?"

曰:

"不知也."

曰:

"君之州有鄉校?"

曰:

"有."

曰:

"爲鄉校而釋奠者, 誰也?"

曰:

"孔子也."

客曰:

"所謂夫子, 卽孔子也."

余曰:

"鄉人無所識, 但知孔子, 不知孔子之別號又有夫子也."

客拍掌大笑曰:

"又不聞古之人有盜跖者乎?"

曰:

"知之."

曰:

"君以爲孔子·盜跖, 誰爲賢人?"

曰:

"孔子賢人, 盜跖惡人."

客曰:

"是也. 靑天白日, 奴隷亦知淸明, 黃昏黑夜, 禽獸皆知⟨142⟩昏夜.
孔子·盜跖, 人則一也, 而聖狂賢愚, 天地不侔, 固可倂謂之人乎?
噫! 人之能文, 孔子徒也, 人之不文, 盜跖流也."

余曰:

"然則行次知文, 固是孔子徒也, 余亦能誦反切, 足免爲盜跖流也."

客笑曰:

"誰謂盜跖不知諺文乎?"

又以文字自言曰:

"雖然, 稍點稍點."

余若不知其文字, 而客14)之誦風月也, 問曰:

"行次又讀風月耶?"

客曰:

"吟風咏月, 遣興之志, 而風月之義, 其體有五言·七言之別, 請與
我唱和風月, 可乎?"

余荷荷笑曰:

"風月眞書也. 不知眞書者, 亦爲風月乎?"

客喜笑曰:

"君誠鄕音也. 風月豈一槪哉? 知書者, 爲眞書風月, 不知書者, 爲
肉談風月. 君雖不知眞書, 豈不知肉談哉?"

余曰:

"雖肉談, 集成五字·七字, 豈如我所能哉?"

客曰:

"聞君之言, 有語癖⟨143⟩者也, 必善爲肉談, 且試作之."

余掉頭曰:

"非我事也. 行次獨爲之."

---

14) 而客 : 반계본에는 '而謂客'.

客曰:

"作之非難, 效體作之."

乃呼一句曰:

> 我見鄕之睹
> 怌底形體條

余曰:

"何謂也?"

客字字釋之曰:

"'我'謂吾, '見'謂看, '鄕'謂谷, '之'謂之卽語助辭, '睹'所謂圍碁睹墅之睹, 其釋謂'落只', 其文字出處, 君豈能知? '怪底'言怪也, '形體'言身也, '條'言持也."

余若不知所謂, 謬對曰:

"人之身, 亦有持乎?"

客曰:

"鈍哉, 君才! 宜乎不學中行. 盖謂鄕谷之人持身怪狀也."

余陽怒曰:

"行次辱我耶?"

客曰:

"鄕人豈獨君哉? 吾自京來, 見如此人多, 故言, 非謂君也. 君自是鄕中之秀才偉人, 不易得者也."

余收怒若微喜者然, 客繼吟曰:

> 不足[15]諺文辛

---

15) 足 : 이본에는 '知'.

宜其眞書沼

要余和之, 余牢讓再三. 客若怒, 而反笑之曰:
"我旣⟨144⟩爲君作風月, 而君不和, 則是簡我也. 我豈不驅出君乎?"
余曰:
"逐卽便逐, 而終不知書, 如此之說, 無怖心."
客又笑曰:
"君可謂膽大者也. 前言戲之耳. 第和之."
余曰:
"吾不知風月, 請以尊言, 效尊體爲之."
客喜之曰:
"不亦善乎! 旅遊頗久, 伴孤燈, 無聊莫甚, 故嘲諧, 爲一笑之資."
余曰:

我見京之表

未及盡一句, 客遽曰:
"何謂也?"
一如客釋而道之, 至表字, 若不能釋者, 只云:
"上如主字, 下如衣字, 是表字也."
客曰:
"君在京, 見東人表冊而來耶?"
余曰:
"不知眞書者, 安知表冊? 第我鄕人也, 蠶織紬疋, 鬻之於市, 市人指其織工之麤者曰'內紬', 精者曰'表紬'. 吾以是知表之爲釋也."
客始默然, 頗有異色. 余又曰:

果然擧動戎

遂字解之, 至戎字, 且曰:

"戎, 戎虜之〈145〉戎."

客愕然曰:

"惡! 是何言耶?"

余曰:

"行次勿異也! 戎固是虜之戎, 而亦有別意. 余少時, 果學『千字
丈16)』於僧師, 僧師敎戎, 釋曰升. 我謂京中士夫擧動, 驕仰故也."

客乃蹶然起坐, 把手而熟視之曰:

"不詳哉! 曾何誑惑期17)蔽之至此極? 憨墮尊術中."

仍自咄咄曰:

"果有愚氣, 凡於旅次爲此擧數矣, 未嘗敗北, 今卒困於尊, 不詳
哉! 可謂陷溺之滋甚, 豈非所謂'好勝者必遇其敵'乎? 我罪, 我罪! 然
尊之辱我太甚."

余笑曰:

"京之士夫, 豈獨君哉? 吾自京中來, 見如此之人多, 故言, 非謂尊
也. 如尊是京中之厚德宏器, 未易得者也."

客笑曰:

"吾言. 尊何反之之速耶?"

余曰:

"出爾反爾之說, 君不聞之歟?"

每以行次尊客, 而猝以君斥之, 客笑曰:

"行次何去?"

---

16) 丈 : '文'의 오자. 반계본에는 '文'.
17) 期 : '欺'의 오자. 반계본에는 '欺'.

余又曰:

"何去老⟨146⟩都令, 而稱我以行次?"

客笑曰:

"老都令之號, 豈欲樂聞乎?"

余曰:

"所謂婚事毋負. 毋18)負則眞所謂一口二言者也."

客笑曰:

"無爲再起愚談, 爲老都令指婚, 何怪何怪耶?"

余又笑曰:

"必欲入丈於尊門中阿只氏乎."

客拍掌大笑曰:

"我門中雖有阿只氏, 倪座首·牟別監所不欲得者也. 吾豈爲之耶?"

仍睨我笑曰:

"譎計不測, 吾始於尊牛馬粮米之言, 而小慢之, 中於尊金丞呼字之談, 而大輕之, 終於尊夫子別號之說, 而余19)侮之矣. 然無鄕音而姑爲野態, 知眞書而謬若不文, 是則尊不免欺詐二字."

余曰:

"子不知兵法乎? 鷙鳥之攫也, 匿其爪, 猛獸之躍也, 縮其頸, 故明將之制敵也, 强而示之弱, 勇而視之㤼. 我之拜子之時, 已知子有慢我意思, 傲我氣⟨147⟩習, 將欲折去其驕意, 故不得不匿我爪而示以弱, 將欲挫去其驕氣, 故不得不縮我頸示以㤼. 此在兵法, 子知不知? 而反以詐僞指我, 可乎? 昔者, 陽貨以術, 故孔子亦以詭辭待之, 夷之不誠, 故亦以有疾托之, 可謂詐僞之道乎?"

客曰:

---

18) 毋 : 연문(衍文).

19) 余 : '全'의 오자. 반계본에는 '全'.

“吾不知子之辯至於此也. 請就其篇.”

余曰:

“大抵人物貸”

客曰:

“貸之爲言, 何謂也?”

余曰:

“子不知, 貸之釋乎? 我之物借人之謂也. 人之放氣, 俗謂之貸.”

客曰:

“太甚哉, 辱也! 諺曰: ‘去言好然後, 來言美.’ 吾旣先下手, 得此羞辱, 更誰咎哉?”

余又續吟曰:

“不過衣冠夢.”

客卽自諭曰:

“夢, 飾也. 盖謂不過以衣冠飾之也.”

因擧其衣自嘆曰:

“可愧! 可愧!”

余又擧我衣示之曰:

“如此者可愧. 子之輕煖不亦好乎?”

客曰:

“然則子將能[20]縕袍〈148〉而羨子華之輕裘者也? 吾之見賣於君, 亦已太甚, 子之詭談, 且止如何?”

客誦渠作, 次誦吾句曰:

“字字勝我.”

遽曰:

“子何不押韻乎? 戎是平聲, 夢是去聲也.”

---

20) 將能 : 반계본에는 ‘將恥’.

余曰:

"子不曰'效我體爲之'乎? 效子爲, 不押韻耳. 條非平聲而沼非去聲乎?"

盖客忘沼之爲去聲, 而發此言也. 余乃曰:

"子之風月誠巧矣, 然不盡善也. 何不以枝池押, 深索沼條字乎?"

客曰:

"果然哉! 我未及思耳. 吾與子當讓一頭地."

乃自拈燭頭, 改覷我開口大笑曰:

"思向來說話, 節節見欺, 使人大慙. 第初遇子, 只見衣冠之汚弊, 言語之鄕音, 不知其引而誑之, 籠而罔之, 遂全身陷欺. 可使白日當之, 豈至於此? 吾始聞子答盜跖之言, 頗怪之, 而終不覺悟也."

余笑曰:

"是所謂'雖然稍默'之〈149〉稱乎?"

客大笑曰:

"旣相親, 通姓, 爲後日之記可乎?"

余謙語曰:

"鄕人不敢道, 京客先之."

客曰:

"子尙爲此言耶?"

欲遽言而止曰:

"姑舍是. 逆旅邂逅, 何用通名?"

余强之, 客曰:

"吾家在會賢洞不遠地."

終不言. 盖客自知見賣, 恥於傳播, 反欲潛蹤而秘其事也. 客當初問也, 余若先言, 則彼必不疑而道其緘, 余果爲推讓, 使彼先生密計, 終不得知其姓名, 可恨!

余其後托言便旋, 起如厠, 招奴使之潛問於其奴輩, 終不言. 盖客疑我先出去, 密囑其僕勿道, 且探知我矣. 客又曰:

"子飮酒乎?"

曰:

"飮無幾何."

客笑曰:

"吾忘覺前談而問之. 子往海倉, 飮之杯酒云."

因曰:

"詭譎如此, 非吾之愚, 雖知者逢之, 不見欺, 難矣."

余曰:

"智者初不如子擧指. 當吾入拜之時, 子〈150〉臥而不起, 是何人事? 我雖鄕人, 猶爲黑笠道布之人, 則子豈以京士大夫而無答拜之禮乎?"

客曰:

"勿言! 勿言! 思之可笑."

乃呼其僕進酒, 甁鎗榼, 卮匣所謂鸚鵡杯也. 相酬三酌, 啗脯而臥, 曰:

"吾今則知子有文章, 可以相和眞書風月."

余曰:

"不足謼文文章, 何能眞書風月? 風月誠沼之."

客曰:

"勿爲浮談, 勿爲深辭!"

乃口占一絕句曰:

蜀州不識韓爲韋

魏使安知范是張

古來名賢多見賣

莫咍今日受君罔

余次曰:

由來餓隸全齊王
畢竟傭夫大楚張
休將富貴輕寒士
未有驕人不見罔

客卽曰:

客裡相逢客裡離

余曰:

故人心事故人知

余又曰:

他時當憶今宵否?

客曰:

明月分明昭在茲

客請爲四韻. 乃先成以吟曰:

宿鳥初飛故院邊

偶然傾盖卽〈151〉佳緣
南州遺逸珍藏璞
東洛踈慵管見天
穿柳黃鶯春暮後
盈樽綠蟻月明前
篇章留作他時面
何必相逢姓名傳

余曰:

清風明月興無邊
此地相迎信有緣
憂樂君能都付酒
窮通吾自一聽天
黃金然諾知音後
靑竹功名未老前
直遣兒童司馬誦
何謙今日兩相傳?

盖客應口成章, 如宿搆, 而我則未免於苦澁沈吟, 客每趣而相和曰:
"何苦澁也"
余曰:
"請爲六言可乎?"
客曰:
"諾"
余曰:

秦京綠水君住
湖海青山我家
大醉狂歌浩浩
茫茫俗物誰何?

客應口答曰:

良宵皓月千里
美景桃花萬家
樽酒論文未已
明朝別意如何?

余曰:
"請爲三五七言可乎?"
客曰:
"諾"
余曰:

手停巵
口咏詩
花送風前[雪]21)
柳搖雨後絲
要路院逢要路客
洛陽人去〈152〉洛陽時

---

21) 雪 : 원문이 잘 안보여 반계본을 참조하였음. 이하 [ ] 안의 내용 마찬가지.

客又應卽[口和曰:]

[盡君厄
聽我詩
今日顏如玉
明朝鬢滿絲]
倏忽光陰眞過客
冶遊須及少年時

[余曰:

"甚佳. 子必洛陽才子]少年詩客, 何詞之華, 才之捷耶! 吾則[果以詞賦應科, 不閑詞章, 雖爲]人所强, 或作和章, 而澁語頗拙22), 堪覆醬瓶, 不[足以塵穢視聽, 誠]所謂'賤惙輕爲'23)者也."

客曰:

"子無過嫌24)! 盖自少學詩, 而才思賤薄, 語不驚人, 第無苦澁之病."

乃自笑:

"工不工間, 能不能中, 欲以敏捷勝我, 則雖七步子建, 不及矣."

余曰:

"吾不竪降幡矣, 子欲以三五七言壓倒而爲伯25)耶?26) 子眞所謂'文如飜水27), 初不用意爲'者也. 眞書風月, 誠非吾敵."

---

22) 頗拙 : 반계본에는 '拙韻'.

23) 賤惙輕爲 : '此贈惙輕爲'의 오류. 두보의 시 〈送王侍御往東川 放生池祖席〉의 제2구.

24) 嫌 : '謙'의 오자. 반계본에는 '謙'.

25) 而爲伯 : 반계본에는 '元・白'. '원・백(元・白)'은 원진(元稹)과 백거이(白居易).

26) 吾不竪降幡矣, 子欲以三五七言壓倒而爲伯耶 : 반계본에는 객의 대사로 되어 있음.

27) 文如飜水 : '文如翻水成'의 오류.

客以爲吾欲以文體窮渠之才, 而卒不勝, 反欲以奇巧困我, 乃曰:
"請以藥名, 相爲聯句?"
余曰:
"諾."
客曰:

前胡〈153〉昏謬墮君謀

余曰:

遠志誠非淺見求

又曰:

大困從來便盖地[28]

客曰:

且當歸去讀『陰符』

余曰:
"佳! 然是亦尋常. 更爲聯句, 而上句則首用從水[29]字, 尾用從土字, 下句則首從木[30]字, 尾用從火字, 而上下聯句之間, 下一金字, 爲五行詩, 如何?"

---

28) 便盖地 : '須益智'의 오류.
29) 水 : '木'의 오자. 반계본에는 '木'.
30) 木 : '水'의 오자. 반계본에는 '水'.

客曰:
"不易! 然子作則吾獨閣筆耶?"
余曰:

　萍從何處至

客沈吟良久曰:

　花月滿虛堂

繼曰:

　流影金樽照

余苦思良久之, 客曰:
"此聯甚難, 云何?"
余曰:

　瀅然飮白光

客吐舌曰:
"子亦未易才也."
問曰:
"子已得科否?"
曰:
"否. 爲擧子業頗久, 盖嘗一魁東堂, 兩魁甘31)試, 三捷增廣, 而每見屈於會試. 吾以[是知]鄕試易而漢試難也."

客太息曰:

"噫! 以子之才, 尙不[占科!"

余曰:

"我誠不才, 誠有文辭, 則安有不得科之理哉?"

客曰:

"噫! 非〈154〉[32]然也. 科擧之不公, 未有甚於此時. 閥閱子弟, 則黃吻初學, 皆占高科, 鄕谷儒生, 則皓首巨筆, 尙屈場屋. 不然則子亦未爲無文者]矣, 大科雖難力致, 獨不能小科耶?"

余曰:

"小科則已爲之矣."

"其故豈易[33]耶. 自甲寅以來, 科場循私, 靡有紀極, 地要者之兄弟, 門高者之子侄[34], 則不論筆之高拙, 文之能否, 自十五六歲以下, 過數番甘[35]試, 無一人所謂童[36]子幼學. 至丁巳年, 則形勢家赴擧者甚少, 若見初試, 爲之其會試榜箇箇盡出."

余曰:

"我果是其榜也. 近日科場之弊, 亦略聞之, 而迹在寒遠, 無所攀援, 何能審知詳問之如此? 吾榜最無也[37], 洛陽小鄕人多. 他道則未詳, 而同道人同年者, 四十餘人, 人以爲近世所無之事."

余[38]曰:

"子必得蓮科矣."

---

31) 甘 : '監'의 오자. 반계본에는 '監'.

32) 154쪽이 이 어름일 것이나, 원문 글자가 보이지 않아 확실치 않음.

33) 易 : '易知'의 오류.

34) 侄 : '姪'의 오자. 반계본에는 '姪'.

35) 甘 : '監'의 오자. 반계본에는 '監'.

36) 童 : 반계본에는 '種'. 국문본인 가람본에도 '씨[種]'로 되어 있음.

37) 吾榜最無也 : 반계본에는 '吾榜最爲無色'.

38) 余 : 반계본에는 '且'.

客〈155〉曰:

"僅得之矣."

曰:

"於何榜得之?"

曰:

"吾於卽位增廣爲之."

余笑曰:

"子豈地要而門高者耶. 何能得之於丁巳榜前耶?"

客曰:

"子之榜前, 庸詎無一人無勢得參者耶?"

乃笑曰:

"子之言畫39)矣. 箕踞而讀禮者, 豈不知箕踞讀禮之爲非? 耞功而聽樂者, 豈不知耞功聽樂之爲失? 爲而知其不可, 行而知其不善者也, 世固有其人矣."

余笑曰:

"然. 前言戲之耳."

客曰:

"40)求放心是第一工夫. 心是活底物事, 操舍存亡, 出入無常, 苟不提撕, 則放逸之走作41), 無所不至."42)

自餘萬萬, 言之長也, 不可盡記焉.

---

39) 畫 : '盡'의 오자. 반계본에는 '盡'.

40) 반계본에는 이 자리에 '人之爲學'이 있음.

41) 苟不提撕, 則放逸之走作 : 반계본에는 '苟不提撕喚醒·收拾將來, 則放逸走作'.

42) 반계본을 비롯한 이본에는 이외에도 당파, 학문, 부귀 등에 대한 두 사람의 대화가 더 있으나 여기에는 생략됨.

▌ 필자 소개

이대형 동국대학교 불교학술원 교수로 재직하고 있으며, 고문헌과 고소설에 대한 연구
를 하고 있다. 저서로『금오신화 연구』, 공저로『옛편지 낱말사전』, 역서로『기
재기이』, 『심생전·운영전』, 『주생전·영영전』 등이 있다.

이미라 연세대학교, 방송대학교, 숭의여자대학교에서 학생들을 가르치고 있으며, 고전
문학과 고소설에 대한 다양한 연구를 하고 있다.

박상석 연세대학교, 경희대학교에서 학생들을 가르치고 있으며, 조선소설을 중심으로
이야기에 관한 다방면의 연구를 하고 있다.

유춘동 연세대학교, 방송대학교, 선문대학교에서 학생들을 가르치고 있으며, 중국소설
의 국내 전래와 수용, 고소설 상업출판물, 해외 소장 고소설에 대한 다양한 연구
를 하고 있다.

한국한문소설집번역총서 02

삼방록 三芳錄

2013년 1월 3일 초판 1쇄 펴냄
2013년 12월 31일 초판 2쇄 펴냄

저 자 이대형·이미라·박상석·유춘동
발행인 김흥국
발행처 도서출판 보고사

책임편집 이경민
표지디자인 오동준

등록 1990년 12월 13일 제6-0429호
주소 서울특별시 성북구 보문동7가 11번지 2층
전화 922-5120~1(편집), 922-2246(영업)
팩스 922-6990
메일 kanapub3@chol.com
http://www.bogosabooks.co.kr

ISBN 978-89-8433-484-7 93810
ⓒ 이대형·이미라·박상석·유춘동, 2012

정가 16,000원